JN317284

幻視逍遥の軌跡

西崎清久

悠光堂

幻《げん》視《し》逍《しょう》遥《よう》の軌跡

幻視逍遥の軌跡　目次

第一章　人々の心性と行動規範

ソクラテス的笑いと
　モリエール的笑い　10
ホブソンズ・チョイスと
　マグネット・スクール　15
美徳の在り方その装い　19
高貴なる精神その諸相　23
岩と渦巻と流砂への処方箋　27
〝健全なる精神〟は祈りか努力か　31
ダンディズムの衿持　35
〝ノブレス・オブリージュ〟の精神　40
「紳士」の理念と現実　45
旧套と改革　50
〝礼〟と〝和〟の粉雪　53
〝徳行〟評価の今昔　57
ロビンソン型人間類型と現代　61
日本的ニュアンスの適不適　66
正統と異端の角逐　70
社会秩序正当化の根拠について　74
〝ヨーロッパ人〟と〝学校人〟　79
神秘主義志向と世俗行動　83
歴史認識と征韓論　87
「淮陰生《わいいんせい》」と匿名の精神　92
人間としての才幹と節義　97
現代への「ペルシャ人の手紙」　102

第二章　美の表象と精神の輝き

ホガースの諷刺と現代　108
ピュグマリオン効果とホーソン実験　113
「バベルの塔」とコミュニケーション　118
ロウソクの科学と炎の象徴性　123
理性の眠りと批判精神　129
裁量による差異の創造　134
表現の美質　139
日蘭交流と複眼的思考　143
煙の幻影と美味な食物　147
プラハのモニュメントが語るもの　151
ガーシュインと〝創造性〟　156
名と実の変容　162
東西往還の華　166
余暇と閑暇とゆとり　171
正邪の判断と道徳的勇気　176
〝悪魔との契約〟への評価　181
〝白馬〟は〝馬〟に非ざるや　186
美意識と文化と伝統の尊重　191
趣味の選好と文化的行動　195

第三章　リーダーとリーダーシップ

指揮者と統率　202
リーダーと電光の閃き　207
意思決定へのマヌーヴァー　211
判断と行動と資質　216
危機管理とリーダー　219
意思決定へのアプローチ　223
「政談」とリーダーシップ　228
「権謀術数」の深奥　232
コミュニケーションの要諦　237
〝応変〟の計における智と勇　241
絵で読むナポレオンのリーダーシップ　246
大久保利通と〝御評議〟　251
名将のリーダーシップ　255
危機管理と〝決断〟　260
意思決定と会議と祝宴　265
カリスマとリーダーシップ　269
将帥の五彊《きょう》・八悪　273
マネジメントとリーダー　277
指導と〝機能の権威〟　282
〝大洋の提督〟の個性と適性　286
リーダーシップ管見　291

第四章　組織管理と個人

サンヘドリンの規定と集団思考　296
〝集団主義〟と個人の輝き　300
帰納的新管理職像の素描　305
組織戦略のレーゾンデートル　309
組織理解と個人の在り方　313
組織管理社会の様式　317
組織コミュニケーション成立の要件　321
階層社会における器量とレベル　325
組織トップの虚と実　329
伝統的諸価値と個人の生き方　333
会議モダノロジー序　337
一九世紀人間模様と現代　342
弁論と話術の教程　346
社会組織と長幼の序　351
効果的言語表現の技術　356

第五章　人材養成と人間像

人材養成の四綱と三弊　362
〝教え方〟の奥義　367
学習形態と〝能力に応ずる教育〟　372
競争主義の光と影　376
〝背中〟による教育の成否　381
期待される人間像の在り方　385
ホット・ストーブの原理と校則　390
SI戦略とリノベーション　395
個性化とアイデンティティ　399
事実偽造の風潮と子供達　404
碩学の学習法と教育法　408
ブリューゲルの〝遊び〟と
学校五日制　413
訓戒の基礎と言行一致　418
〝成功報酬〟と〝自由競争〟の示唆　422
現在への〝精神の考古学〟　426
知の技法と教える側の知の在り方　431
三つの分身の〝在り方生き方〟　436
甦るべきや〝建築神話〟　441
人は〝希望ある限り若く
失望とともに老い朽ちる〟　446
梟雄にして名君の家訓　451

あとがき 457
初出一覧 458

第一章　人々の心性と行動規範

ソクラテス的笑いとモリエール的笑い

定年というものがある。昔は停年とも書いたようだ。しかし、これでは身も蓋もない。尤も定年と書けば情味と含蓄が出るかといえばそうでもない。どう書いたって当人にとって事情は変わらないのである。

今年の三月、私の同級生の何人かが本郷の大学で定年を迎えた。来年の者もいる。戦前、吉祥寺の学園で四十人余の同じクラスの友人が本郷で三人、駒場で一人教授になっていた。豊作というべきであろうか。春宵の一刻をということでそのうちの二人と昔を語り合った。

そのときの話題の退官講義のことから、フランス文学の辰野隆教授の退官講義の日の話を思いだした。昭和二十三年三月、停年を迎えた辰野教授の謝恩会の一情景であり、それを描いた当該仏文科出身隆慶一郎氏の一文からの人模様である。

辰野教授の最終講義のあと、弟子代表として小林秀雄氏が謝辞を述べた。〝真の良師とは、弟子に何物かを教える者ではない。弟子をして弟子自身にめぐり合わせる者である。とは周知のようにソクラテスの言葉であるが……その意味で辰野先生はまことに真の良師であった。僕達が乱脈な青春を通じて、先生のお蔭でどうやって自分自身にめぐり会うことができたかは、僕達銘々が身に徹して知っていることである……。〟

小林秀雄氏はそこまで言って黙って天井を見上げ、かなり長い間があった。そして、急に胸が一杯になって話せなくなった、と述べて席に戻ったという。ややあって、割れんばかりの拍手が起こったことはいうまでもない。

　このエピソードは、仏文学界では有名な〝失われた名スピーチ〟というのだそうである。先生と弟子との間の惻々とした感情の昂まりが感じられる挿話である。

　この日のことについては、〝先生はソクラテス的産婆術を実行された〟という趣旨であったと仏文学者平岡昇氏も記しておられる。そして、それは一人一人の学生の能力を見抜く鑑識眼と、その能力を引き出し発揮させる寛大な愛情を意味するものだと説明しておられる。

　このような辰野教授の師としての人間像は、教師というものの一つのイディアルティプスともいえるのではあるまいか。小林秀雄氏の著作については、門外漢の私達世代も若年の頃多くの者がその華麗な論理とレトリックの文章に魅惑されていた。前記の名スピーチは小林氏ならではのものであったに違いない。

　小林氏の恩師である鈴木信太郎氏は、東大の仏文科出の学究や作家の中で誰が一番の秀才かと聞かれれば、自分はいつも小林秀雄が第一だと答えたと記しておられる。

　小林秀雄氏は、普段講義には出てこないが試験には顔を出していたようだ。これは何ら驚くに値しない。だが、小林氏は、ある時の答案に〝こんなくだらない問題には答えられねえ〟と書いた。そこで鈴木教授は零点をつけた。ところが、翌年の試験の〝マラルメ類推の魔について〟という問題には、如何なるフランス文学者よりも立派な答案を書いた。鈴木教授は、類推の魔の本質について完全に教えられ、すっかり敬服して満点をつけた。そして去年の出題が愚劣であったことを一年振りで納得したという。

　このような文章を残した鈴木教授も立派であるが、小林秀雄氏の天衣無縫ぶりと鬼才ぶりが窺えるところであろう。

辰野教授は、〝良師〟であったばかりでなく、フランス文学研究者としても最も広い視野に立った学界の長老であったと鈴木教授は記しておられる。そうであったからこそ幾多の俊秀が門下から育ったものであるに違いない。そして、辰野教授は、大きな包容力とともに頑固な骨太の古武士のような風格をも併せ持っていたという。

太平洋戦争の最中に、全国にあった旧制高校三十六校中、フランス語を教えていたのは七校に過ぎなかった。その中の五校のフランス語を廃止して、一高と三高の二校のみとしたとき、当時の高校長達が唯々諾々とこれを了したのに対し、辰野教授一人が〝知識の領域は、単に枢軸国であると反枢軸国であるとを問わず日進月歩であり、敵味方の差別なく研究すべきである〟と堂々勇気ある論陣を張って新聞に寄稿したという。


もう少し辰野教授の人間像を追ってみたい。やはり東大で仏文学を講じた渡辺一夫教授の話である。辰野先生は、にぎやかな酒席等で、腹の皮が引きつるような滑稽なことを言われながら突然真顔以上の真顔になられて、〝勉強せぬ野郎はダメだぞ〟とどなられることがある。そして弟子達は、ダメになってはいかんぞ、と自らに言いきかせたという。

渡辺氏によれば、先生は、弟子が何か一方に傾きすぎるとき、その危ない結果を想定され、適当にブレーキをかけられる。その忠告も決して道学者然とはなさらない。常に江戸っ子らしい歯切れのよい言葉にフランス的機智を加えて、自らも笑い弟子も笑わせるというやり方であった。これは一つの人生美学というものであったようだ。このことを、小林秀雄氏は〝先生のソクラテス的笑い、モリエール的笑い〟と言ったのだそうである。

最近、河盛好蔵氏が〝私の履歴書〟を連載しておられた。その中で辰野教授にも触れて〝先生は、文学の実によくわかること、門下生の才能を的確に判断されたこと、人物の立派だったことで、断然儕輩に抜きんでておられた〟と述べておられる。

そして、河盛氏と三高で同級であった杉捷夫氏によれば、先生は、自分の好みを学生に押しつけるようなことは一度もなかったようだ。文学は教えるものではない、勉強したい奴の邪魔をしないのが教師の務めだ、学生は自由だから責任がある、ということであったのではないか、先生はそんなことは一度も口にされなかったが、先生に接していれば、いやでもそのことが感得されたという。

どうやら前記では、辰野教授の人間像に少し深入りしすぎたようだ。私が親しんだのは辰野氏のエッセーである。その視点、文章のリズム、歯切れのよさ、読者をおもんぱかった語り口等、読ませるという点では失礼ながら鈴木、渡辺、杉等の碩学も遠く及ばないと私は思う。そして、人間性が吐露されているという点においてもである。

その辰野氏の随想の〝停年の春〟という短い文章がある。退官の三月を前にした一月に記されているが、もし万が一来世に生まれることがあったら何になりたいかと自問自答しておられる。そこでは、〝ぼくは、もう一度大学教授になるつもりだ。今生ではフランス文学を修めたものの結局あぶはちとらずの形になってしまったが、来世こそは幼稚園、小学校からそのつもりで刻苦勉励して素志を遂げたいと思う。……〟とある。

わが国の仏文学界の素地をきずき、幾多の俊秀を育てた人にしてなお学問への謙虚さと情熱を披瀝しておられる点に、多くの人は深い感銘を受けることであろう。

ところで、定年を迎える世代の私達各自において、この際一文を草するとすれば何と記すことになるのであろうか。省みて私の場合は、残念ながら来世への展望を描き得ないというほかはない。それは、専ら私の来しかたの在りように係わることではあるが、片やもう少し来世への入口を待ってもらえればとの心境にもなるからである。

ホブソンズ・チョイスとマグネット・スクール

人生は、公的にも私的にもある意味では〝選択〟の連続である。八月のソビエトにおいてクーデターをおこした八人組についていえば、それは苦い選択であった。他方、エリツィン氏にとっては、結果として喜ばしい選択であったといえよう。しかし、国家非常事態委員会に断固抵抗することは命をかけてのものであった筈だ。八人組のなかには自殺者も出たが、いずれにしても人生における〝選択〟の重みを考えさせられるこのたびの事態であった。

ところで、〝選択〟にもいろいろな種類があるようだ。その一つにホブソンズ・チョイスというものがある。Hobson's Choice ということで辞書をみれば、〝より好みの許されない与えられたものを取るか取らぬかの選択〟という説明がある。では具体的にはどうか。前記に比して極めて軽い例で恐縮ながら、お盆の時期に高速道路を走っていたとしよう。十キロ、二十キロという渋滞に出くわすのが昨今である。逃げ道はない。たまたまランプの出口にさしかかったとき、渋滞の高速道路をそのまま走るべきか、いっそ降りてしまうかの選択が頭をよぎることがある。渋滞の高速道路を取るか取らぬかという選択は、まさにホブソンズ・チョイスというべきものではなかろうか。

また、結婚こそホブソンズ・チョイスそのものだという説もある。しかし、それは人によるということかもしれない。選択の自由を楽しみつつ結婚した人々も多い筈なのである。

かつて、臨時教育審議会の論議華やかなりし頃、学区制廃止の〝学校選択の自由〟が論者により大いに主張されたことがあった。それは、理念としてはともかく、制度論としてはあまりにも稚拙であったために論議は線香花火に終わった感があった。

しかし、教育における〝選択〟の在り方は重要な問題として考慮されなければならない。考えてみれば、学校教育とは、児童・生徒・学生にとっては程度の差こそあれホブソンズ・チョイスの連続なのである。学校の理念・目標や被教育者の発達段階に応じ、そこに選択の自由をいかに導入するかということが問題なのである。一、二の例を観る前に、臼田昭氏の御紹介によりホブソンズ・チョイスの由来をみておきたい。

一六世紀の半ばに生まれ、ケンブリッジで運送屋を営んでいたトマス・ホブソンのとった方法がこの言葉の淵源であるという。ホブソンはイギリスにおける貸馬業者の創始者で、常時四十頭の馬を用意し、乗馬靴、鞭等一式を揃えて用意していたらしい。先生や学生達も大いに重宝して大学御用達として繁昌していた。しかし、学生達の乱暴な馬の使いぶりをみて、借り手のいいなりになっては大事な馬が乗りつぶされると思い、馬の労働負担の公平を図るため、馬のローテーションをキッチリと定めて、順番に当たったその日の馬しか貸さないことにした。その馬に文句があればトットと帰れと客に対応したという。客はホブソンの選択した馬を借りるか借りないかの自由しかなかったのである。これがホブソンズ・チョイスの由来であり、冒頭の辞書にある〝より好みの許されない選択〟という解説は、簡にして要を得たものというべきであろう。しかし、あえて私見をつけ加えれば、ホブソンズ・チョイスには、〝必ずしも満足ではない選択肢〟をとるかとらぬかと迫られているニュアンスがあると思われる。上記でヤセ馬に当たった場合や、さきに触れた結婚の場合の一説を考えてみてはいかがであろうか。

この選択の在り方について中学・高校の新しい学習指導要領では、教科科目や内容の選択の拡大ということが大きな柱の一つとされている。その場合、生徒の能力・適性・進路および趣味・関心に基づく選択にできるだけ応えられるよう多種多様な選択科目や教科内容を用意しなければならない。それが限られたものであれば、まさに〝学校選択〟となってしまって生徒は不満でもそれを取るか取らぬかの選択しかできない。選択科目等の拡大にあたっては、ホブソンズ・チョイスの事態にならないようにとの配慮が必要なのである。

それから高校入試のことである。以前私は、各高等学校が自らの責任のもとに個別に入試を行う仕組みの検討について問題提起をしたことがあった。都道府県教育長協議会の席においてである。高校入試ともなれば、生徒の選択の志を尊重すべきである。そして、各高校は個性と特色を持たなければならない。合同選抜等というものもあるようであるが、これはホブソンズ・チョイスですらない。近年、一部の都道府県において高校の個別選抜の機運が出てきたことは私としてはまことに喜ばしい事態なのである。

ところで、〝選択〟の問題は、わが国においてよりアメリカにおいてホットな課題になっているようだ。今村令子氏の優れた論考によれば、本年四月、ブッシュ大統領が発表した〝二〇〇〇年のアメリカ―ある教育戦略〟の中には学校選択の機会拡大という項目が含まれているようだ。ブッシュ大統領は教育の選択とバウチャーの推進者だといわれているが、学校選択の具体的施策については今一つはっきりしない。ただ、私学を含む学校選択を可能ならしめるようなプログラムを地方が工夫した場合、連邦補助金を交付するということが示されているらしい。アメリカにおける選択重視の論議はここ二十年来のものであるが、このブッシュの提案についても批判が多いようだ。

なぜアメリカでは学校選択が問題なのであろうか。一九八〇年に経済学者フリードマンがその著書において熱っぽく学校教育制度の頽廃を論じ、親はその子弟のために学校を選択できる広範な機会が与えられるべきだと論じていたことが思い出される。フリードマンは、その手段として授業料クーポン制度を提唱していた。公立学校を活性化するためには、親に学校選択の自由を与え、公立学校を競争原理の中に投ずる以外に道はないということである。活性化には誰しも異論はない。ただ、そのための唯一の手段が競争原理であり親の選択の自由だというところに問題がある。アメリカの教育専門家等の多くがこの制度に反対であった。公教育体系破壊の懸念もその中にある。親の選択もさることながら誰が公教育の責任を負うのかということも問題であろう。事態はブッシュ政権においても変わりないのではないだろうか。

ところで、私は、アメリカで最近〝公立学校はより質を高め、教育の選択肢拡大への期待に応ずべきだ〟という意見が高まっているということに興味がある。

たとえば、公立学校の枠内で機会均等への侵害を伴わないことを前提に親の学校選択の可能性を満たすべく多くの選択肢を用意すべきだという考え方が出てきているようだ。一面で私立学校へ生徒が流されないようにという現実的配慮も働いているのかもしれない。このこともわが国で近年、私立高校、私立大学への評価が高まってきている現状と相似た状況だと言えなくもない。

この公立の枠内での選択ということになれば、それぞれの学校は親や生徒の選択意欲を満たし、生徒を引きつける特色と魅力を持つ学校でなければならない。アメリカでは、このような磁石のように生徒を引きつける特色ある教育プログラムを持った学校をマグネット・スクールというのだそうである。

わが国の高校や大学においても、生徒にとってホブソンズ・チョイスでなく自由な選択の対象となるようなマグネット・スクールが輩出することを強く期待したいのである。

美徳の在り方その装い

昨年、二期会のオペラ公演で「ポッペアの戴冠」を観た。モンテヴェルディの一六四二年初演の作品である。モンテヴェルディの音楽の輝きと素晴らしさ、とくにバッハよりもやや古い時代の人の音楽とは思われない新しい感覚に驚かされた。そして、人物の中にセネカが登場することも興味を引いた。セネカは、ネローネ（ローマ皇帝ネロ）から死を命ぜられ、従容としてこれを受ける。彼の死を惜しむ友人達は、〝死ぬなセネカ〟と歌うが、セネカは死へ赴くため静かに舞台の階段から消えていくという構成となっていた。

茂手木元蔵氏によれば、セネカの死はタキトゥスの年代記にかなり詳しく記されている。紀元六五年、ネロへの反逆事件が失敗に終わったとき、セネカはそれに加担したとの嫌疑を受け、ネロの命令によって自殺を遂げた。そのときの様子として、まずセネカは恐れることなく遺言状のための書板を要求した。それが拒絶されると、普通の話でもするように友人達に涙を流すのをやめて気をしっかり持ち直すようにと言った。セネカは腕に小刀を突き刺して血管を開いた。老体で痩せていたので血の出は悪かった。そこで脚と膝の動脈をも切った。それでも死が訪れないので、セネカは毒薬を飲んだ。しかしそれも効果がなかった。最期にセネカは熱湯の浴槽に入ってから息絶えた、ということなのである。

オペラの舞台ではこのようなディテイルは省略されていたが、舞台から階段を降りて消えていくところは浴槽に赴くプロセスを示していたのかもしれない。

とにかくセネカは、死を恐れることなく従容として自裁したということになっている。セネカは、弟子のルキリウスに対する書簡の中で、〝どうか僕の言うことを信じて下さい。ルキリウス君、死は恐ろしいどころか、その恩恵によって何事も恐ろしいものはなくなるのです。……死はわれわれを滅すものか、あるいは裸にするものか、いずれかです。もしわれわれが解放されて裸になれば、一層良い部分があとに残ります。もし滅ぼされれば何も残らず、善も悪も同じように取り去られます〟（書簡第二四「死を軽視することについて」茂手木元蔵訳）と述べている。

死を怖れる愚を戒め、人間を強く偉大なものとみなすこのようなセネカの人間観をどう観るべきであろうか。この点、セネカに激しく反発したのはラ・ロシュフコーであった。

ラ・ロシュフコー（一六一三〜八〇年）は、〝太陽も死もじっと見つめることはできない。〟（箴言二六。二宮フサ訳）と記す。死の覚悟を持っている筈の武人といえども、死が間近に姿を現した時、達観した死生観も覚悟も一瞬にして吹っ飛んでしまい、哲学は何の役にも立たないということである。そもそもラ・ロシュフコーの箴言集成立の契機は、ラ・ロシュフコーがセネカのルキリウス宛書簡を読み、そこに虚偽と偽善と傲慢を感じとり、セネカ批判を書きとめはじめたことによる、と田中仁彦氏は述べておられる。

フロンドの乱で重傷を負い、死を間近にみたラ・ロシュフコーにとっては、とくとくとして高邁なる美徳を説くセネカの人間観はとうてい受け入れ難いものであったようだ。

ラ・ロシュフコーは、第二版以降では削除された箴言において、〝哲人達、とりわけセネカは、彼らの教訓によって少しも罪悪を除きはしなかった。彼らは傲慢というものを確立するために自分達の教訓を用いたに過ぎない。〟と名指しでセネカを批判している。

人間を強いものとみなすそれまでの伝統的な人間観を破産させ、人間を弱くはかないものとみなす全く新しい人間観を提出したのがほかならぬラ・ロシュフコーだということなのである。
では、死に対するラ・ロシュフコーの考えはどんなものであったのか、箴言から一、二を拾ってみよう。まず、最後の箴言である。
〝こんなにたくさんの見かけ倒しの美徳の虚偽性について語ってきた以上、死の蔑視の虚偽性についても一言あって然るべきであろう。……毅然として死に耐えることと死を蔑視することとの間には相違がある。前者はかなり普通である。しかし、後者は決して本心ではないと私は思う。……偉人が死に対して示す蔑視においては、彼らの目から死を隠すのは名誉心であり、凡人の場合は、洞察力の不足がおのれの不幸の大きさを知ることを妨げて、他のことを考える自由を残すのである。〟（箴言五〇四）
〝死を解する人はほんの僅かである。人は普通覚悟を決めてではなく、愚鈍な慣れで死に耐える。そして大部分の人間は死なざるを得ないから死ぬのである。〟（箴言二三）
どうやら現代においても、多くの人々は、やはり死なざるを得ないから死ぬのではなかろうか。
セネカという人物は、三十歳でローマの財務官の地位を得て、カリグラ、クラウディウス、ネロと三代の皇帝に仕えた。そして政権の中枢に座し、莫大な財産を有していたという。ところがセネカは所謂清貧をすすめ、その書簡において、〝貧乏にうまく適応する者こそ富者なのです〟と記す。その言行不一致は、既に後代のローマの史家に批判されていたらしい。この点、言説による崇高な美徳が、その人によって実行されるということはまずあり得ないというのがラ・ロシュフコーの考え方なのである。
戦乱と宮廷陰謀、そして多くの貴婦人との交遊の中で失意を味わった半生の中で、ラ・ロシュフコーは、利欲と策謀と偽善の多くを見てしまっていたようだ。

人間の無力とはかなさを痛感していたラ・ロシュフコーは、〝われわれの美徳は殆どの場合、偽装した悪徳に過ぎない〟――とするエピグラフを巻頭に掲げた『箴言集』を誕生させることとなった。ラ・ロシュフコー生前の第五版では、五〇四の箴言が収録されており、そこでは、情熱、友情、恋愛等々人間の心理と行動の深奥について鋭利な切り口での人間観が語られている。

このラ・ロシュフコーの箴言集は、その刊行の当時から今日まで、忌まわしい書物として非難され、悲観的すぎるとか有害だと言われてきたという。しかし、どこがどう間違っているという論証はあまりないらしい。「ラ・ロシュフコーのような人間観だけを正しい考え方とするのも困りますけれども、こうした人間観から目をそむけるのは、自分を含めた人間というものの本性を知ろうとしない怠惰、或いは卑怯の結果ではないでしょうか」という渡辺一夫氏の見解に私は共感を覚えるのである。


そして一言つけ加えれば、現今、「人間としての在り方生き方」についての教育の充実が方向として示され、その生き方は在り方に係わるものとして捉えられている。しかし、人間の本性についての観方は一義的ではない。観方によっては在り方も様々となる。そして在り方と生き方は同心円ではない。ただ、道徳教育においての人間の在り方については、教育の問題として一つの方向性が必要であろう。この点で、人間の在り方生き方の教育が道徳教育の範疇で捉えられていることは理解できる。しかし、高校生等の発達段階においては、さらに一歩踏み込んで、人間の本性に関わる適切な省察を行わせるべきだと思われる。ラ・ロシュフコーの箴言集等を取り上げることは少し刺激的に過ぎるのであろうか……。

高貴なる精神その諸相

今年の夏も終わりに近づいた頃、「歴史は夜作られる」という映画がテレビで放映された。シャルル・ボワイエ扮するホテルのボーイ長と商船会社会長夫人の乗った豪華客船が登場し、濃霧の中、氷山に激突して沈没必至となる。沈没までの間二人を含めて様々な人間ドラマが展開されることになる。これは当然のことながら、一九一二年のタイタニックの悲劇を題材として作られたものであろう。只、ラストは、映画であるからギリギリのところで船は沈まないのである。その放映の数日前に、ペルー潜水艦と日本漁船の衝突事故があった。ちょうどタイタニックのことを思い合わせていた時期だったので、お話ではあるが、映画における人間模様のプロセスを興味深くみた。

ペルー沖の事故に関する新聞報道で大きく取り上げられたのは、自己を犠牲にし、ハッチを閉めて乗員を救った艦長の行動である。これぞ〝海の男の勇気〟、大統領これぞ〝ペルー魂〟と称賛、等と大きな見出しになっていた。

恐らく戻れないことを覚悟してハッチを閉めたものであろう。あるいは結果であったのか、事実は分明でない。いずれにしても瞬間的行動であろうが、ことがらとしては生と死の選択の狭間の問題である。「葉隠」にも「我人、生くる方が好きなり。多分好きの方に理がつくべし。若し図にはずれて生きたらば腰抜なり。この境危きなり」とある。

しかし、新聞をみた時、ハテ、この万人の感動を呼んだ艦長の行動は、〝勇気〟という徳目的な一面だけの問題なのだろうか、もっとより深い人間の心性の問題ではなかろうか、との思いがあった。そして一九一二年のタイタニック号の事が頭に浮かんだのである。

タイタニック号は、二千二百人の人が乗っていて、ボートで逃れて助かった人は七百人にすぎない。ボートには婦人と子供をまず乗せることにしたが、その時、美徳と悪徳のドラマが展開されたという。無理にボートに乗ろうとする乗客達に制止の乗組員が発砲を余儀なくされる事態もあった。一方、従容として妻を見送る紳士、ラウンジで静かに時を迎える軍人もいた。タイタニックが沈むのは二時二十分であるが、その三分前までバンド演奏が行われていたらしい。恐らく確実に訪れるであろう船の沈没、そして自らの死という事態を予測しつつ、なおバンド演奏を続けていた人達の行為は、これもただ〝勇気〟ある人達であったということになるのであろうか。

人間の心性の問題は、深く道徳教育の問題に係わる。過去の人間行動が題材とされる場合、その取り上げ方、教え方が大変むつかしい。

このことについて、ペルー事故の時もう一つ頭に浮かんだ明治の佐久間艇の事故のことに触れてみたい。佐久間艇長の遺書のことは、去る九月半ばの新聞紙上で渡部昇一氏が取り上げておられた。後世に長く伝えられるべきものだとの論旨に私も異存はない。ただその伝え方、仮にこれを題材にした場合の教え方の問題を考えてみたいのである。

私を含めて昭和ひとけた以前の者には、佐久間艇長の遺書のことが鮮明に頭にある。このことが戦前の修身の教科書に載っていたからである。

わが国の修身の教科書の歴史を観ると、明治三十七年から初めて国定教科書が使われるようになり、昭和二十年までの間、四回の改訂教科書が発行されている。この明治四十三年の佐久間艇長の遺書のことは、明治四十五年の第二期の修身教科書から登載されている。昭和十八年の改訂までを追ってみて大変興味深く思われることがあった。

その第一点は、まず標題である。第二期と第三期（大正十二年）は、「沈勇」となっているが、第四期（昭和十四年）のものは「職分」となっており、第五期（昭和十八年）からは「佐久間艇長の遺書」となっていることである。内容はほぼ変わらない。

第二点、最初の第二期のものには文章の末尾に「格言　人事を尽くして天命を待つ」とあり、これが第三期、第四期まで踏襲されているが、第五期ではこれが削除されているのである。

佐久間艇の場合は、タイタニックの人々やペルー艦長の場合と異なり、死が酸素の欠乏とともに確実に来る。生と死の選択の余地はない。新渡戸稲造は、この事件以前にその著書の中で、「運命に任すという平静な感覚、不可避に対する静かな服従、危険災禍に直面してのストイックな沈着、生を賤み死に親しむ心等は仏教が武士道に寄与したもの」と記している。また、「真に勇敢なる人は常に沈着である」とも書いている。

佐久間艇の件に関して当時の斉藤海軍大臣は、「この不抗の変災に方《あた》り、いかに沈着に事を処して毫も乱れず、あくまでその職責を尽くし……」と陛下に奏上したという。想像すれば、このあたりが後の教科書の標題に流れているのかもしれない。

しかし、標題というものは、内容の捉え方、教え方を規制する。標題が一義的で、しかもそれがしばしば変わるというのはいかがなものであろうか。また、「沈勇」と例の格言がピッタリだとも思えないのである。

以前、松山幸雄氏はその著書で、アメリカのハイスクールの生徒にこの佐久間艇長の遺書の話をした状況を書いておられる。アメリカの生徒は目に涙をためて聞き、先生もこんなすばらしい話ははじめてと喜んでくれたという。佐久間艇長の行動は、軍国主義等とは関係なく万人の感動を呼ぶものだと松山氏も記しておられる。ただ、生徒の一人から、「日本人は公共の精神に余程富んでいるんですネ」と言われた、とつけ加えておられた。

しかし、佐久間艇長の遺書でさらに言えば、「部下ノ遺族ヲシテ窮スルモノ無カラシメ給ハラン事ヲ我ガ念頭ニ懸ルモノ之アルノミ」と記されている部分、わざわざ「之アルノミ」と書いた艇長の真情に涙を押さえることのできない人も多い筈である。

いずれにせよ、この物語の受け取り方は様々であってよい。だからこそ万人の感動を呼ぶのだと思う。ただ、以上の例では、勇気、沈着、責任感、正義、礼、信義、愛、謙譲等々、人間の心性に係わる教育において、人々の思想、行動等に関する教材をどのように選択し、どのような教え方をするかが問われていると思うのである。

なお付言すれば、優れた人間の属性の一つとして高貴なる精神の陶冶ということがいわれている。はじめに触れたペルー艦長等の判断と行動は、まさに諸々の心性の諸相を含む高貴なる精神の問題なのではなかろうか。

岩と渦巻と流砂への処方箋

明治三十三年十月三十一日、漱石はロンドンについて三日目のことである。『倫敦塔』では次のような記述がある。「階下の一室は昔しヲルター、ロリーが幽囚の際萬国史の草を記した所だと言ひ伝えられて居る。彼がエリザ式の半ヅボンに絹の靴下を膝頭で結んだ右足を左りの上へ乗せて鵞ペンの先を紙の上へ突いたまま首を少し傾けて考えて居る所を想像して見た。……」

このサー・ウォルター・ローリーは、十三年にわたりロンドン塔内に幽閉され、一六一八年十月二十九日、反逆罪に問われて処刑されている。ロンドン塔ゆかりの人として、トマス・モア等と共に話題とされる人物である。私も二十年前ロンドン塔を訪れた時その名をきいていた。しかし、ローリーについては、波瀾万丈の生涯を送ったエリザベス朝の代表的人物だ、という認識以上の理解はなかった。

ところで、先年、このローリーが、獄中で「息子への訓戒」を執筆していることを井野瀬久美恵氏の優れた論考で知った。昨今、キングスレイ・ウォードやフィリップ・チェスタフィールドの『息子への手紙』が翻訳出版され、いずれもベストセラーとなっているが、それらとの対比において、このローリーの訓戒に俄に興味がわいたのである。それは、ウォード等の手紙が、大病という契機があるとしても、いずれも功成り名遂げた安穏な父親からの手紙であるのに対し、ローリーの場合は、身の運命も風前の灯である獄中の父親からのものであること、またウォードのものは、各時代の先賢先哲の言葉を引用しながらペーパーバックスで百八十頁、訳書で二百五十頁余であるのに対し、ローリーのそれは全集の原文でわずかに一四頁であること、さらにウォードのものは、教育に一章をあて、すぐれたビジネスマンになるための学問や読書について触れているが、ローリーは、教養、知識には一言も言及せず、専ら現実に役立つ処世術、そのための知恵を重視していること、等による。

まず井野瀬氏によれば、ローリーは別途息子に対して次のように書いているという。

「この世における私の役割りは終わった。……われわれの幸も不幸も、自分自身の意見や決断のみならず、それ以上に、われわれの思い通りにならない偶発的事件に左右されるものだ。公事は岩、私的な会話は渦巻、人を吸いこむ流砂である……自分の位置を上甲板に確保できるように努めよ。……」

世の荒波と岩や渦巻、そして呑みこまれるような世の人々の流砂、これらを身をもって体験したローリーの父親としての言葉はまことに重い。ローリーの訓戒は、ジェントルマンとして上甲板で生き抜くための具体的処方箋なのである。全十章で主題別となっているが、当時ローリーの息子は十九歳位であったかといわれている。

そこで、このローリーの訓戒の内容について触れてみたい。ローリーは、まず「高潔の士を友として選ぶべきこと」と述べている。wise で virtuous な人物が友としてふさわしいが、それは、お前から何かを得ようとすることがないからだ。それらの人は、お前より失うものが多い故にお前の意見に十分注意を払い、財産ではなくお前自身の人となりを評価してくれるものだ、とする。そして great men は、自分が受けたサービスを忘れてしまい、自らの望みどおりのものを得てしまえば、自らの成功のための手段であったとして、お前を認めるどころか反って憎むようになるであろうと続けている。そしてローリーのユニークなところは、友人は大切だと述べつつも人間を信用していない点にある。即ち、今日の友は明日の敵となり、人々の好みは変わるものだと述べる。そして、なんとローリーは結論として、お前は、神を、祖国を、君主を、愛し、そしてお前自身の財産を大切にせよ、と説いているのである。ローリーは、友人について幾千の実例を示すことができると言っているが、この点、ローリーの現実的処世観がうかがえるところであろう。

次にローリーは、「妻を選ぶに際しては十分な注意を払え」と説く。唯一の危険は beauty にありとする。この beauty によって、昔も今も、賢者も愚者も、すべての男達が裏切られてきた。愛情というものは長続きしないものだということを銘記せよ。結婚の絆は、お前の生涯を通じて切れることはない。それ故に、妻であるよりも mistress であることの方がベターである。そうであれば、気分が変わったとき、再び自由な選択ができるというものである。欲望というものは、それが達成されたときに死滅する。愛情も、それが満足されたときに消えうせるものだ。そして結婚は、若くて強壮な年代がよい。三十歳に近い位がベストである。余り若すぎると妻や子供をおさめるのに不適切だからだ。ここで、ローリーは、教育について一か所だけ触れているが、それは、遅く結婚すれば子供の教育の面倒をみることができず、他人任せになって、教育の効果は失われてしまうということである。悪く育てられる位なら、子供は生まれてこなかった方がいいとも述べている。しかし、教育の在り方の詳細については触れていない。

さらにローリーは、「所領、財産の維持のための方策」について述べている。世に何にも増して大切なことは、所領、財産への配慮であるとする。所領は当時の貴族やジェントリーの基盤であり当然のことであろう。具体的には、まず自分の持てる財産の価値を把握し、使用人や管理人に濫費されないようにすること、次に持てるもの以上に使わず借金をしないこと、さらに他人の放蕩や浪費のツケを背負いこまないようにし他人のための保証人とならないこと――等が挙げられている。この三番目の助言は、日本流に言えば請け判をするなということであり、古来わが国でも各家庭の家訓に多く例がみられるものだ。紙数もないので、他の章は標題のみを掲げる。賢者も追従者によって欺かれてきた。私的な争いは避けること。財産管理に最適な使用人の種類。華美な衣装はすぐ流行遅れになる。邪悪な手段で富を求めるな。ワインの楽しみは如何なる迷惑を惹起するか。神をお前の行動の庇護者、導き手とするように。以上で全十章となる。

このローリーの息子への訓戒が公刊されたのは、死後十四年を経た一六三二年であったという。そして四年間で六版を重ねる程の人気を呼び、以後繰り返し再版され、ジェントルマン啓発の良書として取り上げられたらしい。時代の相違はあるが、父親の本音を吐露したものとして興味深い。ただ、道徳教育の教科書として考えれば、識者が眉をひそめる部分があるかもしれない。

ともあれ、さきに触れた「息子への手紙」がベストセラーになるということは、世の父親族の自らの在りかたについてのほろ苦い悔恨によるものとも思われる。そのような父親族は、このローリーの姿勢と処方箋についてどのような感想をお持ちになるであろうか。

この五月、連休を利用しての旅でロンドン塔を訪れた時、bloody tower のローリーの肖像に改めて対面した。ローリーの肖像画は、まことに颯爽としていて、岩も渦巻も流砂も眼中にないかの如く、知と力に溢れたまなざしがまことに印象的であった。

〝健全なる精神〟は祈りか努力か

昭和ひとけた世代の小学校時代は戦中であった。国民学校である。体育では身体をきたえる鍛練主義が支配的であった。軍国少年はまず体をきたえること、そして、〝健全なる精神は健全なる身体に宿る〟という格言があること、等をかなり教えこまれたような気がする。私ばかりではない筈だ。

その後、いつ頃からであったか、この〝宿る〟というのは間違いだという識者の文章を目にする機会があって納得していた。身体強壮でも精神が脆い人はいくらでもいるし、ことがらとしても両者は別のことで論理に合わないからである。

中村真一郎氏が自らライフワークとされる〝四季〟四部作の〝冬〟の中では、高原の賢者秋野氏のメモの内容として次のような文章がある。

「O君、mens sana in corpore sano について、その精神と肉体との関係は逆説的なるを強調す。しかし、それはその詩句をやがて格言と化したラテン文明の哲学に反した意見である。が、彼の現代に対する誠実な生き方の証ではある。……」

O君というのは、近江教授として秋野氏の友人で人文主義者という設定である。〝冬〟ではさらに、「この〝健全ナル精神ハ健全ナル肉体ニ宿ル〟という有名なユウェナーリスの詩句について、教授は現実においては事実は逆であると強調してやまなかったらしい。〝健全な肉体〟の軍人達よりも〝病める肉体〟の自分の方が〝健全な精神〟の保持者である、とこの反戦主義者の教授は旧友に強情に主張したのだろう。そうして本来の格言となった詩句は詩人の願望を表現しているので、だから現実はその逆なのだと言いはったに相違ない。」と続いている。

この作品〝冬〟について中村真一郎氏は、別途日録風の文章で次のように記しておられる。

「ユウェナーリスの『諷刺詩』を読み行くうちに、例の〝健全ナル精神ハ健全ナル肉体ニ〟の句に出合う。〝冬〟中の小生の解釈、妥当ならざる如し、忽々に訂正を新潮社に申込む。校了寸前、危ないところなり、記憶によって書くことの危険を、またも思い知らされる。」

たまたま目にしたこの文章は、この詩句がいろいろと解釈で問題があったことの一例ともいえそうである。

もともとこの詩句は、「健全な精神が健全な身体に宿りますように」という願望、祈りであったという。そこには両者が共存するのはなかなか難しいことだという前提がある。ところが、のちのちその終わりの願いの部分が落ちてしまったようだ。なぜそうなったのであろうか。この点、ロックの『教育に関する考察』の冒頭の文章の流れからではないかという説もあるようだ。

しかし、ロックの書物の冒頭の原文を観ると、A sound mind in a sound body is a short but full description of a happy state in this world となっていて、どこにも〝宿る〟という結びの動詞はない。ロックは、さらに、これら二つの状態を持ち得れば幸せこれに過ぐるものはないと続けていて、両者は全く別のことがらとして捉えているのである。

ただ、一六世紀の英語の用例で The disposition of The mind follow the constitution of the body というのがあるそうだ。誤解はわが国の事情ばかりでもないのかもしれない。

このユウェナーリスは、ローマ最大の諷刺詩人だといわれる。国原吉之助氏によれば、現実の人間の愚劣、狂気、偽善等一切の行為を対象とした写実主義派であり、力強い情熱的な諷刺家であり、そして、より真摯なモラリストであったという。同氏の訳で関係の部分をみてみよう。

「では人間は、神に何も願えないというのか。……神々から何かを求めたいというのなら、こう願うのがよい。健全な身体に健全な心を宿らせてくれと。死の恐怖にも平然たる剛毅な精神を与えよと。人生の最期を自然の贈物として受け取る心を、サルダナパッルスの色事や饗宴や羽根布団よりもヘーラクレースの試練や残酷な責苦を進んで撰ぶ心を願え。……」

詩の文章からも明らかなように、いずれも通常の人間ならば持ち得ないような心、精神を神に願えとユウェナーリスは説いているのである。ただ、私はこの文言で、死の恐怖云々以下の剛毅な精神、死を迎える平生心、試練や責苦に敢然と立ち向う精神等を人間として美しいものとするユウェナーリスの考え方に注目したい。これらが〝健全な精神〟の内容とも考えられるからである。

ユウェナーリスの詳しい生涯については不明のようだ。A.D. 一三〇年頃に亡くなっているということであるが、弓削達氏は、ユウェナーリスには一つの理想が秘められていたのではないかとみておられる。ユウェナーリスの諷刺詩は、質朴な古人の生活を規準とするローマの当時の浪費的奢侈の告発であり、貧しく質朴な「昔のローマ人」の生活と理想がユウェナーリスの価値の規準というべく、それが道徳の鑑であったのではないか、ということである。

そういえば、さきに引用した詩の前段の方においてユウェナーリスは、人々の「願いの空しさ」の具体例を挙げて延々と説いている。人々は、まず、第一に皆が皆、財産や身代が増えるようにと神に祈る。そして、権力や名声を願い、雄弁や勇気や腕力を祈る。しかし、ハンニバルをみよ。栄光を求めたばかりにこの将軍も敗北を喫し、祖国を逃げ出すことになったではないか。……と述べる。そして、栄光への渇望は美徳への渇仰より甚しく、その報酬を考えずにそれ自身のため徳を抱擁する人がいるだろうか、と人間性への疑問を投げかけている。

以上のように人間が通常かくありたいという願望をことごとく退けた上で、ユウェナーリスは、このようなことを神に祈るべきではない。では人間は神に何も願えないというのか、いやそうではない。健全な精神を……ということで格言となった詩句が出てくるのである。

さらに興味深い点がある。この神に願えという文言にすぐつづけてユウェナーリスは、「今私が諸君にすすめたものは、諸君が自分で自分に与え得るものなのだ。静かなる人生を歩める唯一の道は徳に沿った道である。運命の女神よ、われわれが皆賢明であれば、あなたは神としての力を失うのだ。あなたを神とするのはわれわれだ。女神よ、あなたを天上に祭り上げるのはわれわれ人間だ。」と結んでいる。

私はこの結びをみて、従来から言われているこの格言は神への願望であるという解釈は少し足りない気がしてならない。ユウェナーリスは、人間は自ら健全な身体に健全な精神が宿るように努力すべきであり、努力すればできるのだということを言いたかったのではなかろうか。神に願って間違いないこと、そして、そのことを神も嘉し給うであろう健全で剛毅なる精神を、人間は自らの努力で自ら備えることが大切なのだということである。

そうだとすれば、この格言を、神に願えという前段の部分だけで取り上げる従来の解説は不十分ではないかという感じがぬぐえないのである。

どうやらこの格言は、なかなか含蓄のある言葉であるようだ。

ダンディズムの衿持

錯雑した現代社会では、その時々に何となく気になる言葉というものがある。そういえばある時期、〝ダンディズム〟という言葉がその一つであった。使われかたも様々なのである。数年前の日産自動車のPRでは、〝名画に学ぶダンディズム学〟、〝ダンディにきめるドライビング術〟、〝車の造形美におけるダンディズム学〟等の記事が登載され、冒頭には〝ダンディズム讃〟という解説がイントロダクションとしてつけられていた。

また、VACATIONという雑誌の一冊では、〝薫り立つダンディズム〟なる大きな見出しのもとに、ハンティングワールドの革製品が取り上げられていた。

これらは、コマーシャルベースのお話であり、とやかく申すのは野暮というものかもしれない。しかし、ダンディズムの意味をもう少し掘り下げた例もある。日経新聞の広告特集（一九九〇・五・二十五）では、〝ダンディズムの原点。自分に厳しく他人に寛容であること〟、〝贅沢だが、決して過剰ではない。洗練されたぬくもりが伝わってくる〟等のキャッチフレーズのもとに種々の記事が組まれていた。

ダンディは、一九世紀初頭ロンドンで発生し、その後パリで受け継がれ、世紀末にロンドンで再び復活した。そして、二〇世紀に入り消滅したという。その意味においてダンディズムは、実在の人々による歴史的概念である。その本質をボードレールは、知的・精神的修練として確立したものと捉えている。ダンディズムが単なる服装の洗練、おしゃれということではないとすれば、その本質の中身は何か。そして、現代でもダンディズムはありうるのか。各界各層にダンディは存在しているかどうか、等の点もいささか気になる点なのである。

若干わずらわしいが、まず一九世紀初頭の実情を振り返ってみておきたい。

ダンディの始祖とされるジョージ・ブランメル（一七七八〜一八四〇）は、オックスフォードを終えたのち、摂政皇太子（ジョージ四世）の知遇を得て近衛騎兵隊に入隊した。しかし、ブランメルは通常の出世コースに対して無関心と冷淡と軽蔑をもって耐え、世人を驚かせた。そしてブランメルは、軍服を脱ぎ捨てて社交界の寵児となる。服装としては、むしろ地味な古典的なもので、しかもありきたりなものをブランメルは完璧の域にまで高めていた。〝街を歩いていて、人からあまりまじまじと見られるときは、きみの服装はこりすぎているのだ〟とブランメルは述べたという。また、ブランメルは、沈着、ポーカーフェイス、危険を内にひめた表面の慇懃さというものを他の誰よりも持ち合わせていたようだ。社交界の人士は、争ってブランメルの外装を模倣しようとした。当時バイロンが、〝ナポレオンになるよりブランメルになりたい〟と言ったという話からもブランメルの当時の人気ぶりが想像されるところである。

しかし、ブランメルの本質はその服装にあっただけではない。ブランメルのダンディズムについては、かつて京都大学の生田耕作氏が次のように述べておられる。

「不感無覚の姿勢《ポーズ》、人工性への執着、さらに寸鉄人を刺す逆説的警句…筆者がとりわけブランメルに惹きつけられる理由の一つは、彼にあっては言葉が専ら人を傷つける攻撃武器としての用途に厳しく限られているところにある。いうなれば毒舌の刃をふるって礼節と巧言によどんだ社交場裡を撹乱し、かえって観客の喝采を博し、最後は自らの両刃の剣を受けて倒れた。この一代の驕児の生き方にわたくしは恋慕に近い興味をおぼえている…」

ブランメルは、ジョージ四世から離反し、自ら没落して貧窮のうちにその生を終えた。
ダンディズムには、イギリスのブランメルやバイロン、そして世紀末のワイルドやビアボムに至る流れと、ドルセー伯、ボードレールやドールヴィリ等のフランスの流れとがある。イギリスのダンディズムはパリに波及し、ボードレール等の理論家の新しい解釈を得てフランスの知的世界に大きく取り入れられることとなった。

一九世紀はブルジョワ勃興の世紀であるが、平等と一律という社会の風潮から個性抹殺という傾向が生まれることとなっていた。その中でダンディ達は、個別性を己のうちに創り出すことに努力していた。いわば人生哲学としてのダンディズムについては、ボードレールがその論孜「現代生活の画家」(阿部良夫訳)の中でとくに一節を設けて詳細な分析を行っている。

ボードレールは述べる。ダンディズムとは、思慮の浅い大勢の人々がそう思っているような身だしなみや物質的な優雅を法外なところまで追求する心というものとは異なる。そうしたものは、完璧なダンディにとっては、自分の精神の貴族的な優雅性の一つの象徴にすぎない。

何よりもまず品位を重んずるダンディの目からみれば、身だしなみの完璧とは絶対的な単純のうちにあるものだし、事実、絶対的な単純こそ品位をもつための最善の道なのである。

ダンディズムという不文の制度は、何よりもまず一個の独創性を身につけたいという熱烈な要求、ただし礼節の外面的な埒の中にあくまでもとどまっている一つの欲求である。

ダンディズムは、ある点で精神主義や克己主義に境を接するものである。ただし、卑俗な人間であるということはダンディにとって絶対にあり得ない。

ダンディが、伊達者、気取り屋、しゃれ者、流行児、あるいはダンディ等と、どんな名で呼ばれるにしても、みな反抗とか反逆とかの同じ性格を帯びている。

ダンディは、人間の矜持のなかの最上の部分を代表する者達であり、低俗なるものと闘ってこれを壊滅しようとする欲求、今日の人々にあってはあまりに稀となったあの欲求を代表する者達なのである。

ボードレールは、ダンディズムについて上記のオマージュを捧げつつ、ダンディズムは、とくに、民主制はまだ全能となるには至らず、貴族制の動揺と失墜もまだ部分的でしかないような過渡期に現れるものだと述べている。

ボードレールの指摘する社会的背景は、一九世紀前半のジョージ四世下のイギリス、ルイ・フィリップ王制下のフランス社会的状況を踏まえての話である。

ブランメルやバイロン、フランスのドルセー伯等の歴史的実在としてのダンディズムに対して、ボードレールの説示するダンディズムはいわば理想的ダンディズムともいうべきものである。しかし、E・カラシュス博士は、この理想的なダンディズムの姿を十全に体現した実在のダンディは一人としていないと指摘している（『ダンディズムの神話』山田登世子訳）。そして、ダンディの理想を一種の神話的ダンディズムと捉え、ダンディズムについては現実と神話にまたがる様々な形態を見いだすことが可能だと記している。

ダンディズムを一義的に理解することはどうやら極めて難しいことのようだ。そこで識者の説くダンディズムの特性は極めて多岐にわたることになる。ここでは、紙数もないので博士の指摘する「不感無覚」なる特性についてのみ触れておきたい。

不感無覚とは、驚愕はもちろんのことおよそ一切の卑俗な感動を超越しようとする精神の特性である。〝動ぜず驚かず〟ということが根底にあり、これあればこそダンディはいやましに人々を驚かせ、自らは無欲主義に到達する。情熱は醜きものであり、弱さの証である。驚愕はいうにおよばず、感嘆することさえ劣等性の証に他ならない。情熱に動かされるとは、何のことはない己も他人同様の人間だと認めることであり、哀れな人類をむやみやたらと刺激するあの感情なるものに自分もつき動かされて、無分別をしでかしたり、自然の本能や衝動のままに生きる輩同然の盲動に甘んじたりすることだ。

ダンディズムについては、上記のような様々な解説によってもそこに統一的人格を措定することは困難である。しかもボードレールの言説によれば、民主主義が支配的である現代社会でのダンディズムは最早あり得ないスタイルだということになるであろう。ただし、それは実在の意味においてである。ダンディズムの神話における人間の在り方生き方について個別に見れば、現代社会の人間行動に何らかの示唆を与えるものがあるのではあるまいか。

一例として、ボードレールは〝ダンディズムはまるで本質的な物のようにお金を渇望したりはしない〟と述べ、独創性や精神主義、克己主義を含む人間行動の在り方を謳い上げている。この点は、昨今の金融上の金銭支配とそのトラブルの社会風潮に対処すべき人間行動への大きな警鐘とみることもできるのではないだろうか。ダンディは、何よりも人間としての衿持を最大のものとして大切にした者達だということも考え合わせるべきであろう。

〝ノブレス・オブリージュ〟の精神

今年の春も未だ浅い頃、衛星放送で映画〝大いなる幻影〟が放映された。湾岸戦争たけなわの時期である。戦争の無意味さを背面から浮き彫りにしたこの名画をみたのは何十年ぶりであろうか。ただ、私が感動したのは反戦映画としてではない。独仏の士官を演ずるエリッヒ・フォン・シュトロハイムとピエル・フレネが交わす奥行きと陰影の深い語りと映像に魅惑され、改めて心を捉えられたのである。

監督ジャン・ルノワールは、消えゆく貴族階級というものへの挽歌を心憎いまでに描いてみせた。三六六人の映画通といわれる人々のアンケートによれば、洋画ベスト一五〇の中でこの映画は第五位となっている。人々がこの映画に感動する理由は様々であろう。しかし、恐らくその中には、貴族階級が持つべき騎士道精神の白鳥の歌を聴きとり、人様々の在り方生き方を考えさせられた人も多いのではなかろうか。

この映画は昭和十二年の作品であるが、戦前わが国での上映は行われなかった。ドイツ大使館の抗議によるという説もある。戦後昭和二十四年に〝北ホテル〟等とともに公開された。脚本はシャルル・スパークと監督ルノワールとの共同執筆である。スパークの多くの脚本は文学的意味合いが色濃いと評されているが、この映画も例外ではない。ドイツ捕虜収容所長のラウフェンシュタインと仏軍士官ボアルデュー大尉がいずれも貴族出身であることがこの映画の一つの大きな鍵となっている。しかし、であるが故にこうだというセリフは全くみられない。言外の余韻として観る者に委ねられているというべきであろう。

収容所の中で室内検査が行われた際、ラウフェンシュタインは、兵にたいしボアルデューのベッド廻りの検査を行うことを止めさせる。なぜ私にだけ特別の対応をするのかとボアルデューは尋ねる。〝なぜ?それはあなたがフランス軍の職業軍人であり、私がドイツ陸軍の軍人だから〟とラウフェンシュタインは答える。私の僚友も同じく士官だ、というボアルデューに対してラウフェンシュタインは、〝マレシャルとローゼンタールが?彼らはフランス革命のよき贈り物です〟と答える。ジャン・ギャバン扮するマレシャルは労働者出身の士官である。ラウフェンシュタインが言いたかったのは、貴方は貴族だが他の二人はそうではないということである。

シュトロハイムの強烈な個性が印象的であるが、ここでは、本来のヨーロッパ貴族の人間としての在り方生き方、その属性であるべき名誉、信頼性、誠実さというものが当然の前提とされている。

しからば、ヨーロッパ貴族の行動規範とは何であったのか。ヨーロッパ中世における貴族と騎士の関係については諸説があるようだ。その詳細は別として、この映画にでてくるドイツとフランスの貴族出身の士官相互の特別の共感を騎士道という点で捉えてみるとどうなるのかということである。

中世的騎士道の美徳の数々については多くの解説があるが、神への信仰と信頼、高潔な名誉、独立心、誠実、寛大、指導者への忠誠、勇気、謙譲、慈愛、奢侈への軽蔑、女性尊重等がその内容とされているようだ。

一説によれば、中世の騎士の理想型において騎士を傑出した人間たらしめているものは、何よりもまず名誉であったという。ここでの〝名誉〟とは、勇気、責任感、約束の厳守、弱者の援助等様々な徳目が融合したものであったらしい。弱者を守り、敵を寛大に取り扱う高潔な心を持った勇士ということも騎士の理想の一つであった。ラウフェンシュタインが、ボアルデュー等の捕虜を丁重に紳士的に扱うこともこの騎士道精神の延長線上にあったと思われる。

映画はこれらの前提はすべて捨象して会話のみが淡々と交わされていく。そして、死の床にあるボアルデューとラウフェンシュタインの二人が、自分達の運命について語り合う場面となる。

ボアルデューは言う。〝あなたにも私にも時代の歩みは止められない。〟ラウフェンシュタインは答える。〝ボアルデュー！この戦争は誰が勝つかわからない、どう終わろうとわれわれ貴族階級は終わる。〟そして、ボアルデューは、貴族階級は最早無用の存在だと言い、ラウフェンシュタインはそれはいかにも残念なことではないかと語る。

さらにボアルデューは、死を迎える自らについて〝不運なのは私ではない、私は間もなく終わるが、あなたは終わらない。〟とラウフェンシュタインの行く末を案じる。ラウフェンシュタインは死に行く〝友〟に対し〝私は甲斐もない人生を引きずっていく、私は死にそこねた！〟と真情を打ち明ける。そしてボアルデューの臨終が来る。


映画を文章でたどる程おろかなことはない。しかし、この場面のシュトロハイムとフレネの語り合いと白黒の美しい映像はこれを観る多くの人々の心を揺り動かすものであろう。

この映画が人々に感動を与えるのは、騎士道精神の諸々の人間の行為規範が、敵味方、国籍の違い、立場の違いをこえて観る者に訴えかけるものを持っているからだと思う。

この映画は、独りよがりの貴族の孤独感や過去の自らの身分、階級への郷愁という面からのみ捉えるべきではない。脚本や監督は、むしろ、貴族として持つ騎士道精神の理想型を高貴なる精神として称揚し、大衆化社会への足音が響く中で、この高貴なる精神の挽歌を悲しむ気持ちが強かったのではあるまいか。

中世の騎士道精神の理想型は、その後ジェントルマンの精神として受け継がれた。一九世紀末のイギリスのパブリックスクールにおいては、騎士道的ジェントルマン教育がその教育の中心であったという。未見ではあるが、イギリスのクリフトン校においては、中庭に鎧姿の騎士像が建てられているようだ。この像は、クリフトン校の卒業生の三百名がボーア戦争に出征し、四十四名が戦死したことに由来し、それを記念して建てられたものであるという。クリフトン校は、一九世紀後半から騎士道精神がその教育において重要な役割を果たしていたからである。

このクリフトン校の卒業生の多くが戦場で散っていったのも、一面において〝ノブレス・オブリージュ〟の精神の帰結であったといわれている。これは貴族たる者はその名にふさわしく気高い態度を持し、貴族なるが故の責務を一人背負わねばならないという意味だという。この点について木村尚三郎氏は、この封建制以来の貴族の心と精神は現代の大衆社会においても美しいものとして生き続けてしかるべきではないかと述べておられる。

そういえば最近ある雑誌で、丸の内の各企業のエリート・サラリーマン達が〝平成貴族〟というパーティを開いたという記事を見た。そのコンセプトは、〝責任〟の自覚という意味で前記のものに近いようだ。

ヨーロッパにおいても、現実には様々な騎士がいた筈である。中にはいかがわしい騎士も多数いたことであろう。ここで騎士道精神の〝理想型〟とした所以であるが、それにしてもその歴史と各様の人物像はまことに興味深いものがある。わが国の貴族は、それこそ明治維新の〝贈り物〟であって全く関心がないが、対比さるべきは武士道であろう。いずれにしても、新学習指導要領で重点とされている〝人間の在り方生き方〟の教育においては、洋の東西をとわず人間の行動規範、倫理規範の歴史というものをもっと時代と人物に即して教え考えさせるべきではないかと思えるのであるがいかがであろうか。

「紳士」の理念と現実

現下喫緊の教育課題の一つは、学校における様々ないじめ問題への対策であり、いじめそのものの解消である。この点についても、各界識者による提言等も多い。本年三月の新聞紙上で国際政治学の猪口邦子氏は、「紳士教育」徹底の必要性を指摘しておられた。

第一はフェアな精神の涵養、第二は社会的弱者への優しさ、第三は普遍的社会的価値に抵触する言動の自己抑制、第四は暴力に依存する体質抑制のため、言葉での表現力の達人であるべきこと、以上四点である。

いじめには言葉による暴力というものもあり、第四の「表現力」には若干の限定が必要であるが、これらの内容自体は簡にして要を得た的確な御指摘というべきであろう。

ところで、「紳士」あるいは「紳士教育」というものの理念には、ヨーロッパにおけるジェントルマンの問題として様々な変化と長い歴史がある。現今、女子児童生徒間のいじめもかなりあるが、猪口氏が、「紳士教育」ということで男女児童生徒一般のいじめ問題への対応とされたのも、この歴史的な紳士の理念が前提になっているものと思われる。残念ながら、「淑女教育」についての歴史を論ずることは恐らく困難なことなのである。本稿でも淑女の問題はあしからずということにさせていただきたい。

さて、紳士といえば、すぐ「英国紳士」ということになる。しかし、ダグラス・サザランドの著者『英国紳士』を訳出された小池滋氏も記しておられるように、〝「英国紳士」という言葉ほど、正体不明の、わけのわからぬ言葉はあるまい〃という見方が一般的なようだ。

紳士とは、一点非のうちどころのない人種を示す崇高なレッテルであるかと思えば、キザと偽善の塊を意味する場合もあるということである。客観的にみれば、英国のある特定の社会階級を示すだけで、倫理的価値は徹底的に排除されるという解釈もある。

とにかく、「英国紳士」というものは、しかく単純ではないということであるが、一例として、前記サザランド氏の紳士論の一部を観ることとしたい。

スコットランドの古城に住む貴族サザランド氏は前大戦でドイツ軍と戦った軍人であった。紳士の中の紳士であると自称し、サザランド少佐と名乗っているという。前記の著書は一九七八年に刊行され、ベストセラーになったようだ。

そもそも紳士の自然な移動の様式は馬であるが、現代の生活上の必要により紳士も止むを得ず車を持つ。しかし、紳士に向いているのはエステート・ワゴンであって、ロールス・ロイスは紳士向きではない。また紳士はよくランドローバーを持つが、これには射撃用の鉄砲を運ぶ銃架がついている。なお、紳士は車のボンネットの中は覗かず、エンジンのことは無知を鉄則としている。

紳士は時にゴルフやテニス等を体調を整えるため行うが、これらを真面目にやることはない。つまり下々の者と同じような取り組み方はしないということである。対して極めて紳士らしいスポーツはクリケットである。ラグビーはよいとして、サッカーはもはや紳士らしいスポーツとはいえない。ゴールを決めた後でお互いが抱き合ってキスをしたりする習慣で品が落ちたからである。

紳士においては、点とりゲームより動物殺戮ゲームの方が上位に位置する。紳士は野生動物協会に加入して、狐から雉に至るすべての動物の数を抑制するライフワークに献身する。そして狐の数の抑制は、紳士の社会における責任の一端と感じているのである。なお、紳士は、獲物に対しても生きのびる最大のチャンスを与えるようにして相手を追いつめるのが常である。サザランド氏にいわせれば、これがフェアプレーの精神だということになる。紳士は普通都会に住んでいるものではない。自分と家族にとってどんなに不便でも山舎にしか住みたがらない。そして、門には表札は出ていない。会いたいと思う人は住居を知っている筈だからである。

紳士は、若いうちは健康だから窓を開け放した暖房なしの部屋で眠る。年をとると、もちろんリューマチで足腰がきかなくなる。そして紳士は絶対にものを棄てないから、家具もソファ等は中がプカプカである。御先祖様と家系と伝統が紳士のレーゾンデートルだからである。したがって、部屋には贋作ゲインズボロー等の肖像画がかけられていることが多い。

サザランド氏の紳士論には諧謔的レトリックも多く、まともなコメントを試みようとすれば、かえって著者の術中にはまりかねない。手っ取り早い話としては、紳士である御本人の生活行動はどうかという点を確かめるにしくはない。この際、まことに有難いことには、実際にサザランド氏を訪ね、三泊四日そのお城に泊まって紳士の生活ぶりを紹介して下さった方がおられる。毎日新聞の黒岩徹氏である。(「豊かなイギリス人」)。

スコットランドのグラスゴー中央駅で黒岩氏を迎えてくれた車はロールス・ロイスであった。やや弁解がましく、「これは友達のドナルドの持物でネ、やつは成金なんで仕方がないや、我慢してこれに乗っておれの城にきてくれ」とはサザランド少佐の言である。

やがて車は、町並みを抜け、牧場を過ぎ、森の小さな村の少佐のお城に着く。木の杭の門らしきものに標札はない。どうやら都会に住まない紳士の条件には合致している。城の中は古色蒼然として、家具も年代ものだ。浴槽も便器も古い。古きをもって尊しとすることも紳士の条件であった。家は隙間風が外の冷気を運び、寒さも十分すぎていた。「セントラルヒーティング等紳士のものではない。紳士たるもの寒さ故のリューマチも覚悟せねばならぬ」と少佐は断言したという。

英国紳士道は、「痩我慢の精神」ではないか、というのが黒岩氏の感想である。紳士のお城を訪問して半年後、少佐からの次の電話で益々その感を深くしたという。

「あの城を売っぱらって、エジンバラ近くのインペレスタに館を買ったよ。泊まりに来てくれ。今度の館はあのお城より小さいけれど、暖かくていいね。なにしろあの城は寒かったからもう我慢できなくってねえ…」。リューマチになる寸前のことであったのかもしれない。

さて、紳士教育のことに話を戻したい。

歴史的にみれば、理想的人間類型としてのジェントルマンの理念は、ジェントルマンという社会的階層の出現と同じく一六世紀に成立したといわれている。騎士道的尚武の理念を持つ貴族と新興の地主層であるジェントリーを含めたものが広い意味でのジェントルマン階層と考えられているようだ。当時ジェントルマンについては、肉体労働することなく生活することができて、さらにジェントルマンらしく振舞い、責任感を持ち、それらしい相貌を有するもの、と考えられていた。ジェントルマンの理念としては、イタリアからの影響もあって、人文主義の提唱するギリシャ哲学等古典的教養の修得が必須とされていたのである。また教養は、古典だけではなく、音楽や詩等の芸術的教養を含み、作法や礼節をわきまえることも強調されていた。このようなジェントルマン理念の形成にあずかったのが古典とスポーツを重視し標準紳士製造工場といわれるパブリックスクールであった。

イギリスの行政官であり歴史等の著述家であるフィリップ・メイソンは、「一九世紀において殆ど宗教となった紳士概念は現代においては最早社会的な力をもっているとは言い難い」と述べている(『英国の紳士』金谷展雄訳)。紳士サザランド氏の痩我慢の苦闘もこの点にあるというべきであろう。

しかしメイソンは、現代イギリス人の行動全体に、今でも「紳士」の風味が行き渡っているのを感じとることができるとも記している。より具体的にいえば、すべての人に思いやりがあり、ほかの人の感情をくみとろうとすること、自分に注目を集めようとしないこと、友人を見捨てたりしないこと等はすべて望ましいことであり、そのような人物が decent chap 即ちまともな人間だということである。この decent chap という言葉には、紳士概念における社会階層のニュアンスが捨象されていることに注目したい。

冒頭の猪口氏の紳士教育の勧めは、上記のような「風味」に欠けるわが国の現状において、歴史的な紳士概念のいくつかに連なる現代版ジェントルマン即ち decent chap の理想型を志向したものと理解すべきであろうか。

旧套と改革

私達は、日常、情報の海のただ中にある。情報の波は、求めなくても一方的に押しよせてくる。そして、その波は日々異なり、さざ波の日もあれば、波しぶき荒い日もあるようだ。私達は、新鮮で確度の高い価値ある波を選ばなければならない。それが、上手に波を乗り切れるかどうかの分かれ目となる。私達としては、大きな関心を払わざるを得ない。

その情報の最たるメディアとしての新聞各紙は、日々質量ともに膨大なものとなっている。その中での珠玉ともいうべきコラムの内容から、一、二の感想を記させていただきたい。

各紙のコラムは、それぞれの新聞社を代表する達識の文章家がこれを担当しておられる。私もかねて敬意を払いつつ愛読してきた。その元旦のコラムでは、三紙が同じ趣旨の出だしの文章であった。その趣旨を三紙まとめて言えば、年が改まると空気もすがすがしくなる、昨日と何一つ変わらない風物も森羅万象ことごとくが改まってみえる、そのような初日を迎える人々の思いは信仰に近い……ということになる。出だしは同じ趣旨でも、あとは筆者の腕のみせどころである。その内容は、なまなかの人々の及ぶところではなく、読ませるものとなっている。それぞれについてなるほどと感服しながら私の目にとまったのは、吉川英治氏の一句だという「元日やことしもどうぞ女房どの」というくだりであり、中村草田男氏の「夢殿の夢の扉を初日敲《う》つ」という一句の引用であった。前者は、世上の問題とは関係なく、やがて銀婚を迎えようとする全く私個人の感慨であるが、後者については、少し考えさせられるところがあった。

中村草田男氏は、戦前、七年制の高等学校の尋常科で私の受持ちの先生であった。俳人として一番親近感を持ち、尊敬していた方である。元旦のコラムで中村草田男氏の句をみたとき、この句もなるほど夢をひらくお正月にふさわしいと思いつつも、私の頭には、別に、「旧景《きゅうけい》が闇を脱ぎゆく大旦《おほあした》」の一句がふと浮かんできたのである。

この句は、氏の第八句集「時機」の中で、昭和三十五年分の冒頭に掲げられている。作者によれば、新聞からもとめられた年頭吟の一句だという。そして、別途の著書において作者の自句自解がある。この句についての作者の熱いおもいがよくわかるので、少し長いが次に掲げさせていただきたい。

「……大旦は、夜の引き明けから初日の出までを表するに適する。……われわれは、自己の外的環境と生活の実情とを一朝一夕に徹底的に変化せしめることは容易に実行し難い。いわんや自己の人間的生活を一挙に無垢光明の偏満した次元へまで完全に上昇更生せしめることはできない。しかし、鋭意それを希うということだけでも、一歩その目標へ自己を推進させる原動力と無縁であり得ない。〝旧套を脱する〟という念願がこの一句を裏付ける一種の祈りなのである。」

香西照雄氏は、この句の旧景とは「自然だけの風景ではなく、人間の営みが中心になっている」として、さらに「昨日までその渦中にあって罪悪や不正の存在を知悉している人間界が、闇という外被を脱ぐと同時に、内部の様々な暗黒面をも除去しつつあるように感じた。それは、気分一新の元朝で、自他共に正しく誠実に生きることを誓う時だから……」と記しておられる。

歳時記には、去年今年《こぞことし》という季語がある。一夜にして去った年が去年となり、新しく迎えた年が今年となる、そのあわただしさの感慨だとの解説をみた。そのあわただしい年の変わり目において、人間が一日で変わる筈はないことを自覚しつつも、一つのきっかけを求めて自らの向上を希う気持ち、私がこの句に大きな共感を覚える所以である。そして、元旦の三紙のコラムの出だしの文章との関係では、まさにこの「旧景が……」の一句こそピッタリではないかと私には思えるのである。

なお、元旦の紙面のコラムが、期せずしてこのように符合した趣旨の文章ではじまるということは、筆者の側の問題というよりも、むしろわが国の人々の生活に根ざした伝統と文化に由来する点がより大きいというべきであろう。ということは、一面において、変化を基調とする情報化社会とは言っても、人間社会はよほど堅実な歩みを示しているということの証左ではなかろうか。

しかし、その歩みの話としてもう一つ触れさせていただくと、この元旦の各紙においては、教育改革の歩みははたと止まった感があった。各紙の論調、コラムあるいは記事の中で、教育改革に触れたものは一つもなかったからである。ないと断定することについてはあるいは読み落としがあるかもしれない。しかし、少なくとも大きな見出し、大きな内容での記事等は目に触れなかった。これはどういうことであろうか。教育改革は年来の課題である。情報化社会のミサイルとも目すべき紙面は、この点において去年今年で変身したのであろうか。そうではあるまい。情報の波としての価値を喪失しただけで、ことがらの重要性の意味が失われたわけではないからである。ただ、高価なミサイルを打つ価値に乏しいという判断はあったのであろう。その判断にいたらしめた背景、理由は何か、ということの方が問題だと思われるのである。

さきに触れたように人間社会の歩みは堅実な面が多いが、その歩みが旧套墨守であってはならない。教育の営みもその例外ではない。ただ、教育の問題では、何が脱皮改革を要すべき旧套であるかの見極めが難しいということであろう。とはいっても、その見極めは誰かが行わねばならないのである。その意味では、年来各種の改革意見が出されてきた。未だ足らざる部分が多いかもしれない。この際、私達は、大旦の気持の中で、旧套を脱する祈りをこめて、自らの仕事と生活の見直しに真摯に取り組む必要があるのではあるまいか。

〝礼〟と〝和〟の粉雪

近年、〝儒教文化圏〟や儒教そのものについての研究が内外で盛んになっているようだ。前者については、東南アジアのＮＩＥＳ経済発展と儒教との関係が検討の対象とされている。

わが国においては、平成二年の秋、「儒教ルネッサンスを考える」と題するシンポジウムが開かれ、その内容は昨年一書となっている。

さらには昨年の夏、ドイツのジャーナリストであるハンス・Ｗ・ファーレフェルト氏の著作で、邦訳『儒教が生んだ経済大国』という書物が出版された。そこでは、日本の経済的成功の背景にある〝精神〟の問題が分析され、その精神とは〝日本的儒教精神〟であるとされている。氏は、日本の一般社会、とくに企業、官庁、学校等様々な組織において儒教的な道徳規範が根づいていないところはないと述べる。戦後半世紀を振り返ってみても、近年のように儒教が真正面から取り上げられたことはなかった。教育の分野においても、道徳教育の重要性とその充実が大きな課題とされてきたが、その場合でも儒教との関連が話題とされたことは余り記憶にない。しかし、組織社会や教育との関連でこの際一考に値する問題ではないか、ということなのである。

この儒教についてさきのファーレフェルト氏は、まずそもそも日本人は儒教の徒なのであろうかと問いかける。この点、日本人がそれを自称していることは殆どないし、人々が儒教の本を読んでいるかどうかも疑問だとする。しかし、社会、国家、政府について彼等の考え方は儒教的なのだとして、日本人は一人として孔子が作り上げた儒教的文化を捨てるものはいないと述べている。要するに日本人は、無意識的に、儒教的雰囲気にどっぷり漬かっているのではないかということのようだ。

そういえば、昨年、『儒教の毒』という一書を出された村松暎氏と、儒教の宗教性を強調される加地伸行氏との間で、〝儒教は毒か薬か〟という対談が行われた。そこで加地氏は、家族観や教育問題等様々問題には儒教が影を落としており、われわれの内なる儒教的なものを見直すことは薬を求めることであり毒ではないとしておられる。この点、それではわれわれの内なる儒教的なものとは一体何であろうかということになる。

まず、さきのファーレフェルト氏の言うところを聞いてみよう。氏は一つの見本例として本田宗一郎氏と松下幸之助氏の例を挙げる。まず本田氏は、職場におけるモラルと従業員の精神について語り、ホンダは〝家族〟だ、製品を作る前に人間を作れ、すべての研究は人類の幸福に奉仕せよ、世界との調和の中で前進せよ――という言葉がパンフレットに書き込まれていたという。

そして松下幸之助氏は、公明正大、和親一致、力開向上、礼節謙譲、順応同化、感謝報恩等の原則を社員に示し、商売とは利益が最終目的ではない、労働とはより高いものに向かっての努力、つまり社会への奉仕であり、この目的達成は職場における〝和〟によって手の届く近きにありとする。この点でファーレフェルト氏は、儒教道徳の〝和〟は数万人の従業員を擁する大企業のシンボルであると捉えている。そして、日本人は社会での生活、職場での行動、上役に対する関係、同僚との仲間関係等、仕事が話題になるときは必ず〝和〟について語ると述べている。要するにファーレフェルト氏は、上記の本田氏の〝家族〟や松下氏の〝和〟の精神をもって儒教の精神的エートスとし、そのことが日本企業ひいては日本工業社会発展のバックグラウンドであると分析しているのである。

そこで、ここでは、〝マルクスは孔子に負けた〟とファーレフェルト氏がいう孔子の思想における〝和〟とは何かということを取り上げてみたい。

まず、論語をみてみよう。宮崎市定氏の読み下しおよび訳解によることとする。

「礼これ用うるには和を貴しと為す。先王の道も斯を美と為せり。小大に之に由らば行われざる所あればなり。和を知りて和するも、礼を以て之を節せざれば、亦行うべからざるなり。」（学而第一ノ十二）

〝礼を実行するには妥協性が大切だ。三代の政治が立派だというのも、こういう点で最高であったからだ。物事を一から十まで例の規則づくめでやろうとすれば、行きづまることが出てくるためだ。（これに反し）妥協が大事なことだけ知って、もし融通無礙に流れて、礼の規則でけじめをつけることがなければ、これも亦きっと行きづまるものだ。〟

孔子にあっては、礼が大切なのはその外形よりもむしろその意味するところ内容にあり、礼の精神においては和が大なる地位を占めているというのが宮崎氏の解説である。

貝塚茂樹氏はこの章の〝和〟について「礼を実現するには調和が大切である」と解しておられる。そして、この章の後段については「調和をはかるのはいいが、礼の本質にかえって、身分的な秩序にしたがって節制を加えないと、悪平等となって、またうまくいかなくなるものだ」と訳しておられる。

古典というものの解釈は何とも難しいもののようだ。宮崎、貝塚両碩学のそれぞれの訳解は本筋において大きな異同はないのかもしれない。しかし、ニュアンスはかなり異なる。後段の礼について宮崎説は〝規則〟であり、貝塚説は〝秩序〟である。また最後のところの〝行きづまる〟というニュアンスと〝悪平等となってうまくいかない〟というニュアンスもかなりの違いがある。その差は恐らく、宮崎説がこの章の〝和〟を大胆に〝妥協〟と訳解したところからくるものであろうし、貝塚説は〝調和〟と解してさらに〝身分的な秩序〟という概念を持ち込んでおられるところからくるものではなかろうか。

この論語における〝礼〟と〝和〟は、たしかに日本における企業あるいは官庁等の組織に根強く生きている地下水であるかもしれない。企業には社規、社則があり、官庁には組織規程があり、決裁規程がある。しかし組織がこれらの規程で動いているわけではない。わが国の組織が多数決ではなく全員一致のたてまえをとり、根回し社会であるというのも、その底流には上記の礼と和が流れているからではなかろうか。

山本七平氏が指摘されるように、和は人々に一体感を持たせ、礼は人々の間のけじめと区別を明らかにする。そして身分、年齢、時間空間をこえて全体が和して、片や上司、下僚、年長者、年少者、年次等々のけじめと区別も配慮されることになるのである。わが国の組織は契約社会ではないといわれるのもこのような礼と和の根強い伝統に基づくものであるかもしれない。この点、「論語」について一書を著された桑原武夫氏が「私の体内には儒教的なものがいつしかいわば粉雪のように降り積もっていたのであろう。」と述懐しておられることに私は共感を覚えるのである。そして、この桑原氏の表現を借りれば、わが国の企業、官庁等の組織には、論語のいう礼と和が、そして、徳川期からの長い儒教的伝統のエートスが粉雪のように知らず知らずのうちに降り積もっているのではないかと思われるのである。

それにしてもわが国の儒教的伝統の〝粉雪〟の問題は企業的組織社会だけの問題ではない。たとえば現下の道徳教育において、儒教的伝統との関係はどうかという点等、識者において積極消極検討されてしかるべきだと思われるがいかがであろうか。

〝徳行〟評価の今昔

遙かなる古代史の諸相は、その事実が詳かでないだけに、世の人々を限りない夢とロマンの世界へといざなう。しかし、時として千年余の眠りから覚めた断簡零墨から当時の姿がしのばれ、ことの真相に迫る検証に人々は驚かされるのである。

昨年の夏、東京国立博物館において大規模な平城京展が開催され、多くの発掘出土品が展示された。奈良朝の悲劇の宰相といわれる長屋王に関する木簡については、新聞、テレビでも大きく取り上げられていた。そこで大きな興味と関心を集めたのは「長屋王」ではなく「長屋親王」と記された木簡が現れたことであった。

藤原氏と長屋王との間に確執があったこと、長屋王を自害に追い込んだ藤原氏の権勢のこと等諸学者の解説はまことに興味深い。ただ、私は別の意味で当時の実力者長屋王に興味があった。それは、このたびの展示での木簡に、勤務評定に関するものが含まれていたことも関連しているのである。

遠く奈良時代の初期、養老五年（七二一年）正月二日、律令制下の官人達に対し強硬な指令が発せられたという。それは、「……諸官庁に勤務する官僚達が……それぞれの省長官の邸宅に参上し挨拶した場合には、本人は現職を解任し、その同僚達は、その年度での勤務評定の成績を下げることにする」というものであった。まことに厳しいというほかはない。この禁令は、長屋王が右大臣として政府首班の席についたときと軌を一にするものだといわれている。この禁令にある当時の律令制下の官人達の勤務評定制度はまことに完備したものであったらしい。長屋王邸跡から約五万点の木簡が出土しているが、昨年夏の展示会でも勤務評定に関する木簡が展示されていた。考課木簡といわれるもののようであるが、文字どおり断簡であって、何を読みとるかは専門家の研究に待たなければならない。私はこの木簡をみて、当時の勤務評定制度の評価基準のことや長屋王の禁令のことが思い出されたのである。

右で引用した野村忠夫氏等諸学者の研究によれば、古代官僚の官位の昇進は考選法とよばれる仕組みによって行われていたようだ。そして、その内容はまことに厳しいものであったらしい。〝考〟とは毎年の勤務評定であり、〝選〟とは、毎年の評定実績を一定年度ずつ総合して官位を授けることである。そして、評定権は各省の長官が持っていた。それが故に長官への挨拶についてさきに触れた禁令が出されたということなのであろう。官人達は常に精励と恪勤を要求されていたのである。

この古代の勤務評定は何を基準として行われたのか、現代の基準と比べてどうかという点が一つの関心事である。そして、千二百年余昔のことではあるが、その実効性はどうだったのであろうか。

まず勤務日数のことである。官位の上下と官職の種類によって年間勤務すべき日数が決まっていたが、特別なケースを除き、一日でも欠ければその年度の評定から除外されてしまう。まことに厳格である。残されている実例でも、一日か二日の不足により「不考」として勤務評定の対象からはずされた例があるそうだ。現代社会でも無断欠勤はサラリーマンたる者の御法度ではある。

次に評定の基準、要素である。当時は上上〜下下の九ランク評定であったが、その評定項目が興味深い。まず、徳目的な〝四善〟と職務に関する〝最〟とに分かれる。現代のある県の校長の評定項目が、「特性・能力・適性」と「職務の状況」となっているのと比べると興味深い。〝四善〟とは(一)徳義聞ユルコトアリ、(二)清ク慎メルコト顕《アラワ》レ著《アラワ》ル、(三)公平称《クビョウ》スベシ、(四)恪《ツツシ》ミ勤ムルコト懈《オコタ》ラズ。以上四つであるが、これらに適合すると判定されるとそれぞれ一点が与えられる。

では現在はどうか。ある県の校長の特性等の評定要素は、(一)統率力　(二)責任感　(三)自主性　(四)公正　(五)協調性　とあってそれぞれＡＢＣの三段階評価となっている。

両者の比較においてまず感ぜられるのは、現代の評定要素においては、徳義とか、恪勤等徳行に関する要素が表に出ていないことである。しかしこれらの要素は人間評価で当然第一番のことがらであり、古代官人の評定要素は堂々と表に出しているところが面白い。リーダーシップと人徳との関係は不可分である。だとすれば、現代の要素における「統率」という項目の中に徳義・徳行の問題も含まれているに違いない。ただ、この場合、部下の掌握以外に、人望とか、頼りがいがあるとか、カリスマ性があるとか極めてつかみがたい要素もありそうだ。


そして、職務に関する評定基準である。さきに触れた〝最〟であり、古代官人の官職の職務の達成度の評価基準である。たとえば、当時の大学の教官に適用された〝博士の最〟の内容はまことに厳しい。「訓エ導クコト方アリ、生徒業ヲ充ツ」ということであり、要は、教育の方法が適切で、学生達が十分な学習成果が上がったかどうかが、評定の基準なのである。当時の大学では、年度末の試験の結果により上中下の三段階に評価されていたらしい。教えた学生全員が中等以上の成績をとらなければ先生自身の評定の「生徒業ヲ充ツ」ということにならないのだそうである。教え放しで、落ちこぼれが出ることは許されない仕組みである。学生の方が悪いという弁明は許されないことであり、教授者としてはまことにしんどいことであったに違いない。

この点、現代の学校教員の「職務の状況」に関する評定基準は、(一)学習指導　(二)生徒指導　(三)研修　(四)校務の処理、となっていて、それぞれ五段階評価である。この場合の「学習指導」の最上の評価はどうであろうか。それが一人の落ちこぼれもない「生徒業ヲ充ツ」ということになっているとすれば、これまた大変なことであろう。

さて、このような〝最〟を獲得できると一点であり、さきの〝善〟と〝最〟の合計点で勤務評定が決定される。仮に人格徳義満点で職務執行抜群である人は、四善一最で五点即ち九等級ランクの上上ということになり、二善一最の三点は上下、一点なら中中ということになるのだそうである。まことに厳しいのは、中下以下はマイナス点で、「識《シキ》事《ジ》粗《ホボ》理《オサ》マリテ善最聞エズ」であり、下下は、「官ニ居テ諂イ詐リ、および貧《ドン》濁《ジヨク》状《カタチ》アリ」となっている。これはいうまでもなく汚職ということにほかならない。〝善最聞エズ〟というのはまことにユーモラスである。

なお、はじめに触れた長屋王が「私かに左道を学んで国家を傾けんと欲し」ていると密告し、長屋王を自害に追いこんだという人物についての問題がある。この者は、変の直後一挙に十七階級上の官位を授けられたという。官位は、厳しい勤務評定による昇叙システムによるとされながら、これはどういうことであろうか。

整然たる古代官僚制の勤務評定のシステムも、家柄による毛並みとか、官僚社会の派閥とか、特例とかで、実際にはどこまで機能していたか疑問だ、というのが坂本太郎氏はじめ諸学者の見解である。しかし、この制度が、当時の官人達の勤務の在り方のインセンティブとなり、かつ暴走の足かせとなったことは想像に難くない。凡そ世の中の組織において人が仕事をする以上、その勤務の良し悪しについて評価があることは当然である。問題は、その評価の仕組みと評価する人の在り方如何ということになるのではあるまいか。

ロビンソン型人間類型と現代

フィリピンの山中でただ一人三十年を過ごして帰国した小野田寛郎氏は、今、福島県で二百ヘクタールの〝キャンプ学校〟小野田自然塾を開いておられる。その小野田氏のお話をある記事で見て心を動かされた。氏の帰国の際の印象では、物質文明の先進国となった祖国では人間が傲慢になりすぎていた、人間も自然の中の生物の一種属であることを忘れていたのではないか、ということなのである。

また、開塾当時「初めは虫が怖い、泥が汚いと言っていた都会の子が、夜、自分の心臓の音が聞こえるような静かな自然の中で、親の目から離れて一週間もすると、次第に隠れていた本性がおのずから現れ、その小さな社会の中で自主的に考えて行動できるようになってゆく」と述べておられる。

昨年の夏は、この自然塾を一千人の子供達が利用したという。このような小野田氏のご尽力に心から敬意を表したい。

この〝自然〟との関連では、近年、地方公共団体等による所謂〝無人島事業〟が活発に行われているようだ。その趣旨や狙いは上記の自然塾のコンセプトに相通ずるものがあるといえるのかもしれない。

無人島での生活といえば、誰しも少年時代に親しんだロビンソン・クルーソー漂流記が頭に浮かぶことであろう。

この物語について、ルソーは、『エミール』の中で、〝わたしの考えでは、自然教育のもっともよくできた概説を提供する一巻の書物が存在するのだ。……そのすばらしい本とはどんな本なのか。アリストテレスか、プリニウスかビュフォンか。いや、ロビンソン・クルーソーだ。〟（今野一雄訳）と記している。ルソーは、書物ではなく、事物に即して学び、それを教訓にして人間行動を行うロビンソンの在り方を教育的に高く評価しているようだ。

絶界の孤島での日々の生活においてロビンソン・クルーソーは、一人で工夫し営々と働いてたくましく生きてゆく。その行動については、臨場感ある冒険物語として一読感動した記憶を持つ人々も多い筈だ。しかし、読書の年齢段階という点からいえば、そのロビンソンの思考や行動に何らか統一的な人間像を感じ取るということは、まず無理な話であったと思われる。

平成四年度文化勲章受章者大塚久雄氏は、この漂流記を素材として人間類型に関する興味深い見解を公にしておられる。

大塚氏は、ロビンソンの思考や行動様式に歴史的な〝資本主義の精神〟との関係で重要な意味を与えておられる。そこには、近代ヨーロッパにおける資本主義経済を主体的に作り上げていった人々の人間類型があり、それは、〝ロビンソン型人間類型〟というべきものだということなのである。

このロビンソン型人間と無人島事業の現代少年とはどのように関わるのであろうか、ということを瞥見《べっけん》してみたい。

まず、ロビンソンの思考や行動様式のどこが特徴的なのであろうか。

ロビンソンの思考や行動様式を一口でいえば、僥倖目当ての投機的、冒険的、非合理的なものではなく、目的的であり現実的計画的で極めて合理的なものであったということである。

物語におけるロビンソンの生活設計および思考と行動の具体例を思い出してみよう。

ロビンソンは、難破した船の中から残っていた小麦や鉄砲、弾薬等を持ち出してくる。当面、柵を作って土地を囲い込み、住居を作る。そして、小麦を食べるだけで消費することなく再生産の種としてこれを播いて増やしていく。また、火薬を大雨から守るため、いくつにも分けて貯蔵して危険分散の「保険」をかける。山羊もただ撃ち殺して食べるだけでなく、牧場で飼って繁殖させることにしていた。……

これらは、資材と労働の合理的配分という意味でロビンソンの合理的で目的的に考え行動する人間としての特徴を表すものであり、経済生活の基本的事実のすべてが含まれているということになるようだ。

人間の行動様式の合理性測定のための最も重要な尺度の一つはパンクチュアリティである。ロビンソンは日常非常に時間を重んじており、島にたどりついてからの日数計算も非常に正確に行っていた。〝時《とき》は貨幣《かね》なり〟という観念は一七世紀当時既に生まれていたらしい。

ロビンソンは、さらに漂流一年目を経過したところで自分の漂流生活のバランスシート、損益計算書を作っている。

「私は公平に、簿記でいう貸方と借方といった具合に、自分が恵まれている有利な点と苦しんでいる不利な点とを次のように対照してみた」(平井正穂訳)。そしてロビンソンは、悪い点として「私は人間や獣の襲撃に抵抗する何らの防御手段をもたない」と記し、一方良い点として、「この島には、たとえばアフリカの海岸で見たような人間に害を加える野獣の姿は見られない」と記す。このように数項目の対比をしながら、この痛ましい境涯にあっても私の対照表には神に感謝すべきなにものかが明らかにある、としているのである。

大塚氏は、結局のところこの物語の中では、イギリスの輝かしい将来を担うであろう中産的生産者層の合理的思考と行動様式の明るい側面が理想化して描かれていると評価しておられるようだ。

上記のようなロビンソン型人間類型との関係において、現在全国的に行われている所謂〝無人島事業〟の意義はどう評価されるべきであろうか。

二、三の具体例から観ると、この無人島事業は、自然生活へのチャレンジを通じて生きることの厳しさを学び、困難に耐える心や体そして豊かな感性を養い、さらには自立心や創造性を育てるということがねらいとして共通しているようだ。

ロビンソン型においては、自ら考え工夫して実行する透徹した目的合理主義的思考と行動様式が認められる。

その意味で対比すれば、現在の無人島事業は、あるいはロビンソン型人間類型をめざす現代版といえるのかもしれない。たしかに、人工的文明環境にしか接したことのない今の子供達にとってそれは意義あることなのであろう。ただしかし、ここで一寸考えたいことがある。上記の〝意義〟は事業に参加した子供にとっての話である。そして数の問題がある。

事業主体である地方公共団体が、一夏一回五十人程度の無人島事業で満足しておられるとは思いたくない。現実には五十人の募集に一千人の応募者があった例もあるという。しかし、五十人の子供に二十人の指導者が必要だという無人島事業を大幅に拡げることも難しいことであろ。

どうやら、ロビンソン物語も無人島事業も教育の在り方への一つの問いかけとなっているのかもしれない。自ら考え、合目的的に、合理的に行動できる人間の育成ということは教育全体の一つの課題になっている筈である。程度と効率の問題はあるが、未開の自然環境でしかそれが達成できないということではない筈だ。

その意味では、無人島事業もさることながら、無人島事業で子供達に体験させることができる教育上のアイテムを、より広い教育のフィールドでどのように実現するかという点こそ十分検討すべき課題だと思われるのであるがいかがであろうか。

日本的ニュアンスの適不適

昨年の秋、ＰＫＯ法案が国会で審議されていた頃のこと、平和維持軍に参加する自衛官の武器使用についての論議があった。その際、〝組織としての武器使用はない〟、しかし、〝組織としてではなく、組織的に個別の判断を束ねるような形で武器使用する場合〟はありうる、という政府側の答弁が行われた。

この場合の〝組織〟と〝組織的〟の違いについて新聞各紙は、つじつま合わせであるとか苦しい解釈だという解説をしていた。しかし私は、日本語で〝的〟をつけることによる意味の違いとして、成る程とある意味で納得できるような気がしていたのである。

それには若干の経緯がある。かねて私は、〝学習指導要領の法的拘束力〟という言葉の〝的〟に疑問を持っていた。法と法的では意味が違ってくるという感覚からであり、法としての拘束力、あるいは法規としての拘束力であって、〝法的〟という必要はないということである。

〝的〟は〝の〟であってそう気にすることはないとおっしゃる向きもあるかもしれないが、日本語の語感からすればそう単純ではないという思いがあった。

一例としてみれば、ある教育法学者の浩瀚な教育法に関する書物にも随所に法的拘束力という言葉が出てくる。〝学習指導要領の告示は……全体として法的拘束力を有する法規ではない（法規として拘束力を有するものではない）と解される。〟といった具合である。この場合、〝法的拘束力〟という言葉の曖昧さを自覚されるが故に括弧書きをつけ加えたということであろうか。しかし、当該論者の立場では〝法規として拘束力を有するものではない〟といえばすむことなのである。ここでの〝的〟はさきに触れた軽く〝の〟の意味だということであれば、それは日本語の語感の正確な認識の問題だということになりそうだ。

この点、恐らく論者には、学習指導要領は〝告示〟であって告示すべてが法規範ではないという潜在意識があるのではなかろうか。その潜在意識が〝的〟にこめられているとすれば甚だ情緒的だというほかはない。

このように、ある意味では感覚的に〝法的拘束力〟という言葉を忌避していた私は、あるとき鈴木修次氏の〝的〟という漢字の解説を読む機会があって、自分なりに納得していた。先年の国会論議の報道に接し俄に〝的〟への関心を思い出すことになったのである。鈴木氏の解説によって少し整理してみたい。

〝的〟という言葉は、そもそも中国語の助詞として用いられていたが、文法的にはかなり複雑な言葉なのだそうだ。名詞と名詞の間に〝的〟を用いると中国では〝……の〟、〝……に関する〟、〝……についての〟等の意味になるという。中国語で、〝世界的状況〟といえば世界の状況であるし、〝科学的思想〟といえば科学についての思想という意味になる由である。中国語では、ということである。さすれば、中国語で〝法的拘束力〟といえば法の拘束力ということで別に問題はないのかもしれない。

ところが、現代の日本語で、〝的〟のつく言葉即ち〝……的〟には、おのずから日本人独自の感覚が伴うと鈴木氏は述べておられる。たとえば、〝好意的姿勢を感じた〟という場合の〝好意的〟という言葉は、こちらに好意があるような、ないような、という感じがあって、好意はあるようだがその程度が正確にはわからないというあたりを示す言葉として用いられている、という例等である。これはよくわかる。日本語で〝的〟の語感はまさにそういうことなのではなかろうか。

つまるところ、日本語としての〝的〟はほんものとはいいがたいもの、ほんものより一歩下がったものという意識をこめたものということになる。冒頭で触れた組織と組織的の違いもこの点からすれば成る程といえるものではあるまいか。また逆に学習指導要領について〝的〟をつけて法的といえば、ほんものの法であるかのごとく、というニュアンスとなって極めて適切ではない。

なお付言すれば、さきの例で〝好意的〟という言葉には幅と含みがあるから、あとであえて〝好意的〟と言った次第で〝好意を感じた〟と言ってはないと逃げることができる代物だ、と鈴木氏は述べ、そして、このような〝的〟は議会における答弁としてあたかもふさわしい、と付け加えておられる。この点、国会で若干答弁をしてきたわが身を振り返ってみるが、さてどうであったか定かには思い出せない。

考えてみると、現今〝的〟はいたるところにある。他意はないが、例として昔の総理の所信表明演説をみてみよう。順不同で拾い出してみると、本格的、長期的、潜在的、積極的、科学的、総合的、機動的、伝統的、意欲的、文化的、効率的、基本的、地域的、国際的、一元的、計画的、といった具合になる。積極的とか総合的等は何回となく使われている。どうやら私達は意識せずに〝的〟を濫用しているのではないかとも思えるのである。

この〝的〟の濫用については、日本語の使い方について一家言ある井上ひさし氏も一言述べておられる。

〝……個別的自衛権、政治戦略的、大乗的見地や気持ち的、欠落的等の頻発……等立腹的にならざるを得ない、的の的確的使い方は？〟という質問に対する答えとしてである。要約すれば、的の氾濫は柳田国男のいう〝形容詞飢餓〟のせいではないかと述べた上で、的は原則的にいくら使おうと構わないが、連続的、集中的、接続的、焼糞的に使用すると、そのうちに使っている人間が痴呆的に見えてくる、と語をついでおられる。さらにいえば、何一つましなことを言っていないのに何かましなことを言っているような錯覚に陥り、漢語のいかめしさと的のもつもっともらしさが結びついて、ニセモノの学問的雰囲気が立ちこめるということになるということのようだ。心すべきことであろう。

井上氏の答えはまことに刺激的である。とにかく日本人が使用する〝的〟には、対象そのものをズバリと言い切らず、ある種の〝にじみ〟や〝かげり〟、あるいは〝幅〟をその語に添え、それらしいもの、それめいたもの、それに準ずるものという一種のムードを示そうとする言葉だとする鈴木氏の説はよくわかるような気がするのである。

しかし、〝的〟にも捨てがたい一面もあるようだ。日本人は、中国語の〝的〟の用法ではなく、日本人独特の用法を作り出した。それは、ものごとを明快に言い切らずになるべく幅をもたせて言おうとする日本人好みに由来するようだ。そこから〝君はすばらしい〟と単純に言うよりも、〝君は魅力的だ〟と言った方が相手の言い知れぬ素質がそこはかとなく示されることになる、という説も生まれてくる。このニュアンスが実用的であるかどうか私には判断しかねるが、若い方々の御意見を待ちたい。

日常生活において〝的〟がどう使われてもさして実害はないであろう。しかし、国家政策や法解釈論での言葉の使い方は厳密でなければならない。冒頭での組織と組織的の使い分けについては、政府部内で綿密な検討を経た上での答弁であった筈である。批判は根拠をもって的確に行うべきであり、新聞各紙のように〝感覚的〟批判を行うことはいかがなものであろうか。

正統と異端の角逐

ホワイトハウスの電話が鳴ったのは夜も遅い時間だった。モスクワからだった。

〝問題が起きた。〟重いロシアなまりの声は言った。〝レーニンを墓から出したあと、レーニンを置く場所がない……〟。

ホワイトハウスの当直官は答えた。〝そんなことで大統領を起こせとでも私に言いたいのかネ?〟。

そしてモスクワ。〝それはわれわれの問題であると同時に大統領の問題でもある筈だ。われわれがレーニンのための適当な休養所を見付けない限りソビエトに平和はないだろう。そして赤の広場にレーニンの遺体を放っておくわけにもいかない。それは観光客の毒になるから……〟。

昨年の九月、たまたま見たヘラルド・トリビューン紙のコラムの書き出しである。筆者はアート・バックウォルド、そのコラムを全米五百紙近くが登載しているという人気コラムニストである。

そこではさらにレーニンの遺体の置き場所について、スーパーマーケットではどうか、いやアメリカのローズガーデンやディズニーランドはどうか、それともシベリアか万里の長城はどうか、とやりとりが続く。そして落ちは、スペースカプセルに入れて軌道に乗せてしまうことになる。そのこころは、レーニンを愛する人は空を見上げて空を見る、彼を憎む人は間違ってもそんなことはしない筈だということのようだ。

そして十一月頃であったか、各紙の新聞報道で大々的にレーニンの遺体競売が報じられた。これはすぐ冗談だったということで落着したが、この騒ぎはあるいはこのコラムにヒントを得たものだったのかもしれない。

いずれにしても、ソビエトからロシアへの流れはアッという間もない程の早い転換であった。結果から省みて、ソ連は〝異端〟の社会主義であったという評者の新聞解説もあった。しかし、レーニン以来ソ連は七十四年間〝正統〟のマルクス・レーニン主義と自称して機能してきた。わが国でもそう主張してきた学者の方々も多かったのではなかろうか。社会主義をめぐる正統と異端の問題は種々論議がありそうだ。ともあれ冒頭のお話は、その角逐のプロセスへの感慨と祇園精舎の鐘の音を聞く思いを持たされるのである。

そこでこの際、一般的に正統と異端の問題を少し考えてみたい。わが国でもこの問題は随所にあると思われるからである。

この正統と異端の分析については、昔、山本新氏が西欧キリスト教史にみられる正統と異端の概念を分析し、これをコミュニズムに適用してユニークな理論を展開しておられた。氏によれば、マルクス、レーニン、スターリンはロシア・コミュニズムの正統であり、マルクス主義ドグマのロシア的サクセションの系譜である。正統とは、勝利者のイデオロギー独占状態であり、レーニン以後のソビエトの状態は〝護教〟であって、〝護教〟とはドグマの演奏にほかならないとする。しかし、〝異端〟は正統から弾圧され、気息奄奄としているけれども完全には根絶されず、何らかの形でその根は残っていて反撃の機会を久しく待っている。正統がゆらいでくるとき、異端はこの時とばかり頭をもたげる。正統は永久にはそのイデオロギー独占状態を続け得ないで異端によって大幅に後退することになる。

山本新氏は、コミュニズムについてはこの最後のところが未だ確認できないが……と書物で述べておられたが、それは三十七年前のことである。当時は所謂左翼進歩主義的学者諸氏が幅を利かせていた時代であった。そして、今その結果が現出し確認されたということになる。その炯眼に脱帽したい。

このような〝正統〟は、その見解と違う思想や教義を異端と命名し、正しくない間違った思想として断罪し、これを根絶しようとする。異端に対して正統という場合、そこには二通りの意味があるという。一つは、正統が絶対に正しく、異端は絶対に間違っているという正統側の主張である。間違っているものは絶滅しなければならないということになる。今一つは、正統が確立された場合、その思想が支配的になるという事実である。

正統は異端に対して戦闘的であり、真理を独占しているとの確信に満ち、非妥協的で寛容性を持たない。

そして〝護教〟ということと科学的探究ということとは全く対蹠的なことがらであり、護教はいわば探究の中止であり探究の遮断であり終焉である。護教の人々はもう真理がどこにあるかを模索しないし真理は既に与えられているのである。要するに護教は科学ではない。その意味においてレーニンは、ロシアの偉大なる護教論者であったということではなかろうか。

このような正統と異端については、私達も日常思いを新たにすべきことが多くあるようだ。その点ですぐ私の頭に浮かぶことが二つある。少々ダイメンションは異なるが、日教組問題と社会科問題である。前者については大方が御承知のとおりであり、ここでは後者について一寸触れておきたい。

さきの教育課程改訂の審議が行われた際、高校社会科を歴史や地理の教科に改変することについて種々論議があった。その時の印象を一言でいえば、社会科が専門であるとする学者の一部の方の言説がまさに上記の意味での〝護教〟のたぐいと感ぜられたということである。

当時、どうやら〝高校社会科〟は〝正統〟であり、これを歴史や地理とする言説は〝異端〟の説であるかの風潮が感じられたのである。

歴史を社会科として教えることについては、既に昭和二十八年当時から批判がなされていた。教育課程審議会で審議が行われるたびに過去何回も論議され、その都度〝正統〟の前に方向性を見出せず、結論を送って三十年以上を経過してきた経緯がある。しかし、歴史を日本史なり世界史として教える〝異端〟は、さきにようやく高校社会科の〝護教〟の壁を取り払い、護教のサクセションを拒否する結論を見出した。私はそれを高校教育のために心から悦びたいのである。

以上は一例であるが、戦後の教育界においてはイデオロギーが一つの流れとなって種々の分野で教育界を壟断してきた経緯もある。学校管理においても教育課程においても授業の実施の具体においてもそのことは種々問題を生ぜしめてきた。一イデオロギーや一集団による独占はやがて崩壊することを歴史は教える。人間の個性と多様性、社会や文化の異質性と相対性を考えるとき、私達は、常に寛容と科学的探究の精神の持続を自戒とすべきではなかろうか。

最後にもう一つ、ある雑誌の随筆で「レーニンの身悶え」という文章をみた。レッド・グルームという人の〝赤の広場〟と題する作品についてのお話である。当該作品は電気仕掛けになっていて、スイッチを押すとゴルバチョフ氏の人形の下で何かがうごめき出す。そこは墓になっていて、うごめいているのはまぎれもなくレーニンその人であるということのようだ。かれはペレストロイカにやきもきして身悶えしているという解説であった。遺体が問題になり墓がうごめくということが世の中ということなのかもしれない。しかしそれでは進歩はない。あるべき姿を常に求めて改善を図ることが教育界の常識になってほしいのである。

社会秩序正当化の根拠について

夏も初めの頃、〝正義〟という言葉を毎日のように見る機会があった。サミットの政治宣言に関しての話である。領土問題の解決を含む日ロ関係の正常化はロシアが公約している〝法と正義〟の原則がその基礎となるということであった。

私達の世代は、大戦末期のソビエト参戦とシベリア抑留の問題が忘れられない。しかし、ソビエトからロシアに変わったことでもあるし、一応はその〝公約〟を額面どおり受け止めるべきかもしれない。ただ、問題は〝正義〟とは何かということなのである。

最近の例でいえば、湾岸戦争のときにも大義とか正義という言葉が盛んに使われていた。アラブの大義でありアメリカの正義ということである。この〝大義〟という言葉は、〝正義〟とは若干ニュアンスを異にする。〝大義、親を滅す〟とはいうがこれを正義に置き換えることはできない。大義名分という言葉もこれはこれできまりである。しかし、ここではいずれもjusticeという意味で扱うこととしたい。

まず、アラブの問題である。この点については、近年優れた分析と洞察による著作・論考を発表しておられる放送大学の高橋和夫氏から御教示を得る機会があった。その内容により湾岸戦争の〝正義〟を簡単に整理してみよう。

第二次大戦後、シオニスト国家イスラエルの成立により、パレスチナ人が父祖の地を追われるという途方もない不正が行われた。アラブはこの不正を正しパレスチナ人の権利を回復すべきであり、そのために努力する義務がある、というのが〝アラブの大義〟である。ただ、この〝大義〟の内容も時の流れとともに変遷する。当初はナセル等のようにイスラエルの抹殺を大義の内容としていたが、サダト以降の潮流は、ガザとヨルダン川西岸地区にパレスチナ人国家あるいは自治政府を樹立する考えを内容とするように変化してきた。そして、サダム・フセインの掲げた〝アラブの大義〟は、上記以外に、第一次世界大戦後本来イラク南部の一部であったクウェートがイギリスの都合によってイラクから不当に切り離された点の是正を含むということである。

一方アメリカを中心とする国際社会は、国境線を武力によって変更してはならないという国際法に基づき、イラクの違法行為を正すことは正義であるとした。ただ、このアメリカの正義の背景には、石油をめぐるアメリカの国家政策があることは多くの指摘があるところである。であるとすれば、アメリカの正義の中には、国際法ばかりではなく、次元の高低は別として国益エゴが入っているものと考えるべきであろう。

以上によれば、国家間で〝正義〟といってもその中身は千差万別であり、いうなれば当事者個々の正義であって普遍の正義等というものはなさそうだということになる。

この点との関連で、ラ・ロシュフコーの箴言集（二宮フサ氏訳）には次のような文言がある。

〝正義とは、自分の所有するものを奪われるのではないかという強い危惧にほかならない。隣人のあらゆる利権に対する配慮と尊重、隣人にいかなる損害もかけまいとする細心の注意はここから生まれるのである。この危惧が人間を、生まれや運によって自分に与えられた富の限界内に踏みとどまらせるのであって、これがなければ人間はひっきりなしに他人から掠奪し続けるようになってしまうだろう。〟

前段の部分はアメリカの石油権益に関するものであるかもしれない。そして後段はサダム・フセインのクウェート侵略を想起させる文言だといえるのではあるまいか。

そこで再び正義とは何かということである。この点については昭和五十一年十一月、日本文化会議主催で二日間「正義とは何か—法・道徳・宗教」と題するセミナーが開催されたことがある。そこでの報告と討論の内容は一書となっているが、各論者の意見はまことに興味深いものがある。しかし、意見は各様であって、正義とは何かについてのコンセンサスはない。

このセミナーの幹事によれば、かつてハンス・ケルゼンは、〝正義とは何かという問いほど、はげしく討論された問いはほかになかったし、……またこの問いほど最もすぐれた思想家達が深く考え悩んだ問いはほかに見当たらない。そして、この問いに対しては、今日になってもまだ解答が与えられていない〟と指摘しているという。正義の名において正当化されなかった戦争はなく、また正義の名において批判されなかった戦争もないということなのである。

ここで冒頭のロシアの話に戻ると、サミット後の新聞の社説では、〝法と正義〟で領土を返還せよ、という見出し等が多く見られた。

この点、さきのセミナーにおいて木村浩氏は、ソビエトにおいては正義という言葉が毎日のように氾濫していると述べておられた。正義という言葉を最も安売りしている国はほかならぬソビエトであり、毎日のようにプラウダ紙の社説に出てくる「スプラペドリーヴォスチ」という言葉は一般に正義とか公正とかを意味するロシア語である。ソビエトは神様を追放してしまったので、今や非常に心穏やかに〝正義〟という言葉を振り回しているのではないかと思われる、ということである。これは十六年前のソビエトについてのお話であるが、現在のロシアが公約しているという〝正義〟が昔のような安売りでなければ幸いなのである。

なお、このセミナーでは、正義に関していくつか興味ある事例が紹介されていた。

その一つは、ヨーロッパ中世の場合である。当時の正義はどのようなものであったか。一二世紀前後における重罪は、殺人、放火、窃盗、誘拐の四つであったという。ここで、強盗よりも窃盗の方が重罪とされていたのはなぜか。この時代には自力救済の観念が強く働いていた時代であり、自分は自分で守るという行動規範が専らであった。強盗は、相手の身体、財産を堂々と侵害する行為であり、相手に自らを守る機会を与えているという意味では正直な犯罪だということである。窃盗の方は、自己防衛の機会を与えないという意味で著しく正義に反するということになるのだそうだ。正義は、時代と地域と社会状況と意識によってまことに可変的なものであることの一例といえよう。

どうやら、正義なるものの一義的な理解ということは無理な話なのかもしれない。しかし、だからといって正義がどうでもいいということにはならない。学校教育においては、道徳教育で正義を重んじることがその教育内容の大切な項目の一つとされている。そこでは、だれに対しても差別や偏見をもつことなく、公正、公平にすることが正義の一側面として捉えられている。そして、人間愛の精神や社会連帯の精神を大切にし、社会正義についての自覚を深めることも指導の重点とされているのである。

この意味での教育は私も大切だと思う。ただ、私が上記の具体例による正義の現象形態にこだわってみたのは、世の中ではいかに偏った正義や誤れる正義が多いかということを教育においてもしかと認識しておく必要があるのではないかということである。この点、テレビでの〝正義の味方〟がいかにも都合よく現れて、そして、超能力的な力を発揮することについて子供達は、これはお話であり、そのような正義の味方はいる筈がないことにうすうす気づいているに違いないからである。

〝ヨーロッパ人〟と〝学校人〟

最近のヨーロッパ情勢の変化はまことに激しい。東西ドイツ、東欧等日々新たなものがある。米ソの対応も複雑である。この点で、わが国の対応はどうであろうか。

このようなヨーロッパ政治情勢の変化とともに、教育についても〝EC化〟という流れがあるようだ。昨年、ある新聞の論説の方の英仏教育事情視察記をみた。「まずヨーロッパ人」という見出しもついていた。記事では、「いまやヨーロッパは、他の国のことを考えずにはものを言えない」というフランス教育省の担当官の話や、「わが国では、イギリス人より、まずヨーロッパ人としての人間教育をする。」というイギリスの高校長の話も紹介されていた。

この〝ヨーロッパ人〟という考え方は、当然ながら国の枠をこえ、国民性をこえた捉え方である。この点ですぐ思い出されるのは、バルジーニという人の国民性をふまえた〝ヨーロッパ人〟（浅井泰範氏訳）についての分析である。バルジーニは、西欧の統合をめざす方向において、各国の国民性の違いを詳細に分析している。

「危険な今日のヨーロッパ事情について少しでも理解を深め、視界のきかない暗闇の未来を見通すためには、ヨーロッパの国民がそれぞれ持つ国民性を研究し、それらの人々の行動を支配する法則といったものを調べるのが有益」だとバルジーニは述べる。そして、〝動じないイギリス人〟〝変幻自在のドイツ人〟〝口論好きなフランス人〟〝柔軟なイタリア人〟〝用心深いオランダ人〟〝戸惑わせるアメリカ人〟というように、それぞれの国民性を特徴づけている。この捉え方は、かなり割り切った表現であるが、歴史的事例その他によるそれぞれの国民性の分析は大変興味深い。

この点で、もう一つ頭に浮かぶ話がある。それは、大方が御承知の「イギリス人は歩きながら考える。フランス人は考えた後で走り出す。そして、スペイン人は走ってしまった後で考える。」というマダリアーガの分析である。この話は戦後間もなくの頃、笠信太郎氏が紹介しておられた。マダリアーガは、その著作『イギリス人、フランス人、スペイン人』（佐々木孝氏訳）の中でこれら三国の国民性の違いを巧みに述べている。

マダリアーガによれば、イギリス人は行動の人であり、フランス人は思考の人であり、スペイン人は情熱の人である。第一のタイプの人にとっては行動することが、第二のタイプの人にとっては考えることが、第三のタイプの人にとっては感じることがそれぞれ生きることなのである。ということは、イギリス人にとっては意思が、フランス人にとっては知性が、そしてスペイン人にとっては情熱がそれぞれ支配的傾向となる。マダリアーガは、「性格とは傾向のある一定の体系である。」と言っているが、個人個人の傾向が長所と短所を同時に持ち合わせていること、個としての人間が持つ性格には首尾一貫性がないことを前提としつつも、なお、国民性が存在しているという事実は否定できない、と述べている。

さて、このように国民性の違う国々がECとして統合されたとしても、組織としてのECのタガは極めてゆるやかなものにならざるを得ないであろう。だからまず経済である。はじめの話は、〝ヨーロッパ人〟の育成をしなければ組織としての体をなすには程遠いということである。そこで、以上にみたような国民性をインデックスとして、組織における個人の問題、そして様々な個人を包摂する組織の在り方の問題について考えてみたい。

組織には組織目標がある。それを達成するのは構成員である。世の中の組織としては、役所でも会社でも学校でもこのことに変わりはない。これらの会社や学校はシステムであるといわれる。この場合の〝システム〟では、異なった機能を持つ構成要素が有機的連携を保ちつつ共通目標達成のために働いている。

このシステムとしての学校における最大の課題は何か。それは、何よりもまず人的な教職員間の目標達成への有機的連携であろうと思われる。このために学校の教職員は、個人であると同時に、さきの〝ヨーロッパ人〟ではないが、いわば〝学校人〟であることが要請されているというべきではなかろうか。ところが、教職員は、〝学校人〟である前に生身の個人だという問題がある。

ここで、さきのバルジーニやマダリアーガの分類を思い出してみたい。学校に相当数の教職員がおられるとする。A氏は行動の人である。但し、行動に際して良く考えるかどうか。B氏は知性の人である。しかし、ちっとも行動しない。C氏は情熱の人である。彼は、人生意気に感ずる人物だが、教育の実際は危なかしくて見ておれない。D氏はものに動じない。E氏は変幻自在である。F氏は口論好きだ。G氏は柔軟である。H氏は用心深い。I氏はときとして人を惑わせる。という具合になる。

そして人間は、マダリアーガもいっているように、上記の性質を同時に具有しているのが通常なのである。そしてまた、人間は、臨機応変、千変万化の趣もあるのが普通だといわねばならない。

ある高名なジャーナリストの方が紹介しておられる話がある。「音楽の嫌いなドイツ人、ワインを飲まないフランス人、食べ物に興味のないイタリア人、女の嫌いなスペイン人、働き者のブラジル人、ユーモアのわかる日本人……は極めて少ない」という国連での〝冗談〟である。しかし組織では、〝事実〟として、カラオケがやたら好きな人、アルコールに目のない人、食い道楽の人、異性にすぐ手を出す人、仕事のはかどらない人、ちっとも面白味のない人、等が存在することも否定できない。

組織における個人は、その知能・素質・性格等の精神的状況、性別・年齢・健康等の身体的状況、家庭・交遊範囲、育ち等周囲の環境、受けてきた教育のレベルと内容、職務上の経験等がすべて一様ではない。これらによって、人それぞれのものの見方、考え方、判断と行動、生き方等が異なってくることになる。

現実問題としては、これら違いのある個人が集まって学校となり、組織としての学校目標を達成しなければならないのである。校長等の管理職の方々の御苦労が大きい所以であろう。

はじめに触れたヨーロッパをみれば、まず経済からということで統合の動きが急速に進みつつある。しかし、イギリスの高校長のような努力があるとしても、西欧の人々が〝ヨーロッパ人〟としての自覚を持つに到る道程はなお道遠しということであろう。しかし、学校なり、会社なりの組織は、その存在と組織目的からして、なお道遠しとノンビリ構えているわけにはいかない。わが国の企業は、賛否はあるが終身雇用制の現実から一家意識が濃厚である。しかし、学校はどうであろうか。そして、〝学校人〟としての意識の実情はどうであろうか。

そこで、管理職の方々はどう対処すべきか。まず手はじめに、バルジーニが〝ヨーロッパ人〟のために各国国民性の分析を行ったひそみに倣うことにしては如何であろうか。いや、自らの組織については、一人一人先刻承知しているとおっしゃる向きもあるかもしれない。しかし、問題は、その程度である。道はいろいろあるとしても、この点についての意識的な努力とそれをふまえての適切な指導こそが、実は、学校目標達成というローマへの道の王道ではないかと思えるのである。

神秘主義志向と世俗行動

現代の若者の実状として、かなり多くの者が神秘的なものに強く惹かれている傾向がみられるという。首都圏の高校生と大学生百三十一人を対象とした調査では、予言や超能力を信じると答えた若者がそれぞれ三十％、正夢や死後の魂、虫の知らせ、臨死体験を信じる若者も三十一％～五十三％にのぼっているということである。

調査をした中央大学の伊藤貴氏は、〝神秘志向と生きることに対する不安の結びつきが、最近の新興宗教ブームの背景にもあるのではないか〟と語っておられるようだ。

最近のオウム真理教に対する捜査のプロセスでは、法学、医学、化学等の高学歴者の多くが信者になっていること、そして、それらの者がオウム真理教の組織活動の中核をなしていること等に世の大きな関心と驚きがあった。そして、その組織活動が、内なる信仰の問題とはかけはなれた犯罪活動であることもまた不可思議なことなのである。

問題の一つは、内なる信仰の問題と世俗的活動の在り方が、信者という同一人間あるいは教団の中でどのように係わりあっているのかという論題である。

この点については、最近、芸術選賞文部大臣賞を受賞した種村季弘氏の『ビンゲンのヒルデガルト』という優れた評伝を読む機会があり、どうやら信仰と世俗活動とは別のものであるらしいという感じを強く持つこととなった。ただ、これは人によりけりだということも留保しておく必要があろう。私の印象の前提となったヒルデガルトのことを上記評伝から取り上げてみたい。

ヒルデガルトは、中世ヨーロッパ最大の幻視者であり神秘主義思想家といわれるドイツの女子修道院長である。このヒルデガルトについては、従来、阿部謹也氏等により「一二世紀の女性の可能性の限界までを達成した人物」だと紹介されてきた。しかしその全貌は必ずしも明らかでなかった。

種村氏は、幻視者であり、かつ、医学、哲学、言語学、音楽、宇宙論等々の知的巨人であり実践家であったヒルデガルトについて、その生涯にわたる人間像をつぶさに明らかにしておられる。

私の関心は、信仰と世俗行動というものがヒルデガルトにおいてどう具体化されているかということである。この点ヒルデガルトは、信仰とは別の問題として世俗行動において極めて戦略的で、かつ、したたかであり、「政治的」行動で力強く自らの道を切り開いた人物であった。少し具体例をみたい。

一〇九八年生まれのヒルデガルトは、七歳で修道院に入り、四十二歳のときから「私はある天上のヴィジョンを見た。おののきつつ、大いなる畏怖とともに私の精神はそれに向かって張りつめた」として、「汝の見るものを言え、また書け!」という天上のヴィジョンを『スキヴィアス』（神の道を知れ）という幻視の書の形で記しはじめた。しかし、その内容は、天上のヴィジョンを記したものであり、聖書解釈や神学文書理解の通説の成果によるものではなかった。教権制度の停滞ないし腐敗をほのめかすヒルデガルトの文書は、久しい間異端の疑いにさらされることとなった。

ヒルデガルトは、ヴィジョンの正統性を確保するため行動を開始する。当時「世紀の無冠の皇帝兼教皇」としてカリスマ的権威を持っていたクレルヴォー修道院のベルナールに一通の手紙を書く。『スキヴィアス』が公的世界に通用するかどうか、「どうかお答えください、そうすれば安心できます」という内容である。ベルナールは行動により答えた。ベルナールを含む高位聖職者のトリーア公会議が一一四七年に開催され、教皇エウゲニウス三世は自らヒルデガルトの『スキヴィアス』の一節を読みあげて、ヴィジョンの正統性を承認することとした。教皇自らの手による認可状を授かることにより、ヒルデガルトのヴィジョンは教権体制の及ぶ限りの地上に根づくこととなった。ヒルデガルトは、教皇認可と引き換えに、教皇の永生について「あなたさまは永遠のうちに生きることでありましょう」と予言し約束しているのである。ヒルデガルトの確かな戦略に驚くほかはない。

次に、『スキヴィアス』が教皇の認可を得たのち、ヒルデガルトは、三十年余過ごした修道院から独立しようとする。自らの女子修道院の建設である。ところがヒルデガルトの独立計画を聞いた修道院長は激怒し、申し出を却下した。ヒルデガルトは、助手リヒャルディスの母である辺境伯夫人を通じてマインツ司教ハインリヒに働きかける。ハインリヒはマインツ司教の名において僧院建設を認可した。激怒した修道院長は、遺恨を残しつつも独立を認めざるを得ない仕儀となったのである。

そしてヒルデガルトは、シュタウフェン王家のフリードリヒ一世（赤ひげ王バルバロッサ）が皇帝に即位した際、祝賀にことよせて一通の手紙を送った。「王よ、そなたがそれであるような、かくも魅力的な人物を人間が必要とするのは驚くべきことです。……」と述べながら、神がフリードリヒに期待していることを告げる。そしてフリードリヒはヒルデガルトを頼りとし、自らの後継者誕生を願い、それをヒルデガルトに神にお願いするよう依頼する。ヒルデガルトは神への祈願と引き換えに、皇帝の僧院保護状を手に入れ、ルーベルツベルク修道院の存続を磐石のものとすることに成功したのである。

ヒルデガルトは、信仰の人でありながら、世俗をも含めた外界の力の均衡に対する明析な洞察力の持主であり、したたかな優れた戦略と行動力をもっていたようだ。ところで、信仰においては崇高な教義と戒律というものが予測されるが、宗教における信仰と世俗的行動というものはどう考えられているのであろうか。

この点については、歴史学者山内昌之氏の宗教共同体の二面性に関する明快な解説が参考となる。山内氏は、宗教の理想達成には三つの柱があり、第一は教義、第二は戒律、第三は教団ともいうべき共同体だとしておられる。宗教の共同体は、神等の究極的価値と神秘的な関係を持つ反面、桎梏の多い人の集団として社会や歴史の制約から自由ではありえない。宗教の共同体の「あるべき」姿と「現実にある」姿とは完全には一致せず、共同体は、市民社会との関連で常に聖化と世俗化という相反する二つの力の相克と緊張の中にあるということである。その均衡においてこそ共同体は、現実に社会的存在としての存続が可能だということになる。

ヒルデガルトの場合は、自らの信仰の聖の問題と自らの修道院という共同体の発展存続という俗の問題について、現実の中世社会においてまことに賢明な選択をしていたことになる。オウム教団の場合は、その教義や戒律も怪しげであるが、共同体内部に止まるべきものを、調和ではなく現実社会に押し拡げようとして自爆したケースだというべきであろう。

ヒルデガルトについては、少々やりすぎの感もあり、いささか辟易せざるをえない存在であるが、神秘主義思想家でありながらその知と行動は、意外にも地に足がついているという例がヒルデガルトの場合なのである。

はじめに触れたように、現代の若者の間に神秘志向や生きることへの不安があることも事実であろう。若者達に望まれることは、安易に神秘主義等に走ることなく、自らのアイデンティティと現実を見極めた上での思考と行動を、ということではなかろうか。

歴史認識と征韓論

昨年の暮れのこと、閣僚のオフレコ発言、韓国の反発、日本マスコミの報道、閣僚辞任というプロセスがあり、日韓両国の近代史における歴史認識の問題が提起されたことは記憶に新しい。そして、日韓両国政府が関与する形で両国の歴史の共同研究が行われることとなった。

昭和六十一年に起きた第二回目の教科書問題の際も、国会ではたびたび両国の歴史家による共同研究が提案されていた。当時政府側としては、純粋民間レベルでの共同研究は別として、共同研究に政府が関与することは適切ではないという姿勢で一貫していた。このたびの日韓政府合意の動機や方針変更の理由については詳らかに承知してない。したがって、ここでその是非を論ずるつもりはない。しかし、歴史認識の問題は、日本の歴史プロパーの問題でさえ、しかく簡単なことではないと思われる。一例として、明治六年の征韓論をめぐる所謂「明治六年の政変」問題を取り上げてみたい。

まず代表的な教科書の記述をみよう。

「新政府は発足とともに朝鮮に国交樹立を求めたが、当時鎖国政策をとっていた朝鮮は、日本の交渉態度を不満として交渉に応じなかったので、一八七三年（明治六年）、西郷隆盛・板垣退助らが征韓論をとなえた」と本文にあり、註において、「参議西郷隆盛を朝鮮に派遣して開国をせまり、朝鮮政府が拒否した場合には武力行使をも辞さないという強硬論をとなえた。しかし、岩倉使節に参加して帰国した大久保利通・木戸孝允らが内治の整備が先であるとして反対したので西郷らは下野した」と記述されている（高等学校、『詳説日本史』石井進等著、山川出版社）。

他の教科書をみても、外政派と内治派の対立を原因として記述されていることは同様である。それは、従来から、この明治六年の政変の歴史認識については、外政派と内治派の対立と捉えるのが通説となっているからである。

しかしながら、この明治六年の政変の歴史認識については、歴史学者において諸説があり、とくに、毛利敏彦氏は通説を批判し、西郷の真意はあくまで平和交渉にあったとする。そして政変の本質は、大久保利通と伊藤博文等の長州派と江藤新平等留守政府側との権力闘争であったとの学説を強力に展開しておられる。

諸説の中で、征韓論者西郷隆盛という通説に対し、平和交渉論者西郷隆盛という学説を主張される毛利氏の新説はまことに衝撃的である。その所説については、昭和五十三年に発行された『明治六年政変の研究』（有斐閣）以来注目していた。平成六年八月三日・四日、国立教育会館の歴史教育研修講座において、毛利氏に「大久保利通」の御講演をいただいた中でもこの政変が取り上げられていた（講演内容は、平成七年九月、「大久保利通の光と影」として国立教育会館発行）。主として前記研究に依拠して平和交渉論者西郷隆盛の部分を取り上げてみたい。

蘇峰徳富猪一郎は、「征韓論の真相は……史上の大疑案にして……其の秘鍵は西郷南州の何者たるを知ること」と述べているようであるが、西郷の真意をつかむことは難しく、したがってその解釈によって学説は分かれることになる。

明治六年七月二十九日付で板垣あての西郷書簡がある。

「……兵隊を先に御遣わし相成候儀は、如何に御座候や。……左《さ》候わば初めよりの御趣意とは大いに相変じ、戦いを醸成候場に相当り申すべきやと愚考仕り候間、断然使節を先に差し立てられ候方御宜敷《よろしき》はこれある間敷《まじく》や。左候えば決って彼より暴挙の事は差し見え候に付、討つべきの名も慥《たし》かに相立ち候事と存じ奉り候。……公然と使節を差し向けられ候わば、暴殺は致すべき儀と相察せられ候に付、何卒《なにとぞ》私を御遣わし下され候処、伏して願い奉り候。……死する位《くらい》の事は相調《あいととの》い申すべきかと存じ奉り候間、宜敷希《よろしくねがい》奉り候……」

通説は、この書簡をもって西郷外政派と解する重要な資料とする。毛利氏は、副島外務卿の武力誇示の強硬外交による戦争を懸念した西郷が、本来外政派である板垣の支持を得るため、自分が行っても結果として征韓になる筈だからと若干リップサービスをしたものだと解釈する。

そして、別に重要な資料として、六年十月十五日、西郷が太政大臣三条実美あてに出した「始末書」がある。十月十四日に閣議が開かれ、朝鮮使節派遣問題が討議され、結論が翌日に持ちこされていたが、西郷は十五日の閣議には出席せず、その代わり「始末書」を提出したものである。

「……倭館詰居りの者も甚だ困難の場合に立ち至り候ゆえ、御拠《よんどころ》なく護兵一大隊差し出さるべく御評議の趣承知いたし候につき、護兵の儀は決して宜しからず、是よりして闘争におよび候ては、最初の御趣意に相反し候あいだ、此の節は公然と使節差し立てらるる相当の事にこれあるべし。…其のうえ暴挙の時機に至り候て、初めて彼の曲事分明に天下に鳴らし、其の罪を問うべき訳に御座候…是非曲直判然と相定め候儀、肝要の事と見据え建言いたし候ところ、御伺いのうえ使節私へ仰せ付けられ候筋、御内定相成り候次第に御座候。此の段成行申し上げ候。以上」

この始末書は、先方の「暴挙」を予想して戦争準備等非礼なことをしてはならないという平和的・道義的立場の表明であり、征韓論とは正反対の意見を述べたものだと毛利氏はみておられる。そして、この始末書に見る限り西郷の真意は明白であるとし、西郷はみずから全権の委任をうけて朝鮮に乗りこみ、誠意を尽くした交渉にあたって、明治初年以来の国家的懸案を一気に解決したいと念願し、またその成功に秘かな自信を抱いていたと解しておられる。

蘇峰が述べるように西郷の真意はまことにわかりにくいが、西郷の書簡や始末書のような歴史的事実の認識は、その解釈如何によって一八〇度違った認識となるようである。

毛利氏の西郷＝平和的交渉論者説に対しては、近年猪飼隆明氏が疑問を提示し、問題は使節が暴殺されるかどうかであるとして、暴殺に及ぶ可能性は極めて大きく、西郷のシナリオは極めて現実性の高いものであったと解しておられる。西郷が使節派遣を主張したのは征韓の大義名分のためであり、暴殺を予測して征韓となることを前提としたもので、前段の平和交渉は独立したものではなく、あくまで征韓の前段と考えていた筈だとの認識である。大久保利謙氏は、「西郷一流の道義外交で体当たりでぶつかって話をつけるつもりだったと思われます。西郷には成功の自信はあったのでしょうが、…」と述べ、毛利説について福地惇氏は、西郷と大久保とが政治的思想的に同質であるという誤解から発した曲解だといわざるを得ない」と述べている。まさに諸説ありということである。

西郷派と大久保派については、外政派、内治派と観る立場以外に、それぞれ士族派、官僚派とする見方、士族軍事国家志向、資本主義あるいは絶対主義的国家志向とする見方、両派は基本的に同質の政治権力であり、朝鮮使節派遣問題は、政変の原因であるより引きがねであったとする説等があるようだ。

「明治六年の政変」自体は、十月十五日の使節派遣の閣議決定後三条太政大臣が倒れ、岩倉具視が代理となり、岩倉は閣議決定に拘束されず自分の考えで処理する旨を言明した。かくてはと西郷は十月二十三日辞表を提出した。岩倉は明治天皇に対し「今頓《とみ》に一使節を発し万一の事ありて後事継かず、而て更に他の患害にかかるあらば、悔《くゆ》と雖《いえども》追うべからざるなり。故に之が備をなさず今頓に使節を発するは、臣其不可を信ず」と奏上し、翌二十四日天皇は「汝《なんじ》具視が奏上之を嘉納す」とされた。二十四日、西郷は、陸軍大将の身分はそのままとし、参議および近衛都督を解任され、板垣、江藤、後藤、副島四参議が二十四日辞表を提出し、二十五日受理された。明治六年の政変は決着をみたのである。

明治六年の政変についてはその歴史認識に必要なあらゆる資料が掘り起こされているようにみえる。しかし、通説自体も細部については諸説があり、今後も新しい学説が種々提起されることであろう。日本の歴史認識についても上記の例のように難しい問題がある。まして外交にかかわる事実の歴史認識は一層困難な問題があると思われる。日韓外相間の合意はこのような点を十分承知の上で行われた筈であるが、今後の展開を注目して見守っていきたい。

「淮陰生《わいいんせい》」と匿名の精神

この世での嗜好品の雄の一つはタバコである。酒、アルコールに比べて昨今社会の風当たりは極めて厳しい。いや社会ばかりでなく、家庭においても閉め出そうという傾向がある。オフィスや航空機、バスその他においても喫煙できる空間は急激に狭められようとしている。生をうけて若年から数十年間の愛煙家としては、いささかというより極めて住みにくい世の中になったものだと言わざるを得ない。

そしてまことに奇妙なことには、水戸黄門の印籠よろしく「吸いすぎに注意しましょう」と印刷された箱は益々美麗になり、喫煙家の不安に媚びながら低タール低ニコチンの製品により販売を伸ばそうという傾向もみられる。しかし、財政問題もあろうし、この問題に深入りすることはこの際控えておきたい。

誉められた話ではないが、私は過去にタバコを止めようと思ったことはない。別にむつかしいフィロソフィをもっているわけでもなく、したがって止めない理由を深く考えたこともない。〝タバコは生活の句読点〟というコピーも記憶にあるが、私の場合、句読点というよりもっと頻度は多いような気がする。止めようと思ったこともないので、止められないことについて意志の弱さを嘆く必要もないということになる。

と述べれば、自らを大切にしない人間として識者の侮蔑を受けることになりそうだが、五分の魂と言う例証のため、次のような一文があることを御紹介したい。

「アリストテレスが、いや天下の哲学者どもが束になって何と言おうと、タバコにまさるものが世にあろうか。世の紳士方はこぞって御愛好。タバコ抜きの生活なんて、およそ無意味さ。頭を爽快にするばかりか、人の心に徳を教え、こいつによって紳士道を身につけることもできるのだ。一服やれば、たちまち誰彼に向かって愛想よくなり、どこにいようと左右の区別なく喜んで勧める。欲しいといわれてするんじゃない。相手様の心をすばやく察して、それをやるのだ。まったくだ、タバコをやればこそ、みんな道義心も養われ品性も高まろうってもの」。タバコをやることによって徳が高まり、道義心が養われるかどうかは保証のかぎりではないが、喫煙者〝迫害〟への威勢のいい反論となるであろうか。

しかし、この言説はいささか古い点に難点がある。モリエールの喜劇「ドン・ジュアン」（一六六五年）の従僕スガナレルの科白なのである。典拠である淮陰生著『一月一話』（岩波書店）によれば、モリエール自身の個人的心情の露出でもあろうか、と解されているようだ。なお、喫煙について〝趣味嗜好のことは論外〟という言説もあるが、青少年の健康の問題としては真剣に考えなければならない。

さてタバコについて述べた以上、酒について触れないとすれば均衡を失する。さきの一書に触発されて、ヘロドトスの『歴史』（松平千秋氏訳）に当たってみることとした。

ヘロドトスは、ペルシャ人については自らの知識に基くものであるから確信をもっていうことができるとした上で、ペルシャ人の酒の話を記している。

「ペルシャ人の酒好きは大変なものであるが、ペルシャでは、人前で吐いたり、放尿したりすることは許されない。右のことは厳重に守られているが、ペルシャ人には極めて重要なことがらを酒を飲みながら相談する習慣がある。その相談で皆が賛成したことを、相談会の会場の主人が翌日しらふでいる一同に提起し、しらふのときにも賛成ということになれば採用し、そうでなければ廃案にする。

また、しらふで予備相談したことは、酒の席で改めて決定するのである」

わが国では、それが〝百薬の長〟であるが故かどうかわからないが、酒についてはタバコに比べて余程寛大である。ペルシャの前段の飲み方の在るべき姿は現代でも当然そう在るべきことであろう。しかしそれは厳重に守られているであろうか。後段の酒席を含む意志決定のプロセスは、現代に対して極めて示唆的である。

いずれにしても酒の問題は、趣味嗜好の問題を離れて社会生活の奥深くまで常に介在している現状にある。それはいうまでもなく、酒の効用として、日頃固く閉ざされている胸襟を開かせる効果があるからであろう。しかし、現代において、まず酒席で閣議を開き、翌日しらふで再度閣議を開くわけにもいかないのである。ペルシャの場合で注目すべきは、酒席としらふの場合を組み合わせた点にあり、心憎い人間性向の洞察というべきであろうか。逆に、わが国の場合、〝あれは酒の席のお話で〟という言説が多く聞かれる点、酒席の盛行との対比で興味深い点もある。

さて、本稿は必ずしも上記タバコや酒の話が主題ではない。これらの内容を含む百六十六篇のコラム・エッセイを集大成した淮陰生著『一月一話』なる著作と、その著者のことを話題としてみたいということである。この書には、「あるときは現在の世相に痛烈な諷刺の矢を放ち、あるときはいつの世にも変わらぬ人情の機微を語るユーモアと機知溢れる筆で人間性の深奥に迫るコラム・エッセイ」だという書肆の惹き句がつけられている。そして珍しくもこの惹き句が一〇〇％あてはまる一書なのである。完本としての本年七月の刊行が鶴首して待たれていたものであった。

ただ、著者について書肆は、「〝淮陰生は淮陰生以外ではあり得ない〟との主張を撤回しないままなくなってしまったのですから、やはり本名は読者の推察に委ねるほかありません」と記している。しかし、その姿勢は疑問なしとしない。

著者は中野好夫氏である。氏の御息女中野利子氏は、その著書『父中野好夫のこと』と題する好著で、「淮陰生ってお父さんでしょう」ときいたとき、好夫氏は、「いいや知らんなあ」としごく真面目な顔で否定するので、ころっとだまされたと記しておられる。利子氏は、種々の証拠で著者が父君であることを確かめておられる。利子氏は書肆に問い合わせた由であるが、お答えできませんとの答えであったという。書肆は、宣伝で、「博覧強記の匿名筆者はいったい誰だったのか」と記しているのであるから、それが販売政策だとすれば出版ジャーナリズムとしての見識を笑い話にするほかはない。

私は、中野好夫氏の思想と行動にすべて賛意を表することはできない。とくに所謂進歩的文化人の一人としての社会的活動等には違和感がある。しかし、東西古今の万巻の書に通じ、人間性の面白さを縦横に語るその語り口に大きな魅力を感じてきた。しかし、上記の一書についてなぜ淮陰生という名義としたのか氏の考え方や気持ちは未だよくわからない。

淮陰生とは、漢初の武将である韓信の別称、淮陰侯にちなむものだという。

韓信は、若年の頃、有名な「股くぐり」の故事をもち、苦労に耐えて劉邦のもと、斉王そして楚王に封じられたが、漢の功業が成るや謀反を企て、謀殺された人物である。

『史記』の、「淮陰侯列伝」では、詳細に韓信のことが語られている。そこでは、「国士無双」、「背水の陣」、「敗軍の将兵を語らず」、「四面楚歌」、「狡兎死して走狗烹らる」等人口に膾炙した事例が韓信に関連して記されている。

司馬遷は、大史公曰くということで、「韓信は、無位無官の民であったときからその志は衆人と異なっていた」と記しているが、韓信は、人々をして一国に二人とはいないすぐれた士と言わしめた人物であり、智略、才略、軍事行動において抜きんでた才幹を有した人物であった。ただ、一貫して人間の〝節義〟ということを大切なものと考え、そのことを高く評価していた中野好夫氏が、最後に叛逆を企てた韓信の別称を筆名とした点、いささか理解に苦しむところなのである。

およそ文筆においては、その内容についての責任という意味で著作物と著作者名とは不可分の関係にある。しかし筆名、匿名を用いる場合も世に多くある。その動機、理由、その秘匿性についてのこだわりも人様々であろう。淮陰生については、それが中野好夫氏であることとその筆名自体の問題もあって私には興味深い事例となった。あるいは氏の経歴やコラムの内容の一部からの推論も可能であるが、むしろ今後氏に親炙した方々によりその由来や理由が明らかになることを期待したい。

筆名の由来に若干こだわりはあるが、『一月一話』なる一書自体は一読時間を忘れさせる好著であることを御紹介いたしたく、タバコや酒の話をインデックスとして本稿で取り上げさせていただいた次第である。

人間としての才幹と節義

日米自動車交渉は、アメリカの制裁発動のタイムリミットぎりぎりのところで妥結をみた。そのプロセスで印象深く感じたことは、アメリカのカンター代表のきわ立つ個性であった。その善悪は別として、国家間の交渉もそれを担うのは個人であり人間である。近い過去の国家間のある交渉においては、人間的嫌悪感により、もう同席したくないと指摘されていた人物もあったと仄聞したことがある。外交交渉も人間的信頼感が根底に必要だということであろう。今回その点は、いかがなケースであったのであろうか。

交渉といえば、本年三月、ロシア外相が来日したが、北方領土問題は依然として進展をみていない。北方領土問題の交渉経緯の報道を見るにつけ思い出されるのは、幕末においてロシアとの外交交渉に当たった川路聖謨《としあきら》のことである。微禄の出身ながら異数の立身をとげ、勘定奉行となり、プチャーチンとの交渉では全権として活躍し、北方四島をわが国の領土として確定することに成功した第一級の人物であった。そして、何よりも人間として優れた魅力を備えた人物であったらしい。その一端を素描してみたい。

幕末の日露交渉は、一八五三年（嘉永六年）七月、プチャーチン提督が長崎に来航し、北方の領土境界画定、開港修交を求めたことに始まる。具体的には同年十二月からの長崎交渉と、一八五四年（安政元年）十一月からの下田交渉が行われ同年十二月交渉妥結をみた。その間を通じてわが国の全権は筒井政憲《まさのり》と川路聖謨であった。しかし筒井は老齢のことでもあり、交渉は実質的に川路一人が全責任を担って行われた。

ロシア側には、プチャーチンの秘書役のような立場でのちに文豪となるゴンチャロフが終始交渉に同席していた。このゴンチャロフの『日本渡航記』（井上満氏訳）では、日本側川路全権について詳細な観察と印象が記されている。

まず、川路については、「四十五歳位の、大きな鳶色の眼をした、聡明闊達な顔附きの人物」であるとして、さらに次のようにその印象を述べている。

「この川路を私達は皆好いていた。川路は非常に聡明であった。彼は私達自身を反駁する巧妙な論法をもって、その知力を示すのであったが、それでもその人を尊敬しない訳にはいかなかった。その一語一語が、眼差しの一つ一つが、そして身振りまでが、すべて常識と、ウィットと、慧敏と、練達を示していた」

明知はどこへ行っても同じである。民族、服装、言語、宗教が違い、人生観までが違っていても、聡明な人々の間には共通の特徴がある。馬鹿には馬鹿の共通点があるのと同じである。

外国人との初めての本格的外交交渉で、相手側にこれ程の感銘を与えたということは、川路聖謨が人格識見において一頭地を抜く人物であったことの証左といえるであろう。

一方、川路はロシア側をどう観ていたかについても興味がある。川路の日記において、プチャーチン提督については「この人第一之人にて眼差しただならず、よほどのものたり」と記し、ゴンチャロフについては、「この人無官なれど、セキレターリスのことをなす公用方取扱というがごとし。常に使節の脇に居て口出しをするもの也。謀主という体にみゆ」としている。ゴンチャロフは当時四十二歳、ロシア大蔵省在勤十七年の経歴をもち、既に著書もあって文壇でも認められていた人物であった。

ゴンチャロフの観察が的確で鋭いことは当然であるし、川路もまた彼を認めて「謀主」の如しと述べているところは面白い。さらにゴンチャロフは次のように記している。

「私の気に入ったのは、川路に話しかけると、立派な扇子をついて、じっと見つめて聴く態度である。話の中程まで彼は口を半ば開いて、少し物思しげな目附になる――これは注意を集中した証拠である。額に浮かんだ微かな皺の動きには、彼の頭の中に一つ一つの概念が集まって、聴いている話の全体の意味がまとまっていく過程がはっきりと現れていた。話の半ばを過ぎて、その大意を掴んでからは、口を固く閉じ、額の皺は消え、顔全体が晴々となる。彼はもう何と答えたらよいかを知っているのだ。もし反意の質問で、言葉に述べたのと別の意味がかくれてると、川路は思わず微笑を浮かべるのであった。川路が自分で話し始めると、一切をそれに没入していつまでも話し、その時の彼の両眼は理智に輝いていた」

何とも細かい観察であるが、川路の余裕綽々の応接ぶりと回転の早い頭の働きの模様が手にとるように看取される。現代の外交交渉もこのように行われているのであろうか。

ところで問題は、このような川路聖謨の人間形成のプロセスである。

川路聖謨の魅力は、外交官としての能力にあるばかりではなかった。小普請組川路氏の養子になってからのち、その才幹と努力で異常な早さで幕閣事務方最高位の勘定奉行まで栄進したが、その間、佐渡、奈良、大坂それぞれの遠国奉行となり、民政の行政官としてまことに味わいある治績を残している。家の門閥が階級制度になっていた身分制社会の徳川期において、微禄の出身である川路が勘定奉行にまで栄進したこと自体が一つの奇蹟的事態だと言わねばならない。それはなぜ可能だったのであろうか。江上照彦氏の好著『川路聖謨』からその実情をみたい。

一八三五年（天保六年）、川路は勘定組頭格として但馬出石城主乗取りの仙石騒動を裁いている。

一八〇一年生まれであるから三十五歳であるが、その裁きがまことに明快であったことで幕閣上司から注目されることとなった。本件では将軍から賞旨が与えられている。川路の事実の探究解明と正義による判断の的確さが評価されたものである。

川路は上司から意見を求められた際、はばかることなく自らの所信を口頭または書面で具申した。その態度は真摯であり、熱心であった。彼はその心境として、出すぎれば妬みを買うというような保身を考えて黙っているならば、武士が戦いに臨んで命を惜しむと同じことになる。心に恥じることがなかったら役所で言うべきことを言って、左遷されようとも恐れることはない。ただ、自分一身を潔く慎み深くすることを心がけて奉公したい…と述べていたという。

この誠心、誠実ということが幕閣上司に認められ愛された一つの理由であったようだ。

川路の才幹には天稟のものもあった筈であるが、学問への精進にも目を見張るものがあった。とにかく書を好み、中国古典には常々親しんでいたらしい。

当時の幕府の儒官、林述斎、碩学佐藤一斎の意見を求める機会も屡々であり、一斎の勧めにより「通鑑綱目」をはじめ、論語、書経、易経、近思録、伝習録等に親しんだ。登城の際の駕篭の中では通鑑綱目を、夜または昼の余暇には、近思録等を読んだという。御用繁多の中の寸暇を盗んでの勉学であった。

また、その交遊の広さという点でみれば、まず渡辺華山、江川英龍、間宮林蔵との交遊がある。林蔵等から聞いていた北方の地理事情は彼のロシア交渉で役立つことになるが、華山等との交遊では、蛮社の獄で連累として疑われることともなった。また、佐久間象山、藤田東湖との間ではそれぞれ親交というべきものがあった。象山とは互いに推服しあっていたという。東湖は、はじめて川路をたずねたときの印象を、「一見如故《ゆえあるがごとし》、その人物凡ならざるを知れり」と記しているようだ。お互いにその才識を認め合っていたのであろう。ついでに横井小楠は、自身容易に人に服する人物ではなかったというが、川路との初対面の印象を「この人、その名を聞くこと久し、果たして非常に英物なり」と言ったという。その昔橋本左内は「交遊を選ぶ」ことの大切さを説いているが、唯一川路が、その切れ味において苦手としたのがこの左内であったということも伝えられている。

川路聖謨は、江戸城引渡しの知らせを聞いた日の翌日、明治元年三月十五日、割腹ののち、ピストルにより自裁した。

川路について思い入れ深く、いくつかの文章と講演記録を残しておられる中野好夫氏は、「人間川路聖謨、そしてその最後に新しい日本の前途を洞見しながら、なおかつ徳川に殉じて自裁したその晩節」にこそ強く惹かれるものがあると記しておられる。

また、江上照彦氏は、徳川の世に殉じたその純真一途な心境に感銘しこれを潔く美しいと思うと述べておられる。私もまた同様の所懐をもつ。節義という点で、徳川慶喜、勝海舟等とは異なる人物像がそこにはある。上記の御紹介をした所以である。

現代への「ペルシャ人の手紙」

昔、アラビアに、トログロディトという名の小民族があったという。彼らは極めて邪悪、残忍であったために、彼らの間では公正、正義の原理が何一つ行われていなかった。

国王を弑逆《しいぎゃく》し、為政者としての政府を倒してからのち、自分だけが仕合わせに暮らせばよいとして、各人したいほうだい弱肉強食の世の中となった。そして悪疫が猛威をふるうこととなり、隣国の医者は、神々がお前達をこらしめておられるのだとして突き放した。かくしてトログロディト族は、滅びることとなった。

ただ、正義をわきまえ、徳行を愛し、人情と心の廉直を保持していた二家族だけが生き残ることとなった。彼らは子供に徳行をしつけ、他人に対する正義は自分に対する施しだと考えていた。

この二家族を中心とした新しいトログロディト族は、当然神々の愛するところとなり、彼らもまた神々を祭り、神々のために祭祀を設けた。

前トログロディト族の不正とその不幸、新民族として甦った新トログロディト族の徳行とその幸福ということは、誰がみても明らかなことであった。

上記の話は、一七二一年に出版されたモンテスキューの『ペルシャ人の手紙』（井田進也氏訳）の中の第十三および第十四の手紙に記されている。

この時期、俄にこのモンテスキュー作品を思いだすこととなったのは、宗教法人法改正問題が世上種々議論を呼ぶこととなっていることに起因する。しかしここで法改正の是非を論ずるつもりは全くない。

ただ、このモンテスキューの作品は、小説というよりは一種の文明批評、政治や習俗への痛烈な批判の書というべきであり、そこでは、フランス遊学のペルシャ人ユスベクとリカの口を借りて、まことに興味深いモンテスキューの見解が示されている。また、ペルシャに残したハーレムの「妻」達からの手紙や彼女達へのユスベクの手紙がいくつかあり、はじめとおわりの部分で艶書的彩りを添えている。この点、当時たちまち十版をだすという好評裡で読書界に迎えられた所以かもしれない。

さて、徳行を自らの規範としていた新しいトログロディト族は、国王をえらぶことが適当と考え、長い間の徳行からいっても尊敬すべき一人の老人に白羽の矢を立てた。

しかし、老人は涙を流して言った。「いまのあなた方の状態では、首長を持たないのでいやおうなしに有徳でなければならない。あなた方は、一人の君主に服従して、あなたがたの習俗ほどには厳しくないその法律に従うほうがましだと考えている。そうなったあかつきには、あなたがたは野心を満たすことができ、富を獲得することも、ふしだらな享楽にふけっていることもできるし、大きな罪におちいるのを避けさえすれば、徳行を必要としないだろうということをあなたがたは知っているのだ」。

この老人の話は、モンテスキューの抱懐する法の二面性を語っていてまことに興味深い。今問題になっているわが国の宗教団体のそれぞれの現状については必ずしも詳らかでない。法規制の賛否の前に、各宗教団体は、自らの戒律と布教活動および世俗活動の現状を国民の前に開陳した上で自らの立場と意見を公けにすべきではなかろうか。新トログロティト族のごとく厳しい自己規制を有しているかどうかということも問題なのである。そして、今の宗教法人法は、老人が指摘するような法律になってしまっているのかということが問われねばならない。

モンテスキューは、リカの手紙により当時のキリスト教司教に対してかなり厳しい指摘をしている。法王はキリスト教徒の親分であり、それは習慣上護摩をたくことになっている古びた偶像である。司教というのは、彼の支配下にある法律家どもで、彼等が会議に集まった場合には、個々には法の履行を免除する以外の職分は殆どない。

具体的には、肉断ちをしたくない場合、婚姻の手続きに従いたくない場合、法の禁を犯して結婚したい場合等、司教なりに話を持っていくと、さっそく委細御免にしてくれるということである。

また、ユスベクは記す。「当地では不信心家が数限りない浮かれ女を養い、信心家が数えもやらぬ坊主を抱えている。この坊主達は三つの誓いをたてている。従順、清貧、純潔の誓いがそれだ。最初のが一番よく守られているそうだ。二番目については全然守られていないと君にうけあう。三番目についてはご明察にまかせる」。

そして、ユスベクが修道院へ赴いた時の神父の次のような話がある。

「邪になるのは行為ではなくして、これを犯す者の認識なのじゃ。悪事を働く者も、それが悪事ではないと信じうる限りは、良心にやましいことはない。ところで、どっちつかずの行為は無数にあるから、決議論者はそれらの行為を善なりと明言することによって、それらにまったくそなわっていない善性の一段階をつけてやることができるのじゃ。そして、それらの行為に悪意のないことを言いくるめることができさえすれば、それらから悪意をきれいさっぱり取り去ってしまうことになるわけだ」

さらにユスベクの手紙では次のようなくだりもある。「当地でぼくは果てしもなく宗教について論争する人達を見かけるが、彼らは同時に誰が一番宗教を守らぬかを競っているように思われる。信仰のあつい人間の第一の目的は、自分が信奉する宗教を開基された神の御心にかなうことである筈ではないのか？　だが、その目的を達する最も確実な方法は、おそらく社会の規範と人間への義務を守ることなのだ」。現代の宗教者の誰かにきかせたい言葉である。

モンテスキューは、パリにおけるユスベクやリカの眼を借りて、人間的社会的現実を感性的直観的に捉えた。井上幸治氏は、この書について、ヨーロッパ人の偏見にとらわれず、くもりない眼をもって文明と習俗を痛烈に諷刺した社会批判の書であるとしておられる。そこで、宗教の話とは別にトログロディト族の興味深い話を一つつけ加えておきたい。

新しいトログロディト国家は、徳行を民族の行動規範としていて繁栄の一途をたどった。それは他の諸国の羨望の的となり、近隣諸国は糾合してくだらぬ口実を設けてトログロディト国の家畜財産を奪いとろうと決めた。トログロディト族は使節を送って述べた。「あなた方はいったい何をわれわれに求めておられるのか。武器を捨ててわれわれのまっただ中へ来られるがよい。そうすれば、われわれはそれらすべての品をあなた方に進呈するであろう。だが、もしあなた方が敵としてわれわれの領土にはいるならば、われわれはあなた方を不正な民族とみなして、野獣として遇するであろう」。

しかし、近隣諸国は武装して侵入した。案に相違してトログロディト族は十分防戦の備えを固めていた。全員がトログロディト民族のために死にたいと思って戦った。近隣の民族は分捕品だけが目的だったので逃げることを恥としなかったのである。

最近の局地紛争は、民族間の問題として、悲惨な相貌を呈した戦争状態となっている。北朝鮮や中国との外交関係等アジアにおける日本の立場は、なかなか難しい。種々配慮すべき問題はあるが、ここでは、〝野獣として遇するであろう〟という国家としての毅然たる一言の重みを感じるべきではなかろうか。

第二章　美の表象と精神の輝き

ホガースの諷刺と現代

昨年来、バブルの崩壊という言葉を毎日のように目にし耳にしてきた。bubbleとは気泡であり泡沫である。言葉だけでいえば、泡沫が〝崩壊〟とは少し大げさかもしれない。しかし、地価高騰に伴う実態からかけ離れた日本経済の急落ということで万人が受け入れているのであろう。そして、泡沫会社、泡沫候補という言葉はわが国でもなじみ深い。その儚《はかな》い感じが〝バブル〟にこめられているようだ。

関連していえば、一八世紀のイギリスの諷刺画家ホガースの作品に邦訳題名で「南海泡沫事件」という版画がある。原題はSouth Sea Schemeであるが、邦訳題名はその内容からつけられたもののようだ。一七一一年イギリスでは、政府の保証する南海会社（the South Sea Company）が設立され貿易独占権が与えられた。一七二〇年、当初百二十八ポンドであった株が七月には千ポンドに急騰し、やがて投機熱の冷却により百二十四ポンドに急落して会社は倒産した。その結果、数千人の被害者が出て、逃亡、自殺、閣僚の汚職事件等社会的な大混乱を引き起こすこととなったという。すぐれたホガース研究者R・ポールソンは、この版画の解説の中でThe bubble had burst by the end of August 1720.と表現している。まさに〝バブルははじけた〟のであった。

このホガースの版画は、貴族、牧師、書記、老婆、娼婦等投機熱に浮かされたあらゆる階層を乗せたメリーゴーラウンドを中央に配し、様々な人間とその姿態を通じて人間の利欲と野心の赤裸々な諷刺を表現しようとしたものである。その意味でこの版画は、イギリス諷刺版画史上画期的な作品といわれているようだ。

今年の三月、埼玉県立近代美術館でこのような諷刺画の歴史を跡づける「諷刺の毒」展（The Sting of Satire）が開催された。上記のホガースを始め、ギルレイ、ゴヤ、ドーミエ等一八世紀から二〇世紀までの画家の作品が顔を揃えていた。展示された一つ一つは、それぞれ個性ある卓抜な諷刺という点でまことに興味深いものであった。そして、「娼婦一代記」等若干の作品が出品されていたホガーズについて、現代との関連で改めて考えさせられることになったのである。

〝南海泡沫事件〟ホガース作，1721，大英博物館蔵

現代の顕著な社会現象の一つに漫画、劇画の流行がある。若年層へのコミック雑誌の氾濫とともに、新聞社系の週刊誌においても十数頁の劇画が連載され、日本歴史が数巻の漫画書籍として出版されているようだ。

大小のコマ割りによる劇画は、いわば絵

による単語の羅列のごとき感がある。それらが精神と神経のリフレッシュ・カタルシスであるとしても、果たしてどのような意味でリフレッシュになり、そしてカタルシスになるのであろうか。たしかにエンターテイメントではあろう。しかし、一、二の劇画をみても、そこには滑稽さも笑いもない。そして「諷刺の毒」もなければ想像力を働かせる楽しみも創造性を刺激するものもない。まして道徳的教化の意図も感じられないし、作者の正義感や社会事象への鋭い批判のメッセージも読みとれないのである。

このような現代の漫画、劇画と対蹠的なのがホガースの版画だといえるかもしれない。

ホガースについて夏目漱石は、〝此ホガースと云ふ人は疑いもなく一種の天才である〟と述べ、その「選挙」と題する四枚組の版画についてかなり詳しく解説を試みている。そして、〝彼は当時の風俗画家として優に同時代の人を圧倒するのみならず、一種の意味からいえば、恐らく古今独歩の作家かもしれない〟と大きな評価を与えている。

そして漱石はスウィフトとの関連で〝諷刺〟ということへの所見をもかなり詳しく開陳している。まず、諷刺物から読者が受ける影響は、出来るだけ諷刺されるような立場になることを避けようとする傾向を与えるものだと述べる。そして、読者は、そのような立場をとる危険を冒せば、個人として自己の人格を傷つけるという不安の念を抱くようになる筈だと語をついでいる。

諷刺のメルクマールに関する漱石のこの指摘は、ホガースの諷刺版画にもそのままあてはまるような気がしてならない。

冒頭で触れた〝南海泡沫事件〟や漱石が触れている〝選挙〟等のように、ホガースは同時代の社会の悪弊や人間行動の悪徳を鋭い批判精神で取り上げていた。この点、「彼の連作版画は、教訓的内容が濃かった。デヴィット・ガリックがホガースの墓碑に、彼の版画を「描かれた道徳《ピクチャード・モラル》」と評してから、この評言は彼の芸術の特質のようにいわれてきた。」（森洋子著『ホガースの銅版画』）ということのようだ。このような意味でホガースの版画は、当時から長きにわたり人々に迎えられ、民衆に親しまれてきたと言われている。

たとえば、〝勤勉と怠惰〟という連作版画では、ストーリーとしては若干類型的ではあるが、織物工場における勤勉な徒弟と怠惰な徒弟が主題とされている。連作の第十一図では、怠惰な徒弟は身を持ち崩し、殺人を犯して遂に処刑されることになる。第十二図では、勤勉な徒弟が努力と献身と善行によりロンドン市長に就任する栄誉を得る姿が描かれている。

ホガースの代表作にはこのような連作物が多い。これまでに触れたもの以外にも〝放蕩息子一代記〟、〝当世風結婚〟等の作品がある。そこにはストーリーが織り込まれ、画面に登場する一人一人の性格描写の的確性と状況に応じた迫真の姿態表現により、さもありなんという人間行動の機微が巧みに描き出されている。その点森洋子氏によれば、ホガース版画は、〝読む版画〟であり、文字を知らない人々にも親しまれたという。しかもそれは現在の私達の目で見ても決して過去の世界ではない。その人間洞察の諸相において鋭く新鮮であることに驚かされるのである。人間の心性と諸々の行動については現代社会も一八世紀の英国社会も余り違わないということなのであろうか。

〝講義を聴く学生〟ホーガス作，1736/37，大英博物館蔵

とくに、政治や社会での事件、人間の虚栄心や愚行、快楽や悪事への誘惑等、人間行動が引き起こす様々な諸事象への痛烈な批判は、人間社会の正義と倫理の問

題として考えさせられることが多い。

一例としてホーガスは、〝講義を聴く学生〟という版画において、マンネリズムで退屈な大学教授の講義に対する諷刺を描き出している。そこでの学生達はよそ見をしているかと思えば欠伸や居眠りをしており、独り何事かを考えている者や、あからさまに軽侮の面持ちを示している者等様々である。ホガースは、学生達の姿態と表情によって大学教官へ猛省を促したといえるようだ。「文学部唯野教授」のごとき大学の先生方をホガースに描いて貰うとすればどのような絵になるのであろうか。

このようなホガースの版画は、人間行動のドラマを一枚あるいは数枚の版画に凝縮しており、そこには、優に一冊の書物で語らしめるような奥行きと展開があると言えるかもしれない。そこで提案がある。漫画、劇画を苦々しく思う人士において、ホガースの版画を若者用の教材に使ってみるという試みはいかがであろうか。若者が自ら読み解き、自ら考えるようすがになる教材として恰好のものと思えるのである。その場合、一八世紀英国の歴史と社会の勉強にもなるであろう。ただ、〝before and after〟のごとく男女の心理を暗喩した少々刺激の強い版画の扱いについては一考を要するかもしれない。

ピュグマリオン効果とホーソン実験

桜花の季節の頃、長くイタリアで研鑽を積み帰国された高橋和恵氏のソプラノ・リサイタルを聴く機会があった。曲目はイタリア歌曲を中心として構成され、若干のフランス歌曲も加えられていた。ポピュラーなオペラのアリアとは異なり、私には初めてのものばかりであったが、情感豊かでしかも伸びやかな歌唱に、ひととき異次元の世界へと魅了された思いが深い。

その曲目の中に、ジョヴァンニ・チマドール（一七六一〜一八〇五）の「崇拝する美しき神よ」（オペラ『ピグマリオーネ』より）と題する一曲があった。

この曲は、一七九〇年に上演された上記オペラの一部分をなす古典歌謡の曲である。そして、オペラは、ギリシャ神話にあるピュグマリオン伝説に基づくものということであった。

このピュグマリオン伝説に関連して言えば、教育の問題としても、「ピュグマリオン効果」即ち教師期待効果という実験研究がおこなわれている。高橋氏のリサイタルで図らずも触発されたこととしてここで取り上げてみたい。

フランス一九世紀の画家ジャン＝レオン・ジェローム（一八二四〜一九〇四）には、「ピュグマリオンとガラテア」と題する作品がある。

作品では、石の彫刻であるガラテアが生きた人間に変身して、ピュグマリオンの愛に応えようとしている姿が描かれている。ピュグマリオン伝説に関する絵画は古くから数多くみられるが、美術史ではこのジェロームのものが名画として多く取り上げられているようだ。

ギリシャ神話によれば、キュプルス島の王ピュグマリオンは、あるとき、妙技を凝らして一つの象牙の像を作った。その像の美しさは、生きた女性が誰一人足元にもよりつけない程で、まるで生きているとしか見えないものであった。ピュグマリオンは、遂にその彫像に恋するようになった。

やがてキュプルスの島で、愛と美の女神ウェヌス（ビーナス）の祭が盛大に行われる季節となった。ピュグマリオンは、祭壇の前でウェヌスに祈った。「もしあなたがた神々がどんなことでもかなえてくださることができるならば、どうぞあの象牙の乙女に似た女性を妻としてあたえてください。……」（オウィディウス『転身物語』田中秀央等訳）

ウェヌスはピュグマリオンの心の底を悟り、その願いを聞き届けることとした。ピュグマリオンが家に帰り、彫刻に恋人の熱情をもって触れてみると、彫刻は蠟のように柔らかく感じられた。彫刻は全く生きていた。彫刻は処女《おとめ》に変身していて、目を見開きながらピュグマリオンを見つめていた。……

教育上の「ピュグマリオン効果」は、このギリシャ神話をふまえて論じられているのである。坂元章氏の論考（『心理学の世界』有斐閣）により、ローゼンサールとジェコブソンの実験研究（一九六八年）を追ってみよう。

ローゼンサール等の実験では、まず、新しく学級の担任になった教師に対して、今後知的能力が伸びると予測される生徒の名簿が渡されていた。名簿に載っている生徒は、昨年度の試験結果によりとくに選ばれたものと言われていたが、実際はでたらめに選ばれたものであった。教師は、名簿に載っている子供に対し、「伸びる子」だという誤った期待を持たされていたのである。

新学期が始まり八か月たってそれぞれの子供の知的能力を調べると、小学校の一年生と二年生については、名簿に載っている子供の方が他の子供より知的能力が高くなっている結果が現れていた。

この結果は、何に起因するものか、ということが問題なのである。

まず、教師が生徒に質問し、すぐに回答ができないときの「待ち時間」については、できるとされた生徒の場合の方が他の生徒より二倍も長いという分析結果が判明した。

また、できないとされた生徒に対しては、殆どの教師が答えがわかっているようなときだけ指名し、答えがわかっているかどうかを気にしないで指名することはないという事実も明らかになった。

さらに、教師は、できるとされた生徒に対しては、他の生徒に比較して、身を前に乗り出す、うなずく、目を見つめる、微笑する、等のように行動していたことも実証された。

要するに、教師は、「できる子」にはより好意的に接し、学力向上の期待からより丁寧な指導を行っていたということになるのである。しかし、これを自覚していた教師はいなかったという点も興味深い。

この実験により、教師の期待行動が生徒の達成の動機に影響を与え、さらに生徒の成績向上につながっているということが事実として認められることとなった。

〝ピュグマリオンとガラテア〟ジャン＝レオン・ジェローム作，1890，メトロポリタンミュージアム蔵

しかし、検討されるべき点が一つある。ガラテアは、ウェヌスの神意によりピュグマリオンの期待と情熱に応えて変身したが、生徒の側が何らかの要因により教師の期待行動に応えなければ生徒の変身は考えられない。ピュグマリオン効果における生徒側の要因は何かということである。

私は、この点について、ヒューマン・リレーションズ理論の基礎となったホーソン実験のことを考え合わせてみたい。

この実験は、周知のとおり、ハーバード大学のメーヨー教授、レスリスバーガー教授の指導のもとに、一九二四年以降長期にわたり、ウェスターン・エレクトリック社のホーソン工場において行われた。中心は、一九二七年からの継電器組立に関する女子作業員の作業能率とその要因に関する調査である。

この調査では、労働日数、労働時間、休憩時間、出来高払制、間食の支給等の可変的作業条件が、作業能率にどのような結果をおよぼすかという実験が行われた。

五か年にわたり上記の作業条件を変化させながら結果をみると、作業条件の様々な変化にも拘わらず、生産高は遂次増加の一途をたどるという傾向が現れていた。

その要因は何か。女子作業員は、大切な調査実験を担う選ばれた人々であるという意識があった。それぞれの勤労意欲・士気即ちモラール（Morale）の高まりこそが生産性向上の大きな要因であるという事実が結果として発見されることとなった。このことから、作業条件を悪化させても作業能率は低下せず、生産高は増加することとなっていったのである。

教育の問題を工場作業の問題と同一に論ずることはできない。しかし、ピュグマリオン効果における教師の期待行動に対して、生徒側は、自分に対する教師の期待と熱意を感じとり、勉学への意欲と士気即ちモラールを高めて教師の期待に応えようとする筈である。それは勉学の能率を高め成績の向上をもたらす結果となるであろう。施設や設備、授業時間や教材等も勉学の可変的で重要な要素である。しかし、熱意ある教師と、その熱意を感じとり意欲と士気を高める生徒との相関関係こそが教育の中心だといえるのではあるまいか。

昨今、児童生徒の関心・意欲・態度という情意的領域の重視が大きな教育課題の一つとされている。この点の前提となる教師側のすべての児童生徒への熱意の問題として、ギリシャ神話の影像を児童生徒に置き替え、上記のピュグマリオン効果やホーソン実験のことを考えてみたいのである。

「バベルの塔」とコミュニケーション

先年、カナダを旅していたときのこと、バンフからジャスパーへの車窓から、青空に屹立した一つの山塊を遠望した。何かに似ていると思いながら、ふと頭に浮かんだのがブリューゲルの「バベルの塔」であった。この想念は全くの主観であり、あるいは唐突であり、見当違いかもしれない。しかし、Castle Mountainと名付けられているその山は明らかに層をなしており、しかも天に向かってせり上がっている感じが私に「バベルの塔」の形状を連想させたようだ。山は人知をこえた自然として存在するが、ブリューゲルの絵は、美術史の研究において様々な主題と問いかけを内容としてもっている。かねてからの関心事として少し触れてみたい。

まず最近のことからいえば、ドイツの文学者ハンス・マイヤーの著書「Der Turm von Babel」この邦訳（宇京早苗訳）が『バベルの塔』として二月に出版された。ドイツ民主共和国の「悲惨な四十年」の思い出を内容としたものである。マイヤーは東ドイツのライプッィヒ大学の教授であったが、一九六三年、自由な批判精神に対する一連の弾圧を逃れて西ドイッに移っている。

この書物の冒頭と末尾に、東ドイッ政府の文化相等を歴任したヨハネス・R・ベッヒァーの晩年の詩「バベルの塔」が取り上げられている。

それはバベルの塔、／あらゆる言葉が話される。

そして、カインはアベルを撲《う》ち／神と讃えて謳われる。
その塔を築いて／おそらく　天に昇るつもりなのだ
それ故に、周辺を吹きすさぶ嵐にも／身を低くかがめようとはしない。

しかし、噂が飛び交い／真実は黙《もだ》される。
人々の心は揺れ動く――／われわれはこんなにも高く昇ったのだ！

言葉は単語になり、／意味をなくして消えてゆく。
バベルの塔は倒壊し、／無へと砕け散ることだろう。

マイヤーは、上記の詩の解釈として、この詩では東ドイツというバベルの塔の建設計画の破綻と没落のヴィジョン、即ちその〝破局〟が予見されていると見ている。具体的にいえば、「バベルの塔」はスターリンについての詩であり、スターリンに抗する詩として理解されるとする。即ち、スターリン帝国はバベルの建築物であり、ソビエト連邦という多民族国家では、多くの言葉が話されている。スターリンはカインに等しく、アベルはトロッキーあるいはプハーリンにほかならない。殺人者カインは神として個人崇拝の対象なのである。そして、スターリン体制は、批判されながらもフルシチョフ体制としてなお「塔」の建設が信じられている状況が続く。さらに、〝真実は、黙して語られず〟という巨大な〝帝国〟の状況があり、虚偽と不信で人々の心は揺れ動いている。最後に、言葉は単語となって意味をなくし、東ドイツというバベルの塔は倒壊し、無へと砕け散ることになる。

マイヤーは、上記の詩をこのように解釈し、現実にそのようになったと捉える。マイヤーのベッヒァーへの回想はかなり詳細であるがここでは深く立ち入らない。ただ、「あらゆる言葉が話される」、「言葉は単語になり、意味をなくして消えてゆく」というところに注目しておきたい。

そこで、ベッヒァーが仮託した「バベルの塔」とは何かという問題である。

バベルの塔の主題の典拠は旧約「創世記」にある。「さあ、町をつくり、その頂きが天に達するまで塔を建てよう。われわれが全地の表に散らばらないようにわれわれの名を高く上げよう」という一節である。ノアの洪水後、彼らは力を合わせ高い堅牢な塔を造ろうと計画し、その団結力を過信していた。天に届くほどの塔の建設は、神を無視した傲慢な態度であると同時にそうした不可能な大事業の計画を立てる愚かさでもある。神はこうした人間を罰するため、互いの言葉を通じなくさせ、塔の建設は未完成に終わったのである。（森洋子著『ブリューゲル全作品』）

ブリューゲルの絵「バベルの塔」（ウィーン美術史美術館）について森洋子氏は、技術的には最大限の可能性を示しながら構造上の欠陥を内包させることにより、塔の永遠の未完成を喚起し、意味論的な「不可能性」を暗喩しようとしたものと解し、さらに、当時一六世紀後期のネーデルラントにおいて、カトリックと新教徒（カルヴァン派、ルター派、再洗礼派）との間で「信仰的言語」が通じなくなって混乱が起こっている時代背景が読み取れるのではないかとみておられる。そして、このブリューゲルの「バベルの塔」は、人間の傲慢、虚栄、能力の過信と、それに対する神の罰が示されているということのようだ。

この「バベルの塔」に私が関心をもつ一つの理由は、〝言葉が通じない〟ことによって塔の建設が挫折させられたという点にある。ブリューゲルが詳細に描いているように、クレーンをはじめ当時最新の技術の粋を集めた機械や道具が駆使されたとしても、人間同士の言葉が通じなければ、即ちそこにコミュニケーションが成り立たなければ、バベルの塔は傾き、完成を見ることなくやがて崩壊するであろうということである。

コミュニケーションの欠如ということは現代社会の処々方々にある。ブリューゲルの絵は極めて暗示的というべきであろう。

〝バベルの塔〟ブリューゲル作，1563，ウィーン美術史美術館蔵

一例として、昨年の秋、新聞紙上で「仰げばむなしバブルの塔」という大見出しの記事と、完成間近で工事が止まって六か月という新宿の二十三階建て高層マンションの写真が載っていた。頂上にはブリューゲルの絵のごとくクレーンの姿も見られるのである。

この場合、バブル経済の軌跡とそのプロセスにおいて、関係者はどのように意見を交わし、意思決定をしたのであろうか。見通しの甘さと判断の誤りは、内外のコミュニケーションのどこに欠陥があったのかということである。

塔の研究者であるマグダ・レヴェッツ・アレクサンダーはその著書『塔の思想』（池井望訳）において、〝ブリューゲルの絵は混沌《カオス》の創造物であり、全体を見通すことのできない、理解することの困難な、殆ど巨大な廃墟なのである。それは、いわば「現在」の廃墟である〟と述べている。新宿の「バブルの塔」は、バブルの狂気の体系の象徴として、現代の廃墟なのかもしれない。

「バベルの塔」によってブリューゲルは、〝一六世紀中期の人文主義者の一人として、単なる「創世記」の一節の描写だけではなく、彼と同時代の人々に、絵画的言語を用いながら、バベルの塔という寓意によって、種々警鐘を発しようとしたのである〟と森洋子氏は述べておられる。人間の傲慢、虚栄、能力への過信とそれへの罰、そして、計画とそれを挫折せしめるコミュニケーションの欠除等、現代においても「バベルの塔」について考えさせられることは多い。現在のわが国は、幸いにも冒頭で触れたベッヒァーのように詩に仮託した言葉でしか表現できない不幸な世の中ではない。私達としては、〝言葉が乱れ、言葉が通じない〟ことがないよう自由闊達なコミュニケーションを心がけることが何よりも大切なのではなかろうか。

ロウソクの科学と炎の象徴性

年初の頃、ある教育財団主催の読書感想文コンクールの発表があり、〝『ロウソクの科学』を読んで〟と題する一篇が文部大臣賞に選ばれた。

イギリスの王立研究所の教授であったミシェル・ファラデー（一七九一～一八六七）は一八六〇年の暮れ、六回にわたり少年少女のためのクリスマス講義を行っている。その内容がまとめられて一書となり、わが国では、矢島祐利訳により昭和八年以来読みつがれてきた。訳書でも各頁ごとに実験の詳細な図解があり、ファラデーが常に実験を行いながら講義を進めていたことが看取《かんしゅ》される。

右の感想文で作者は、「その原因は何であるか、どうしてそうなるのか」と考えてみるべきだというファラデーの言葉を引き、これこそが科学者の精神だと記している。さらにファラデーの講義自体が「なぜ」「なぜ」の繰り返しであることを指摘し、「なぜ」と「実験」と「説明」という形で講義が展開していくプロセスは、まるで科学が発展していくさまそのものだというユニークな感想も書き加えられていた。ファラデー書物の原題が『ロウソクの科学史』であることとをふまえての話である。昨今の読書感想文が文学作品に傾きがちな中で、こうした科学的な読み物に取り組み、科学の精神を探ろうとする意欲はさわやかだとの選評もあった。この作品は中学生であるが、より早く小学生の時代から、このような科学への関心と意欲を強くもってほしいということは、多くの人々に共通の思いではなかろうか。

ところで、講義と実験との関連でいえば、本年二月十八日、東大の藤正巌教授がファラデーゆかりの王立研究所の伝統ある「金曜講話」において講師をつとめ、〝人工心臓―技術から科学へ〟と題する講演を行っておられる。講演では、血液にみたてた赤い水をガラス管の中で噴水のように飛ばす実験装置が使われた。実験は大成功であったと報道されている。

ファラデーの一書を私がいつ手にしたかの定かな記憶はない。ただ戦前戦後の混乱期の教育では、理科教育でも実験等は不可能であった。私が理系を敬遠した理由をこのことに帰するわけにはいかない。しかし、年少者の知的好奇心を触発し、科学への探求心を育てるためには、理科教育における実験・実習が必須のものであることは疑いない。

しかし、現今の子供達の実情はどうか。実体験不足で、花びらの上に肥料をかける子供や、かぶと虫が動かなくなると、スーパーに電池を買いに行こうという子供達さえいると聞く。笑い話ではすまされない。子供向けの科学雑誌の部数は三分の一に落ち、付録の実験道具が邪魔だという子供達が多いという。わが国の義務教育における理科教育のレベルは、従来、世界でトップクラスだといわれているが、今、改めて子供達への理科教育の在り方が問われているようだ。

年少者への化学実験としては、ファラデー以外に、ドイツのノーベル賞受賞者ウィルヘルム・オストワルド（一八五三～一九三二）の『化学の学校』（都築洋次郎訳）という書物がある。ここでも燃焼の項でロウソクの実験が取り上げられている。オストワルドは、言葉だけでは不完全であり、自ら親しく体験しなければ心に生きるものではないという信念に基づき、すべて経験から帰納し、実験を通じて初学者の理解を求める立場を貫いている。いずれにしても、実験というものが、理科教育の本来的在り方の基本をなすものだということは共通の理解といえるようだ。

ただ、ここでつけ加えたいのは、文化の問題として、ロウソクの炎が人間の心の動きと精神性にどのような輝きと陰影を与えてきたかという点である。上記のオストワルドは、その晩年において、人類の文化の変遷に目を注ぎ、真なるものより美なるもの、たとえば、色彩と調和の世界等への希求を試みたといわれている。

ファラデーは、「金剛石や紅玉その他の宝石のすばらしい輝きも、一つとして炎の輝きと美しさに比べられるものはありません」と述べている。この炎の輝きと美しさに思いをこらした人々は、科学者ばかりではなかった。ロウソクの炎は、美術とくに絵画において多くの画家達により表現されてきた。絵画におけるロウソクの炎は、人間の心と精神の象徴的表現として重要モティーフとされてきたのである。この点、願わくは、専門の美術史家の解説にまちたいところであるが、ここではその一、二を掲げてみたい。

〝悔悟するマグダラのマリア〟ジョルジュ・ド・ラ・トゥール作, 1640 頃, メトロポリタンミュージアム藏

ロウソクの炎が大きな役割を果たしている絵画は古来数多くあるが、まず注目したいのは、一七世紀フランスの画家ジョルジュ・ド・ラ・トゥール（一五九三〜一六五二）の作品である。ラ・トゥールは、闇の中の明かりをモティーフにして、「悔悟するマグダラのマリア」を描いた。

この絵では、暗い鏡に姿を映している

ロウソクの炎は高く燃え上がり、その先はかすかにゆらめいている。夜の静けさの中で白い横顔を見せている女性は一心にロウソクの炎を見つめている。膝には髑髏《どくろ》がある。

マグダラのマリアは罪深い生活を送っていたが、イエス・キリストと出会い、改心してイエスの忠実な弟子となった。マリアは、悔悟して許された罪人《つみびと》の代表的人物とされている。

この絵のロウソクについて美術史家の高橋裕子氏は次のように述べる。

「燃える灯火そのものを、それが生み出す光と影の微妙な効果ともども、完璧な迫真性をもって描き出し、画面の中心的モティーフとしたのがラ・トゥールであった。彼の絵を見る者は、燃える炎を凝視せずにはいられない。そして画中の人物とともに炎を見つめながら沈黙と瞑想の中に引き込まれていくのである。」

マリアの膝の上の髑髏は、「死を想え」あるいは「人間の生のむなしさ」の象徴であり、鏡も「虚栄」の象徴として移ろいゆくものを暗示し、画面に神秘的な光を導入する役割を演じている。消えゆくロウソクの炎は儚《はかな》さの象徴と理解されているようだ。

暗い床面には宝石をつけた飾り紐が落ちていて、これは世俗生活の象徴であり、マドレーヌは、奢多品を捨ててこの世の栄華に縁を切ろうと決心したところ、との解釈もある。

ロウソクの炎は、絵画におけるドラマティックな明暗対比においてしばしば効果的に用いられてきたが、象徴的意味合いの色濃い別の例として、一七世紀の画家ニコラース・エリアス（一五九〇／九一～一六四六／五六）の「ニコラース・テュルプの肖像」という絵がある。解剖学の権威であったテュルプ博士の半身像が一本のロウソクの炎を前にしておだやかに描かれている。美術史家の尾崎彰宏氏によれば、火がともっているこのロウソクは、他人のために尽力し、やがて燃え尽きてゆくテュルプ博士の理想の人生を象徴していると理解されているようだ。この絵の下の方の文字は、「全身全霊を傾けて他人につくす」という意味となっているという。しかし、燃え尽きるという点では、やはり人生は儚いものだという無常感も含まれているのかもしれない。

絵画においてロウソクのゆらめく炎は、人間心理の微妙な機微を映し出す象徴的なモティーフとして用いられてきた。燃え尽きる炎の虚しさは、砂時計等とともに移ろいゆく時の流れを暗示するとも解釈されているようだ。

それにしても、ロウソクの炎が、人間の在り方生き方とのかかわりにおいて深い意味を与えられ、種々の画題で様々に描かれていることに興味がつきないのである。

はじめに触れたファラデーは、その講義の中で、〝人間の生命をロウソクに比べるのは決して詩的な意味においてばかりではない〟として、人間の呼吸と植物の炭酸同化作用に触れている。そして、〝われわれ人類は、われわれと共にこの地球上に生きているあらゆる被造物のおかげをこうむっているのです〟と述べ、さらに、その講義の最後の言葉を次のように結んだ。

〝ニコラース・テュルプの肖像〟ニコラース・エリアス作，1634，シックス・コレクション蔵

〝諸君の生命が長くロウソクのように続いて、同胞のために明るい光輝となり、諸君のあらゆる行動はロウソクの炎のように美しさを示し、

諸君は人類の福祉のための義務の遂行に全生命をささげられんことを希望する次第であります。〃

冒頭の文部大臣賞の感想文では、ロウソクの形やその静かに燃える姿を見ていて決して飽きてしまうことはないであろうという作者の感想が記されていた。作者の豊かな感性をうかがわせるものというべきであろう。

実体験不足が指摘されているわが国の子供達が、実験・実習を通じて科学への探求心を養い、学問への志をたてて文明の進歩に貢献して貰いたいと思うのは一つの願いである。しかし、ファラデーが述べる人類の福祉への貢献は、人間の心そして精神とのかかわり抜きには語れない課題である筈だ。古い言葉ながら「科学する心」は、絵画に象徴的に示されているような人間の心への眼差しを併せもつ必要があるのではあるまいか。

そうであるとすれば、科学教育という課題においても、常に人間の心と精神の問題とのかかわりを忘れてはならないというべきであろう。一例として環境の問題等は、科学の課題であると同時に、自然と人間への優しさの問題だといえるのではなかろうか。

理性の眠りと批判精神

先年の春、「諷刺家なかせ」という表題により、イギリスの名物番組「スピッティング・イメージ」がなくなるとの新聞報道があった。Spittingとは、〝悪口等を吐き出すように言う〟という意味がある。

有名人をデフォルメしたそっくりさんが登場し、女王や皇太子、メージャー首相やサッチャー氏等を手当たり次第にからかう内容らしい。しかし、最近毒が薄れて視聴率も半減したという。尤も、英王室があんまり奇想天外なことをやるから、番組も顔負けなのサ、という解説もあるのだそうだ。

一八世紀のウィリアム・ホガース以降、ジェイムス・ギルレー、トーマス・ローランドソン、ジョージ・クルックシャンク等、イギリスには、サタイア（Satire）あるいはカートゥーン（Cartoon）と呼ばれる諷刺画についての優れた伝統がある。フランスではオノレ・ドーミエ、スペインではゴヤというように、ヨーロッパにおける諷刺画の歴史は古くかつ充実している。かつて、本欄ではホガースに触れたことがあった。ここでは、ゴヤを取り上げてみたい。

平成五年の初夏、東京富士美術館において「巨匠ゴヤ四大版画集の名作」と題する美術展が開催された。「気まぐれ」、「戦争の惨禍」、「闘牛技」、および「妄」という四つの版画集の展覧会である。また、昨年の秋、四大銅版画全点による「ゴヤの世界展」が入間市博物館で開催された。

それぞれの展示を見て、小さな画集で見るのとはまた違った意味で大きなインパクトを受けることとなった。ゴヤの批判精神のすさまじさによるというべきであろうか。

ところで昨年六月、新聞、テレビ等のオウム教団事件の報道姿勢について、ジャーナリズムとしての批判精神が欠除している旨、あるコラムニストが一石を投じておられた。警察のリークそのままの報道だということ等が指摘されていた。読者からも賛否両論があったが、〝批判精神をなくした日本のジャーナリズム〟ということで新聞自体が大きく取り上げたことは注目に値することであった。

とにかく、ときおり新聞にのる政治漫画も、明治時代の「團團珍聞《まるまる》」等の痛烈な諷刺漫画に比べれば、毒は薄いというより無きに等しいといえるのではあるまいか。昨今の政治漫画は、単なる時事的事象や人物の説明にすぎない場合が多いのである。

先年スペインに旅したとき、プラド美術館で観ることとなったゴヤの〝黒い絵〟シリーズも人の心に迫るものであった。「決闘」はスペインの内戦を、「わが子を喰うサトゥルヌス」は人間の業ともいうべき恐ろしさを、「ユーディットとホロフェルネス」は女性の持つ恐ろしさと残酷さをそれぞれ寓意として示しているといわれている。これらは、少し言葉を大にしていえば、戦慄ともいうべき印象を与えるものであった。

ここでは、批判精神の一例として、一七九九年に発行されたゴヤの八十枚シリーズの社会諷刺版画集「ロス・カプリチョス」（気まぐれ）の意図および内容について考えてみたい。

まず、このNo. 43「理性の眠りは怪物を生む」という版画についてである。この絵は、シリーズのタイトル画とするため、ゴヤは二年前から下絵を作り始めていたという。人物の周囲には、魔女の使いである猫、蝙蝠、ふくろう等が群がり、机の正面には「理性の眠りは怪物を生み出す」という言葉が記されている。ケネス・クラークは、この文章は二つの意味に解釈できるとしている。一つは、眠っているときは心の中の夢が様々の怪物を生みだすということであり、いま一つは、人間が理性を失えば様々なおぞましい行為に走るという意味である。

顔をうつ伏せているのはゴヤ自身である。下絵では、〝夢を見ている作者、彼の唯一の意図は、有害な下品さを追放し、この「カプリチョス」の作品で覆すことのできない真実の証言を永遠のものにすることである〟と記されているという（ユッタ・ヘルト「ゴヤ」上田和夫訳）。

余談ながら、理性をマインドコントロールによって眠らされてしまったオウム教団の幹部は、遂におぞましい〝怪物〟になってしまったということであろうか。〝怪物〟とは、ゴヤの場合、不合理で合法的でない支配のしるしなのである。

〝理性の眠りは怪物を生む〟ゴヤ，1797 頃，国立西洋美術館蔵

一七九三年、ゴヤは病により聴覚を失う。その故もあり、ゴヤは内省的性格を深め、政治、社会、宗教、とくに貴族や聖職者の腐敗と欺瞞に対する痛烈な批判をこめた作品を創り出していく。「ロス・カプリチョス」もその延長線上にあり、そこには、人間の根源に関する強烈な批判精神がある。シリーズは、発売の二日間で二十七部を売っただけで発売中止となり、二百六十七部が残ったとい

う。宗教裁判所からの圧力の故ではないかとの推測もあるようだ。

堀田善衛氏によれば、一七九九年二月六日付けの新聞広告でこの版画集の制作意図が次のように示されている。

〝過誤と悪徳に対する批判は、主として修辞学と詩の機能に属するものであるが、絵画の主題にもなりうるものであることを確認し、画家は、あらゆる社会に共通する狂態と愚行、または習慣によって容認されている偏見や欺瞞、無知、利害等のうちから、映像として忌憚なく、かつ人をして激発せしむるものを選んだのである。〟

一八世紀当時の精神風土からみれば、理性は光であり、その理性が眠って光が失われた闇の世界は深い。そこに生まれてくる怪物達は、ゴヤにとっては人間の本質にひそむ不合理性や狂気の世界の表象というべきものであった。そこにゴヤは、呵責ない批判の目を向けたということである。

たとえば、教育に関連したものとして「弟子の方が物知りなのだろうか」と題する版画では、ロバが耳を隠して立派な身なりをして師匠然としていても、ロバはロバであって教えられるのはアルファベットの「A」だけだという絵となっている。また、「訓戒」と題する版画では、まじめな顔つきの猿に説教されて、改心したふりをしている商人や修道士等が描かれている。

さて、ゴヤの諷刺画が批判精神に満ちていることはわかるとして、わが国の現状は、どうか。都知事選の結果は、既製のパラダイムへの痛烈な批判であった。ただ直前の投票動向調査まで、言論にしても諷刺手段にしてもその徴候を示す指摘はみられなかった。さきに触れたコラムニストの〝批判精神の欠除〟の事態を示す端的な一例というべきであろうか。

ただ、わが国の現状としては、ゴヤのような批判精神を封ずる何ものかが社会風潮としてあるのではないかとの危惧もなしとしない。

昨今、テレビのキャスター等によるコメント、寸言等も一部にみられるが、昔を知る私達世代としては、当時種々の圧力にさらされた「日曜娯楽版」や「ユーモア劇場」のような諷刺番組が現在全くみられないという点、若干淋しい気がしないでもないのである。

裁量による差異の創造

年初の頃、「議員さんの肖像画飾る場所〝困った〟」という紙上の記事を見た。国会議員で二十五年在職した方々は、三十号の大きさの肖像画を国会内に掲げる栄誉が与えられている。ところが衆議院では、右資格者が三百十人に達してこの大きな肖像画を掲げるスペースがなくなってしまい、古い順に倉庫へ引退していただくほかはないということであった。隙間なく並んで掲げられた肖像画でいっぱいの委員会室の写真と、倉庫の写真が対比して添えられていた。

以前、国会へしばしば通っていた際、答弁の合間、ふと見上げてこれらの肖像画にお目にかかっていた。その肖像画の筆致は、議員の方々が依頼される画家の画風により千差万別なのである。リアリズムのもの、ソフトフォーカスのもの、その他その姿勢や表情の捉え方等がまことに興味深い。御本人を存じあげている場合、その比較において肖像画としての出来ばえを勝手に評価してみることになる。この肖像画の作成には議員の方々も力をいれておられる由であるが、一枚の絵が御本人の人格表現となる恐ろしさからすればそれは当然のことであろう。

ところで、肖像画の第一人者といえばオランダのレンブラントということになる。レンブラントがまず画家として名をなしたのは肖像画家としてであり、一六二〇年代の末、二十歳代でアムステルダム随一の人気画家になっていたという。個人の肖像画のみならず、一六四二年の「夜警」のような集団肖像画でも名声を得た。そして油彩で六十枚近い自画像の多さという点からみても特異な画家であった。

本稿では、肖像画ということから触発されてこのレンブラントの絵画制作のプロセス、とくにレンブラントの工房において、師匠としてのレンブラントと弟子達との関係はどうであったのかという点を取り上げてみたい。絵画の主題、技法ということから、師匠と弟子との関係を教育の問題としてあるいは組織のトップと部下の問題として考えてみたいということなのである。

絵画の工房というものはルネッサンス時代から一般的であったようだが、レンブラントより三十年程早く生まれているルーベンスの工房もよく知られている。ルーベンスも自画像や家族の肖像画で優れた作品を残しているが、扱われた絵画の主題はあらゆる面にわたっていた。

坂本満氏によれば、ルーベンスの作品はその制作過程に応じて三種類に分けられるようだ。まず、Aは、はじめから終わりまで画家の手になるもので、油彩の小型下絵とか肖像画等かなりのものがある。次に、Bは、静物・動物・風景画等の一流専門家との共同製作になるものである。Cは、ルーベンスがデッサンや彩色を指導して修正させ、最後にかならず彼自らが筆をふるって仕上げたものである。

ルーベンスは、弟子に手伝わせたことを隠さず顧客にも告げていたようだ。そして弟子の関与の度合いについても、風景は別の名人の手になる等と手紙に書いていたという。

ルーベンスが書いた手紙で残っているものがある。「聖ミカエルは難しいモチーフです。私の弟子の中にあの作品をたとえ私のデッサンを手本としながらでも仕上げられる者がいるかどうか心配です。いずれにしても、私があとから手を入れる必要はあるでしょう」というものもその一つである。

肖像画の場合、顔のようなポイントとなる部分は師匠が手がけ、あとは弟子に任せるというのが当時一般的であり、肖像画家は工房の分業により肖像画を量産していたようだ。

この場合の分業とは、師匠の構想にしたがって弟子達が得意なパーツを手際よく描き込み、最後に師匠が仕上げを行うことである。工房において、画家達が風景、衣装の文様、人物、動物等それぞれの得意分野を分担して描くという絵画の分業は、ネーデルラントでは一六世紀以降広汎に行われていたのである（尾崎彰宏著『レンブラント工房』）。

ルーベンスより少し前で、アントワープを代表する画家であったフロリスは、まずチョークで構図の概要を描き、そのあと職人に下塗りをさせ、この人物はどこそこに、という指示を出しながら仕事をさせた。そしてフロリスは、自分の工房に自筆による頭部習作の板絵を職人の手本用に何点も保管していたのである。

ところがレンブラントの場合、工房における弟子との関わり方はルーベンス等の分業体制とはかなり異なるようだ。尾崎氏の研究に依拠して少し検討してみたい。

肖像制作の場合、レンブラント工房の弟子はレンブラントの基本形を下敷きにしていた。しかし、レンブラントの作品を手本にする場合でも手本を忠実に模倣するよう強要されることはなかった。レンブラント風の様式の枠組みさえ堅持すれば、あとは弟子がかなり自由に彩管を揮うことが許されていたという。

レンブラントの場合は、顧客の希望を入れて弟子にどの基本形を採用するか位の指示は与えていたが、ディテールにまで事細かに指図することはなかったということである。また、弟子に任せた場合仕上げだけは師匠みずからが行うという一般的なやり方からも無縁であった。レンブラントは、単独で仕上げるか、殆どすべて弟子に任せるというやり方をとっていたようだ。

結論的にいえば、レンブラント工房においては、複数の画家が共同で作品を仕上げるという分業体制はみられなかったということである。

レンブラントは多くの弟子をかかえていたが、その弟子達の中には、フリンクや、ボルというような立派な技術をもつ卓越した美術家もいた。しかるが故にレンブラントは、レンブラントの工房で優秀な弟子達に多くを任せることができたのかもしれない。

余談になるが、世界で五百点をこえるレンブラントの油絵についてオランダの「レンブラントの調査委員会」は、一点一点を調査しその真作と真作でないものの調査を進めている。後者は、模作、工房作、偽作という作品を総称するものであるが、真作でないと判定されるものが続々と出現して美術界に衝撃を与えている。ＭＯＡ美術館にある「帽子を被った自画像」は委員会の調査で真作とされ、インディアナポリス美術館にあるものはＭＯＡのコピーであるとされたこと等はその例である。

さきに触れたように、レンブラントは弟子達に絵の構想は与えていたが、弟子達はある程度おのれの裁量で描くことができた。またレンブラントは、弟子に自分の作品をコピーさせたあと、その手本となった自分の作品にさらに手を加え、別の作品とすることもあった。そうすると、弟子の作品とレンブラントの作品は異なったものとなる。弟子の作品にレンブラントの署名を記入させたものもあった。したがって、工房の弟子の作品はレンブラントのオリジナルに紛れこみやすくなるという次第である。

レンブラントの真筆から除かれたものの多くは、レンブラントの弟子や周辺の作品だという。作者決定に当たっては、画材や補修等物質的な面も検討されることは当然であるが、結局はレンブラント自身と優秀な弟子達の絵の違いの解釈問題となるようだ。研究が進むにつれてレンブラントの真筆はどんどん減っていくのかもしれない。

話を戻せば、ルーベンス工房の分業体制とレンブラント工房における裁量体制の違いは、芸術作品の制作における師匠の在り方の問題にとどまらず、教育の在り方やある目的を持つ組織のリーダーの在り方について若干の示唆を与えるものかもしれない。

分業の体制においては、完成にいたる道程を師匠あるいはリーダーはしっかりと把握し、その間の統率は厳格なものでなければならない。このことは、画制作やその他の製品生産においてもかわることはないであろう。

レンブラントの場合のように、弟子に任せてある枠組みの中で自由に描かせている場合は、作品に多様なバリエーションが生まれ、差異が生まれる。

尾崎氏は、レンブラントのやり方は、差異の創造につながると捉えておられる。

現代の組織が活力を生むためには、部下による能力の発揮を求めて、組織の成果としての差異の創造が必要となることはいうまでもない。そうでなければ、競争社会においてその組織は生き残れないからである。差異の創造は独創性の発揮につながるものでもある。レンブラント工房におけるレンブラントの独自の指導方式は、組織のリーダーの在り方の問題としてまことに興味深いものというべきではなかろうか。

なお、冒頭の国会に掲げられた議員肖像の作者は個々に異なっている。そこには作者による差異の創造があり、議員各自の差異とともに個性ある肖像画となっているといえよう。それが相並んで無数にあるということも対比の意味でまことに興味深いのである。

表現の美質

ロマン派の風景画家ターナーの作品に一連のヴェネツィア風景がある。彼の作品では、多くの場合、自然と人間との激しい闘争がテーマとして取り上げられているが、その中にあって、甘美な間奏曲のような作品だといわれているものである。昨年の夏、ロンドンのテートギャラリーでこれらのヴェネツィア風景をみて、空路ヴェネツィアへ向かった。

ヴェネツィアは自動車のない唯一の街である。運河の中に街がある。ターナーの画く霞のかかったような空気の中のヴェネツィアは、ゴンドラではなく少し離れて海から観る必要がある。リド島の方からサンマルコへ向かわねばならない。残念ながら私達は、空港から、つまりリド島とは反対側から迂回してサンマルコに着いた。したがってというか、いずれにしても、光と大気の中に朦朧とした輝きを示すターナーの絵のようなヴェネツィアというわけにはいかない。これも芸術の表現と現実の問題でいたしかたない。

ヴエネツィアについては、ヴィスコンティによる映画がある。トーマス・マンの原作による「ヴェニスに死す」であるが、冒頭において、暁闇の海をシルエットの汽船が行く映像はまことに美しい。水平線の上の雲はわずかに朝日に染まり、汽船は黒い煙を横になびかせながら進んでやがてその姿が大うつしになる。あるいはターナーの絵のイメージにつながるものかもしれない。そして、この作品の音楽では、マーラーの交響曲五番のアダジエットが使われている。流れに沿って甘美な抒情的雰囲気を盛り上げていて、その意味での評価は高いようだ。

音楽といえば、最近、時折り演奏会へ足を運び、まれに演奏会批評なるものを目にする機会がある。マーラーではなく、ピアノの例であるが、先日ある大新聞で次のような一文をみた。

「……うぶ毛の生えたように柔らかく、良質のびろうどの肌ざわりがあり、音楽には密生した苔の感触もある。そして暖い。ただそれも片鱗にとどまって、全面開花には至らない。……」とある。

この一文を観る限り、そして往々にして、音楽批評とは、日本語の語彙を如何に駆使するかの問題であるらしい。語感と音感がツーカーの方は羨ましいが、残念ながら私には、〝苔のような感触の音楽〟というものが実感としてつかめないのである。言葉やレトリックが一人歩きをしても感動とは無縁だという教訓は、音楽批評のことだけでなく、表現の問題として大いに注意を要する点であろう。

そこで、マーラーのアダジエットである。「弦楽合奏とハープだけで奏される静かな美しい情感をたたえた音楽で……音の織りなす繊細な美しさとそれが重なり合った響きが聴く者を魅了せずにはおかない。」というある指揮者の解説をみた。映画のイメージとともにまことに感覚的に入りやすいのである。


音楽は主として感性の問題であるが、文章にも感性とイメージのふくらみがあり、これは大切にしたい。既にかなり昔のことになるが、実吉捷郎氏訳で、上記のトーマス・マンの作品に接したことがある。周知のとおりその内容は、芸術と生活の対立を含む老作家と美少年の非日常の物語である。旧仮名遣いのこの訳書は、標題も「ヹニスに死す」であり、漢語の多いちょっと古風ではあるが格調のある日本語であった。そして、一読感性に訴えるものがある。たとえば次のような一文がある。

〝夏がすごしやすい生産的なものとなるためには、ある挿入が、多少の即興的生活が、怠惰が、遠国の空気が、そして新しい血液の供給が必要なのである。では旅行だ。……〟

日本語の話は翻訳を比べると大変わかりやすい。ここでは、同じ作品の他の翻訳にはみられないリズムと響きがある。蛇足ながら、昨年の夏の私の気分にもピッタリであった。この快い簡潔さとイメージのふくらみはどこからくるものであろうか。この訳は昭和十四年のものである。この例だけでは十分でないが、恐らく、漢語的表現の美質と訳者の日本語に対する優れた感性によるものであろう。

近年、街の書店では、漢語、漢語表現に関する書物が大小かなりみられる。一方、現代風俗の会話体を多用した小説も多くあるようだ。そして、ベストセラーの小説は殆どこのたぐいである。これも一つの社会現象ではある。しかし、ここで、先年ある誌上での福田恆存氏の指摘が思い出されるのである。氏は、以前芥川賞を受けた「限りなく透明に近いブルー」なる小説について、これを読んでも何も残らないと述べ、さらに、文章の勉強は、鷗外、鏡花、露伴、せいぜい芥川ぐらいまでを目当てにすべきものだと語をついでおられた。


鷗外といえばいうまでもなく漢語表現の大家であり、最近、その点に関する小島憲之氏の研究書等も刊行されている。小島氏の著書については、国文学、漢学の素養が必要で、十分な理解は難しい。しかし鷗外が古今東西の文献と言葉に通じ、それをふまえて卓抜な文章表現を行った経緯が細密に論じられており、一読素人なりに鷗外の文章作成上の軌跡がうかがえる。ただ、小島氏の発見として、鷗外でさえ、ふまえすぎたところもあるようだ。『航西日記』は、岩倉遣欧使節団の『米欧回覧実記』をかなり下敷きにしていて、剽窃ともいえる程である点の指摘等は大変興味深い。ヴェネツィアへは、遠い昔、天正少年使節が訪れ歓迎を受けているが、この岩倉使節団もヴェネツィアを訪れており、〝回覧実記〟にはその見聞の詳細が記されている。

「ヴェネシア府ハ……以太利東北ノ海口ナル都会ニテ、〝アトリヤチック〟海ニ浜セル、斗出《としゅつ》ノ島ヲ聚《あつ》メテナル、島中ニ大運河ヲ回《めぐら》ス、巴字ノ如シ、是ヨリ大小ノ運河ヲ引キ、縦横ニ交錯シ、付近ノ小島ニ連綴《れんてい》シ一府トナル、雄楼傑閣、島ヲ塡《うず》メテ建ツ、河ヲ以テ路ニカエ、艇ヲ以テ車馬ニカエ、欧州ノ諸都府中ニ於テ、別機軸ノ景象ヲナセル、一奇郷ナリ……」とあるのはその一部である。文章としては当時のものであり、当世の例とはならない。しかし、聚メ、連綴、雄楼、塡メ等ヴェネツィアの景象を眼前に髣髴させるものがある。この書の内容は、当然のことながらこのような音訓をまじえた的確な漢字の表現により、簡潔で、しかも意を尽くし、イメージとしても臨場感に溢れている。観察もゆきとどいていて間然する所がない。著者の久米邦武氏は後の東京大学国史科の教授であり、その優れた資質の故でもあろう。

言葉の話はまことに奥行きが深い。そして難しい。ここでの話は、いうなれば、昭和ひとけた世代として、ささやかな、表現への共感の問題としての話である。現代の若者は、「漢字を書かずに感字を書く」と言われているが、現在でも高校教科書には鷗外、漱石、芥川の作品が取り上げられている。鷗外の場合は多くの教科書で『舞姫』が登載されているようだ。高校生は、このあたりから鷗外等に親しみ、さらに読書範囲を広げ、自らの知性と感性をみがいていくこととなるのであろうか。

昨年のヴェネツィアそのものは、今や朦朧として儚《はかな》い彼方となった。地盤沈下その他により若干変貌のきざしはあるが、ヴェネツィアの在り方そのものは当分変わりそうもない。その伝統と文化は、一六世紀末に天正少年使節がみたものと余り違わないのである。その是非については賛否もあろう。しかし、ひるがえってわが国の場合はどうか。三島由紀夫の作品は既に古典であるという。流れはかくも早い。しかし、いかにも早すぎるという感じがぬぐえないのである。

日蘭交流と複眼的思考

アムステルダムはヴェニスとは異なるがやはり運河の街である。昨年の夏も終わる頃、この街を訪れた日は花祭りの日であった。上にも横にも花をつけた車また車、房のついた帽子をかぶった鼓笛隊、そして、ミニスカートの若いバトンガールの行進等街は祭一色である。そして、それを観る人々が溢れて街中がわき立っていた。交通はいたるところで通行止めである。郊外から入る電車さえ市内の手前で折り返していた。

さて、花祭りのあと、この街で観るものはといえばレンブラントとゴッホということになる。司馬遼太郎氏は、〝あらゆる点でレンブラントが人類史上最大の画家の一人だったと思っている〟と述べておられるが、国立美術館の二階の大きな壁面に一枚だけ大画面で輝いている〝夜警〟は圧巻というべきであろう。そして人々はゴッホ美術館を訪ねることになる。私も人並みの行程をとることにした。

このオランダといえば、昨年の秋、ベアトリックス女王が来日された。そして、その訪日を記念しサントリー美術館で〝オランダ美術と日本〟と題する美術展が開催された。〝オランダに日本がみえた〟ということで、ゴッホの自画像や浮世絵等を色濃く反映した多くの作品が展示されていた。オランダ美術に観る日本文化の影響を辿るという企画である。そのコンセプトは、イミテーションとインスピレーションということであった。日本の芸術をオランダの芸術が模倣し、そこから霊感が生まれ、新しい文化の創造が行われた経緯をあとづけるものだというべきであろう。江戸時代に唯一交流があったオランダとの交流は、四百年に近い歴史がある。そのプロセスにおけるゴッホ等のジャポニズムの絵画や、多くの磁器、木工の工芸品が出品されていた。その意味では意義ある展覧会だったと思われる。

ところで私は、前記の展覧会を観た後旬日を出ないうちに秋田を訪れた。国立教育会館主催の研修会のためである。そして、驚かされたのは、丁度秋田市で〝秋田蘭画展〟が催されていたことである。こちらは、千秋美術館の開館一周年記念ということであった。そこで私は、江戸洋画のナビゲーターともいうべき小田野直武や佐竹曙山について若干知ることができた。そして、同時に、情報化社会でのエアポケットの存在と、ものごとについての複眼的思考の必要性について少し考えさせられることになったのである。

秋田では、所用を済ませて半日、角館まで足を延ばすことにした。〝秋田蘭画〟の創始者である小田野直武の生地である。武家屋敷として公開されている青柳家には直武の絵が展示されている。直武は江戸に出て平賀源内に西欧絵画の技法を学び、源内を通じて蘭学者との交遊を持った。杉田玄白の訳になる「解体新書」の附図は直武の筆によるものだという。折りに触れて書物等で観るこの附図は青柳家に展示されていた。原書の図を模写したものであるとしてもその実証的な写実の技法には驚かされるものがある。私達の歴史学習においては、江戸時代の洋画の代表的人物は平賀源内であり司馬江漢であった。ところがこの司馬江漢は、直武に教えられて洋画の技法を学んだ筈だと成瀬不二雄氏は述べておられる。そして成瀬氏は、直武の洋画の活動は江戸において行われ、その作品は全国に及んだものであって直武の活動は一地方的なものではないとされる。つまり秋田だけのものではなく全国的なひろがりをもつものだということである。だとすれば、〝秋田蘭画〟という名称は誤解を招き、ことがらを矮小化してしまう恐れがあるのではなかろうか。

直武は、写実技法を学び実物写生によりその技をみがいた。舶載の銅版画を手本にして盛んに模写も行ったようであり、その作品のいくつかも残されている。

他方ゴッホが浮世絵の模写を熱心に行ったことは周知のとおりであり、広重の作品の模写等が現に残されている。直武は一七世紀でありゴッホは一九世紀であるが、日蘭それぞれにおいて模写が行われ、相互文化の影響が現実としてみられることはまことに興味深い。

この点について高階秀爾氏は、〝歴史画〟を最も格の高いジャンルだとするヨーロッパのアカデミーの理念に対し、オランダでは歴史画以外の風景画、静物画、風俗画等のジャンルが他の諸国より一足早く市民権を得ていたとされる。その意味では、写実的な技法による蘭画にとり組んだ直武等は洋の東西をへだてて同じ精神的風土を持っていたのではないか、ということになるようだ。

ベアトリックス女王来日記念ということであればこのような視点こそ日蘭友好の中でのまさにインスピレーション的符合として人々に訴えるものがあったのではないかと思えるのである。

現代は情報化社会であるといわれる。ベアトリックス女王も来日されてその時期マスコミもオランダのことを多く取り上げていた。しかし、少なくとも私は〝秋田蘭画展〟についての情報を目にする機会はなかった。あるいはアンテナが不足していたのかもしれない。しかし、サントリー美術館でもその解説書でも秋田蘭画展に触れたものはみられなかった。わずかに江戸時代の秋田蘭画のことが一部触れられていたにすぎない。逆に秋田でも東京の展覧会についての情報はみられなかったのである。

展覧会の企画・実施の諸事情が種々あるとしても、日蘭交流ということでいえば、日本美術のオランダへの影響とともにオランダ絵画の日本絵画への影響をともに論じ、複眼的に同時に理解させるような展覧会であればより感銘が深くなったのではなかろうか。あえていえば、東京と秋田の展覧会はあわせて行われていればとの思いがぬぐえないのである。ベアトリックス女王はサントリー美術館に足を運ばれたと聞くが、〝秋田蘭画〟をもし目にされていたとすれば、さらなる感慨を持たれたに違いないと思われる。

前記のことからみれば、どうやら私達は情報化社会にあるといいながら随所でエアポケットに遭遇していることになるようだ。そして、物事についての複眼的思考の重要性ということについても一考させられることになる。この点では、たとえば、教育の実践についてみても、全国で優れた教育が行われている例を私達はどれだけ知る機会があるだろうかということである。そして、学校五日制等はまさに複眼的思考を要する典型的なことがらではないかとも思えるのである。

さて、話をオランダに戻せば、四百年に近い交流があるとはいえオランダについて私達の知るところは多くない。このたびの芸術・文化に関する興味深い歴史以外に、オランダの繁栄と衰退の歴史については、私達がもっと知るべき事実と経緯があるようだ。岡崎久彦氏によれば、かつて経済で大成功を収めたオランダの繁栄は、国際政治において政治的コミットメントを避け、遂に英蘭戦争となって衰退の道を辿ることになったという。経済至上の道徳的孤立主義がいかに国家の運命を危うくするものかという教訓とすべきではないかという論旨である。そして、現代日本の現状と将来をオランダの歴史に重ね合わせてみれば、愕然とする程そこに相似性があるということになる。その認識のもとにわが国はいかにあるべきか、いかに舵取りをすべきかということであろう。

いずれにしても昨年の秋は、はからずも情報と複眼ということをも含めて種々考えさせられることの多い一季節であった。

煙の幻影と美味な食物

雲海をわたって十二時間、ヨーロッパとの間も随分近くなった。この六月、フリーな時期にと、ヨーロッパの若干の都市をまわり、最後はパリとした。今回私には二つ目当てがあった。その一つは一昨年十二月に開館したオルセー美術館、今一つは若年の頃から一度はと考えていたロワールの古城めぐりである。

最終地パリの六月は、雲が多く時折りの日差しも弱いが肌に涼しさを感じて心地よい。暑いローマからの到着であっただけになおさらであった。

さて、オルセー美術館のことである。荘重なルーブルに対して、粋というかエスプリが利いているというべきか、シャレた感覚の見本である。筆で表現するのは難しい。停車場が見事に美術館に変身しているのである。尤も、解説書によれば、一九〇〇年当時、オルセーを含む二つの建物の落成式を前にして、画家のデタイユという人が既に次のように書いていたという。

「この駅はすばらしい。美術宮殿の風格を持っている。そして当の美術宮殿の方は、駅みたいなのである。私はラルー（オルセーの建築家）に、まだ間に合うのなら取りかえっこをしないか、と提案をした。」

八十四年後、この皮肉な願いが叶えられたことになるようだ。

絵については素人の私がオルセーやルーブルのことを云々するつもりはない。ただ、今回も、ルーブルには若干の時間立寄って、ドラクロワの絵だけはまた観て帰ることにした。ある芸術家の作品が好きになれば、次にその芸術家がいったいどういう人間で、どういう生活をしていたかということが知りたくなる、これは人情のしからしむるところで当然のことだ、と言ったのはドラクロワだそうである。

一般的に、人間としての在り方生き方の問題であるが、この点についての教育の充実がとくに高等学校の教育課程で一つの課題となっている。大変大切ではあるが、教育上の扱いとしてはなかなか難しい。発達段階の問題では若干若い層かもしれないが、若者への推薦図書には必ずといっていい位シュリーマンの自叙伝が入る。少年の頃の夢を心に抱きつつ実業界での半生の努力、そして成功、その後トロヤの遺跡の発掘に情熱を傾けたその意思力、生きざまはたしかに若者の感動を呼ぶに違いない。

この人間の生き方に関していえば、私は、このたびドラクロワの絵に接しながら、ドラクロワの努力と不屈の人生についても大きな関心をよせてしかるべきではないかと感じたのである。

約二十年前に、中井あい氏の訳により『ドラクロワの日記』が出版されている。ここでは、ドラクロワの日記のすべてではないが、植村鷹千代氏が指摘されているように、強靭な思想家であり想像力豊かな色彩の画家であったドラクロワの生きざまが生々しく表現されている。二十四歳で「ダンテの小舟」により華々しくデビューしたドラクロワが、既成の画壇から、革新故の孤立、孤独を味わいながら、人間としての悩みや自信、自らの絵についての研究と制作への情熱、人間についての愛と友情等、様々な感情、思想、行動の葛藤の中で日々を生き抜いた姿が浮き彫りになっているのである。私はこの〝日記〟こそ若者に一読させるべき一書と信じているが、この機会に一つだけかねて疑問としていたドラクロワの生き方に触れてみたい。

ドラクロワは、かねてアカデミアの会員になることを望んでいたが、その扉は容易にあかず、三十九歳の第一回の立候補以来七回目の五十九歳で漸くアカデミア会員に当選したのである。その間二十年、アカデミア会員になりたいとの意欲を失わず、友人の伝手、政治的工作に頼り、しまいにはアカデミア会長に直訴状まで出したという。その直訴状の内容がいささか天才ドラクロワらしからぬ内容なのである。

この点について、坂崎担博士は、単なる名誉欲からでたものであろうか、それとも、一度立候補した以上は、是が非でも通さずにはおかないという意地張り、その意地を通すことは結局アカデミアを征服することになるのだという戦闘意識から出たものと解すべきか—と書いておられる。ドラクロワの良き理解者であり鑽仰者であったボードレールの「ドラクロワの生涯」においてもこの点については触れられていない。

このたびの帰国後、さきの〝日記〟を読みかえしていたときオヤと思われる次のような記述がみられた。

「名声は私にとってむなしい言葉ではない。そうぞうしい讃辞は真に幸福の酔いを味わせる。自然がこの感情をあらゆる人間の心に植えつけたのである。名誉を放棄する人、またはそれを達することのできない人が、この煙のような幻影、偉大な魂の美味な食物に対して、自分では哲学者らしいと思いこんでいる一種の軽蔑を見せかける。晩年になるとこのような人間は、自然が動物より余計に与えたもの、彼等が背負っているもっともつまらない荷物を、自分からのけようとして、どれほど一生懸命になるかわからない。」これは一八二四年四月二十九日のものである。

晩年の日記は未見なのでよくわからないが、ドラクロワのファンの立場からいえば、坂崎博士の後説をとりたいところである。しかし、この日記を観ると、ドラクロワは人間の本性についてもう少し達観していて、煙のような幻影ではあるが美味な食物について開き直っている感じがある。

このような例をみれば、人間の在り方生き方の教育といっても、ことの難しさは大変なものだとの感がぬぐえないのである。なお、わが国でも種々の顕彰について、とかくの運動の風評を耳にし眉をひそめてきたが、この点ドラクロワのヒソミに倣っているといわれても甚だ困ると言いたい。

プラハのモニュメントが語るもの

遥かなセピア色の街並み、処々方々の教会とおぼしき尖塔、石造りの建物と石畳の路等、歴史をしのばせる古都プラハの味わいは深い。

今年の夏、短期訪れたプラハの印象としては、さらに、東京に増して異常な暑さであったこと等が今に思い出されるのである。

私は、かねてから藤村信氏の〝パリ通信〟の愛読者であった。その稀代の文章の魅力、ユニークな視点と犀利な分析等、なまじの学者諸氏の論文より余程説得力があり啓蒙的な内容であると敬服していた。そして、一九六八年の〝プラハの春〟以降氏が執筆された一連のチェコスロバキアの動向についての通信は、まことに興味深いものであった。

その後、昨年の暮れにはじまるチェコの脱ソビエト化の急激な動きやルーマニアの激動の報道等をみて、俄かに東欧を訪れてみたくなったのである。

そこで、短期滞在のプラハで印象に残ったことの一つを記させていただきたい。それは、聖ヴァーツラフ王とカレル四世とヤン・フスのことである。

昨年暮れのチェコの革命的自由化は、ヴァーツラフ広場を数十万人の市民が埋めつくすことによってなしとげられた。したがって、実際は大通りというべきこの広場の名自体は報道により私達にもなじみ深い。かつて十二年間日本に在住しておられたチハーコヴァー女史によれば、この広場は一三四八年カレル四世によって作られたものである。しかし一八四八年、その南端に聖ヴァーツラフ一世の騎馬像が建てられたことから、その後広場はこの名称で呼ばれることになったという。

一〇世紀にチェコ人によるボヘミア王国がおこり、そのボヘミア王国の始祖とされているのが聖ヴァーツラフ一世である。聖ヴァーツラフは、チェコにキリスト教を導入し、外敵と戦いつづけ、各地に教会を建立し、貧しい人々や孤児に仁慈を施したという。チェコの国民が外敵に追いつめられて亡びそうになったとき、聖ヴァーツラフ王が白い馬にまたがってカレル橋を渡り城から街へ向かって来るという伝説があるようだ。聖ヴァーツラフの神話は、チェコ国民の伝統文化の源となり、未来への確信を支える象徴の一つとなっているという。その熱い思いが広場の巨大な騎馬像にこめられているのであろう。

そして、カレル四世の像は、カレル橋の旧市街側の渡り口のそばに大きな立像として建てられている。プラハに入ってとにかく驚かされたのは何でもカレル四世だということであった。三十の聖像を橋の両側に持ち、五百年の風雪に耐えてき美しいカレル橋もカレル四世の造ったものであり、なだらかな丘の上に優美な姿を見せるフラチャヌイ城もカレル四世の築城したものである。カレル大学もヴァーツラフ広場も中世の街並みとして残る市街地作りもカレル四世なのである。プラハにおけるその存在感は訪れてはじめて味わうものであった。しかし、なぜ、カレル四世なのであろうか。

ヴァーツラフ一世を始祖とするボヘミア王国はドイツの圧迫を受けながらも発展を遂げ、一四世紀のカレル四世のもとでボヘミアは最高の繁栄期を迎えたらしい。そして一三四六年、神聖ローマ皇帝にも選ばれることになる。恐らく、チェコの国民にとっては、ドイツ、オーストリアやソビエトの長い圧迫と支配の間を通じて、祖国の栄光と民族の誇りの姿をカレル四世に見出す思いがあるのではなかろうか。

さらに、ヤン・フスの特別巨大な立像は、旧市庁舎広場の少し北寄りに昂然と屹立している。その高さ、その台座の大きさは、私達の銅像というものの概念をはるかにこえるものであった。カレル大学の総長であったフスは、信仰の自由と自治を求めたため、一四一五年七月焚刑に処せられる。さきの藤村信氏は、〝チェコスロバキアの人々は、ヴァチカンのドグマに対して反抗し、異端者として焚殺されたフスの「真実は勝つ」という言葉を愛しています。〟〝プラハの春のときも、このたびの人民の秋の勝利のときも、この言葉は、繰り返し、よみがえりました。〟と述べておられる。

チェコの人々の国民的英雄への憧景を象徴するこれらのモニュメントは、ソビエトや共産党政権といえども撤去することはできなかったのである。そのかわり、ノボトニー政権は巨大なスターリン像を建設した。しかしその後のスターリン批判の進行と自由化の流れの中で、一九六二年の暮れ、スターリン像は爆破されたという。

近年東欧諸国に底流としてみられるナショナリズムについては、抑えられていたものが改革を契機として発現した復古的ナショナリズムであると南塚信吾氏は指摘しておられる。

しかし、この点については藤村信氏は〝それはナショナリズムには違いないけれども、狭い意味での国粋的なナショナリズムとは違う。〟と述べ、〝自分達の民族の文化と伝統に最もよくかなった、肌に合った、いい政治生活をつくろうとか、ナショナルないい社会制度をつくろうというのと同じであって、民族的な現象ではある。〟と分析しておられる。

民族としての誇り、国民としての衿持の問題は、それぞれの民族と国家の歴史と伝統に由来するものであろう。プラハでみられる巨大なモニュメントの情景において私は、チェコの国民が長い歴史においていかに自らの祖国を愛し誇りとしているかを見せつけられたような気がして瞠目したのである。

さて、前記の点、わが国ではどうであろうか。敵が攻めてきたら降参すればよいという著名な経済学者もおられるようであるが、これは特異な意見というべきであろう。そして、このことは教育においてどうあるべきかという問題になる。

小・中学校の〝道徳〟においては、〝日本人としての自覚をもって国を愛し、国家の発展につくす心情を養う教育が目標の一つとされている。

偏狭に傾くことなく、世界に目を開いた視野の広い立場からの愛国心の育成ということが望まれているのである。

そのため、わが国の文化と伝統を大切にし、先人の努力を知ることによってこれを達成しようということであるが、教育における実態はどうであろうか。

その点が、ブルーノ・タウトの印象記を教材とする等、日本美の伝統等に偏ってはいないだろうか。それも大切だと思う。しかし、日本が国家として発展してきた近現代史において、わが国の命運にかかわる大きな役割を果たした先人の努力とその結果や曲折の軌跡等が、果たして適切に教えられているのであろうか。たとえば、日露戦争を与謝野晶子や幸徳秋水の視点だけで学ばせるようなことではまことに心もとないのである。その在るべき姿については、プラハのモニュメントの口を借りるまでもなく、わが国を愛する日本国民としてのアイデンティティの問題として考えるべき課題であろう。

それにしても、仮にわが国において、聖ヴァーツラフ王やカレル四世、そしてフスのような人々の銅像を建てるとすれば誰になるのであろうか。その必要性と人物の存否および妥当性については大いに検討の余地があると思われるのではあるが……。

ガーシュインと〝創造性〟

昨年の暮れ、N響定期でガーシュインの〝ピアノ協奏曲ヘ調〟を聴く機会があった。ピアニストは、スウェーデン生まれのペーター・ヤブロンスキーである。弱冠二十一才のこの若きピアニストの端正でしかも新鮮な感覚の演奏に魅了された。

ヤブロンスキーは、まず天才少年ジャズ・ドラマーとして活躍した後、クラシックの演奏も身に付け、ヨーロッパではピアニストとして活躍しているらしい。ジャズとシーリアス・ミュージックという二つのジャンルを完全に両立させている演奏家だという。まさにガーシュインの演奏家としてうってつけの人といえるようだ。

ところで同じく昨年十二月、N響アワーで〝独学のススメ〟と題してガーシュインが取り上げられていた。ヘ調の協奏曲の第二楽章や「ラプソディ・イン・ブルー」、そして若干の歌曲で構成され、高名な指揮者と作詩家の対談も行われていた。時間の関係もあり、話については若干意をつくさぬ思いにかられたが、ガーシュインはオーケストレーションを独学で勉強したこと等が紹介されていた。

しかし、私には、ガーシュインが独学のチャンピオンだとは思われない。ガーシュインを取り上げるとすれば、むしろその創造性、独創性、革新性等を焦点とすべきではないか、との感じが拭えなかった。

〝創造性〟といえば目下初等中等教育における大きな課題の一つである。天才ガーシュインでは例としていかがという点もあるが、少し考えてみたい。

まず前提として、〝創造性〟とは何であろうか。創造とは、従来なかった新しい発想や新しい価値あるものを作り出すことだ、というのが一般的説明であろう。そのためには、直観力、想像力、そして論理的思考力が必要である。その場合の人格特性としては、自発性と意欲、独自性と探究心、さらには集中力と根気が備わっていなければならない、ということになる。

わが国の科学技術において独創的な業績を挙げておられる西澤潤一氏は、〝他人のやっていないことをやろうと思い、何をやるにもなぜだろう、どうしてだろうと考えて、納得できるまで考え続けることが大きな成果に結びついた。〟と語っておられる。

即ち、他人のやっていない〝独自〟なことを〝自ら〟、〝探究心〟をもって、納得できるまでそのことに〝集中〟し、〝意欲的に〟、〝根気〟よく研究をされたということではなかろうか。どうやら創造性ということは、上記のお話の中にすべて語られているといえるのかもしれない。このような〝創造性〟に則してガーシュインを取り上げてみよう。

まず自発性と意欲という問題である。小さい頃ガーシュインは、音楽には全く興味を示さず、元気な腕白として育っていた。十二才のとき、一才下の生徒が弾くヴァイオリンの音、ドボルザークの〝ユーモレスク〟を聴いた時、心を奪われ雷に打たれたような感動を覚えたという。すぐその子供と友人になり、ボクはピアノをやると宣言した。兄のためのピアノが運び込まれたとき、兄はピアノを嫌い、ピアノはガーシュインが独占することとなった。両親のはからいで、ガーシュインは、ゴールドファーブ、ハンビッツァー、そしてキレニーというすぐれた音楽家について、ピアノや音楽理論の勉強に精進することになる。十五才では作曲にも手を染めていたという。

そして、十五才で商業学校を中退し、音楽出版社の店頭ピアニストとして勤める道を選んだ。これは母親の反対を押し切ってのガーシュインの強い意思であった。ガーシュインがその頃使っていたノートには、百曲以上の楽想が書きつけてあり、当時のガーシュインが、意欲的に音楽を学びながら、自分を音楽で表現する新しい方法を絶えず探していた様子がうかがえるという。(ポール・クレシュ『アメリカン・ラプソディ』鈴木晶訳)ガーシュインの三十九年の短い生涯においては、この自発性と強い意欲という態度は一貫して貫かれていたのである。

次は、独自性と探究心という問題である。ガーシュインの作曲家としての出発は、ポピュラー・ソングやレビュー音楽の分野であった。一九一九年の「スワニー」はミリオンセラーとなり、若くしてこの分野では既に一流の作曲家であった。

しかし、ガーシュインは、一九二四年の「ラプソディ・イン・ブルー」、一九二五年の協奏曲へ調等クラシック音楽の分野においても、そこに新しい独創的な内容を盛り込んで大成功をおさめる。

その独創性とは何であったか。文化人類学者ウィリアム・O・ビーマン氏は次のように述べる。

「ガーシュインは、アメリカの生活史の中で文化上の革新者であった。……ガーシュインを中心として、音楽の本質を変える運動が始動していった。」(大橋洋一等訳)。

即ち、ガーシュインは、ジャズという伝統的なアメリカの民族音楽、アメリカの黒人文化が、アメリカの遺産の重要な一面を担っていて無視できないものであることを明らかにしたのである。ビーマン氏によれば、ガーシュインは、ジャズをアメリカの民族音楽そのものと考え、このジャズは、後世に残るような古典的な交響曲を創造する際の基礎となる、と語ったという。

ガーシュインは、その独創的なスタイルと内容で、ポピュラーおよびクラシック両方の分野の人々の注目と称讃を得た。そして、音楽家のイメージを変える存在となったのである。

このように、ガーシュインは、音楽的表現様式において、斬新性、革新性を求め、アメリカの新しい音楽を創造した人物であった。ガーシュインには、それを求めてやまない渇きのようなもの、探究心があったといえるのではあるまいか。

次に集中力と根気という問題である。一九二四年二月十二日に初演されたラプソディ・イン・ブルーは、ポール・ホワイトマンの委嘱によるものであった。ガーシュインがその委嘱を確認したのは一月四日であり、四週間後の二月四日に曲は完成していた。それは、ファーデ・グローフェによるオーケストレーションを含めてのことであり、ガーシュインがいかに短期集中でこの曲を完成させたかということになろう。

協奏曲へ調のオーケストレーションはガーシュイン自らが行っているが、その作曲にあたってガーシュインは、楽章ごとに日付けを書き込んでいたという。第一楽章は一九二五年七月、第二楽章は八月から九月、第三楽章は九月、そして十月から十一月にかけてはオーケストレーション、ということである。その間ガーシュインは、長期間、明け方までピアノの前に座って作曲に没頭したという。

冒頭で触れたように、ガーシュインについては独学ということが強調されている。正規の音楽学校に通わなかったという意味ではそうかもしれない。しかし、ガーシュインは十五才から何人もの専門家について理論と技法の勉強をしていた。一九二一年の夏からは、書物での勉強以外にコロンビア大学の音楽科に通ってオーケストレーションの勉強もしている。ショービジネスの世界では真夜中ともいえる朝八時半に起きて、大学に通ったという。このガーシュインの努力と根気は注目に値するというべきであろう。天才も努力なくしては花開かずということかもしれない。

さて、創造性の源となる直観力、想像力と論理的思考力という点ではどうであろうか。

ガーシュインは、ボストンに向けてひた走る列車の中で、車輪の轟音の中に音楽を聴いたという。リズミカルなレールの音の中から直観的にメロディーを感得したのかもしれない。ボストンからニューヨークに戻る頃には、後に名付けられた「ラプソディ・イン・ブルー」の全体の輪郭はガーシュインの想像力の中で明確に出来上がっていたようだ。クラリネットのグリッサンドを冒頭にもってくるアイディアも、ポール・ホワイトマン楽団のクラリネット奏者のすぐれた技術が念頭にあったからだという。

　ところで、直観力は、新しい価値あるものの創造につながる〝選別〟と〝判断〟がまずその内容となるといわれている。この点「パリのアメリカ人」の中で、パリのタクシーの警笛を楽器として使ったガーシュインの直観の中には、警笛の珍妙な音の〝選別〟と、曲の中でその音が効果的であるとの〝判断〟があったというべきではあるまいか。ガーシュインの直観は、曲全体の想像的世界への広がりの中で明確な位置づけを伴っていたのである。

　旧来の楽器と警笛という異質なものの組み合わせは、直観と想像力によってまず可能かも知れない。しかし、作曲としてこれを楽譜に表すとなれば、そこでは約束に従った論理的思考力が必要になる。ガーシュインは、歌を作る際にもクラシックの技法を頑強に守り続けたといわれている。ジャズ等の影響とクラシック音楽の規範とを渾然一体化したガーシュインの作品は、直観力、想像力と共に、絶えず努力して学んだ音楽理論、作曲技法が前提とされていたというべきであろう。想像性には、やはり論理に基づく表現力が必要であり、そのための論理的思考力は、独りよがりにならない新しい価値を生み出すための必須条件なのである。

　以上若干の項目についてガーシュインの創造性の具体的な姿をみてきた。ガーシュイン以後アメリカにおいて、ガーシュインをこえる作曲家は未だ現れていないのではなかろうか。その意味でもガーシュインは、バーンスタインが言うように〝本物の天才〟だと目される人物なのかもしれない。しかし、創造性の直観力や想像力が天才だけのものだといえば救いがない。人間の努力、そしてその方法と内容如何により、〝創造性〟実現を可能とする道を探し求めることが教育の使命だというべきではあるまいか。

名と実の変容

ロンドン滞在の一夜、テームズ川のほとりのパブに出かけた。パブは、宿舎としていたタワーシスルホテルから歩いて十分もかからないところにある。

ホテルからの夜道は暗く沈んでいて人通りは殆どない。時折り連れだった若い人達と行き交う。やがてヨットハーバーのある一寸した広場の向こうに、木造三階建ての大きな建物が見えてきた。ディケンズ・インという名のパブである。中に入ると、かなり広い店内は人また人で立錐の余地もない。奥の方ではオルガンの演奏をしているらしい。多くの人は立ったままジョッキを傾け、テーブルと椅子はまわりに少しずつ置いてあるだけである。私達は、人でいっぱいのカウンターで、何とかラガービールを手にして一息ついた恰好となった。

この日、パブをのぞく気になったのは、ノドの問題というよりはむしろ探訪の気持ちからというべきであろう。イギリスの社会生活史の解説では、大ていパブなるものの起源や実情がかなり詳しく説明されている。パブというのは通称であって、実際には沿革的にいくつかのタイプがあるようだ。宿屋兼居酒屋というべきイン、クラブ的で庶民には一寸縁遠いタヴァーン、庶民に分相応なエールハウスおよびジンショップというのが歴史的な沿革である。私がでかけたディケンズ・インに宿泊施設があったかどうかは分明ではない。しかし、雰囲気はまことに庶民的で、喧噪と人いきれと親しみやすさの点では後段の流れのものとの感じであった。

このアルコールを提供する店がなぜパブリックハウスといわれるのかという漠然とした疑問が私にもあった。この点、高橋哲雄氏によれば、酒場であるとともに地域の集会所という意味でパブリックなのだということのようである。公衆の公に近いということであろうか。部分社会を大切にすること、それもまたイギリスの〝公〟であること、むしろそれこそが〝公の基本単位〟と考えられること、それがイギリス的〝公〟であるということであるらしい。

しかし、地域のなじみの者が腰を落ちつけて静かにアルコールを楽しむパブばかりではなく、近年は大資本系列のものが多くなってきたという。大きなワンルームで音楽をきかせたり、不特定多数の者へ量販方式でビール等を飲ませる店がふえてきたということである。その経営は詳らかではないが、私が一夜訪れたパブもこのたぐいのもののようだ。先端の風俗の若い男女がかなり多いこと、音楽と雑踏ともいうべき喧噪の雰囲気であること等から、まさに現代風パブなのであろう。

ともあれ、これもパブでありパブリックハウスなのである。こうなると、本来的な、部分社会を大切にするイギリス的〝公〟のパブリックとは似て非なる代物になっているのではなかろうか。

名分に対する実体の変容ということであるが、わが国の〝公〟はどうであろうか。

教育基本法第六条では、学校は公の性質を持つものであって…と規定されている。学校教育法に定められた学校は、国立、公立、私立を問わず、「公の性質」を持つということである。学校というものの性格論であり、わが国の学校教育の基本となっている。この部分の英訳をみると the school prescribed by law shall be of public nature ……となっていて、〝公の性質〟は public nature である。

イギリスで public education といえば学校教育全体を指す由であるから、この限りで日英同様の感覚といえるようだ。学校の公共性ということがこの基本法の規定の趣旨であるから、私学についても学校としての社会的使命ないし公共性の自覚が要請されることになる。この公の性質を担保するために、私学の設立は認可制であり、教育内容については学習指導要領の遵守や教科書の使用が義務づけられている。この意味において、わが国の私学は、パブリックな性格を持つスクールというべきかもしれない。したがって、実情としても各私学は、この名分に沿うべく大いに努力しておられる筈だ。そしてその実体もそうであってほしいものである。

ところでわが国の〝公〟にはもう一つ明確な意味がある。憲法第八十九条には「公の支配」という言葉があり、ここでの〝公〟は国または地方公共団体の意味となっている。わが国での〝公〟は、一般的にはむしろこの意味で理解されているといえるかもしれない。英訳では public authority である。

この後段のような日本的〝公〟の感覚からすると、イギリスのパブリックスクールなるものの理解はまことにむつかしい。イートンやハローのような歴史的な中等学校はパブリックスクールであるが、これらが私立学校であることは周知のとおりである。それらがなぜパブリックといわれるのかについては諸説があるようだ。しかし、ここでは深く立ち入らない。ただ、このパブリックスクールについては、「ウォータルーの勝利はイートン校のクリケットのグラウンドで獲得された」というウエリントン将軍の言が伝えられている。イートン、ハロー等のパブリックスクールが世に送った人材は枚挙にいとまなく、学校制度として顕著な成功例であったといわれている。その意味でも大変興味深いが、これらの学校の長い歴史と現状は別の機会として、私にとって関心のある一つの沿革がある。

一九世紀初頭において、ラグビー校の大校長であったT・アーノルド等によりパブリックスクールの大改革がおこなわれた。しかし、第一次大戦当時、科学教育や技術教育に関する教育上の欠陥が露呈され、古典語教育や人文主義教育に偏っていたパブリックスクール改革論が大きくまきおこった。この点については、昭和十五年松浦嘉一氏が次のように紹介しておられる。

「イギリスの生命が産業と商業とに依存する限り、その教育もそれらの要求するところに順応して改革されねばならない。歴史や地理によって過去と現在との人間の世界を知ることが第一に重んぜられ、次に外国の諸民族と彼等の精神や生産的活動の研究を発達させねばならない。」

「そして、それらの諸外国人との接触を可能ならしめる手段であるところの生きた外国語の修得を盛んにすべきである。」

「また、科学は、ルネッサンス以来の伝統の人文主義の犠牲とされてはならない。科学は科学自身のためにも、その応用のためにも、もっと真剣に勉強されねばならない。」

このように改革論が叫ばれて、世論も一時は大に動揺したようであるが、結局パブリックスクールは古い伝統の尊重という落着きをみたという。戦争が終わってしまえば根本改革は不可能であり、伝統と経験主義が勝利を収める結果になったようだ。〝実〟は変わらなかったのである。ただ現在は、イートン校においても計算機教育等将来の職業に応じた教育が取り入れられているようだ。

私は、この遠い昔の改革論をみて、このたびの高校教育課程の改訂の事がふと頭にうかんだのである。地理歴史科の新設や世界史の必修のこと、外国語におけるオーラルコミュニケーションの重視、数学・理科教育の改善等々のことである。これらの改革の〝実〟は是非実現したいものだと思う。

パブリックハウスの例を観るまでもなく、〝名〟に対する〝実〟の変容は時代とともに著しい。この際、私達は、学校教育における理想と実態のズレ、建前と本音の乖離等、名と実の変容について厳しい反省と検討を迫られているのではなかろうか。

東西往還の華

昔、ヨーロッパで近距離のSASに乗ったときのこと、さわやかな笑顔で若いスチュアデスが〝ティ・オア・カフィ?〟と声をかける姿に新鮮な思いをしたことがある。そういえばFINNAIRでもそうであった。飛行機ならどのエアラインでも同じなのに、どうも北欧のエアラインでの声ばかりが思い出されるのである。なぜであろうか。

とはいっても、スチュアデス嬢の話ではない。その頃私は紅茶党であった。だから一議におよばずティと答える。当時は日々紅茶、紅茶であった。そして、イギリスの紅茶はどんなにおいしいものかと初めての外国旅行でそのことをひそかに楽しみにしていたのである。ところが、期待していた紅茶の味は、少々片思いのやるせないものであった。街角の店やホテルで飲むティは、大味であった。やはり、家庭で落着いて、心をこめたティでなければ味わえないものなのかもしれない。旅行者としては無理だったのである。

英国紅茶は、いうなれば一つの文化であるともいわれる。出口保夫氏は、英国紅茶にも、日本の茶道と同じような所謂英国茶道なるものが考えられるのではないか、と書いておられる。お客に心をこめて入れる紅茶は、時間を急いだり容器の温め方が足りないとかで失敗することがある。精神の統一というのがないとなかなか満足のいく紅茶は入らない、という趣旨である。だとすれば、私がイギリスの街角で飲んだティはおいしい筈がないといえそうだ。

ところで、イギリス人は、世界の紅茶生産量の半分近くを消費するといわれている。日本人も同様に、緑茶の生産量の二分の一を消費しているらしい。ちなみに、世界の紅茶と緑茶の生産量は八〇%と二〇%の比となっているという。緑茶と紅茶、同じ茶で発酵加工されたものが紅茶であるが、イギリス人の茶の飲用には、一六世紀の頃から日本が深くかかわっているらしい。東西のお話である。

昨年の秋、同じ時期に、秀吉と利休をめぐる映画が二本公開された。そのうちの一つの映画の中で若い南蛮人が登場していた。映画での扱いは若干中途半端であったが、そのステハノなる人物に、「茶の湯は私には大変な心の冒険でした」と言わせている。茶の湯で南蛮人が登場するのは一理あるというべきであろう。わが国の茶の湯や茶陶器のことをヨーロッパに伝えたのは、イエズス会の宣教師達であったからである。

当時茶の湯に接した宣教師達は、茶のポット等がダイヤモンドやルビーの如く珍重されているとか、チャと称する薬草の粉で調味した熱湯は非常に尊ばれ、主人自ら調整し友人や客人を大いに手厚くもてなす……等の紹介をしていたという。

そういえば、一七世紀の後半のイギリスでは、茶の宣伝文句として薬用効果が強調されていたようだ。精力増進、頭痛、不眠、胆石、倦怠、胃弱、食欲不振、健忘症、壊血病、下痢、風邪等十四の適応症が掲げられていたという。こうなるとイワシの頭も信心からという諺のたぐいであろうか。

話を戻せば、ヨーロッパに初めて茶が輸出されたのは日本からであり、一六一〇年、オランダの東インド会社の船が、平戸から茶をヨーロッパに運んだらしい。しかし、イギリスが、自らの東インド会社により中国からの茶貿易を大々的に行うこととなって、茶貿易の覇権はイギリスに帰することになる。

そして、当初薬用として出発した茶は、貴族から農民、労働者と普及し、洗練されて、イギリス独自の紅茶文化が形成されていった。中国や日本は、当時イギリス人にとってはすぐれた文化を持つ神秘的な国で、茶はその代表的な文化ということであったようだ。

一八世紀初期、イギリスの貴族の邸宅でティパーティーが催されたときの情景は、日本の茶の湯の影響かどうか、秘儀的要素をもっていたという。角山栄氏は、茶が単なる飲み物であったならばヨーロッパ人の関心を誘わなかった筈だし、茶がヨーロッパ人をいたく感動させ、彼らを魅了したのは、とくに日本の茶の湯文化であったとされる。イギリスの紅茶文化の根底には、遥かなる東洋文化への畏敬と憧憬があったのではないか、ということのようだ。

そしてマナーである。イギリス人は、紅茶を単なる飲み物としてではなく、心の安らぎを求めて、美しい容器により、優雅なマナーで飲む生活習慣を作り上げてきた。そこには、一つの美意識が働いていたという見方もあるがどうであろうか。

以上のような精神文化の一面以外に、紅茶には、近世の重商主義、帝国主義の発展の中で大きなファクターになっている事実があるようだ。イギリスは、東インド会社による中国からの茶の輸入を年々増大させるとともに、インド、セイロンに茶園を開発、経営することとなる。これら茶園は、現地の人々の安価な労働力により植民地経営の大きな要素となっていく。そして、紅茶の関税に起因するボストン茶会事件はアメリカの独立に連なる。阿片戦争も、中国に対し茶貿易の見返り品として阿片を用いたことによる。そして、わが国の明治初期の重要な輸出品は、アメリカ向けの緑茶と絹であった。コーヒーの国アメリカは、当時緑茶を飲んでいたらしい。

いずれにしても、緑茶と紅茶は、ヨーロッパの近世資本主義を促進する大きなファクターとなっていたし、アメリカや中国そして日本をまきこむ歴史上の諸事件と大きなかかわりを持つことになるのである。

どうやら、緑茶と紅茶の歴史をたどると、精神文化と政治経済の両面において東西を含むグローバルな広がりを観ることになるようだ。時間軸としても、一七世紀から二〇世紀にわたるかなり長期のものとなることに驚かされるのである。そして、日本史と世界史にかかわる興味のある話題がつきない。

このたびの新しい学習指導要領においては、中学校の必修の日本史で、世界史を背景としてということが強化された。また、高校では世界史が必修となるとともに、日本史も世界史もそれぞれ相互のかかわりに十分配慮して教えることが趣旨とされている。

高校の世界史の代表的教科書を観ると、〝東西文化の交流〟という章がある。そこでは、香辛料や陶磁器には触れられているが茶の姿はない。ただ、別途イギリスの東インド会社が茶の貿易を中心としたことやアメリカのボストン茶会事件の記述はある。同様に日本史の教科書では、東山文化として茶道、茶の湯や茶寄合の記述がみられる。しかし、世界史、日本史いずれも、東西文化や日本と世界の歴史的動きにかかわる茶の歴史はみられない。教科書の分量と扱い方からみても無理からぬことではある。しかし、だからこそ教える側の力量が期待されるところではなかろうか。あるいは、恰好の演習のテーマたり得るとも思われるのである。

歴史教育が、年号と事件の暗記に偏っているとの批判がなされてから久しい。問題は、生徒に、如何にして歴史への興味と関心を持たせつつ学ばせるかということなのである。

以上記してきて、ここで紅茶を一杯、と書きたいところである。しかし、残念ながら私は目下コーヒーなのである。そういえば、イギリス人も緑茶から紅茶になった歴史があることが思い出される。嗜好の問題は節操の問題とはなじみにくいものだとはいえないであろうか。

余暇と閑暇とゆとり

高原の澄みきった空気とカラマツ林を抜けて峰の茶屋に出る。中軽井沢からのワインディングの登り坂から一挙に展望が開けて、左は浅間山、右は遥かな高原地帯となる。その道すがら、一本の看板が立っていて「日本ロマンチック街道」と記してある。走りながら、これは一体何だろうとの疑問となった。

知る人ぞ知るということであろうが、どうやら小諸から中軽井沢、北軽井沢、万座、草津と抜けて金精峠から日光へ至るドライブロードのことのようだ。全長二百三十キロで、高原、山岳を抜けての眺望、景観は雄大である。車の好きな私は、そうとは知らずに、その殆どの区間を何回かに分けて走っていたことになる。

この名称は、恐らく、ドイツのロマンティック街道にヒントを得たものであろう。〝日本〟とは、他意なくドイツに対しての意味と理解するのかもしれない。今年の連休の五月、本家のロマンティシェ・シュトラセを走っての彼我の比較から、若干の感想を記させていただきたい。

本家の方は、日本のものより夙に有名であり、ドイツ観光のメインである。私が御紹介するまでもない。ヴュルツブルグから中世そのままの都市ローテンブルグ、ディンケルスビュール等の都市を経て、アルプス麓のフュッセンに至る全長三百五十キロの街道である。

ロゲンドルフ氏は、中世都市の生命とするところはロマンティシズムである、と言っておられるようだ。氏によれば、ドイツの町はロマンティックであり、この独特のロマンティシズムはドイツの町だけが持っているものだということである。やはり、中世都市はドイツではないか、というのが氏のお考えのようだ。

この意味からすれば、中世そのままの姿をとどめるローテンブルグ等を含む本家の街道は、ロマンティック街道と呼ばれて当然ということになる。わが国の場合はどうか。さきの道筋には倉敷の町並みも、高山の旧家や町の風情をとどめるものもない。では僭称というべきか、いやそうでもない。町と家並みは異なるが、自然の景観は両者相似たところがあるとの観察も可能なのであろう。遠く連なる草原、遥かな山なみ、そこをつき抜けるハイウェイ、という点では日本ロマンチック街道も捨てたものではない。わが国の方もおすすめしたいと思う。

ところで、ローテンブルグ等のことである。増田四郎氏は、この街等を含めて道筋は無理に保存しているところが多く、観光化してしまってつまらないと述べておられるし、鈴木成高氏もローテンブルグは今や日光だと言っておられる。ただ、私は、中世そのままの家並みの美しさに感嘆した。街の印象は一軒の家ではなく家並みにある、ということは鈴木氏も強調しておられるが、現実にディンケルスビュール等の家並みはまことに美しい。そして、自動車と人の波なかりせばの感に襲われるのである。

ドイツがこのロマンチック街道というネーミングを考えて世に広めたのは観光政策であるという。最も成功したもののようだ。戦後の復興と経済の発展で休暇が多くなり、人々は外国への旅行に精を出しはじめた。ドイツ人を国内の旅行にいざなうにはどうしたらよいか――というのがそもそもの発想であったらしい。

これは、レジャー、余暇の活用の問題である。観光について松田義幸氏は、レクリエーション型の観光とレジャー型の観光があると興味ある分類をしておられる。「おしん」ブームの時、山形県は大変な観光ブームになった。これは一過性である。ところが芭蕉の奥の細道を訪ねる旅がある。これは旅を楽しむ能力と時間とお金がかかる。前者がレクリエーション型、後者がレジャー型ということのようだ。たしかに、例を考えるとこの分類は成るほどとよく分かる。ただ、レクリエーション型といい、レジャー型というとき、日本語として考えるとなかなか区別が難しい。概念としての把握がもう一つという感じもある。

それにしてもレジャーという言葉は気になるし、どうもしっくりこない。現今、世の中は皆〝余暇〟という日本語になって定着しているかのようだ。それがふさわしい場合もあるが、ピッタリこない例もある。以前は〝閑暇〟という言葉も使われていた。ヴェブレンの〝有閑階級の理論〟という翻訳は、昭和三十六年に出ているが、原題は〝ザ・セオリー・オブ・レジャークラス〟であり、内容でもレジャーはすべて閑暇と訳されている。ここでは、〝仕事をした後自由になる時間〟という意味ではなく、そもそも生産労働にたずさわらない閑暇を持つ人々の話なのである。また、ヨゼフ・ピーパーという人の著書についても、ドイツ語のMusseという言葉が閑暇と訳されていた時代もあったようだ。しかし、最近は余暇という訳語になってしまった。尤も、学者の方々も余暇という訳がピーパーのいう趣旨に合うかどうか問題だといっておられる。レジャーという言葉は一筋なわでは理解が難しいようだ。

感覚的にしか言えないが、わが国では、戦前の意味での、そして、ヴェブレンのいうような有閑の〝階級〟はなくなっているかもしれない。しかし、ときとして生活手段の労働から離れ、身体的に、精神的に自由な閑暇を持つ人は多くなっているし、そのような閑暇を持つことは大切なことであろう。それは、労働の余りではなく、また、怠惰もしくは無為を意味するものでもない。それ自体が価値ある存在なのである。その意味での閑暇があってはじめて〝レジャーは文化の基礎〟ということになるのであろう。その場合のレジャーは、ただディズニーランドに行くことではなく、観想と活動を伴うべき閑暇という語感に近いものなのではなかろうか。

閑暇には心のゆとりがある筈である。たとえば、旅行の場合、多くの人は心のゆとりを感ずるであろう。それは、労働からの解放、日常性からの解放、浮世の義理と人情からの解放、未知なるものへ触れる期待等々からだと思われる。いうなれば、〝心自ら閑なり〟で〝悠々閑々〟たる心境ということになるのではなかろうか。ただ、それも人によるということかもしれない。尤も暇をもて余しているとすればその人はゆとりがあるとは言えない、と土居健郎氏は言っておられるので、閑暇のすごし方も難しい話になるようだ。ところで大切な学校での〝ゆとり〟はどうであろうか……。

ドイツを旅しながら、ゆとりのない時間に若干閉口の思いがあった。しかし、それだけに、ロマンティック街道を走りながら見る草原や山なみに心のぬぐわれる思いをした。ドイツ南部の草原は、菜の花、キンポウゲ、クローバー等黄色と緑の一面のウネリが遥か地平線まで連なっている。ところどころの家に人かげはない。一幅の絵を観る心地がする。ただ、人を求めて目をこらしても遂に人の姿がみえなかったとき、人の動きがあってこそ生きた景色になるのにとの思いがつのったのである。

どうやら、このたびの私の旅は、俄に思いたってのことであって準備不足であった。しかし、文字どおり閑暇を得て、観想は乏しくとも心のゆとりと共に未知なるものに触れた収穫は大きい。このことは、日本ロマンチック街道では味わえないものであったといえよう。

正邪の判断と道徳的勇気

東京五輪の名花チャスラフスカ女史が、その母国チェコにおいて〝フェアプレー賞〟を受賞したという。プラハの春は遠い過去のことながら、チャスラフスカ女史がこれを支持していたこと、その後の政治体制下で不自由な立場にあったこと等は折りに触れて報道されていた。そして昨年のチェコの所謂自由化の流れの中では、ドプチェク氏やチャスラフスカ女史の笑顔の写真もいくたびか見たような気がする。

ところでこの〝フェアプレー賞〟は、どのような趣旨で、そして女史の閲歴や活動のどのような面に着目して与えられたものであろうか。もちろんスポーツ界への貢献を讃えたものであろう。しかし、女史が七〇年代から人権擁護組織〝憲章七十七〟を支援していたことと無関係だとも思われないのである。女史は受賞に際し、〝スポーツだけでなく、人生においてもフェアプレーが大事です〟と語り大きな拍手を受けたという。いずれにしても短い新聞報道だけではよくわからないが、私は久し振りに〝フェアプレー〟という言葉にお目にかかったような気がした。わが国では、言葉の意味するようなフェアプレー賞に値する人はおられるのであろうか、ということも気になる点なのである。

ここでいうフェアという言葉は、これを訳して〝公正〟という意味に置き換えるとすれば、いささかニュアンスにおいて十分ではない。スポーツや社会一般の人間行動においてフェアプレーという場合、公正という感覚以外に何か心の琴線に触れるようなものが含まれているような気がするのである。

戦後間もなくの頃、池田潔氏はイギリスのパブリックスクールの体験を活写された著書の中でスポーツマンシップのことに触れておられた。イギリス人は、フットボール、クリケット等の競技において、全体の利益のため自我を没し、勝って驕らず負けて悪びれず、敵を重んじ、いやしくも何かの事情により得た立場によって勝敗を争うことを潔しとしない、これが所謂スポーツマンシップだと述べておられる。〝フェアプレー〟とは、このスポーツマンシップの枠ということになるのかもしれない。その意味するところは、言葉の説明よりも池田氏の挙げておられる具体例の方がわかりやすい。

当時ケンブリッジの学生は、日没後外出するとき、房のついた角帽と黒ガウン着用を義務づけられていた。プロクターと呼ばれる職員が辻々を巡回して違反者を発見した場合は罰金を課する仕組みである。プロクターの後ろには、通称ブルドックと呼ばれる二人の若い校僕がシルクハットをかぶって控えている。万一犯人が逃亡を企てた場合はこの二人が追跡する役割を持っていた。

この夜目にもしるきシルクハットの行列は隠密に忍び歩くことはしない。とすれば、ねり歩いてくるブルドック組を遠望しえた違反者達は、横丁に身を隠す等適宜〝善処〟することもまた当然であった。しかし、出会い頭という場合等で召捕えられれば是非もなく後は事務的処理となる。

ある時、百米に優勝した程の走者が十ヤード位逃げてブルドックに捕まったことがあった。しかし、ブルドック氏のシルクハットは微動だにしなかったという。

隠密には忍び歩かない捕り手と、足が速いからこそ校僕に花を持たせた生徒、これこそまさにフェアプレーの精神の神髄だということである。

ところでこの〝フェアプレー〟に関しては、国際スポーツ体育協議会による〝フェアプレーに関する宣言〟というものがあるようだ。まず、競技者としては、成文規則の厳しい誤りのない遵守が必要であり、レフェリーの決定に反論してはならないということである。次に、〝フェアプレーは、勝利の際の謙虚さ（modesty）のうちに、敗北の際の礼儀正しさ（graciousness）のうちに、そして温情と永続する人間関係を創り出す将来への見通しの寛大さ（generosity）のうちに具体化されるものだ〟（水野忠文氏訳）ということがその内容である。

このような意味でのフェアプレーは、スポーツに限らず社会生活における様々な諸相で常に人間に求められているものであろう。学校生活においても例外ではない。

そこで具体的な学校生活においてはどうであろうか。この点では、イギリスのパブリックスクールの生活を生き生きと描いた〝トム・ブラウンの学校生活〟という作品がある。主人公トム・ブラウンの在学中の校長はトマス・アーノルドであった。ラグビー校の名校長と讃えられ、パブリックスクールの大改革を行った人としての名声が歴史に残されている。

当時、ラグビー校において定められていた校則はかなり細かく厳しいものであったらしい。ただし、その内容は徐々に僅かずつながら絶えず変化していたという。

この厳しい校則のもとで主人公トムをはじめ多くの生徒達は、違反外出、農園荒らし、不法魚捕り等あらゆるイタズラや弱い者苛め等を行って度々校則に違反する。遂に校長はトム達を呼び出して説論を加える。

〝君らは校規が気まぐれに先生方を喜ばせるために作られているとでも思っているようだが断じてそうじゃない。それは学校全体のために作られているもので守らねばならないたちのものだし、またどうしても守って貰うつもりだ。軽率にせよ故意にせよ校規を犯したものは学校には置けない。学校は大変君ら二人のためになると思うから、もし君らが学校を去らねばならなくなったら我輩としても残念に思う。だから休暇中に我輩のいったことをとくと考えて貰いたい。では、さようなら〟（前田俊一訳）。

どうも百五十年前の話とは思われない実感がある。作品では、トム達が段々と自分の行動を見直し、フェアでない弱い者苛めや、宿題を虎の巻や先人のノートでこなす悪習を取り止めようとしていく過程が描かれている。それは何によって可能になったのであろうか。やはり校長その人の人格と識見によるものであった。

ラグビー校の校則は厳として存在し、校長はその必要性を確信している。しかし、校長の声は、〝冷たい冴えた声ではなく、われわれのためにわれわれと同じ立場で闘ってくれている……温い血の通った声であった。それで、しぶしぶ僅かながら、しかし確実に着実に校長の話の意味がはじめて若い少年の胸にしみじみとわかっていったのである。〟

校長トマス・アーノルドは、恐らく正邪の観念を明らかにし、正を正とし、邪を邪としてはばからぬ道徳的勇気を養うことを方針としていたと思われる。そして、フェアプレーの精神もこれらを基礎とするものであることは疑いない。

わが国の学校とイギリスのそれとでは種々の点で大きな違いがある。時代の差も大きい。しかし、正邪への判断、その前提としての道徳的勇気、そして人間としての謙虚さ、礼儀正しさ、寛大さ等を生徒に求め、人間としてのフェアプレー精神を涵養する必要がある点では同様だと思われる。わが国の学校においても、できるだけ多くの生徒が〝フェアプレー賞〟を受賞して卒業できるようになれば、ということなのである。となれば校長である方々の幸せこれに過ぐるものはないと思われるが、それだけに校長の責務は重かつ大と言わねばならないであろう。

〝悪魔との契約〟への評価

私の手もとに一枚のＣＤがある。近衛秀麿指揮のマーラーの交響曲第四番、昭和四年演奏のレコードで一昨年二月にＣＤとして復刻されたものである。四番のレコードとしては当時世界最初のものであったという。近衛氏は、昭和二年に新交響楽団を指揮し、マーラーをはじめてわが国に紹介しておられる。

昨年、文化功労者となられた朝比奈隆氏の講演会が国立教育会館で開かれた際、朝比奈氏は、感銘深いお話の中で近衛氏に触れておられた。近衛氏がもう少し長生きしておられたら、戦後のめざましい演奏技術の向上の実情を御覧になって喜ばれたに違いない、という趣旨のことであった。戦前マーラーを紹介された頃のオーケストラの水準は、近衛氏にとってはまことに不本意のものであった筈だ。にもかかわらず、この四番のレコードについては、その正統的スタイル、オーケストラ指揮の高度なレベル等の点で外国における評価は極めて高いのだそうである。近衛氏の力量が推し量られるところであろう。

戦後間もなくの頃、私は、郷里岡山で近衛氏にお目にかかったことがある。戦後の混乱期であり、岡山の学生が開く音楽会にも多くのアーティストが気軽においで下さっていた。その時は、近衛氏がピアノ、ヴァイオリンが鳩山寛氏、歌曲が北沢栄氏という異色の組合わせであった。そういえば、はじめに触れたマーラー四番の独唱部分は北沢氏であった。私は、当時音楽会を主催していた兄の手伝いで近衛氏等と接していた。近衛氏や北沢氏との関係で上記ＣＤには一寸した御縁を感じるのである。

ところで、このマーラーについては、わが国でもブームと言われてから既に久しい。吉田秀和氏は、七〇年代はじめに〝マーラーの流行について〟という文章を書いておられる。とすれば、ブームは六〇年代位からであろうか。そして現在でも依然として内外のオーケストラのプログラムにはマーラーがある。たとえば、公演には大合唱団が必要となる交響曲第八番も昨年の夏と今年の二月に聴く機会があった。それぞれの評価については私の能力をこえるが、ひとことつけ加えれば、今年の東響の場合ソリストはオーケストラの後ろで合唱団の前であった。専門家の御意見によれば、マーラーの場合ソロと合唱は一体の由でこのスタイルが通常あるらしい。たまたまバリトンの木村俊光氏が両方に出演しておられたが、東響ではソロがオーケストラや合唱に埋没してしまうのである。逆に昨年の新星日響ではオーケストラの前であった木村氏のソロがまことによく響いていた。素人にはこの方が有難いような気もするのである。

このマーラーについては、昨年の初夏、サントリー美術館で「マーラーの音楽文化展」が開催されていた。生演奏つきというユニークな試みもあり、展示はマーラーの生涯を豊富な原資料や写真で示す充実したものであった。近年、ブームのせいか、マーラー文献としての出版物も多い。そして興味深く思われるのはマーラー受容の歴史であり、音楽と政治と倫理の問題である。音楽ファンには周知のことのようであるが、ひとこと触れさせていただきたい。

マーラーの作品は、ユダヤ人であるが故にヒトラーナチス政治下では排斥の対象であった。ナチス支配下のドイツオーストリアの音楽界では、ユダヤ排斥という観点から著名な音楽家の多くの悲劇と、迎合者の束の間の栄光がドラマとなった。マーラーの愛弟子ブルーノ・ワルター等は亡命を余儀なくされる。そして、栄光はカラヤンに訪れたようだ。カラヤンはナチスに入党し、ナチスはカラヤンを高く評価した。そして、カラヤンは栄光への道を歩む。戦後、批判者から〝悪魔と契約〟した男と評されるカラヤンは、ナチス党員であったことについてのインタビューの際、「それは私にとっては全くどうでもいいことです。本当に悲しいなんて全然思いません。」と言い、また、過ちを犯したと思うかとの質問に対しては「いいえ、全く思いません。同じ状況におかれたら、私はまた同じことをするでしょう。」と答えたという。

浅井泰範氏は、一九八二年、ロンドンで三十一年ぶりのホロビッツのリサイタルについて、「え、いつまで私が弾くかって。そう、私の心に天使と悪魔がいる限り、弾くよ。」というホロビッツの言葉を紹介しておられる。ミューズの神につながろうとする心、その心の緊張感が名演奏へのバネになるとすれば、その緊張感は、人間の心にある天使と悪魔との内面の葛藤をこえたところに生まれるのかもしれない。人間の誰でもがその心の内に持つ天使と悪魔をふと思い出させるこのホロビッツの答からみれば、カラヤンは、自らの内なる悪魔と外なる悪魔との契約について何ら心の葛藤を感じなかったのであろうか。

しかし、現在でもカラヤンのファンは多い。音楽としては優れているのであろう。音楽は音楽として楽しみ、名曲や名演奏をそれはそれとして鑑賞することに私達は余り疑いを持たない環境にある。私もそうありたいと思う。しかし、ヨーロッパでの事態はそうでもないようだ。たとえば、イスラエルでワグナーを演奏することは、解禁の動きもあるが過去の経緯からいろいろと問題があるらしい。また、チェコの放送交響楽団の客演指揮者として活躍しておられる武藤英明氏の談話記事によれば、チェコの民主化運動が始まった昨年の暮れに近い時期、音楽会では曲目を変更し、レジスタンスの象徴スメタナの「わが祖国」が演奏されたという。また、プログラムの一部をカットして、チェコとスロバキアの二つの国歌が演奏されたようだ。そして「音楽に対するチェコの人達の民族のアイデンティティがよくわかった。…」と氏は述べておられる。ここでは音楽が民族のアイデンティティの証となり、それは国民の政治意思の象徴とされているのである。

話は変わるが、戦争直後の岡山でヘンデルのメサイヤ公演が行われたことがある。六高生であった兄が企画・実施をしていたので私も若干関係していた。その時の歌曲の方の中心であった三木稔氏と昨年ある会合で四十年ぶりにお目にかかったことがある。その三木氏の作曲された「北京禱歌」は、本年三月サントリーホールで発表公演が行われた。氏によれば、昨年六月天安門事件の際現場に居合わせた者として、あの惨劇が存在しなかったという妄言に作曲行為をもって答えねばならないという気持ちがあったという。公演は盛況であった。

音楽については関係者の様々な思いと祈りがある。そして、芸術家も人間である以上、表現の問題として人間存在への問いかけがある筈だ。そこでは、芸術家も人間としてその在り方生き方が問われているのではあるまいか。とすれば、戦後臆面もなくマーラーを演奏していたカラヤンについて、地下のマーラーはどのような面持ちでみていたことであろうか。

なお、戦後カラヤンは、マーラーの交響曲のうち四番、五番、六番、九番および大地の歌等をレパートリイとしていたという。さきに触れた八番は演奏していないようだ。この八番では、ファウスト第二部第五幕の終局の場面がソロおよび合唱となっている。そして、この悲劇自体はいうまでもなくファウスト博士と悪魔メフィストフェレスとの契約を内容としたものである。この点からもカラヤンとしては、やはり八番を指揮することは少々具合が悪かったのではあるまいか。尤もこれは、若干牽強付会の私の憶測であって根拠はない。

〝白馬〟は〝馬〟に非ざるや

外交と軍事との係わりは、古くかつ新しい問題である。そして、いずれもそれを担うのは人間であり、その基本には国家がある。昨年来、これらに関する様々な論議を目にし耳にしながら、ふと一人のフランス人のことが頭に浮かんだ。以前、若干興味をもったことがあるフランス砲兵士官ブリュネのことである。ブリュネは、幕末から維新にかけてフランス軍事教官団の一員として来日し、五稜郭で榎本武揚とともに戦った陸軍大尉である。

このブリュネについては、官職を投げうって異国で榎本軍のために戦った心情と行動を中心として、多くの歴史家、作家等が取り上げておられる。その主題としては、信義と友愛の情においてその考え方と行動に共感と感嘆の念を覚えるというものが多い。

しかし、ブリュネをめぐってのフランスの国としての外交方針、軍人としてのブリュネの行動、辞職願を出して榎本軍に参加したブリュネについての事件後のフランスの取扱い、等も私にはまことに興味深いのである。わが国でも自衛隊をめぐっての海外派遣協力問題があるだけに、一寸考えさせられることであるかもしれない。

まず、前提として事実の経過をさきにみておきたい。

維新直前の当時の状況において幕府は、ナポレオン三世治下のフランスと緊密な協調関係を結ぶこととしていた。そして一八六六年にいたり、陸軍各科の伝習教官の派遣を正式にフランスに依頼する。フランス政府はこれに応え、シャノワンヌ大尉を長とする十五人の軍事伝習の教官団を派遣することとした。この団員の一人としてジュール・ブリュネが含まれていたのである。ブリュネはフランス陸軍の超エリートであったらしい。来日の一八六七年、二十九歳であった。エコール・ポリテクニック卒業、砲兵実科学校修了の砲兵士官であり、文筆、画業にも秀でていた。〝ブリュネのスケッチ百枚〟という書物が三年前にわが国で出版されているが、その的確なデッサンと細密な描写には驚くばかりである。

ブリュネ達は一八六七年一月に日本へ到着する。そしてブリュネは幕府の将兵に対し熱心に砲術を教えるが、当時幕府と薩長との間は一触即発の状況であった。高橋邦太郎氏によれば、世に名高い薩摩屋敷の焼打ちは、ブリュネが作戦を指導したものだという。

その後の薩長軍優勢の戦況においてブリュネは、自分を慕っている幕府陸軍の将士が幕府のために一戦を交えるのを助けようと決心し、一八六八年八月十九日、榎本武揚の率いる幕府艦隊に身を投じたのである。

ブリュネはこの時、軍事教官団の団長シャノワンヌに辞職を願い出ている。

ブリュネは、その後榎本武揚と行動を共にし、幕府艦隊と仙台に行き、さらに箱館を占拠して五稜郭に拠り官軍と戦った。そして、五稜郭の落城寸前に脱出しフランス軍艦に逃れ、横浜に帰った。フランス側はブリュネを軍艦で直ちに本国へ送還している。

さて、このような破天荒な行動をとったブリュネの心事はどのようなものであったのであろうか。

たしかにブリュネの行動のインセンティブは、友愛の情と信義を守るためという点にあったと思われる。そして、人々を感動させるのは、それが命がけのものであったということであろう。そして、久しく私達の間で死語と化している〝義をみてせざるは勇なきなり〟という行動規範の典型がブリュネの心情と行為にみられるからではなかろうか。

この点でクリスチャン・ポラック氏は、ブリュネの行動は〝無償の行為〟であると述べておられるが、果たしてそうであったかどうか。私はブリュネについて、一寸日本人の心事と違うのではないかと思いだしたのは、たまたま林董の回顧録でブリュネのことをみてからである。日英同盟締結の功労者林董の自叙伝〝後は昔の記〟は、まさにそれ自体興味津々の一書であるが、その中でブリュネについての記述が三か所ある。

〝脱走の仏国士官の長は大尉ブリュネなり。奥羽連合の諸侯と契約あり。本国の位置、官録を捨て脱走し、奥羽諸侯を助くるに就ては、之に相応する賠償と終身の歳入とを右諸侯より支払う旨の約束なりしと、当時此士官等に付随し居りし我が一友が後に予に語りたり〟とある。ブリュネは、祖国フランスの栄光と大義のためということも述べていたようであるが、その実はそうばかりでもなかったようだ。しかし、このことは本稿の主題ではない。

そこで、フランスの外交方針との関係である。フランス公使ロッシュは幕府側を支持していた。軍事教官団長シャノワンヌも、鳥羽伏見の戦のあと陸軍総裁となった勝海舟に対し、箱根で官軍を迎撃する作戦を示し勝の決心を促した。しかし、勝は不戦を通告している。そして英仏等六か国は局外中立を宣言することとなり、ロッシュも他の列強との関係を考慮し中立を厳守する。シャノワンヌも結局はこれに従った。ブリュネは従わなかったのである。

ロッシュは要請があれば軍費、兵力まで貸すかまえを持っていた。しかし、この幕府への肩入れの方針が崩れてロッシュは一八六八年五月本国へ帰り、後任としてウトレーが着任する。シャノワンヌはこのウトレーに対し〝ブリュネの行動は、軍規上許すべからざるものではあるが、彼の心情には同情すべきものがある〟と書き送っているという。しかし、ウトレーは〝ブリュネ達の策謀が、どれほど公使館を混乱させ、フランス政府は幕臣の反乱に手を貸している等という噂が流れてわれわれを困らせたことか。彼等は厳重に処分することが必要である〟と考えていたらしい。ブリュネ事件におけるフランス公使館の困惑ぶりがうかがえるところである。

そして、ブリュネの身分の問題である。鈴木明氏によれば、ブリュネが箱館戦争に参加している間の一八六九年二月ブリュネの軍籍は解かれ、民間人として日本にとどまるフランス政府の許可が出ていたようである。しかし、何故かそのことをブリュネ本人には連絡していなかったようだ。

しかし、ブリュネは、辞表を出したことから、フランス軍の制服を着用しないこととした。民間人としてという意識であったらしい。ところが、ブリュネが五稜郭を脱出してフランス軍艦で横浜に帰ってきたとき、ウトレー公使は、ブリュネを軍籍にある者として東洋艦隊司令官に身柄を預け、直ちに軍艦で本国に送還している。ブリュネは軍人として扱われているのである。

このような経緯からみれば、本件ブリュネの身分についてのフランス政府の扱いは変幻自在というほかはない。中国の古諺にある〝白馬は馬に非ず〟の論法を一時はフランスも考えたのかもしれない。しかし、ブリュネの保護のためには軍人であることが適切と判断したといえそうである。

なお、明治新政府は、ブリュネの榎本反乱軍加担の行動について厳重抗議を行っているが、外交としてはそれが若干お粗末でフランス側から軽くあしらわれた経緯もある。

いずれにしても本件は、軍人の行動が外交にかかわるとき、なんと複雑になるものかという一例とのではあるまいか。白くても黒くてもやはり馬は馬であり、そして、馬は馬として尊重されるべきものなのである。いつの時代でも、〝白馬は馬に非ず〟の論法は誰しも首をかしげざるを得ないものも思えるのである。

美意識と文化と伝統の尊重

かなり以前のこと、熱海のＭＯＡ美術館で野村名宝展が開催されたことがある。家人に促されてその最終日の休日に車で熱海を訪れた。展示の内容は京都の野村美術館の所蔵する茶陶器の名品の数々である。その日、古くから日本人の美意識によって名品とされてきた多くの展示品の中で、オヤと思われる作品があった。種村肩衝《タネムラカタツキ》と呼ばれる茶入れである。かつて鈴木大拙氏は、禅と日本文化に関する平易暢達の解説の中でこの茶入れに触れておられた。その説明によってこの茶入れの数奇な運命というか沿革がまことに印象深く記憶に残っていたからである。

この茶入れは狩野探幽の所持するものであったらしい。ところが明暦の大火で探幽の家も灰燼に帰した。火事のあと、京都から来た飛脚が道端でたまたまそれを見つけて京に持ち帰り骨董屋に売った。その後京都所司代牧野親成が種村肩衝であることを知って早速これを購ったという。ある時、親成が探幽を招いて茶事を催した際、探幽がその茶入れの紛失を殊のほか悲歎していたので、親成はくだんの茶入れを探幽に示した。探幽の悦びは非常に大きく、親成は快く茶入れを探幽に戻すこととした。探幽は、親成のために富獄十二景を描いたという。なお、この茶入れの銘は「都帰り」となっている。

名宝展の作品の短い説明にも、火事のことや飛脚のこと等が簡単に記してあった。この茶入れが、当時から人々の嘆賞の的であった所以を私が感得できたとは思えない。しかし、三百年の時空をこえて目の前に展示されている茶入れに思わず目が止まったのである。

ところでこの茶入れのような茶道具の名品とその根底にある美意識とは何であろうか。

室町末期の応仁の乱について内藤湖南は、日本史においてよほど大切な時代であり下剋上として日本全体の身代の入れ替わりであったととらえている。そして、今日の日本を知るためには応仁の乱以後の歴史を知ればそれで沢山だと述べていることは広く知られている。ここでの下剋上は、昔学校で習った足利の下の細川、細川の下の三好というような下の者が跋扈していくという生ぬるいことではなく、最下級の者があらゆる古来の秩序を破壊するもっと烈しい現象で深刻なものであった筈だというのが湖南の見解である。

当時、下剋上の趨勢は茶陶器にもおよび、従来の名品は名品でなくなり、そして千利休等の目利きにより従来何の価値もないとされた茶碗等が新たな名物とされ、諸大名や富貴な町人衆によってもてはやされ珍重されるという時代であった。

この流れは、一つの美意識の転換と創造の問題である。当時の利休の目利きによって名物とされたものは、伝統に対しては異端であり革新であった筈である。しかし、やがてそれらは正統の地位を与えられる。ただ、直ちにすべての人に受け入れられていたかどうか。

千利休は、わび茶の大成者として、独自、非凡の発想により見立てを行った。しかし、それらはどのように受容されていたかということである。

かつて岡倉天心は、小堀遠州にまつわる次のような挿話を紹介している。

遠州は、その門人達から、遠州が収集したものは人々が皆嘆賞おくあたわざるもので、そこに現れている遠州の趣味は利休に勝るものだ、利休が集めたものはただ千人に一人しか真にわかるものがいなかったのだから、とお世辞を言われたという。これに対し遠州は、そうであればいかにも自分が凡俗であることを証することで、利休は自分だけに面白いと思われるものをのみ愛好する勇気があった、自分は一般の人の趣味にこびている、利休は千人に一人の宗匠であった、と答えたらしい。
この挿話は利休をたたえるお話であろう。しかし私には、千人に一人しか利休の目利きによるものがわからなかったという点の方に興味がある。利休の非凡な美意識も、当時個人個人の本音をただせばどれだけ理解されていたかということではなかろうか。普遍の美意識というものはあり得ないからである。

この点、日本人の美意識について、最も深く洞察しておられる外国人のお一人はドナルド・キーン氏であろう。氏によれば、日本のバスで運転手の上に掲げられている花一輪の景情、恐らく田舎の駅舎でみられる墨痕鮮やかに如何にも芸術的に書かれた看板の筆づかい、等に日本人の美意識を観ると記しておられる。そして、日本の歴史をたどり、余情、ほろびの感覚、いびつさや不規則性への志向等お茶や庭園での日本人の美意識に言及されている。このいびつさや不規則性を愛する心は、日本人が好む茶陶器の趣味にも自ら現れているとしてキーン氏は述べる。もしあなたが茶の湯の会の客だとして、どれか好みの茶碗を選びなさいと言われたらどうするか。美しい青磁の茶碗、繊細な模様の磁器茶碗、でこぼこだらけのなんとなく古靴を思わせるいびつな茶碗がある。あなたは、ためらうことなく古靴を取り上げればよいのだ。それがあなたの日本美学の認識度を証明することになる……。

キーン氏は、日本人の美意識を冷やかしているわけではない。不規則性の美については、竜安寺の石庭について、西洋人でもその十五個の石を日々観照することによってシスティナ礼拝堂の天井画を観照することよりもはるかに大きな喜びを得るのではなかろうかと共感を示しておられるのである。しかし、この石庭については不快で危険だとさえ感じられるというイギリスの詩人・批評家の言葉もつけ加えておられる。

室町期から桃山期にかけての時代は、日本のルネッサンスといわれる位今に伝わる伝統文化の花咲ける時代であった。当時は下剋上の風潮の中での価値の転換の時代であり、新たなる美意識による創造の時代でもあった。日本の伝統文化として高く評価されているものも多い。それらがわが国の歴史に刻まれた優れた文化として人々に受容され、伝統として受け継がれてきたことを〝理解〟することは大切なことであろう。その意味において、教育上〝わが国の文化と伝統を尊重する態度の育成を重視する〟ことは必要であると思う。

しかし、東山文化や桃山文化が新しい美意識によって創造されたことを考える時、現代の子供達がどのような美意識で文化を創造していくかという視点も大切だと思う。伝統文化の尊重が押しつけであっては困る。

以前、アンドレ・マルロー文化相の指示で、〝パリを洗う作業〟が始まったとき、ある女性美術家は〝古いだけが尊いのじゃない。永遠に新しくなり得る古いものが尊いのだ。人間は常に古いものの中に新しいものを見つけていかねばならない。〟と言ったという。また、奈良や京都の仏像をパリに運んで展覧会を開いたとき、付き添ってきた日本の僧は、二千年前の古い仏像等日本の古い文化を見て貰うことが日仏親善に役立つことだと力説した由である。しかし、マルロー文化相は、開会式の演説で、〝この展覧会を開いたのは、現代のそしてわれわれの問題を解決するためである。〟と述べたと伝えられている。

これらは、あるパリ特派員であった方の紹介であるが、わが国の文化と伝統を尊重する教育においてもこのマルロー文化相の言葉の意味を十分考えてみる必要があると思われるのである。

少々不謹慎ながら、利休の名物の中にもあるいは裸の王様が、いや王様ではない人がいるのではないかと思えば、心は自在になるのではあるまいか。

趣味の選好と文化的行動

本年初頭から桜花の頃までの間、上野の国立西洋美術館において、「バーンズ・コレクション展」が開催された。鑑賞者の数は記録的なものとなり、入場のための人々は長蛇の列となった。待ち時間は一時間をこえるという状況もあったようだ。

展示された作品は、セザンヌ、ルノワール、マティス、ピカソ等、印象派後半世紀にわたるフランスの代表的な画家達を網羅していた。それぞれがわが国の多くの人達に親しみのあるものであったこともこの人の波の誘因であったと思われる。

しかし、美術館を訪れる人一人一人についてみれば、そのインセンティブ、目的、満足の度合い等は千差万別というべきであろう。にもかかわらず、かくも多くの人々がバーンズ・コレクション展に集中したということは、趣味の選好という点からみていささか興味深いことなのである。

この点に関連して、まず、フランスの興味深いアンケート調査を観ることとしたい。

社会学者ピエール・ブルデューは、一九六三年、男女六百九十二人を対象にして、趣味と文化的慣習行動に関する調査を行っている。その結果についての分析は『ディスタンクシオン』(石井洋一郎訳)としてまとめられ、発刊された。そこでは、美術館を訪れること、コンサートに通うこと、読書をすること等の文化的慣習行動、そして、絵画、音楽、文学等への選好は、まず学歴を基礎とする教育水準に、そして、二次的には出身階層に密接に結びついていることがわかる、との見解が示されている。

ブルデューの分析では、庶民階級、中間階級、上流階級という明確な階層区分が前提となっており、所属階層により趣味の選好が区分されている。

まず上流階級では、バッハの平均律クラヴィーア曲集やラベルの左手のための協奏曲、そしてブリューゲルやゴヤであり、これらは正統的趣味だとされる。

次に中流階級では、ガーシュインのラプソディ・イン・ブルーやブラームスのハンガリー狂詩曲、そしてユトリロやビュッフェ、ルノワール等がその選好の対象となり、これは中間趣味とされる。

そして庶民階級では、美しき青きドナウ、ラ・トラヴィアータ、そしてピカソ、ダ・ヴィンチ等が対象となり、これらは大衆趣味ということになる。

このような階級区分は、私達にはいささか迂遠に思えるし、ピカソは大衆趣味だ、ラプソディ・イン・ブルーは中間趣味だといわれてもそう単純に割り切れるものではないと言いたくなる。しかし、これらはフランスにおける実態調査の結果なのである。

ついでに記せば、ブルデューは、ブルジョワ階級がなぜあんなにも、「印象派」を好むのかという点の〝正しい解釈〟として次のように述べている。

「自然や人間の本性に対して、抒情的であると同時に自然主義的でもある賛同の念を抱いているために、彼らは、印象派の絵画について、社会を写実的・批判的に描く絵画に対置し、また一方ではあらゆる形の抽象画に対置しているのである。」

それは、印象派のルノワールとゴヤの対置等において明瞭だということのようだ。

わが国では、国民の間において、中の上および中の下を含めて中流であるとする意識の者が八九・九%だとする調査がある（一九九一年十月）。

その意味でもフランスのような三階級の階級区分は余り意味があるとは思えないが、中流という点、しかるが故にわが国では「印象派」が大変親しまれており、バーンズ・コレクション展も満員の盛況になるということなのであろうか。

さて、絵画の選好ということから、趣味の価値、趣味の序列化という問題に少し触れてみたい。美術館を訪れるという文化的行動は、現代社会の人々の選好において、どのようなプライオリティを有しているのであろうか。

この点については、藤田英典氏等による「文化の階層性と文化的再生産」という興味深い調査がある。この調査は、ブルデューのさきの調査と分析を踏まえ、国公私十七大学の三年生千三百六十七人を対象として一九八七年に実施された。調査の狙いは、文化的慣習行動と社会的階層行動との対応関係である。ここでは、そのごく一部の趣味の序列の傾向だけを取り上げてみたい。

この調査結果は、参考表（一九九頁参照）の注に示されているように、上品であるかないかという判断回答の集計スコアとなっている。私にはこの判断基準が適切だとは思われないが、ここでは、美術館や美術の展覧会へ行くというスコアは八〇・〇であり、クラシック音楽のコンサートの八二・二についで高い結果となっている。カラオケやスポーツ新聞のスコアと対比してみると興味深い。

このような傾向が大学生に共通の選好であるとすれば、実際の「行動」がどうであるかは別として、当代の学生諸君の「頭」はまことに教養志向だということになるのかもしれない。となれば、高等教育が普及し、八〇%をこえる人々が中流意識である社会一般においても、上記の趣味の序列化はほぼ同じ傾向にあるとも考えられるのである。

そこで、人々が展覧会で美術作品を鑑賞するという文化的行動の意味合いというものが問題となる。はじめに、ソースタイン・ヴェブレンの若干シニカルな所見をみておきたい。

「あらゆる価値高きものは、われわれの芸術的感覚にうったえるためには、美の要求と、高価であるという要求の両方に合致しなければならないということである。しかし、これがすべてではない。さらにこれ以上に、高価であるという基準は、われわれの趣味にも影響を与え、そのためにわれわれは、自分達の判断の中で、高価という刻印を、そのものの美的な特徴と切り離すことができないように織りまぜ、それに、そこから生まれる効果を、単なる美の評価という項目のもとに含ませてしまうほどとなる。」（『有閑階級の理論』小原敬士訳）

わが国でも、近年、西欧名画が極めて高額な取引で購入されていることから、ついこの意見を思い出すこととなった。なお、ヴェブレンは、有閑階級の衒示《げんじ》的消費（conspicuous consumption）という概念について詳説しているが、この衒示的とは要するに見せびらかしということである。少し短絡的にいえば、バーンズ・コレクションを観てきたということは、一部の人にとっては衒示的消費ということになるのであろうか。

文化的行動は、宣伝や集団心理あるいは流行等に影響される一面があることもいなみえない。しかし、芸術鑑賞という行為は、本来的には人々が、自らの知的能力と感性に応じ、趣味の選好選択として行われる筈である。絵画を見る場合、瞬間的啓示による純粋な悦びという不可欠な要素がある。一方、芸術作品に係わる作者の意図、作品の解釈等、規範的知識への適応能力も要請されることになる。ブルデューのように文化資本に対する選好が学歴資本と出身階層の区分によって支配されるという説には余り組したくないが、趣味の選好が人々の教養とその卓越性に左右されるということはある程度事実かもしれない。

いずれにしても、豊かな社会において閑暇を持ち、差し迫った必要性から解放されて美的な文化行動を行えることは、まことに幸せなことである。細かい詮索は別として、バーンズ・コレクションを観た人々は、束の間ではあってもそれぞれが、上記いろいろな意味で至福の一時を過ごしたであろうことは疑いない。

文化評価スコア一覧表		
藤田英典「文化の階層性と文化的再生産」（東京大学教育学部紀要 No.27, 1987年）	文化評価スコア	標準偏差
クラシック音楽のコンサートへ行く	82.8	21.1
美術館や美術の展覧会へ行く	80.8	19.8
ピアノを弾く	75.4	20.6
短歌・俳句を作る	72.9	20.6
演劇を見に行く	68.2	20.9
フランス料理の店で食事をする	37.9	23.7
芸術や歴史にかんする本を読む	65.2	18.8
総合雑誌（世界・中央公論など）を読む	58.9	18.6
手芸や木工・模型作り等をする	56.4	16.2
映画を見に行く	55,1	15.9
テニスをする	51.6	17.0
若手作家の小説を読む	50.6	15.4
テレビの歌謡番組を見る	29.0	17.1
カラオケで歌う	28.4	21.0
スポーツ新聞を読む	28.0	20.7
写真雑誌（FOCUS・FRI-DAYなど）を読む	21.2	20.9
パチンコ・マージャンをする	20.9	20.8

※文化評価スコア:「上品」に100点、「やや上品」に75点、「どちらともいえない」に50点、「あまり上品でない」に25点、「上品でない」に0点を与えて平均したもの。
※標準偏差でクラシック音楽等は比較的バラツキが多いが、これは、かなりの回答が「どちらともいえない」に分布していることによる。

第三章　リーダーとリーダーシップ

指揮者と統率

酔余の一言であろうか、生まれ変わったらオーケストラの指揮者か野球の監督になってみたい、との話がポピュラーなものとして流布されている。様々な組織社会の中で、上司や同僚そして部下との人間関係にさいなまされている人々の儚い変身願望の一つの姿かもしれない。

時折、演奏会に足を運ぶ私は、いつの頃からかマーラーの交響曲にのめりこむこととなった。柴田南雄氏も青年時代からマーラーの音楽に心酔してきたと記しておられる。氏によれば、マーラーは指揮者としても卓越した演奏力とさらに効果的な演奏を実現するための組織力、統率力を持ち、しかもそれを最大限に発揮していた人であった。マーラーは、楽団員に対して絶対的権力を振うとともに、自分の持つ高い演奏力を容赦なく他人にも要求し、人間関係が険悪に陥るのも顧みず演奏上の完全主義、理想主義を徹底的に押し通したといわれている。冒頭の話は、このような指揮者のオールマイティな姿へのあこがれというべきであろうか。

しかし、指揮者の姿も千差万別であり、マーラーのような指揮者が現代でも一般的だとは言えない。いずれの指揮者も、楽団員を統率し各パートの演奏を総合して最高の演奏とすることに腐心しておられる筈である。その場合、指揮者は、いかなる方法で楽団員をまとめ、自らの音楽としての演奏をオーケストラから引き出すのであろうか。ここでは、多くの指揮者が語る自らの指揮の在り方を取り出して考えてみることにしたい。さすれば、結果として、組織と統率者との関係一般への示唆としてまことに参考となると思われるからである。

まず、カラヤンである。カラヤンは、演奏会では時として目を閉じて指揮をしていたという。クレンペラーは、〝指揮者は目で指揮する〟と言っていたというが、カラヤンにとって目は口以上にものを言わないのであろうか。カラヤンは述べる。「目を閉じているときは、人々へのとても強い共感をもっています。私は殆ど彼等の中に、彼等の魂の中に入りこむことができるのです。それが私が目を閉じている理由です」（ロバート・チェスターマン『マエストロたちとの対話』仲居正史訳）。

ところが、リハーサルでのカラヤンの指揮は違うようだ。リハーサルでのカラヤンは、目も使って微に入り細をうがって演奏の欠点を取り除く努力をしている。人間が馬を運んで障害を越えさせるのではなく、自然な動きでジャンプできるように馬を正しい位置につかせるのだとカラヤンは語っている。リハーサルでは、フォルテの合図をする必要はない。音がでない場合、それは正しくないといえばよい。オーケストラはちゃんとやってくれる。これが重要だということである。水を飲むのは楽団員自身であり、上手な水の飲み方を如何に引き出すかが指揮者だということであろうか。

しかし、目については逆の例もある。トスカニーニは、楽団員やソリストが指揮者の目を見ることの必要性を述べている。目によって音楽の表現を伝えることがとても重要だというのがトスカニーニの教えであったようだ。たとえとしてはいかがかとも思われるが、オーケストラは生きものでありカラヤンのいうように馬だとすれば、馬にも行きたい方向ややりたくないことがある筈だ。小林研一郎氏はその著書で、名指揮者バーンスタインの指揮にオーケストラがひどくとまどいを見せた例を記しておられる。バーンスタインは、その日、「英雄」をアメリカナイズされた響きにしようととくに意図していた。バーンスタインが指揮台の上でいくら飛びはねてもオーケストラは踊らず、楽員は暗く沈み、ただ時間がたつのを待っているだけのような感じになってしまったという。統率ということの難しさを示す一例といえるかもしれない。

そして、小林研一郎氏の場合である。氏は、あるフレーズの全楽器が苦悩を絶叫するところで全身をぶつけるように強く指揮棒を振り、顔もその気持ちを表したつもりで指揮をした。しかし現実の音にはならなかった。そこで、「ここは血を吐くように弾いてほしい、自分の悲しみを〝ああ〟と極限に吐き出すように……」と言葉で伝えた。その瞬間からオーケストラは全体に黒く吹き上げる悲しみを表現することになったという。この場合、目は口ほどにものを言うという格言は当てはまらなかったのである。

次に、指揮者の暗譜のことを取り上げてみたい。

わが国の指揮でも、ポピュラーな名曲のたぐいのものを暗譜で演奏される方が多い。カラヤンはめったに楽譜を使わなかったようだ。クラディオ・アバドは楽譜を使うのは好きではないと述べ、そこには心理的問題があるという。楽譜を使うということはそれを十分に理解していないということであり、トスカニーニが言うように、指揮者が楽譜を見ていたのではオーケストラの演奏者やソリストと目をお互いに合わせることもできず、目による伝達もできないからだと述べている。

しかし、長大なシンフォニーの総譜の暗譜は至難なことであろう。凡人のなし得る技とは思えないのである。この点について岩城宏之氏は、暗譜の指揮はトスカニーニが始めたと記しておられるが、それは、三センチか四センチのド近眼だったからでもあろうということだ。暗譜の利点は多々あるようで、その故に岩城氏自身も暗譜による指揮に努力していると記しておられる。その方法は、もちろん努力の一語につきると思われるが、氏によれば、目の中にフォトコピーすることが一番だということのようだ。これは私にもよくわかる。昔、試験の前の一夜づけで、書物の各頁を頭の中にフォトコピーしたものであった。ただその難点は、試験がすむと忽ち忘れてしまうことである。岩城氏も、メルボルン交響楽団との演奏会で、途中、スコア上の第二、第三小節が頭のフォトコピーから消えていてオーケストラが止まったことを記しておられる。再開した時の棒も魔の二小節はぬけていたが、オーケストラは指揮者の棒を見ないで演奏を無事終了させたとの話である。

暗譜演奏で指揮者は、事前に各パートすべての総譜を研究し、理解し、頭に入れるよう最大の努力をしておられる。大組織のトップは、各部所の職務権限やその職務執行状況をかくまでに自家薬籠のものとしておられるであろうか。

そして、バランスの問題を取り上げておきたい。ユージン・オールマンディは、トスカニーニについて、彼は言葉を弄せず、目配りするだけで誰よりもすばらしいオーケストラのバランスをとることができたと述べている。オールマンディ自身も、バランスをオーケストラの大きな要素として挙げ、金管楽器と弦楽器の関係について金管楽器のフォルテシモで弦楽器セクションのすべての音を殺さないようなバランスへの配慮を大切なものとしている。

また、ジェイムズ・レヴァインも、すべての音楽を通じて一番難しいことがバランスだと述べている。一例としては、ディテールにこだわりすぎるとある種の平易さが失われてしまい、逆に素朴なアプローチをすると多くの些細な部分が死んでしまうのだということである。

なお、楽団と指揮者との関係については、昭和三十年代のN響の紛争をめぐって近衛秀麿氏が意をつくした一文を草しておられる。事件は、N響の楽団員が小澤征爾氏をボイコットしたことに起因したものである。近衛氏は、N響当局が新人指揮者に六か月も客演指揮を委ねたことの暴挙を指摘するとともに、指揮者の在り方についても苦言を呈しておられる。即ち、技術は指揮の一部分でしかない。指揮が「芸術」として通用するようになるまでには、まず人間および音楽家として哲人として、社会人としての、間口の広い、もっとも厳しい修業を経なくてはならない。これは持ち前の才能だけでは到底カバーできる世界ではない、ということである。技術過信の幼稚な力学は生きたオーケストラには通用しない。指揮者には、敗軍の兵隊を見事にまとめて退却しおおせる位の名将の度胸と腕前が必要なのだ、とも述べておられる。

ここでは、統率者としての人間性の問題が大きく取り上げられており、指揮者が楽団員の友愛と信頼を失えばいかんともすることができない筈だという前提がある。このことは、あらゆる組織のトップに共通のことというべきであろう。

どうやら指揮者というものは大変なもののようだ。楽団員との人間関係、それぞれの能力の引き出し方、楽譜の研究、意思伝達の方法、そして全体のバランス等、考えてみれば、組織のトップあるいは指導者が配慮しなければならない要素がすべて含まれているというべきであろう。しかし、各指揮者の考え方や方法がそれぞれ細部において異なっているというところもまことに興味深い。指導者論というものは一義的なものではないことも教えられるというべきであろうか。

リーダーと電光の閃き

意あまって舌足らずという経験は誰しもお持ちであろう。もとより自らを省みての話である。この点世の中にはバリエーションもあって、意と舌が当初からちぐはぐな場合や、舌が悪いのに舌足らずだったとごまかす場合もある。悪いのと足りないのとでは質の違いがある。世の批判を浴びた発言のあとで、あわてて真意はそうではなく舌足らずだったと補足する弁明を目にする機会も多い。これはいただけない。

それはともかく、最近このことを考えさせられたきっかけは一つのテレビ放送にあった。〝歴史誕生〟という番組である。その日は〝川中島合戦〟が主題であった。興味深く見せたいという意図と親心は多とするとしても、結果としては、短い貴重な時間の中でリアリティーのない鎧武者がやたら出てくるという内容となっていた。興味深くということの捉え方の問題であろうか。対比していえば、その後公開されたスペクタクル映画巨編〝天と地と〟の方は、まさにこの意味での興味深くという意図と内容がまことによく割り切れていたと思えるのである。

以前、元海軍大将山梨勝之進氏は、自衛隊幹部学校における戦史講義でこの合戦を取り上げておられた。その内容は一書となっているが、その中で氏は、日本人と生まれた者は是非とも川中島戦史を読むべきだと述べておられる。それぞれ名将というべき謙信と信玄が、向かい合って思う存分戦った珍しいケースであり、謙信と信玄の気持ちのいわば電光のごときかけ引きが無言のうちにあるということである。そのリーダーとしての電光の閃きに興味を抱きテレビでその一端に接したいと思ったのは無理な注文であったのかもしれない。

ともあれ、この川中島合戦は、リーダーシップの問題としてもまことに興味深い。合戦のリーダーとして、意あまって舌足らずでは必敗を免れない。しかし、神ならぬ人間には資質の弱点や判断の誤りもある。電光の閃きばかりではないところにも参考となる点が多い。山梨氏の戦史からこれらの点を拾い出してみたい。

まず指揮系統の問題である。海津城の信玄は、二万の兵のうち一万二千を妻女山攻撃にさし向けるが、その最高指揮者を定めなかったらしい。攻撃軍では武将達が万事相談づくで事を決めることとなり、即決主義で命令を出せない寄り合い世帯になっていたという。このことも一因となって攻撃が予定より二時間も遅れてしまったようだ。信玄の手ぬかりであるが、組織で多くの人材を用いて大きな仕事をしようとする場合、リーダーの当然心すべきことであろう。山梨元大将は、別途ナポレオンの戦史において、「バカな一人の司令官は、利口な二人の司令官より優る」という言葉を紹介しておられる。

次にリーダーは、部下に仕事をどの程度任せるかという問題である。川中島合戦の際、信玄の麾下に真田幸隆がいた。有名な真田幸村の祖父に当たる人である。この幸隆が信玄への仕官を勧められたとき、「信玄公は偉い人だけれども人に任せることのできない人だから自分は仕えようとは思わない」と一度は断ったという。信玄は名将であったが、人に任せる度量において若干欠けていたようだ。ただ、この点戦史に詳しい児島襄氏が別件で述べておられることをつけ加えておきたい。わが国の軍のかつての統帥綱領においては、〝無限の包容力〟がリーダーシップの最大の要件とされていたという。日露戦争における大山巌元帥の〝ヨカヨカ〟いう何でもＯＫの姿が理想とされ、昭和の戦争の将星にもこのタイプが多かったらしい。しかし、児島氏によれば、これは大山元帥の虚像であり、実像は万事非常に細かくて、中間報告で厳しいチェックをしていたからこそ決裁は〝ヨカヨカ〟になったのだということである。任せ方というのが問題なのであって何でも任せればよいというわけのものでないことは当然である。

そして、リーダーとしての部下の掌握の問題である。謙信が妻女山で陣をかまえている間に信玄が海津城に入り、糧道を絶たれまた退路を失った形になっていた。麾下の部将が心配して援軍の来援を進言したとき、謙信は、糧道を開くのはここ数日を出でぬであろうといって極めて平然としていたという。部将達は謙信の意思と判断の堅固なるに心服し、また士卒達は謙信の言動を伝え聞いてその士気大いに奮いたったという。リーダーの識見と勇気、人格の問題が部下の統率に大きな要素となることの一例であろう。

次にリーダーとしての判断の要素の問題である。謙信は、海津城から炊煙の上がるのを見て山を下りる決断をしたと言われるが、炊煙だけで判断を下したわけではない。当時も間諜や物見による情報戦があった。間諜等の報告から信玄の兵力二分による攻撃計画を察知し、機先を制する形で下山を実行したものである。加えて謙信は、敵の間諜に出くわしたならば直ちに斬れと指示している。情報戦では謙信の方が信玄より一枚上手であったようだ。

そして意思決定方式の問題である。謙信は天才的で自ら判断を下し、上杉軍は謙信一人の判断を至上としていたらしい。一方信玄は、むしろ軍議を経て作戦を決めるやり方であったという。妻女山攻撃を決める際も軍議で決めたようだ。山梨元大将は、妻女山を降りる決断をした謙信の作戦は天才のしからしむる神業だと述べておられる。ということは、神業を持たないリーダーは通常やはり会議を開いて多くの意見を聞く方がベターだということであろう。

最後にリーダーとしての大局的判断と行動という問題である。信玄は、謙信が小田原の北条氏康を攻めている留守中に三か月で海津城を築いた。川中島合戦の前年の事である。越軍の南進を防遏し、自らの北進に当たっての根拠とするとともに、川中島および南部の鎮撫の重鎮とするというものであった。信玄は、土地の経略、政治上の勢力拡張、戦略と政略を取り合わせる点において謙信に優るものを持っていたらしい。将来への戦略的見通しと当面の戦術的判断によって信玄は海津城を築城し、川中島合戦においても大いに活用したのである。信玄も名将といわれる点の一つであろう。

さて、山梨元大将は海軍である。その戦史研究では、アメリカ南北戦争における北軍の将帥ファラガット提督を激賞しておられるが、その行文の中でリンカーンにも触れてその指導者としての資質に大いに敬意を表しておられる。リンカーンは全ての仕事を、(一) どうでもいい問題、(二) 中位の重要さの問題、(三) 絶対に大切な問題、の三段階に分けていたという。

まず、大した問題でないことには口をはさまずすっかり人に任せてしまう。中位の問題のときには、他人の意見もきくことにするが、どちらでもよいと思えば必ず自分がゆずる。最後の至極大切な問題については、徹底的に論争しそして絶対にゆずらない、ということであったという。リーダーの一つのタイプであろう。

従来、学校管理におけるリーダーシップを論ずるときには学校経営という言葉が使われ、その故か企業経営のアレゴリーで論ぜられることが余りにも多かった。もちろん参考になる点も多々あろう。しかし、ギリギリの生死をかけた戦史におけるリーダーの姿は、私達にリーダーの人間としての強さ弱さ、その資質と判断と苦悩を如実に示すものとして興味が尽きないのである。

意思決定へのマヌーヴァー

昨年の暮れ近く国連安保理事会がイラクに対する武力行使容認の決義をした頃のこと、A新聞でやたら〝根回し〟という言葉が使われているのが目についた。〝ベーカー国務長官の周到な根回し〟、〝理事国の外相と個別に会談して入念に根回し〟というような表現や、〝米の根回し実る〟という大見出しもあった。そして、ニューヨーク特派員の〝根回し〟と題する解説もみられた。A新聞は根回しという言葉が余程お好きだとみえて、その時期、片や構造協議についても、〝米大使、活発な根回し〟という大見出しで自民幹部へ対応を迫っている旨が報道されている。

ところで同じ問題についてY新聞は、〝ベーカー国務長官は、……首脳、外相、大使らとすべて直接会い、決議採択への理解を求めてきた〟、〝ソ連も同外相の説得で米国の立場に同調……〟、〝シュワルナゼ外相は……中国外相らと会談し決議案に反対しないよう説得したといわれる〟という報道になっている。

このA紙とY紙との対比を試みるとまことに興味深い。単なる言葉の違いだけでなく、両紙の姿勢の違いも感じられるからである。それは〝根回し〟という言葉がその内容として持つ深層的意味合いがあるからだといえよう。

根回しは、日本社会において、とくに官庁、企業等の組織における意思決定方式のプロセスで特異なものだといわれる。世界のビジネスマンが日本人の三大ビジネス術として指摘しているのが根回しと談合と系列なのだそうである。この根回しという言葉は、NEMAWASHIとして外国人がそのまま使う場合が多いというが、外国語に翻訳しにくい内容だということであろう。ためしに和英辞典のいくつかに当たってみるとそれがよくわかる。まず、古い和英辞典には項目として上がっていない。最近のものには大ていみられるが、それが各様なのである。たとえば、spadework。これはすきのような土地を掘り起こす道具での仕事で、比喩的に骨の折れる基礎作業、準備作業という意味になるらしい。もう少し日本的意味に近いものとしては lay groundwork あるいは make necessary prearrangement という和英もある。また lobbying というものもあった。

根回しという言葉は、本来的意味から比喩的に〝ある事を行うに当り、あらかじめ周囲の各方面に話をつけておくこと〟という意見合いであることは御案内のとおりである。ところが、この言葉がどうもカラッとしない感じを与えることも否めない。それは、事前に非公式に行われるものであること。しかも多くの場合密室で行われること。相手の自尊心というかプライドをくすぐるものであること。場合によっては利益誘導とか懐柔とか脅しとかが行われているのではないかという憶測を伴いがちであること、等によるものであろうか。英訳で maneuver behind the scenes 等の例があるのも、策略とか術策等の意味で根回しの内容を捉えているからかもしれない。

はじめにあげたアメリカ首脳による各国への根回しは、その意味で、利益供与や脅迫が行われなかったという保障はない。ことはパワーポリティクスの問題であり、単なる正義だけの問題ではないからである。しからば、そのこと故にA紙では〝根回し〟という言葉が多用されたのであろうか。それとも、A紙は、事実は不分明であるにもかかわらず、米国の〝なりふり〟について読者にある予断を与える狙いがあったのであろうか。

根回しは公の場所で事を決める前に話をつける作業であり、公の場所での決定は儀式である。渡部昇一氏は、大分以前総理が根回しによって選ばれた際シカゴ・トリビューンが「非常に洗練された方法によって選ばれた」と書いていることを紹介しておられる。これは、わが国と外国との意思決定方式の基本的な違いに起因する評価であろう。一般的に外国では線の意思決定を行うに対し、わが国は円の意思決定が行われるといわれる。この点についてすぐれた分析をしておられるロベール・バロン氏によれば、西洋では、原点は意思決定の権限を有する者であり、意思決定者は情報を収集し、有効と思われる選択肢の中から実行案を決定する。わが国の場合は、下からのイニシアティブ、組織内の人間関係、現実に対する柔軟な対応等が複雑に入り組んでいて責任の所在が必ずしもはっきりしない集団志向的決定となる。この日本的意思決定の集団志向的特質がわが国独特の〝根回し〟を発達させることになる。そして、わが国で権限を有する者が自ら意思決定を行うと〝ワンマン〟と称せられ、恐れられると同時に組織内では異質な日本人あるいは組織人として異端のリーダーであるとみなされることになる。そして、ワンマンが失脚すると組織では拍手がおきることになるであろう。この点、欧米的感覚からすれば、なぜ職務権限を有する者の権限行使がワンマンとしてウトマシク思われるのかが不可解なのである。

とにかくわが国での根回しは、組織における意思決定過程での〝舞台裏〟で行われるものである。はじめに述べた国連決議の関連で、S新聞が、〝米懸命の舞台裏工作〟という大見出しをつけたのは、〝根回し〟の本質の日本的表現というべきであろう。

ロベール・バロン氏は、集団思考が顕著な日本式組織の慣習として、根回しは欠かせないものだと指摘しておられる。同感である。しかし、この根回しが〝はっきりした同意を求めるものではなく、……その目的は提案に対する賛意を得るというよりもむしろ個人と個人との共感なのである〟とされる点は若干問題がある。共感は根回しの手段であり武器ではあるが結果としての目的ではない。もし共感が目的であるとすれば、その共感には少なくとも反対しないという実質が担保されていなければならないのである。わが国での根回しは、明示、黙示は別として、事前に了解をとるところに意味があるからである。

この日本的〝根回し〟はわが国社会の体質に根ざすものとも思われるが、公の場における正義と正義あるいは正論と正論のぶつかり合う多数決による決定より、根回し効果による全員一致の方がスマートだという観方が強いからであろう。さきのシカゴ・トリビューンの〝洗練されている〟という評言には余り組みしたくはないが、古来和を以て貴しとなす日本の伝統的文化の一種なのかもしれない。

かつて山本七平氏は、〝根回し〟に関するある対談で、官庁において職務権限の異なる局長が集まって会議をすることの意味について疑問を呈示しておられた。学校も教育委員会も組織であり、校長なり教育長がことを為そうとするとき常にこの根回しと会議の問題に逢着されるに違いない。ここで取り上げた所以であるが、それにしても根回しという言葉が持つ各種のニュアンスは余り好きになれない代物だ。しかし、組織が法律や規則の文言のみによって動くものでないことも事実である。日本社会の組織が集団志向であることは現実であり、何と表現しようが〝根回し〟の実態となる行動が必要であることも否めない。

であるとすれば、事前にせよ、内々であるにせよフェアにこれを行うことではなかろうか。事前の説明であり、働きかけであり、結果として明示、黙示の了解が得られれば幸いだということである。

事後公けになっても相互に反目する事態にならず、他から指弾を受けないというような相互の関係で行いたいものだということではなかろうか。しかし、これでは、最早日本的意味での根回しではないのかもしれないのである。

判断と行動と資質

信州の夏は野鳥のさえずりで夜があける。さわやかで肌にひんやりとした空気が美味しい。やがてまばゆい緑の木々と木洩れ日、太陽も少し遠慮している気配がある。

この夏、若干の休日を信州で過ごした。近所には所謂大学村がある。昭和の初年、法政大学のN教授がお仲間をかたらって別荘を建て、それが発展して今日に到っているようだ。この大学村では、かつて午前中の他家訪問は行わない習慣があったと聞く。午前中は学者の方々の勉強の時間なのであろうか。

そういえば、軽井沢は、個人の避暑地であるとともに各種研修のための施設が多い。セミナーハウスがある。音楽会や音楽研修もある。もちろんスポーツのためのものも多い。政治家の方々の政治研修会も催されることは新聞報道でも伝えられるところである。

学校の先生方にとっても夏休みは研修のシーズンである。潑刺たる新任者の研修も夏は山や高原がふさわしいかもしれない。

長年つとめた役所でも毎年新人研修が四月当初に行われる。私も何回か担当したことがある。そのときのポジションにより話の内容は異なっているが、いつも一つのことは欠かさず新人諸君に申しあげていた。それは組織の一員としての判断と行動の問題である。といっても私の創作の話ではなく、イギリスのサー・エドワード・ブリッジスという人の公務員必須資質ともいうべきものの紹介である。

この人は、イギリスで名声世に聞こえた有能な官僚であった人といわれ、ADMINISTRATION : WHAT IS IT? AND HOW CAN IT BE LEARNT? という論文がある。二十三頁程の短い文章であるが、中に一般行政官としての必須資質が五つ挙げられている。

第一は、迅速な分析能力である。複雑にからまった状況下において、すべての事実関係をまず把握しなければならない。それらを選別し、お互いの適切なリレイションをセットし、全体をできるだけ短い言葉で上司に提示する能力のことである。

第二は、事態なり状況について、本質的なポイントを認識する能力である。事実関係がいかに複雑であろうと、また、十七の賛成意見と十五の反対意見があると部下が説得に努めようと、すべての事態の中に基本的で主要な只一つの核となるポイントがある筈である。このポイントを見付け出してこれへの答えを出せば、他の諸々は収まるところに収まることになる。これを行わざれば、何もしないに等しい。

第三は、タイミングの感覚である。行政においては、知識としては正確で、論理としては満足すべき解決策を見出すよりも、様々に異なる心や意見を持つ人々にすんなり受入れて貰える解決策を見出すことの方がより困難である。このような事態において、戦いの最初に練り上げた計画を推進実施しようとしても詮ないことである。集中砲火をあびるだけだ。練達の行政官は、決定的手段を講ずべきタイミングが何時であるかを知っている。彼は時期尚早な行動はさけるであろうし、交渉事がくずれてしまうまで待って手をうつべきGOLDEN OPOTUNITYを失うようなことはしないであろう。

第四は、ものごとを現在の時点ではなく、三か月、六か月あるいは一か年先に何が起きるであろうかというような見地から考えをめぐらす能力である。

第五は、原理、原則と方策、便法との間に正しいバランスを保持させる能力である。いかにささいなことがらでもこれを放擲することを肯んじない人もある。また反対に困難にとりつかれて、自らの志すところと矛盾するようなことに安易に賛成してしまう人もいる。賢明なる行政官は、譲っても差しつかえないことがらと、譲り得ないことがらとを明確に識別することができる。この場合多くのものを与えたように見えるが、あとになってみれば、重要なことがらは何も譲っていなかったことが判明するに違いない。

以上はイギリスの行政官の資質のお話の抄訳である。洋の東西を問わずというか、いかにも身につまされる話というべきか、一つの箇にして要を得た公務遂行論として、自戒とともに新人諸兄に紹介をした。そして、これらは諸兄が体験を積み重ねないと知識として理解しても無理らしい、私自身も長年やっていてなかなかこの通りにはうまくいかない、とつけ加えることにしていた。この点、ブリッジス氏も、船を漕ぐ方法を学ぶには、オールと水の数学的角度を書物で読むことよりも、ボートに乗ってコーチからシゴかれながら自らの腕と足で学ぶ方が上達が早いと言っているからである。

世の中はどうやら何処を向いても組織である。学校、会社、団体それぞれ個人は所詮その一員にすぎない。世の為、人の為、自分の為に為すあらんとすれば、自らの志を有効適切に実現する方途如何ということになる。ブリッジス氏の話は若干先哲の教訓の如き味わいに乏しいが、リアルな現実を見すえた話としてそれなりに参考とすべきではなかろうか。

微風が緑陰をわたる静かな環境の中で想い出されることは、組織における判断と行動の問題としてむつかしかった多くの事例である。信州における涼しさもいや増す所以である。

危機管理とリーダー

雲仙の初期火砕流については、科学的判断と行政上の決定をめぐって微妙なプロセスがあった。地震学者の方々が何人かテレビに登場しておられたが、共通していたのは、地震計のフレその他の状況説明と〝将来何が起こってもおかしくない〟という発言である。近く何が起こる筈だとか、何が起こるであろうという言い方は決してなさらない。科学者としては当然のことであろう。地震学といっても未だ地下のことはよくわからないからである。

ただ、何が起こってもおかしくないとはどういうことか。何も起こらないということから雲仙がフッ飛ぶような大爆発までを含むと理解すべきであろう。つまり、先のことは全くわからない、ということと同じなのである。

一方、地元の行政側としては、何が起こってもおかしくないという無責任な対応では済まされない。立ち入りを禁止する警戒地域の範囲とその指定を何時行うかという判断と決定を迫られているからである。経過としては、一部地域をなぜ早く指定しておかなかったという指摘もあったようだ。

このような場合のリーダーの心すべき要諦として、私は、アメリカのNAVAL LEAD-ERSHIP（武田文男等訳）にある三点を思い出した。それは、健全な懐疑主義、客観性、変化への即応、ということである。

軍事とは常に危険に備えての話であるが、アメリカの海軍協会は、アナポリス海軍兵学校の生徒、幹部候補生、見習士官のリーダーシップ教育のためこの教本を作成している。そこでは、リーダーシップというものをあらゆる角度から分析し、豊富な実例を挙げながらの委曲をつくした説明がある。前記の心得もその一つである。

ここでいう健全な懐疑主義とは何か。科学者は、十分な根拠が確認されるまで疑いの余地を残しておくという態度を持する人である。科学者とは、必ずしも多くのことを知っている人ではなく、むしろ多くの問いを発する人であるのかもしれない。

一方、緊急事態におけるリーダーにとっては、自分の観察や意見をほかのそれらとゆっくり照合し点検している余裕はない場合が多い。しかし、それにしてもまずリーダーは、健全な懐疑主義者となるべきである。何が事実か、何が証拠かという問いを発しなければならない。それに対する答えは、往々にして〝何が起こってもおかしくない〟という程度であろう。その程度のものであってもリーダーは、何が事実か等の健全な懐疑主義の態度を堅持すべきだということである。

そして、そのような立場のリーダーが孤独な判断と決定を行う場合、主観的になりやすいことは当然である。しかし、問題解決に卓越している人は、自分自身の知覚の客観性をも疑っていることが多い。そのような人は、他人の立場に立って他人の目でものごとを見ようとする。このような場合、何らかの結論に到達したとしても、自我の投入された自説にかたくなに固執するという態度はとらない。固執しないからこそ、その結論の変更を必要とする新しい関連事実が発見されれば再調整が可能なのである。この点でいえば、はじめに触れた火砕流に係る警戒地域の指定についても、前記の意味での〝客観性〟をもって行うべきものということであろう。

さらに、変化への即応ということである。健全な知性の持ち主は、事実や証拠を探求し、観察や解釈の客観性の担保に努める人である。それらが発見された場合には、それに基づいた行動がとれるような即応態勢をとることとしている筈である。変化が生じたときにそれを認識し対応できる人こそ賢明なリーダーだというべきであろう。雲仙の噴火は予測困難なものではあるが、時々刻々の変化への即応性がリーダーには求められているというべきである。

さて、上記の健全な懐疑主義等リーダーの心得を説くアメリカ士官教育のリーダー像についてもう少し触れてみたい。

まず、ここでいうリーダーシップとは何かということである。

この教本では、〝一人の人間が、他の人々の心からの服従、信頼、尊敬、忠実な協力を得るようなやり方で、それらの人々の思考、計画、行動を指揮することを可能ならしめるような技術、科学、ないし天分〟と定義されている。

天分といわれると救いがないが、アートやサイエンスであれば陶冶性がある。わが国では、リーダーシップとは統率なりとされているようであるが、この言葉の内容もわかったようでわからないところがある。前記の定義はそれなりに理解できる内容だといえるのではあるまいか。

いずれにしてもアメリカの士官教育では、部下職員の心からの信頼等を前提とするものである以上リーダーの人格的徳性がその中心となっており、この点から海軍士官は紳士でなければならないとされている。教本では、南北戦争終結に際し、南軍のリー将軍を手厚く遇した北軍のグラント将軍を紳士の典型としてたたえている。かつて第二次大戦緒戦のシンガポール陥落の際、英軍パーシバル将軍にイエスかノーかと迫ったわが国の将軍は果たして紳士であったかどうか。

ところで、日本の場合はどうであろうか。わが国の旧海軍の士官教育は、実松譲氏によれば、明治六年イギリスのダグラス少佐ほか三十四名の教師団が来日し海軍兵学寮教育が一新したところから始まるという。ダグラス少佐は、士官である前にまず紳士であれ、とイギリス海軍士官流の紳士教育を前提とする教育を始めたようだ。それは、イギリスのダートマス海軍兵学校における教育方針と軌を一にするものである。そして、まず紳士であれ、という人造りの教育方針は、江田島の海軍兵学校に受け継がれていた。昭和七年四月から江田島では、至誠に悖《もと》るなかりしか、言行に恥ずるなかりしか、気力に欠くるなかりしか、努力に憾《うら》みなかりしか、不精に亘《わた》るなかりしか、という〝五省〟の自省自戒が行われていた。この五省は、兵学校生徒の人間の在るべき姿の目標とされていたのである。

このような紳士たるべき士官と部下との関係についてはどうか。旧海軍においては〝次室士官心得〟というものがあった。さきの実松譲氏や上村嵐氏の解説によれば、昭和十四年五月、練習艦隊司令部は、近く乗艦する士官候補生に配布するための冊子をまとめたという。次室士官とは初級士官のことである。この〝次室士官心得〟の中の〝部下指導について〟の内容の要点を掲げる。

一、常に部下とともにあれ。二、部下の指導には寛厳よろしきを得よ。三、功は部下に譲り部下の過ちは自ら責任をとるべし。四、率先垂範の実を示せ。五、感情に訴えるような部下指導は避けよ。六、ワングランス（一目見）で評価するな。七、何事もショートサーキットを慎め。八、部下の能力を確認せよ。九、公平無私であれ。十、職場の雰囲気を明朗にし、やり甲斐と活気を与えよ。

これらは、アートあるいはサイエンスということから人格的特性にまで昇華させて身に備えるべきものということであろう。〝統率〟とはかくなるものなのであろうか。

リーダーとは紳士でありかつ統率力にすぐれた人であるとするならば、時として〝危機〟を抱える教育関係で責任ある立場の方々においても、前記の点等この際一考に値することではなかろうか。

意思決定へのアプローチ

束の間の秋も足早に過ぎれば、やがて落葉も駆け抜ける木枯らしに思わず衿を立てる日々を迎える。そして、寒気に身も心も引きしまる季節は、官界での予算の季節である。

この時期、緊縮予算が続いているだけに、関係者の苦労もまた大きい。

予算は、その内容において国家政策の意思決定である。その意思決定のプロセスには様々なドラマがある。しかし、予算は、本来合理的プロセスで行われるべきものであり、そのために、かつてPPBS予算システムの研究が行われた時期があった。PPBSとは、Planning,Programming,Budgeting,Systemの略称である。組織の大小を問わず、凡そ組織としての意思決定を行う場合、その決定へのプロセスが大切であることは当然である。そして、このシステムの〝プランニング〟においては、目的の設定と目的達成のための代替案の策定、代替案それぞれの評価、選択というプロセスが要素として極めて重視されていたのである。

わが国でこのPPBSが研究されていたのは昭和四十四年前後の頃であった。ただ、当時は、それぞれの代替案の費用対効果の比較、とくに効果の面の数量的把握ということがいわば必須要件となっていた。そのため、教育等効果を数字で表すことが困難な分野については、その導入適用がなじみにくいという難点もあったのである。しかし、効果の数字表現ということへのこだわりを捨象すれば、凡そ組織における意思決定において代替案の検討が必要であることは論をまたないところといえよう。

この点、組織における意思決定と実行の手順として、別途、PADIEFが大切だといわれている。Pは Propblem、Aは Altanative、Dは Decision、Iは Implementation、Eは Evaluation、Fは Feedbackということのようだ。ここでいうオルタナティブということが代替案の検討ということであり、意思決定の前提として必須のものと位置づけられている。人間神ならぬ身である以上、一つの考え一つの判断が常に最善である筈がない。各種案の比較とそれぞれの利害得失、長所短所を十分検討した上で決断が行われるべきものであろう。

これを行政施策の決定についてみれば、姿形は区々であるとしても、何らかの方法で各種代替案の検討が行われるのが通常である。このことは会社でも学校でも同様だと思われる。組織でのプロセスとしては、書類なり会議なりで、明示、黙示の代替案が検討されているに違いない。

しからば、具体的にはどうか。凡そ意思決定のプロセスは余り公開されないし、公にするにはなじまない場合が多い。適切な例を挙げることは難しいが、過去の一、二の例で考えてみたい。

遠くは日清戦争の前夜、明治二十七年七月十七日の閣議において、外務大臣陸奥宗光は、甲乙丙丁の四案を閣議に提出し、廟議の確定を要請した。

甲案「帝国政府は……朝鮮を……一個の独立国として……われよりもこれに干渉せず。また毫も他よりの干渉をも許さず、その運命を彼に一任すること。」

乙案「朝鮮を名義上独立国と公認するも、帝国より間接に直接に……その独立を保翼扶持し他の侮りを禦ぐ労をとること。」

丙案「朝鮮……帝国において……これを保護するの責に任ずること能わずとするときは、……朝鮮領土の安全は日清両国においてこれを担当すること。」

丁案「わが国より欧米諸国および清国を招致し、朝鮮国をしてあたかも欧州における白耳義《ベルギー》、瑞西《スイス》のごとき地位に立たしむること。」

要約ではどうも各案の論理、格調、迫力が伝わってこないが、宗光は、さらに各案についてそれぞれ「ただしこの方策については左の疑問を生ず」として委曲をつくした問題点を加え記しているのである。そして「閣僚のうちなおこのほかに良案あればもとよりこれを聴かんことを乞う」と述べたようだ。宗光の自信満々の態度が看取される。宗光自身は恐らく自らの決定案を持っていた筈であるがそれがどの案であったかは分明でない。閣議では大いに議論されたが「何人も即時対韓永久の政略を確定する能わず」ということになってしまった。そして当分乙案の大意を目的としておいて他日さらにということを議決したという。いずれにしてもこのスタイルは、もって一つの範とすべきものではなかろうか。

前記の例は、政策の各種代替案を検討素材とする例であるが、別に、一つの案について、その利害得失をあらゆる角度から検討し、当該案をなる程と納得させる代替案のバリエーションがある。これも古い例で恐縮ながら大久保利通の見事な例をみたい。

明治六年十月、征韓論をめぐり、閣議での意見が対立した。その際、大久保利通は、征韓戦争が日本にもたらすおそれのある不利益、不都合七箇条を挙げて朝鮮遣使を俄に行うべからずとした。全文は各条長文のものであるが、以下要約して掲げる。

第一条「……所を失い産を奪われ大に不平を懐くの徒実に少なからざるべし……若し間に乗ずべきの機あらば一旦不慮の変を醸すも亦計るべからず……」

第二条「……今禍端を開き数萬の兵を外出し、日に巨萬の財を費やし、征服久を致す時は……大に人民の苦情を発し終に擾乱を醸し……国害を来す……」
第三条「……今無要の兵役を起し……他事を顧みざる時は、政府創造の事業盡く半途にして廃絶し……悔あらん……」
第四条「……今内国の貧富を問わず……忽然戦端を開く時は……益々輸出入の比例に於いて大差を生じ大いに内国の疲弊を起さんは必せり……」
第五条「……今兵端を開き朝鮮と干戈を交ゆる時は、魯は正に漁夫の利を得んとすべし……」
第六条「……英国……の負債を償ふこと能はずんば英国は必ず……終に我内政に関するの禍を招きその弊害言ふ可からざるの極に至らん……」
第七条「我国欧米各国と既に結びたる……条約改定の期已に近にあり……是又方今の急務にして、未俄に朝鮮の役を起す可らす……」

明治六年の政変は明治政府内の深刻なドラマであった。西南戦争を生む契機ともなり、遣韓使節派遣を不可とする廟議決定のプロセスは、閣議決定の逆転を含み複雑である。しかし、上記利通の七箇条は、一つの案に説得力を持たせるためのスタイルとして出色のものというべきであろう。ただ、〝征韓〟反対の理由としてはともかく、〝遣使派遣〟反対の理由としてはおかしい、との江藤新平の批判があったという。

現在、社会の各分野において、このような代替案の検討は行われているのであろうか。恐らく立派な組織では行われているに違いない。時として行われていないとすれば、どうやら、現代社会は少し忙しすぎるのかもしれない。

いずれにせよ、組織における意思決定において自らの考え方を実現するためには、万人を納得させる根拠と論理を含む適切な案と、その案を決定に導く手順が必要となる。さきのPPBSやPADIEFにおいて代替案の検討が必須とされているのも、意思決定へのアプローチの有力な手段としてであった。このことは、学校等における意思決定においても十分考慮すべきことがらではあるまいか。

「政談」とリーダーシップ

戦後間もない頃、若者の間で、花田清輝氏の著書『復興期の精神』をめぐって議論がわいていた。何人かのルネッサンスの思想家を素材として独特の文章で綴ったこの著書は、ロジックよりレトリックを駆使した内容で、一読、わかったようでわからない代物であった。昭和二十二年、林達夫氏は、「こんどの書物は私の知る限り戦後に現われたものの中で最もすぐれたものだ……」と葉書に書いて著者に送ったという。今にして思えば、賢者が名著のお墨付を与えた書物であった。若者は、その難解なところに快感を感じていたのかもしれない。

その中に「政談」と題する一篇がある。これはマキアヴェリを扱った文章である。近年、マキアヴェリに関する著作、翻訳、論文がにわかに巷間目につくようになって、私は、戦後のこの「政談」を思い出したのである。改めて内容を観ると、「いささか俗うけするポーズを示す国家主義者マキアヴェリ、或いは貧血症の道徳家マキアヴェリの姿を後景に引っこめ」て、「芸術家マキアヴェリの姿を前景に押し出し」たという口上がある。しかし、花田氏のいう「芸術家」というのが甚だ難しく、読者は、ああでもないこうでもないと方々へ連れていかれるハメになる。読み終わって、ハテとキツネにつままれたような面持ちになるのである。

ところで私が今回取り上げたいのは、花田氏の「政談」ではなく、荻生徂徠の「政談」である。これをリーダーシップの観点から考えてみようということである。

昭和三十六年、私が四国のある県にはじめて課長として赴任するとき、上司から一枚のメモをいただいた。それには、荻生徂徠の「上役学」とあって、次の八項目が記載されていた。

一、人の長所を初めより知らんと求むべからず。人を用いて初めて長所の現わるるものなり。
二、人はその長所のみを取らば即ち可なり。短所を知るを要せず。
三、己が好みに合う者のみを用うる勿れ。
四、小過をとがむる要なし、ただことを大切になさば可なり。
五、用いる上は、そのことを十分に委ぬべし。
六、上にある者下にある者と才知を争うべからず。
七、人材は必ず一癖あるものなり。器材なるが故なり。癖を捨てるべからず。
八、かくして良く用うれば、事に適し時に応ずる程の人物は必ずこれあり。

たしかに、簡にして要を得た上役学というべきであろう。世にリーダーの心得に関する書物は汗牛充棟、書店の棚に目白押しである。かえって食欲がわかないし、わけ知りの文章に反発を感じて、とても一冊を読み通すことはできない。しかし、荻生徂徠といえばカリスマ性もあるし、何より短い八項目というのが頭に入りやすい。

ただ、俄に荻生徂徠の話だといわれても、その原文をみないとどうも釈然としない。この点、荻生徂徠の「政談」巻の三にそれらしきものがあるようだ。しかし、メモにあるとおりの文章ではない。以上のメモは、誰かが「政談」を咀嚼して、この八項目にまとめたもののようである。まとめとしてはなかなかよくできているように思われた。

しかし、やはり徂徠が、「弟子にも書かせ侍らず、自身老眼・悪筆にて認め」た文章には、要約のマトメにはみられない息吹がある。辻達也氏による現代文で一、二を挙げてみたい。
☆ 賢才と言は、一器量ある人を言て、左様の人は一癖ある人の内に多くある者也と了簡して、其人を役儀にはまらする様に使ひ込むときは、実の賢才あらわるべし。
☆ 小過を許すと言うこと有は、小過を咎めれば其人小過もなき様にとする故、其才智縮て働かず、心一杯に自由をすることが成らず也。心一杯に働かぬときは其の器量は見へぬ也。
☆ 人を知るというは、とかく使い見て知る事也。さはなくて我が目がねにて人を見んとせば、畢意我が物ずきに合いたる人を器量ありと思う事也。これ愚なることの至極也。……但し使うというに様々の差別あり。人を使うてその器量を知るというは、上より物ずきを出さず、兎せよ、角せよと指図をせず、その人の心一ぱいにさせてみる事也。

この「政談」は、徂徠が、時の将軍吉宗に提出した政務万般の要諦に関する建議書のようであるが、上記の「人の扱い」に関する巻の三は、現代社会のリーダーシップの参考としてもまことに興味深い。

私は、県で教職員人事を担当させていただいたことがある。校長先生や地教委首脳部の方々からは、力量に定評のある人物の希望が多い。とかく評価の分かれる人物については受入れに難色を示される。もちろんムリからぬ話である。その際、この徂徠の「かくして良く用うれば……」の一項に大変お世話になったことであった。

なお、はじめに触れた花田氏の「政談」にも敬意を表し、マキアヴェリについても一言触れさせていただきたい。マキアヴェリは、西暦一五二七年没、わが国でいえば室町時代の頃の人である。恐ろしいまでの人間性洞察に基づく思想家であるといわれ、たとえば、人間は、父親の殺されたのはじきに忘れてしまっても、自分の財産の損失はなかなか忘れない、等とさりげなく書いている。そして、リーダーシップについても、君主は、愛されるよりも恐れられる方がはるかに安全であるというように、称賛されるべき君主、非難されるべき君主の区別が論じられている。ここでは一項目だけを取り上げたい。「部下の信頼を一身に集める将軍はどのような資質をそなえているか」という〝リウィウス「ローマ史」にもとづく論考〟第三巻の第三十八項（永井三明訳）からである。

「……諸君がその命令をうけたまわっている指揮官が、いたずらに派手な説教師のような男にすぎず、恐ろしげなことばをあやつるだけなのか、あるいはまた、その指揮官みずからが槍を使う術にたけ、軍旗の先にたって突撃し、彼我いりみだれての混戦のまっただなかに突っこんで行く真の軍人なのか、を考えてみるがよい。余のことばに従うのではなく、余の行動に従ってほしいのである。余の命令に従うだけではなく、自らの右腕によって三回も執政官の地位にのぼり、最高の栄誉に輝いた余を模範としてほしいのである。」

マキアヴェリは、この将軍の言葉を味わうべきであるとして、「肩書が人間を持ち上げるのではなく、人間が肩書を輝かせる」ものだと述べている。

リーダーシップというものは、なかなか言葉で言いつくせるものではないようだ。たとえばの話、前記のマキアヴェリの言う資質は、徂徠の触れるところではない。徂徠の上役学も、それだけでつくされているわけではないことの一例である。それにしても、いちいちことを処するに当たって、先哲、聖賢の教えを思い出しているヒマはない。だとすれば、リーダーシップも、要は、人生日頃の修養、研鑽のあらわれであり、その結果おのずから身についた資質と観るべきなのであろうか。

「権謀術数」の深奥

一五一三年十二月十日、マキアヴェリは、友人への手紙の一節で「君主論」の執筆について次のように述べる。「日が暮れると、私は家に帰って書斎に入る。……威儀を整えてから古賢の古い宮廷に入る。……私は、臆するところなくその人達と語り、彼等がとった行動の動機を問う。……私はこの人達と語り合ったことを書き下ろし、ここに〝君主論〟なる一小冊を作る」こととした。

マキアヴェリが入った書物の宮廷には、古今東西の国々の歴史が飾られ、その歴史を担った先賢先哲や君主その他の指導者がひかえていたに違いない。

一般にマキアヴェリズムとして脳裡にきざまれていた人物は、その君主論等に即してみれば、一転全く違った相貌の人物となる。現今イタリアの経営者の間では、〝マネージャーのためのマキアヴェリ〟という書物が好んで読まれているという。五百年前にマキアヴェリが念願とした「人々に有益であること」を趣旨とした書物は、種々の曲折を経つつも現代に生きているようだ。

そこでこの際、〝君主論〟や〝ローマ史論〟の中から二、三リーダーシップの要諦を取り上げてみたい。

まず第一に、指導者、管理者は、厳格主義と温情主義のどちらを主にすべきかの問題である。

スキピオは、イスパニアに入ると、人間味と慈悲とで、またたくまにその地方全域を味方につけ、民衆の崇拝と称賛とを受けるようになった。

逆にイタリアに侵入したハンニバルは、全く正反対の手段、つまり、残虐、暴行、強奪をはじめ、ありとあらゆる非道を働きながら、スキピオがイスパニアであげたと同じ効果をあげた。

なぜこのような事態が生まれたのであろうか、としてマキアヴェリはその理由を三つ挙げる。

まず、人間というものは、もともと珍しいものにあこがれるということによる。しかも、不遇な者も、また恵まれている者も、ひとしく変わったことを求めるものである。彼がどんな振舞いをしようと、彼のとほうもないやり方は、国内で大手をふってまかり通ることになる。

次に、人間は、主に愛と恐怖によってかりたてられる。したがって、愛される者も、恐れられる者も、同じように人間を服従させる。いやむしろ多くの場合、愛される者より恐れられる者の方に人はついていき、服従する。

さらに、力量のある人物で、その力量が世の人の評判になっているような指揮官であれば、手段についてはどちらを選んでもかまわない。

ただ、私達にとっては、スキピオやハンニバル程力量抜群でない場合が問題なのである。では、凡人の場合はどうか。マキアヴェリは述べる。

たとえば、愛されようとことさら願う者は、正道をほんのわずか踏みはずしただけでも軽蔑を招くことがある。

他方、恐れられようと、それだけを異常に求める者は、振舞いに多少行きすぎがあるだけで憎しみを買うことがある。

中道をいこうとしても、概して人間の性質は中道を歩むことを許さないからこれはムリである。

凡人の道はどうやら八方ふさがりのようだ。だからこそマキアヴェリは、力量をつけて非凡の道を歩めと説いているのかもしれない。

第二の問題である。リーダーたる者は、常に人々の褒貶の対象となる。しからばリーダーは、部下や友人に対していかに振舞うべきかとマキアヴェリは考える。

ある者は、大まかだといわれ、ある者は貪って飽くないとされる。あるいは残忍、または慈悲深いといわれる。不信実と信実、懦弱小胆と勇猛大胆、謙譲と傲慢、淫蕩と純潔、真実と狡猾、頑迷と親しみやすさと、慎重と浮薄と、一つは信心深く他は無宗教と、かくいろいろと噂される。

君主は、上の諸性質の中で、立派なものを持ってほしいとは誰しも希望するところであろう。

しかし、人間の境遇はそうは許さぬから、……止むを得ぬ場合には事の成り行きにまかせたがよかろう。

さらに、自分の地位を保つために、これら悪徳の汚名をこうむるより方法のないときは、悪名を受けることにあえて躊躇してはならない。

それは、一見善事のように見えるものでも、それを遂行したら終わりには破滅をもたらすことがあり、一方、悪事のように見えるものでも、これを実行してみると君主の安泰と繁栄になっていることがあるからである。

そして、マキアヴェリは、リーダーの五つの気質について述べる。

君主は……いろいろなよい気質をなにもかも備えている必要はない。しかし、備えているように思わせることは必要である。……慈悲深いとか、信義に厚いとか、人情味があるとか、裏表がないとか、敬虔だとか思わせることが必要である。それでいて、もしそのような態度を捨てさらなければならないときには、全く逆の気質に転換できるような、また転換の策を心得ているような気がまえが、つねにできていなくてはならない。

第三の問題は、リーダーの判断と行動についてのマキアヴェリの考察である。人間というものは、大局から判断しなければならない大きな問題については極めて誤りを犯しやすく、逆に個人の問題にひきうつして判断するような場合は、その危険はさほどでもないものだとする。人についていえば、大局の判断を必要とする問題には見通しがきかないものなのだが、個々の現象を自分の身にひきうつして考える場合には良識を示すものだと言える。

善行は、悪行と同じように人の憎悪を招くものであるということに注意しなければならぬ。君主は、決して人の憎悪と侮辱を受けないように努めなくてはならぬ。常によくこれを避けるならば、それだけよく天職を果し、たとえ他の過失を犯したとしても、何ら危険はない。

そして、マキアヴェリは、尊敬を集めるには君主はどのように行動したらよいかと問い、答える。君主が尊敬を集めるには、何よりも大事業を行い、自ら比類のない手本を示すことである。彼はたえず大きなことをなしとげ、さらに計画した。そのため臣民は常にあっけにとられて感嘆してしまい、彼の事業に夢中になってしまった。

君主が国内政治において、自分の偉大さを示すたぐいまれな実例を示しておくことも、大いに役立つものである。

とくに君主は、自分の行動全般にわたって大人物であり、かつ、ずば抜けた才気の人であるという評判を一身に集めるように努めなければならない。

このようなマキアヴェリの言説については賛否も人様々であろう。そして、これらをエピグラムとして現代社会へのコメントも可能だと思われる。しかしその場合、論者は、自ら心の扉を開き、その深奥を垣間見ることを容認する仕儀となるに違いない。その意味でもマキアヴェリは、古今の〝大思想家〟であるということになるのであろうか。

なお、本稿では、黒田正利氏、池田廉氏、永井三明氏の訳を使わせていただいた。

コミュニケーションの要諦

開かれた情報化社会の象徴かどうかは別として、国会論議の中継はまことに興味深い。もちろんまずはその内容でありホットな議論のやりとりである。そして、質疑者と答弁者のコミュニケーションの問題としても考えさせられることが多い。たとえば、翌日の新聞でよくお目にかかる記事で、某々政府委員は見直し要求を〝突っぱねた〟という表現がある。国会では、国民の代表者である質疑者に対して、日本語の語感で〝突っぱねた〟という答弁はよくよくのことでなければ行われない。〝困難である〟とか〝貴意に沿いかねる〟とか〝意見を異にする〟とか〝長期的課題として検討する〟等、表現、態度も丁重に行われるという例が多い。ところが新聞に出る場合は、大てい〝突っぱねた〟とか〝はねつけた〟ということになるのである。この点、個々の政府委員の心情や考え方は区々であって、私が即断するわけにはいかないが、もし政府委員の本心がそうであるとすれば、新聞は余程洞察力をお持ちだといわねばならない。もしそれ程でもないとすれば、政府委員諸氏は一寸違うんだがナという感じで記事を見るに違いないのである。尤も、これが新聞報道のステレオタイプの表現だとすれば、その後進性を笑って気にすることはないのかもしれない。

コミュニケーションにまつわる神話として、〝正確に真意を伝えることができるという迷信〟(proper meaning superstition)があるという。政府委員の真意がどうであろうと、新聞報道となれば正確に伝わると思う方が間違いなのであろうか。そういえば、私もかつて県で仕事をさせていただいていた頃、当方にも責任はあるが毎日の記事で十分真意が伝わらないことにもどかしさを感じていた。しかし、その頃ある先輩の話で、だいたい自分の話が新聞に出れば半分は間違いがあるのが常識だと思えといわれたことがある。もちろん、この話も一面的であろうが、その時は成る程そんなものかナと思っていた。しかし、自分に関係ない記事については、疑いなくそうかと信じつつ読むのであるから考えてみれば恐ろしいことではある。

いずれにしてもコミュニケーションの難しさということであるが、ここでは、幅広いコミュニケーションの問題の中で、ごく限られた話として、組織におけるコミュニケーションの問題を取り上げてみたい。

ある研究によれば、平均的アメリカ人は、活動時間の約七〇％をコミュニケーション活動にあてているという。聞く、しゃべる、読む、書くという内容であるが、表情、身振り、動作、顔色、しぐさ等の諸々もコミュニケーションの有力な手段である。私達が当面するコミュニケーション活動は様々であり、国会の質疑応答のような特別な場合は別として、日常、役所で、会社で、学校で、労使交渉その他のシチュエーションで、人間相互のかかわり合うところ常にこの問題が存在する。そこで問題を組織にしぼれば、コミュニケーションは、社会のあらゆる組織の成立要件の重要な要素だということになるようだ。

組織と管理の近代理論を構築したといわれるバーナードは、コミュニケーションと協働意欲と共通目的が組織の三つの要素だと述べている。このことは、企業でも学校でも軍隊でも同様だとされ、とくに組織論をつめていくと、コミュニケーションが中心的地位を占めるということになる。

このコミュニケーションという言葉は、〝伝達〟という日本語だけではカバーできない内容がある。吉田夏彦氏によれば、さかのぼるとラテン語の「わかちあうこと」といった意味の言葉につながる由である。したがって、第一義的には観念、思想、情報を伝え合うことであるが、さらに抽象的なもの無形のものをわけ合うこと、「わかちあう」ことというニュアンスも強くあるようだ。組織においてもコミュニケーションがないという場合、単に会話や情報の伝達がないというよりは、精神的なつながりや、価値観の共有、あるいは相互の感情移入等がとぼしいというニュアンスになりそうである。〝親子のコミュニケーションがない〟という言い方等にはそのニュアンスが色濃いのである。

ところで、このコミュニケーションの問題については、学校の管理運営における校長と教職員および教職員相互の関係としてその重要性を大いに認識し、その円滑な在り方に十分意を用いるべきだと思う。また、教室における教師と児童生徒との関係においてもコミュニケーションの確保がまず何よりも前提となるべきものであろう。

では、誤解を生じないコミュニケーションのためにどのような配慮を行うべきか。この点ではヒックスの提言を参考としたい。

第一は、知識の問題である。知的なコミュニケーションを行うためには、テーマの内容に関する知識の相互理解が前提となるし不可欠である。いつかテレビのアナウンサーが、ひき逃げ事件の犯人について、犯人は〝未必の故意〟が適用されるのではないかと言っていた。聴取者の何パーセントがその意味を理解していたであろうか。

第二は、コミュニケーションの送り手と受け手の姿勢・態度の問題である。相手に対する特定の感情、コミュニケーションの内容への好悪の心理等からコミュニケーションの成否は大きな影響を受ける。

第三は、社会文化的環境の問題である。国民性の違い、所属集団の違い、地位、階層の違い等は、価値観や判断基準の差等と相まってコミュニケーションの理解に大きな違いをもたらすこととなろう。

第四は、コミュニケーションのチャンネルの選択の問題である。口頭か、文章か視聴覚手段か、等の手段の在り方の問題であり、その方法は多岐にわたる。たとえば書面は口頭より必ずしも正確であるとは限らない。話の場合は声の強弱や目でものをいう場合もあり得るからである。

第五は、コミュニケーションの技術である。送り手側の問題としては、論理を組み立て、表現を工夫し、メッセージに変換する技術である。この場合、受け手の受けとり方を予想した言葉の選択でなければならない。

少し話が理に落ちたところで、はじめに述べた国会答弁のことについて補足させていただきたい。以前、博学達識の佐藤達夫氏がこのことについて興味深い文章を書いておられた。題して〝答弁虎の巻〟ということであるが、その内容は五つある。第一は、質問には真実を知るためのものと政府を困らせるためのものとがあり、まずそこを見極めて答えること。第二は、答弁は揚げ足をとられぬようできるだけ内輪にとどめること。第三は、正確な答弁が難しい場合でも、調査の上と答えて審議が止まらぬよう当意即妙なんとか切り抜けること。第四は、完全に反駁することなく負けるが勝ちということを夢忘れるべからず。第五は、その場ではもっともらしく聞こえるが、速記録になって読んでみるとサッパリ要領を得ぬというのが神技ともいうべき答弁であること。——以上である。

ただ、この話には落ちがついていて、これは戦前の帝国議会での諸先輩の口伝であり、新憲法下の民主国会では以上の裏返しでなければと佐藤氏は記しておられる。政府答弁で〝前向きに検討する〟とは体は前に向けるが足は出さないことだ、と何かで読んだことがあるが、これも戦前の話であろうか。

〝応変〟の計における智と勇

淡い朝日の光、静かなあたりのたたずまい、人影もない元旦の朝の風景は例年変わらない。楸邨の元朝の一句にあるように、枯野のごとく街はねむっているのである。いつもながら私も元旦の朝は遅い。表に出ても街はひっそりとして寒気が肌にしみるだけである。人も車もいない街の姿に、ああ元旦だという感慨が深い。

新しい年を迎えるとき、人は皆心機もおのずから改まり、何かを自らに問いかけ、そして、何らかの課題を見出そうとする。青年の場合それは志というべきであろうか。しかし私達の世代にとってはそれも面映ゆい。かつて安岡正篤氏は、〝年頭五計〟として、正月や元旦というきっかけにより自ら考え自らに語りかけることの大切さを説いておられる。

一、年頭まず自ら意気を新たにすべし
二、年頭古き悔恨を棄つべし
三、年頭決然滞事を一掃すべし
四、年頭新たに一善事を発願すべし
五、年頭新たに一佳書を読み始むべし

これらは、私達の世代の者にとっても、年頭に当たり自らの課題とするに足る新年の計というべきではなかろうか。安岡氏は、各々について簡単な解説を付しておられるが、人それぞれが自らの人生の軌跡に即して考えるべきことであり御紹介は省く。

それにしても、最近、なんと一年の経過の早いことか。それは、時日の経過に増して早い事実の動きがあるからであろう。世界情勢の動向は〝時が解決する〟という一面の条理を超えた動きだといえそうである。

そして、なお湾岸危機は膠着状態にある。最近、このこととの関連で国の危機管理の在り方がしばしば問題とされている。危機は、その大小を別とすれば組織にも個人にも普遍のものである。お正月早々いかがかということもあるが、少し触れさせていただきたい。

さきの安岡氏は、戦前、政界や官界の指導的立場にある人々の参考にする趣旨で、元の重臣であった張養浩の〝廟堂忠告〟を訳述しておられる。その中に、変に応ずる心得を説いた〝応変〟という一章があってその内容はまことに興味深い。安岡氏の読み下し文は、格調に富むがいささか難解であるので、倉田信靖氏や守屋洋氏の現代語訳でその内容をみたい。

通常の場合ではない変事においては、上智の者でも対処できないことがある。食卓に就いているとき敵軍来襲の第一報が入ったらどうするか。なにをおいてもまず事実の確認を急がなければならない。あわててすぐ上に奏上したり、動員令をかける等自ら乱れることがあってはならない。何がどうなっているかを十分検討し、判断を誤らないようにすべきである。

次に、国境に大敵が位置しているような場合はまさに非常時である。このような場合は、原則にとらわれない臨機応変の手段で対処する必要がある。それは、ちょうど、球を皿の上で転がしながら皿からはみ出さず、河がくねくね曲がりながら海にたどりつくようなもので、古人は極めて柔軟な対応を行ったのである。

張養浩は、若干歴史上の事例を挙げながら、尋常ならざる地位にいて、尋常ならざる事態に対応できないとあっては、その職責を果たしているとはいえないと述べている。

守屋洋氏は、この張養浩の考え方を要約し、（一）確かな情報による確かな情勢判断、（二）危機に動じない冷静沈着な態度、（三）臨機応変の対応の三点を挙げておられる。そして、「孫子」によれば、将たる者の条件としては、勇、智、信、厳、仁の五つの要素があるが、危機管理で必要とされるのは、この中の勇と智ではないかと述べておられる。多くの方々が同感の意を表されるところであろう。要は、非常事態にどう対処するかで責任者の資質が問われるということである。

安岡氏は陽明学の泰斗であるといわれているが、明治の大久保利通も若い頃、伊藤茂右衛門について陽明学を学んだことがあるという。それだからというわけでもないが、利通が危機管理で示した果断な実例をみたい。

利通が内務卿であった頃、明治七年の春佐賀の乱が起きた。ある日、佐賀県庁の一員が県令の命により上京し、江藤新平一派がいよいよ兵を挙げようとして、四囲の状況の危急なるを内務卿である利通に告げた。利通は、今夕の閣僚の会議において彼の地の状況を報告せよと命じ、会議でも危機切迫の状況の説明が行われた。

ところが、会議では、満座相顧みて頗る憂色に包まれたが言葉を発する者すらなかったという。参会の閣僚は危機管理への対処案がなかったのである。

少時あって利通は、机上の紙に意見を認めて差し出し、他の閣僚は直ちにその案に同意したという。

第一、内務卿が全権を帯び速やかに佐賀県に出張のこと。

第二、速やかに出兵のこと。

第三、陸軍少将山田顕義を司令官として先ず出発せしむること。

以上三箇条である。そして、翌日利通は東京を出発した由である。

〝かくの如く天下事あれば、廟議の果断決行により機先を制したので、いたるところの擾乱難件も片づき、解決を告げ、天下の民心信頼悦服し、政府は鼎の重きを示すに至ったのである〟と勝田孫彌氏は述べている。ここで廟議の果断というのは大久保利通の果断ということであり、危機管理の在り方に利通はその智と勇を存分に発揮していたといえよう。

さて、このような危機管理の在り方が問われているのは、組織である学校についても例外ではない。以前、中国の列車事故により多くの高校生の尊い命が失われたことがあった。その第一報がわが国に入ったとき、たまたま行政上の関係ポストにあった私は、その事態の解明と対処への方策の問題でまさに〝応変〟の在り方を問われた経緯がある。情報の不足に悩みながらの対応であったが、当然修学旅行の学校においても〝応変〟の事態にあったことは同様であろう。

一般論でいえば、大きな火災や地震、校内での大事故、校内の暴力事件等、異常事態発生に際しての学校責任者の対処の在り方の問題である。ただ、この場合、臨機応変の対処というのが問題であり、張養浩のいう皿から球が転がり出ない範囲でという点も難しい。湾岸危機でいえば、さしづめ憲法の枠内でということになり、学校でいえば、校長の権限と責任の範囲でということになるのであろうか。しかし、非常事態というものは、お皿の範囲をこえたところに生ずるのがしばしばなのである。とすれば、校長の非常時における判断と行動においては、許される範囲でお皿の枠を少し広げて対応すべき場合もあると思われる。

年頭に当たり、胸の内に去来する過去からの思いと先々への期待と決意は人様々であろう。〝年頭五計〟もそれなりに考慮すべき大切なことがらではある。しかし、昔、三島由紀夫がある人に贈ることばで述べているように、治にいて乱を忘れず、いつも心の中には、ひえびえとした危機と虚無の意識を保持していることが必要なのではあるまいか。一寸先は闇だからである。

絵で読むナポレオンのリーダーシップ

今年はルーヴル美術館の開館二百周年にあたるという。それを記念しての美術展が夏のはじめ横浜美術館で開催された。コレクションの中から九十五点が出展されていたが、その中に「アルコール橋のボナパルト」が含まれていた。現在ヴェルサイユ美術館にある完成作のための下絵である。若きナポレオンを魅力的に描き出した逸品というべきであろうか。カタログの解説によれば、作者アントワーヌ＝ジャン・グロは、一七九六年のイタリア戦役で参謀本部中尉として参加し、同年十一月のアルコールの戦いの後、ミラノでこの絵を制作したという。

昭和天皇は、いつかナポレオンを評して「若い時はよかったね、私も好きだ。あとはあまり感心しないが。」と述べられておられた由、山梨勝之進氏の紹介がある。イタリア戦役でのナポレオンは二十七歳であった。カタログの解説者（マリー＝クロード・ショドヌレ）は次のように記す。「ボナパルトは、兵士達の勇気を奮い起こすために旗を振りかざし、雨あられと降る銃弾のなかを前進していく。色彩と動き、構図の単純さと表現のエネルギーによって、グロは、その振るまいと勇気を讃えている。……ボナパルトの断固たる顔つきと敢然とした身振りを強調しながら、グロは、将軍の行為を英雄の寓意的イメージとフランスの英雄主義の象徴に変えている。……」

たしかに、この絵は、そのようなナポレオンの魅力を見事に描き切っているというべきであろう。

しかし、同様に一兵士としてイタリア戦役に従軍したフランソワ・ヴィゴ＝ルションは、ナポレオンの風貌を次のように語っている。「当時のボナパルトについて私が見たところを記すと次のとおりである。小柄、貧弱、蒼白な顔、大きな黒い目、痩せこけた頬、顳顬《こめかみ》から肩まで垂れ下がる俗にいう犬の耳という長い髪。彼はブルーの上衣を着、淡褐色のフロックコートを着用していた。……容貌、態度、身なりのいずれをとってもわれわれを惹きつけるものがない。……」（瀧川好庸訳）

ついでに記せば、このルションは、ナポレオンが敵の銃弾をかいくぐり、軍旗を手に馬に乗り、あるいは徒歩でアルコール橋を渡ったという話はまったく事実に反すると記し、ナポレオンは当初の戦闘の退却移動の混乱のなかで、馬もろとも堤防の堀のなかに投げ出されてしまったのだ、と述べている。

ただ、ナポレオンは、六か月前のロディの戦いでは、長さ百九十五メートルの木橋を馬から降りて三色旗をひるがえしながら吶喊《とっかん》し、この絵で表現されるような行動を演じたことはまず間違いないようだ。であるとすれば、この絵は「ロディ橋のボナパルト」とすべきかもしれない。

〝アルコール橋のボナパルト〟アントワーヌ＝ジャン・グロ作，1796，ルーヴル美術館蔵

それにしても、弱冠二十七歳で陸軍少将、そして、イタリア戦役の総司令官であったナポレオンのリーダーぶりはまことに興味深い。種々問題のある人物ながら、そのきわだつ個性の注目すべき点を少し取り上げてみたい。

まず、努力家であり、勉強家であり、秀才であったという点である。ナポレオンは十歳で王立幼年学校に入るが、代数賞、幾何学賞等を三年連続して受賞するとともに、級友との雪合戦では指揮官としての才をいかんなく示したという。十五歳で陸軍士官学校に入るが、平均三年以上かかるところを十一か月で卒業試験に合格し、直ちに少尉任官を認められたらしい。十六歳余の陸軍砲兵少尉が誕生したのである。

次に、勇気、勇猛果敢という資質である。これはさきに触れたロディ橋を先頭に立って吶喊したことに如実に現われている。この戦闘で、彼を青二才と軽蔑していた人々に頭を下げさせたという。

そして、着想と決心という点での非凡さも注目に値する。

第一次大戦で活躍したフォッシュ元帥は、「ナポレオンの天才の根底にあるものは、着想と決心とが極めて迅速なることである。余人にとっては極めて漠然たる状況のうちにおいても、彼はすみやかにこれに解決を与え得る能力があり、殆ど瞬間的にその要点をつかみ出す。そして、非凡な技倆をもって、極めて簡単明瞭な原則をこれに適用して実施し、いささかの粗漏もない」と述べている。

関連してフォッシュ元帥は、理論と実行の問題に触れている。ナポレオンは、ドイツ流の堅苦しい形式や方式に捉われることなく、計画を絶えず修正していた。ドイツ人は、ひとたび出来上がった計画は時と場合にかかわらず、いつまでもそのまま使えるものと考える癖がある。計画の適用に当たっては、適用の条件を考えて融通性を持たせ、時と状況とに適合させるように逐次修正が必要だということである。

そして、ナポレオンの統率力ということに触れたい。初期のイタリア戦役でナポレオンはミラノへ入る。そのとき兵に布告した檄文は天下の名文だといわれているようだ。その内容を山梨勝之進氏は次のように紹介しておられる。

「兵士達よ。お前達はこのアペニン山脈を嵐のごとく直下し、たちまちにして、サルジニアとオーストリアの軍を粉砕して名をあげた。そしてロンバルジアのこの兵営に三色旗がひるがえり、ミラノ

は お前達の手に帰した。偉いものだ。しかし、安心してはいけない。これからも、まだまだ、これ以上の難儀な仕事が残っていて、お前達を無理に行軍させていかなければならない。……さあ、これからだ。皆が一生懸命になるべきは、ただ一つ、人民を優遇しなければならないということだ。……人民を可愛がり、ローマの栄光を回復させようではないか。それが済んだら、お前達をパリに凱旋させて、ゆっくり休むときが来る。その時こそ、パリの人々は、〝あれがイタリア戦役に従軍した人々である〟と心から言うであろう」。

ナポレオンはこのような檄文で兵隊の心を捉え、励ますという独特の才能を持っていたようだ。部下を愛し、部下の心を得るということは、リーダーの統率の中核である。その点ナポレオンは卓越した資質を備えていたというべきであろう。その点にナポレオンの魅力があったればこそ、多くの将兵がナポレオンに従いヨーロッパを駆けめぐったということなのである。

上記では、ナポレオンのリーダーとして優れた面のみを掲げてきたが、人間である以上、ナポレオンにも数々の弱点がある。一例として、たとえばフォッシュ元帥は、「そもそも、知識即ち理解力と意思即ち意欲力はバランスがとれていなければならない。ナポレオンは、賭博性、即ち意思力が大きくなって、理解力あるいは合理性が小さくなり、バランスを欠いたため敗れたのである」と述べている。

ナポレオンが海軍力および海軍首脳人事に配慮を欠きトラファルガル海戦でネルソンに敗れたこと、スペイン・ポルトガルに深入りしたこと、とくに一八一二年のロシア戦役において悲惨な敗退をしたこと等、その判断の誤り、行動の失敗は数えればかなり多くの指摘が可能である。しかし、卓越したリーダーとして、フランスを一時栄光の国とした人物であることは間違いない。「アルコール橋のボナパルト」の絵には、若きリーダーとして、真摯でひたむきな、そして、自らに忠実に何かをなしとげようとする人間の姿が表わされているというべきではなかろうか。そこに、見る人を魅惑する何ものかがある。この際、リーダーの在るべき姿としてこの絵の訴えかけるものを素直に感じとり、組織のリーダーの在り方に考えをおよぼすよすがとしてはいかがであろうか。

大久保利通と〝御評議〟

今年の残暑は殊のほか厳しかった。緑樹陰濃《りょくじゅかげこま》やかにして夏日《かじつ》長し、と晩唐の詩人は詠じている。暑気を逃れて信州の山亭で幾日かを過しながら、ふとハーバード・ノーマンのことを思い浮かべることになった。ノーマンは、自ら「軽井沢生まれ」の「長野県人」であると語っていたという。父君は長野市に宣教師館を持っていたが、夏は例年軽井沢で過していたようだ。そして、明治四十二年九月、ノーマンは軽井沢で生まれた。ノーマンは、のちに駐日カナダ代表部首席となっているが、むしろ戦前から日本近代史等の研究者として名高い。最近、ノーマンの自殺の原因と目される共産主義との係わり等を解明した伝記も出版されている。本人の否定にもかかわらず、ノーマンは若い頃共産党に一時入党していたらしい。このようなノーマンの思想と行動の軌跡も識者の関心を呼んでいるようだ。しかし、本稿では、わが国の近代国家成立過程の研究において、ノーマンが大久保利通を高く評価している点に注目したい。

維新三傑の一人といわれる大久保利通については、人物論として明治以来多くの人が語りそして、論じてきた。最近においても〝大久保型人材待望論〟とか〝日本資本主義を生んだ大久保〟、〝偉大なリアリスト大久保〟等論者による大久保論は枚挙にいとまがない。このような日本の論者による大久保論は多くの方がいろいろな機会に目にしておられることであろう。そこでノーマンの大久保評はどうかということなのである。

まずノーマンは、〝その使命感、その行政的、財政的細部末節への喰いいるような没頭、その批判に対する抑えきれない反感、その殆ど尊大ともいうべき自信において、大久保利通の姿は新たに樹立された東京政府官署の同僚をぬきんでて聳え立っている〟と述べている。

ノーマンは、別途〝内乱の誘発者である西郷が今日の日本で忠節の亀鑑として尊敬を受けていることは欧米人にとっては不思議な現象である〟と述べているが、ノーマンは西郷を評価せず嫌いであったようだ。逆に、日本の近代国家の成立過程において、とくに明治六年の征韓問題をめぐる危機に際しての大久保そして岩倉、木戸らの政治的経綸は国民の最高の讃辞に値するものだと評価している。

このような大久保利通の業績について短文でこれを取り上げることは困難であるが、ここでは、大久保利通の日常の仕事の進め方等について少し触れてみたい。

大久保の死後、大久保に親炙した人々の談話が数多くあり、それらは勝田孫彌、松原致遠、鹿児島県教育会等の著作に集録されている。仕事の進め方、部下指導等の点での大久保の横顔をこれらの談話の中から生のかたちで拾い出してみることとしよう。以下は複数の人々の話であるが、煩をさけるためそれぞれの話者の個人名は省略させていただくこととする。

大久保さんは、沈毅果断の人で、天稟により国家の大臣たる資格を備えておられたというてよろしい。多弁でもなければ事を軽々しく決断もされなかった。その頃地方官の中で、気早の連中は、「どうも大久保さんは何事も即答せられぬから困る」という苦情が多かったが、私は大久保さんの政務裁決の返答に三種があると考えていた。

第一は、「それは御評議にかけましょう」ということである。この言葉は、既に断行の意見を表明されたのであった。

第二は、「それは篤と考えて置きます」ということである。この言葉は、真になお多少の考按調査を要することを意味した。

第三は、「それは御評議にはなりますまい」ということである。この言葉は、断然たる否定の意味であると私は考えたのである。

木戸さんはよく物を考える人であった。大久保さんもよく考える思慮の深い人であったが、さらに決断力に富み、判断力に長じていた。木戸さんも大久保さんもよく下の者の意見を聞いたが、その聞き方が違っていた。木戸さんは、人から聞いたものに幾分か自分の説を加味して実行するという風で、人の説を感心しながら聞いてもその中へ自分の考えを出す。大久保さんは人に聞いて善ければそのまま用いる。木戸さんはお前の説も尤もだが然し私は斯《こ》う思うとか、此の点がこうだと言われる、足らぬ処を指摘したりする。大久保さんはそうではなく、何か云うと「それだけか」とか「もっと好い考えはないか」とか聞いて、「それだけです」というと「よろしい」と言ってそのまま用いる。大事件について沢山の案が出た時等、木戸さんは色々に批評したりするが、大久保さんは黙って讀んでしまって、自分のよしと思った案へポツンと印形を押すだけであった。

ある時高崎五六という人が訪ねてきて、ある事件について盛んに議論をした。公はただ黙って聞いておられたが、凡そ二、三時間も声を励まして高崎某が滔々と述べたてたのに、公は終始黙々としておられる。高崎某が喋りつくして公の意見如何という姿となったとき、公はただ「それだけですか」と言われた。そこで高崎はまた繰り返し巻き返して意見を述べたが、最後は又、「それだけですか」と言われた。高崎が「そうです」と言ったら「貴方の意見には好いところもあるが、又よくないところもある、よく考えましょう」とそれっきりであった。

後で同席した者からその応接が少し冷淡にすぎはしないかと言われたとき、公はニッと笑って、「斯ういう大事はあなた、そう一朝一夕に決められる事じゃなかろう」と言うておられた。

大久保公は、部下に対しては大変親切な人であった。そして、決して礼譲を疎そかにされることはなかった。そして、非常な精力家であって、あれほどの位置にある人であるから、座っていて部下を頤使して万事を処理されたように思われるが、決して左様でなく、何か事件があると自分で手紙を書き、自分で出かけて活動された。実に機敏なるものであった。

大久保さんが地方官を待遇されることは、実に父兄がその子弟に対するがようであった。私が土佐へ赴任する時等もいろいろ深切な教訓があった。

「何にしても君はまだ三十になるかならぬ少壮の人である。赴任の後は、自ら努めて余程重厚な態度を保たなければならぬ。今までの書生流ではならぬ。私等も君の年頃には随分詭激《きげき》突飛なことをやったものである。人は途方もないところで、途方もないことを言はるるものである。……何事も深沈重厚県民の依頼心を一身に集めるように心がけねばならぬ。それが政治の秘訣である。君のためにはよい修業である。」と忠告せられた。

公は、間違った事があると周到な教訓を与えられたが、恐らく誰も叱られた者はあるまい。

その教訓がまた実に懇切で、しかも一々明晰な説明や段落があって、分り切っていると思うような事まで、キッパリキッパリした口調でシッカリ教えられた。そして公は、一旦やりかけたことを不詮索の結果後になって変更するようなことはひどく嫌いであった。

さて、池辺三山の評にあるとおり、「大久保という人は、徹頭徹尾政治家である。一大政治家である」ということであったが、上記のように行政官の長としても仕事の進め方、部下指導においてまことに卓抜な人物であったようだ。その片鱗は上記の事例からもうかがえるところであろう。そして〝徹頭徹尾〟責任をもって仕事をした人であると目される点に私は鑽仰の念を禁じ得ないのである。

名将のリーダーシップ

遠い昔のことになる。戦前、旧制七年制高校の尋常科に入り、初めて西洋史の授業を受けることになった。西洋史の藤原音松先生は、授業を効果的にするため寄席に通い、落語の話術を研究されたという。先生の講義が面白くない筈はない。今もなお印象に残っているのは、古代のローマおよびカルタゴの興亡の歴史である。そして五十年近くを経て昨今、またハンニバルのことを考えさせられることとなった。

今から五年前、森本哲郎氏が『ある通商国家の興亡』なる一書を公刊し、昨年、塩野七生氏は『ハンニバル戦記』を公にされた。

森本氏は、〝人間は金銭のみに生くるにあらず〟という〝遺書〟がカルタゴの教訓として残されていると述べ、通商国家カルタゴの興亡を経済大国日本への歴史的警鐘とされた。

塩野氏は、歴史は叙述であり、それが目的であるとの立場に立つ。そしてポエニ戦役の百三十年間のプロセスを事実に即し詳細に活写しておられる。歴史は何よりも人間のドラマであるとすれば、ポエニ戦役におけるハンニバルの活躍と、それに対峙するローマのスキピオ以下の諸将の活躍ぐらい愉しめるドラマはない。この際、塩野氏等に依りハンニバルを取り上げてみたい。ハンニバルはなぜ名将なのかという問題である。

第一にハンニバルは、同時代人の誰よりも情報の重要性に最大の力点を置いていたようだ。ハンニバルは、スペインを出発し、象を連れてアルプスを越えてイタリアに入った。恐らくハンニバルは、原住民であるガリア人が家畜を連れてアルプス越えをしたことを知っていたに違いない。各方面から詳細な情報を入手した上で、家畜を大きく上回る象と大軍を引き連れてアルプス越えをしたのであろうということである。それは冒険ではあったが、冷徹な計算と成算があって敢行されたものだといわれている。また、ハンニバルは、アペニン山脈を谷間の道で越える際、情報収集により、谷間で待ち伏せしているローマ軍の動きを察知していた。そこで、二千頭の牛の角に枯れ木の束を結びそれに火をつけて暴走させ、ローマ軍がそれに眩惑されているうちに、一兵も損なうことなく谷間を通過してしまったという例もある。

第二に、司令官ハンニバルは二万六千人の部下と一体として行動し、部下の気持ちを自らと合一させることに意を用いていた。

アルプス越えではつねに山地民により妨害を受けていたが、味方に犠牲者が出るたびに真先に駆けつけるのはハンニバルであった。総司令官のハンニバルも、一傭兵と同じく凍りついた食をのどに流し込み、一傭兵と同じく崖下で仮眠をとった。人も馬も象も全員が疲労の極にあって、峠の上にようやく辿りついた時、はるか彼方にかすむイタリアが眺められる地点でハンニバルは兵に告げた。

「あそこはもうイタリアだ。イタリアに入りさえすれば、ローマの城門の前に立ったと同じことになる。もうここからは下りだけだ。アルプスを越え終わった後で一つか二つの戦闘をやれば、われわれは全イタリアの主人になれる。……」

第三に、ハンニバルは、情報の収集選択とその活用能力で類を見なかっただけではなく、「敏速な行動」でも群を抜いていた。

イタリアに入ったハンニバルは、ボローニアから、アペニン山脈を越え、フィレンツェに降り、ローマのフラミニウスの軍と戦うこととなった。ハンニバルは、ローマ軍がセルヴィリウスの軍と合流して挟み撃ちにされないよう日中の行軍を急いだ。トランジメーの湖畔に到着してからも直ちに丘陵のふもとの林の中に兵をひそめさせ、フラミニウスの軍二箇軍団を待ち伏せしてこれを殲滅した。機をみるに敏という指揮官の資質の問題である。

第四にハンニバルは、誰もが見ていながらも重要性に気づかなかった事実に着目し、それを生かす武将でもあった。史上有名なカンネの戦いにおいてハンニバルは、百年前のマケドニアのアレクサンダー大王の故事を研究していた。アレクサンダーは騎兵の重要性を認識し、その機動力を駆使することで軍の力を有機的に活用した名将であった。カンネの戦いにおいては、ハンニバル直属の騎兵と麾下のヌミディア騎兵とが機動的に両翼で戦い、結果として歩兵とともにローマ軍を包囲して七万に上るローマ軍の死者を数える大勝利を得たのである。

第五に、ハンニバルの頭脳は極めて柔軟であった。ローマ連合の一員であった同盟都市国家タークラントを手中に収めようとしたハンニバルは、内応を誘い、流血も殆どなくタープラントの市街を占拠した。しかし、ローマ総督と兵五百人が守る要塞は屈しなかった。この要塞は港近くに突き出た崖の上に築かれていたので、これを陥さない限り船は港内に閉じ込められることになっていた。ハンニバルは〝多くのことは、それ自体では不可能事に見える。だが、視点を変えるだけで、可能事になり得る〟と述べ、港に停泊していた船を陸上輸送し、すぐ近くの湾を港に改造することとした。そして、要塞にこもるローマ軍は兵糧攻めにしたのである。

第六に、ハンニバルは、司令官として優秀であっただけではない。率いられていく人々に自分達がいなくてはと思わせることに成功したリーダーであった。ハンニバルがアルプスを越えてイタリアに入り、イタリア各地で転戦して本国の帰国命令によってイタリアを離れるまでに十六年の歳月が経過していた。その間、ハンニバルを見離した兵士は一人もいなかったのである。ハンニバルの兵士達はアフリカ、スペイン、ガリア等の混成軍でしかも傭兵であった。その兵士達がハンニバルを見捨てなかったのはなぜか。ハンニバルは打ち解けた感じは少しもなかったという。兵士達の輪の中に入ることも彼にはなかった。それでいて兵士達は、追い詰められても孤高を崩さないハンニバルに従い続けたのである。

この点で塩野七生氏は、ハンニバルの厳しい態度への畏怖の念によることもあったであろうが、それと同時に、天才的な才能をもちながら困難を乗り切れないでいる男に対しての優しい感情にもよったのではないかと述べておられる。そのような持続する人間関係を相互に兵士達との間で結ぶことができた人、それがハンニバルであったということなのである。

第七に、ハンニバルは、軍人として稀代の戦術家であったが、政略についても常に気配りを忘れないリーダーであった。ザマの戦いの前に、ハンニバルは、スキピオと直接会談し、カルタゴは二度と戦争には訴えないことを約束して、カルタゴ救済のため講和を提案している。ハンニバルは、大局においてローマとカルタゴの現状と将来の見通しを持っていたからである。スキピオはその提案を拒否し、ザマの会戦となり、ハンニバルは敗れ、第二次戦役は終わる。地中海世界の覇権はローマに帰することとなった。

第二次ポエニ戦役終了から十九年の後、ハンニバルは、ローマの追及により、亡命の地ビティニア王のもとで毒薬をあおり自裁する。六十四年の生涯であった。

ハンニバルのリーダーとしての資質やその行動については、二千年前の話として限られた資料によるほかはないという。そこでは、若干隔靴掻痒の姿しか浮かび上がってこない。しかし、上記のようなリーダーとしてのハンニバルの魅力の一端は、何かを今に示唆し語りかけているとはいえないだろうか。

危機管理と〝決断〟

昨年の暮れから始まったロシアのチェチェン共和国への侵攻については、軍事行動という国家政策に関するロシア指導者間の不協和音が様々に報道されていた。政権内部ではエリツィン大統領および軍事介入を推進する治安関係首脳とこれに反対する勢力との確執、軍内部では軍事介入に反対する国防次官グループの存在や軍首脳部の国防相離れの動き等についてである。これらが事実であったとすれば、ロシアの国家政策、軍事行動等の決断や指揮系統において大きな支障を生ずる事態であったと思われる。

世界情勢の変化における危機管理の問題は、国の外交・軍事に関する国家政策の意思決定としてその適・不適が直ちに国益と国民各層へ大きな影響をおよぼす。

近い過去でいえば、湾岸戦争におけるアメリカの軍事行動に関する意思決定のプロセス程興味深いものはない。ワシントンポスト記者ボブ・ウッドワードの著作（『司令官たち』石山鈴子等訳）では、ブッシュ大統領をはじめアメリカ政府の最高首脳部の戦争突入にいたる〝決断〟のプロセスが克明に活写されている。

このような国家危機管理における国家意思決定の在り方については、イエール大学のアーヴィング・L・ジャニス教授がその著作において、国家危機における重大な決断のスタイルの分析を行い、国家意思決定のプロセスの適・不適を論じ、正しい決断を導く政策決定手順の在り方を論じている。（『リーダーが決断する時』首藤信彦訳）。この際、この点を取り上げてみたい。なお、〝危機〟というものの出来《しゅったい》は国家ばかりではない。世の様々な組織にも、各家庭にも、そして個人にも係わる問題であり、その意味での参考となればということである。

第一は、経験と勘に左右される即決の決断である。

ケネディ大統領は、通常は極めて慎重に時間をかけて意思決定を行うタイプであったが、一九六一年にドミニカ共和国で危機が勃発した際の決断にはわずか数分しか費やさなかった。

レーガン大統領の場合、最後に進言した人物の意見が取り上げられることが多く、一度決定した方針がくつがえされる場合がしばしばであったようだ。具体的な例としては、一九八二年のイスラエルのレバノン侵略に係わる国連でのイスラエル非難決議について、当初の賛成方針が、ヘイグ国防長官の最終的反対意見で拒否権行使に変わったこと等がその例である。

第二は、自己満足化と類推による決断である。

自己満足化とは、最小限の必要条件だけはいちおう満たす最初の実行案を、実行可能なほかの代替案と比べることもなく受け入れてしまうことである。

朝鮮戦争の当初においてトルーマン大統領は、三十八度線を越えての侵攻も容認するような主戦論的安易な判断をしていた。そこでは、中国指導者からの警告の無視や他の歴史上の類例の検討も欠如していた。結果として中国は参戦し、トルーマンはマッカーサーを罷免することとなった。

類推による決断とは、現在の出来事を過去の似かよった出来事に類似したものとみなすことにより解決法を探そうとすることを意味する。この場合決断は手軽でスピードアップは図られるが、決定の質の低下は免れない。

第三は、漸増主義による決断である。

危機は最初の徴候から段々とエスカレートしていくものである。危機にはその意味で各段階がある。そして、決断は各段階について少しずつ変えて行われる。これは安易ではあるが、基本的対処として間違う場合が多い。一九七〇年代にカーター政権は、イランについてホメイニ師がイラン国王を倒すかもしれないという最初の警告を受けていた。しかし、それは無視されていた。事後人質救出の失敗等がある。このやり方では、現在の問題の最火急な面だけの処理について少しずつ対処の決断を行うことになりがちである。

第四は、集団思考による決断である。

この方式での欠点は、集団の和を保とうとするメンバーの強い願望から、議論の不一致や不和のもととなるものは一切退けてしまうという傾向である。メンバーは無意識に疑問を押さえ込み、共通の集団意識のもとで成功の予想を証拠だてる理屈づけをしようとする。そして、意見の一致を求める集団思考症候群《シンドローム》と呼ばれる徴候も現れることになる。

ケネディ大統領の顧問団は、成功する可能性のない冒険でしかもアメリカと他国との外交関係を損なうという情報を得ていたにもかかわらず、一九六一年キューバのピッグス湾侵攻に乗り出す決断を支持した。

また、ジョンソン大統領のブレーン会議は、アメリカの作戦行動では北ベトナムやベトコンを破ることは難しいとの情報にもかかわらず、一九六〇年代中期にベトナム戦争をエスカレートさせる決断を支持した。

第五は、自己中心的で感情的動機に基づく決断である。

フォード大統領が前任者ニクソンに恩赦を与えた決断は、厳しい世論の批判をあび、大統領選においてカーターに敗れることとなった。フォードのこの決断は、ウォーターゲート事件の後遺症への焦燥感とニクソンとの関係についての精神的緊張感からではないかともいわれている。この決断は、いずれにしてもフォード自身の自己中心的、感情的判断に起因するものであるといわねばならない。以後フォードは、他との相談や審議を尽くすことなく〝大胆かつ劇的な行動〟を取り続けたと評されている。

なお、この種の決断としては、〝第六感に頼る決断〟とか、〝怒りや恐れや報復による決断〟というような感覚的感情的決断も含まれることになる。

それでは、危機管理における政策決定者はいかなる方途により決断の質の高さを確保すべきか。この点についてジャニス教授は次の七項目を挙げている。

①様々な価値を考慮しながら、広範な目的対象を調査する。
②様々な代替行動方針を広範に探る。
③代替案の評価に適切な、新しい情報を徹底的に探す。
④与えられた新情報や専門家の意見は、たとえその情報や意見がはじめに選んだ行動方針を支持するものでなくても、正しく受け入れ、考慮に入れる。
⑤最終的な選択をする前に、最初は受け入れられないと思った代替案の肯定的結果、否定的結果を再考する。
⑥選んだ代替案によるコストやリスクを、肯定的結果だけでなく、否定的結果についても慎重に検討する。
⑦様々な既知のリスクが現実となった場合に必要な偶発的事態に留意して、選択した行動方針の実行と監視の綿密な検討準備を行う。

以上七つの基準を満たすべく、政策決定者は力の及ぶ限りの努力を払うべきだということである。上記による決断の意思決定は、分析的問題解決アプローチあるいはシステム的問題解決アプローチと名付けられている。

ところで、近い事例の湾岸戦争における戦争突入までのプロセスはどう観るべきであろうか。まず軍部の最高責任者のパウエル統合参謀本部議長がイラク戦に消極的であり、仮に戦闘に入るとしてもサウジ防衛戦に限定すべきものと考えていたこと、石油業界出身のブッシュ大統領が断固たる決意で慎重論の軍部を押さえ、クウェート解放を目的とした戦争に突入することとなったこと、国家安全保障会議では要領を得ない会議として話合いが行われていたこと、国連決議により多国籍軍が編成されたこと、この点についてベーカー国務長官の大きな努力があったこと、戦争突入が決断されたときパウエル、シュワルツコフ以下の軍首脳が決定に従って適切な軍事行動を行ったこと、等がプロセスとして指摘されている。

その間でウッドワードが浮かび上がらせているポイントは、ブッシュ大統領の個人的な高揚した気分、サダム大統領、イラクへの感情的憎悪感ともいうべきものである。歴史的にみれば、恐らく湾岸戦争への決断はシステム的アプローチとして適切な決断であったと評価されるのかもしれない。しかし、私には、国家政策というものがアメリカの場合、大統領の個人的資質に負うところが大きいということの一つの典型的事例のような気がしてならない。

いずれにしても、あらゆる組織における危機管理の決断は、その決断にいたるスタイルが各様であるとしても、帰するところは最高意思決定責任者の問題である、という点が本稿での結論になりそうである。

意思決定と会議と祝宴

「会議は進まず、ただ踊るのみ」〝Le Cougres ne marche pas,mais il danse〟と言ったのは、ウィーン会議半ばに亡くなったベルギー出身のリーニュ大公であった。メッテルニヒによれば、〝大公自身はその特別あつらえの柔軟な精神によって光輝いていた〟人であったらしい。そのサロンも多くの人で賑わい、老公爵は目をそばだたせるほどの伊達者だったという。リーニュ大公の名は、上記の一句によって歴史にその名をとどめることになったのである。

政治、外交において会議や会談は必須の要素であり、組織の運営や意思決定においてもそれから免れるわけにはいかない。組織の一員としては、常に自戒と検討工夫が必要とされる所以である。ところで、最近、時として結果が出ない政治や外交の諸事象を観るにつけ、上記の一句とともに、ウィーン会議やメッテルニヒのことがふと頭に浮かんでくることとなった。ただ、目に写るのはその昔見た名作「会議は踊る」の華やかな名場面であり、耳に聞こえてくるのはリリアン・ハーヴェイの〝ただ一度だけ〟という主題歌のメロディである。といえば、御身は既に〝化石さん〟と冷やかされるかもしれない。

歴史を繙くつもりはないが、ウィーン会議の結果は一八一五年以降三十三年間にわたって列強間の政治的均衡をもたらし、ヨーロッパに長く平和な時代を現出する契機となった。ナポレオンの出現による二十年余にわたるヨーロッパの戦乱がこの会議によって収拾されたのである。その会議の中心はメッテルニヒであった。メッテルニヒは、会議というものをどのように認識し、どのように運営したのであろうか。現代民主主義社会における代議制と多数決原理の「会議」との間に異同ありやという点も興味深い。

メッテルニヒは、その『回想録』において、ウィーン会議の議長を務めるよう依頼されたときの決意を次のように述べている。

〝この「会議」によって解決すべき問題は、完璧な適法性、完全な秩序をもって処理し、無用な些事は一切厳しくこれを遠ざけ、状況が要求していることをすべてしっかりと心得ているのでなければ決断を下せないと確信していたればこそ、私はその仕事を引き受けた。〟（安斎和雄監訳）

当時の国際会議においては、現在の国連のような多数決型の議事進行は考えられていなかった。メッテルニヒについても同様である。

では、メッテルニヒは、ウィーン会議をどのように運営したのであろうか。

メッテルニヒは、まず、イギリス、ロシア、プロシア、オーストリアの戦勝国に敗者フランスを加えて五強国委員会の名のもとに討議を進めることとした。さらに、スペイン、ポルトガル、スウェーデンの代表を上記に加えて、八か国政府代表会議を構成し、この八か国の代表がその他の国々の代表と関係を持つことにしたのである。何やら現在の国連の常任理事国会議を思わせるものがある。

ウィーン会議には、九十の王国と五十三の公国の君主や代表者達が集まったようだ。しかし、メッテルニヒは、五強国の全権委員を中心として討議を進め、結論を出すことにしていたのである。したがって、会議の期間中催された盛大な祝宴と会議の仕事に共通するものは何もなく、祝宴によってその仕事に支障が生じること等少しもなかったようだ。会議の期間が短かったことがその具体的証拠だとメッテルニヒは述べている。その期間は約五か月であった。ナポレオンがエルバ島を脱出した一八一五年三月には、殆ど大筋の結論は出ていたのである。ウィーン会議の成果は、当初からのメッテルニヒの確固たる方針に基づくところが大きい。その方針に基づき、会議前からメッテルニヒは行動を開始していた。会議の前、メッテルニヒはイギリスを訪れ、ウィーン会議で行われることとなる交渉事項についてイギリス政府と周到な打合せをしている。

ウィーン会議のプロセスで、メッテルニヒに協力したのはイギリスの全権委員外相カースルレーであった。ロシアとプロシアの度をこえた要求を押さえるのには、メッテルニヒとカースルレーとの連携プレーがあったのである。もう一人の役者フランスのタレーランとメッテルニヒとの関係も微妙で複雑であったと言われるが、ウィーン会議は、結局のところこれら希代の外交家達の談合であった。ウィーンに集まっていた百をこえる代表者達は、たしかに祝宴で踊るしかなかったのかもしれない。

生まれながらの貴族であったメッテルニヒは、フランス革命に眉をひそめ、自由思想を嫌悪する徹底した保守主義者であった。メッテルニヒについての歴史家の評価は区々であろうが、名著といわれる『ドイツ史』を書いたゴーロ・マンは、メッテルニヒを冷静老練なヨーロッパ主義者であるとして、次のように述べている。

「メッテルニヒには称賛すべき点があった。彼はナショナリズムがヨーロッパにもたらす混乱と破壊を予見し、ヨーロッパの共同責任に対して濁りのない目を持っていた。一八一五年、理性的和平が結ばれたのは彼の功績であった。」（上原和夫訳）

国家間の外交会議や国家代表間の会議等といえば、私達一市民にとってはいささか迂遠な話ではある。しかし、凡そ会議というものの性格や構成員の思考と行動ということを考えてみれば、上記の古い話も一つのパターンとして身近な感じがしないでもない。それは、意思決定のための会議というものは、残念ながら会議それ自体ではその成果を挙げ難いものなのではないかということである。

会議にもその目的や狙いにより性格の違いがある。単なる情報の伝達や意見の収集や、モラールの向上のためというような会議もあるが、問題は意思決定のための会議である。この意思決定のための会議を多人数で有効に運営することは容易ではない。会議が有効に機能したように形を整えるためには、メッテルニヒではないが、事前なり会議のプロセスなりで周到な調整と方向づけが必要となるであろう。

世に会議の生産性を高めるための処方箋は枚挙にいとまがない。そこでは、会議の方針、会議の準備、会議のモラール、出席者の態度や心構え、運営技術、結果のフォロー等々が熱心に語られている。それらに留意しつつ会議が行われるとすれば、たしかに形の上で会議は活性化されることになるであろう。しかし、意思決定に関していえば、重要なプロセスは別のところにある、というのがことの真相に近いのではなかろうか。新聞等の報道にみられる政治的意思決定のプロセスを考えてみれば、よりその感が深い。また、政府の最高意思決定機関である閣議、あるいは、その前提となる次官会議についてみれば、いずれも事前に調整された案件の形式的承認である場合が九九％である。本稿はその是非を論ずる場ではないが、その姿で閣議の意思決定機関としての機能は古くから疑いなく発揮されてきたのである。

このようにみてくると、意思決定機関としての会議というものは、会議としての機能如何よりも、会議までがまず問題であり、さらに会議のプロセスにおける手続き・内容に関する「別途対処」が大切だということになるのであろうか。そこには大きく鍵となる「人間」の問題があることは当然である。

メッテルニヒは、会議に幻想をいだくことなく、つとにこのことを認識していたからこそ、毎夜、多くの代表者貴顕淑女に祝宴や踊りを用意していたのではなかろうか。

カリスマとリーダーシップ

去る七月九日の土曜日、夕刊各紙で、金日成主席死去の衝撃的報道が行われた。そこでは、建国以来の最高権力者の行動の軌跡とその死去のインパクトについて多くの解説や論評があり、また、その後継者と目される金正日書記についてもかなり詳しく報道されていた。

本件が北東アジア流動化への大きな引き金となり、広く国際情勢へも重大な影響をおよぼすであろうことは疑いない。そして状況は日々動いているようだ。

ところで、この一連の新聞報道の中で、一寸目を引いたのは、「カリスマ性」に関する記事であった。この問題を少し取り上げてみたい。

まず具体例を挙げてみよう。「金主席の個人崇拝に近いカリスマ性は、……」（朝日）、「金正日氏、カリスマ不足」（読売）、「金日成主席は……強力なカリスマ性を誇ってきた」（日経）、「黄長燁は……金正日書記の白頭山出生神話等をつくり上げ、カリスマ性を高めるのに腐心した人物だ」（産経）、「金書記には、父親のようなカリスマ性はない」（毎日）、といった具合である。

猪木正道氏は、「マルクス主義と個人独裁」と題する紙上の論説において、日中戦争中、抗日ゲリラ隊長として活動した金日成主席の経歴がそのカリスマ性のもとになっていると記し、「朝鮮戦争で民族統一に失敗したにもかかわらず、金日成が権力を保持できたことは、彼のリーダーシップの強さを示している」と述べておられる。

新聞各紙は、「カリスマ性」の解説抜きでこの言葉をいわば自明のこととして扱っている点、いささか不親切であるが、カリスマとリーダーシップとの関係も若干広がりがあるようだ。

カリスマとは、元来、ギリシャ語のkharisma「神の思寵」に由来し、予言や奇跡を行う超能力を意味するということのようであるが、転じて、大衆を心酔・心服させ、従わせる特殊な資質・能力という意味で使われている。

かつて、マックス・ウェーバーは、人々を特定の命令に服従させることを「支配」であると考え、正当的支配には三つの型があるとした。合法的支配、伝統的支配およびカリスマ的支配である。

合法的支配は、成文化された秩序の合法性、およびこの秩序によって権限を与えられた者の命令権の合法性に対する信念にもとつく。

伝統的支配は、古くより行われてきた伝統の神聖性やそれによって権威を与えられた者の正当性に対する日常的信念に基づく。

カリスマ的支配は、ある人物およびその人物によって啓示されるか制定された秩序のもつ神聖さとか、超人的な力とか、あるいは模範的資質への非日常的な帰依に基づく。

ウェーバーは、非日常的なものとみなされたある人物の資質を「カリスマ」（Charisma）とよぶと述べている。

カリスマとしての資質をもつ人物は、ほかのなんびとにも近づきがたいような超自然的または超人間的な、少なくとも非日常的な力とか特性をもった者とみなされる。そして神からつかわされた者とか模範とすべき者と考えられる。それ故にその人物は、「指導者」として評価されるのである。

その場合、肝心なのは、当該「資質」が、カリスマの支配下にある人々、即ち「信奉者」によってどのように評価されるかということである。客観的に倫理的・審美的等の見地から当該資質がどのように評価されるべきかということは問題ではない。カリスマ的支配は、カリスマたる人物の非日常的資質への「信奉者」の帰依に基づくものだということなのである。

金日成主席の経歴、行動等は必ずしも詳らかではないが、その「誕生も神格化」(毎日)と報じられていることや、テレビで断片的に伝えられている国民各層の悲嘆の実情等からみれば、そのカリスマ性は人々に信奉されていると観るべきなのであろうか。その「信奉」が自律的であるか他律的であるかについては別の問題がある。

逆に、ウェーバーのいうカリスマの資質である非日常的な特性が金正日書記にないこと、そして、そのような資質が人々により信奉されていないという判断が「金正日氏、カリスマ不足」という新聞報道になっているのかもしれない。

さて、現実問題を離れて、現代社会におけるカリスマの意味というものを少し考えてみたい。

はじめに触れたウェーバーの正当的支配の三つの類型のうちの合法的支配は、官僚制的行政幹部による支配がその中核とされている。それは、合法的支配の原理に基づく合理的な支配の典型とされているが、姿としては内部から自己を変革し創造してゆくダイナミックなものではない。ウェーバーにおいてカリスマとしてのリーダーシップを期待されていたのは「政治家」であった。

ウェーバーは、カリスマのポジティブな意義として、個人の自由や創意という点を重視し、偉大な人格の創造的行為こそカリスマであり、カリスマは、その意味で社会変革の原動力であるとの認識を持っていたようだ。

現代社会の組織理論においては、この意味でのウェーバーのカリスマ概念をどのように取り入れていくかが一つの課題だと述べる行政学者もおられる。それは、組織を、個人の魅力と特性という資質により創造的でダイナミックなものとするためには、カリスマ的リーダーシップが必須ではないかということからである。

アメリカのリーダーシップ理論やインフォーマル集団の理論は、組織を「管理」中心として捉えるのではなく、組織に個人主義的要素を認め、システムとしての組織をよりダイナミックで創造的なものとして考えていこうという立場をとる。そこには、ウェーバーのカリスマ等の分析概念が継承されているようだ。

この立場で少し敷衍していえば、社会的存在としての組織、即ち企業、学校、病院等の組織集団においてそれがダイナミックでしかも創造的であるためには、神格的、恩寵的、呪術的ではない非日常的な力とか特性に基づくカリスマ的リーダーシップが必要だということである。この場合のカリスマとは、フォロワー達が、無条件で、特定の指導者に進んで服従しようと欲する意欲を創りだす指導者の資質である。これは、人々を服従させる「支配」ではなく、人々が進んで服従するような人格の発現型態としてのカリスマ的リーダーシップだというべきであろう。

この点でドイツのW・J・モムゼンは、ウェーバーの場合、カリスマ的支配とカリスマ的リーダーシップを明確に区別しなかったと指摘している。そして、モムゼンは、民主的諸制度のもとにおいても、カリスマ概念をリーダーシップの一つの基準として容認することは全く可能なことだと指摘しているのである。

上記の意味でのダイナミックで創造的なカリスマ的リーダーシップは、現代社会の組織においても強く待望されているというべきであろう。日本の近代化の過程においては、大久保利通の例のように各分野でカリスマ的指導者が多く見られた。現代社会ではどうであろうか。あらゆる組織における官僚制化の進行は、個人主義的なカリスマ的要素を消滅させていくとウェーバーは述べているが、現代社会はそれほどまでに官僚制化しているということなのであろうか。

将帥の五彊《きょう》・八悪

昨年来の政局の動きはまことにめまぐるしいものがある。所謂五五年体制の崩壊に伴う各政党の動きは、新聞報道においても、合従連衡《がっしょうれんこう》の策略如何として種々取り上げられているようだ。

たしかに、多くの政党の連携協力の姿は様々である。組み合わせ如何により、権力中枢の在り方は大きく変化してきた。したがって、この姿を中国戦国時代中葉における蘇秦《そしん》・張儀《ちょうぎ》の合従連衡の故事にあてはめて論ずることも可能なのであろう。

ただ、この際、併せて思いおこされるのは、時代を下っての三国志の世界である。当時、天下の帰趨を見定めるについて、天下二分の計と天下三分の計というものがあった。

天下二分の計は、赤壁の戦いで、曹操を破った呉の周瑜の外交政策である。周瑜は劉備に先駆けて益州侵攻を計画し、蜀を自らの傘下におさめて徹底的に魏に対抗しようとした。しかし、その計画に着手しようとしたとき病を得て死亡し、天下二分の計は実現を観ることなく終わった。

天下三分の計は、いうまでもなく諸葛孔明の構想である。三顧の礼において、劉備に天下三分の計を示した孔明は、弱冠二十七歳、白面の一書生であった。そして、その天下三分の計は、蜀の成立により、見事に魏、呉、蜀三国鼎立の姿で実現することとなったのである。

わが国の政局は、将来果たして天下二分か三分かという世の関心もあり、その指導者如何も大きな問題である。その尺度となるかどうか、ここでは、多くの方々が少年時代から親しんできた『三国志』

の世界の孔明について、その指導者論を少し取り上げてみたい。

孔明について『三国志』の著者陳寿は、〝しかれども連年、衆をうごかし、いまだよく成功せず。けだし応変の将略は、その長ずるところにあらざるか。〟と評している。この点、天才的な兵法家であった曹操に比べると、孔明にはいささか兵学にこだわりすぎるところもあり、変通自在のおもむきに乏しいという観方もある。しかし、孔明の兵法書は、人間そのものへの鋭い洞察と分析に基づく将帥論、兵法論となっており、現代の経営戦略や管理職論としても参考となる点が多い。孔明の著作は、後代の人が改めて編集したもので偽作だという説もあるが、ここでは、守屋洋氏の編訳になる『諸葛亮集』から、孔明の将帥論、兵法論等のごく一部を観ることとしよう。

まず第一は、人を知るの道に七あり、人物鑑定法である。

一に曰く、これに問うに是非をもってしてその志を観る。（あることがらについて善悪の判断を求め、相手の志がどこにあるかを観察する。）二に曰く、これを窮せしむるに辞弁をもってしてその変を観る。（言葉でやりこめてみて、相手の態度がどう変化するかを観察する。）三に曰く、これに咨《はか》るに計謀をもってしてその識を観る。（計略について意見を求め、それによって、どの程度の知識をもっているかを観察する。）四に曰く、これに告ぐるに禍難をもってしてその勇を観る。（困難な事態に対処させてみて、相手の勇気を観察する。）五に曰く、これを酔わしむるに酒をもってしてその性を観る。六に曰く、これに臨むに利をもってしてその廉を観る。七に曰く、これに期するに事をもってしてその信を観る。（仕事をやらせてみて、命じたとおりやりとげるかどうかによって信頼度を観察する。）

第二は、将の五つの必要条件（五彊）である。高節にしてもって俗を厲《はげま》すべし。（高節であること、そうあってこそ部下の奮起を促すことができる。）孝弟にしてもって名を揚《あ》ぐべし。（孝弟であること、そうあってこそ名を挙げることができる。）信義にしてもって友と交わるべし。（信義を重んじること、そうあってこそ友人と交わることができる。）沈慮にしてもって衆を容《い》るべし。（深慮であること、そうあってこそ包容力を身につけることができる。）力行にしてもって功を建つべし。（全力を傾注すること、そうあってこそ軍功をたてることができる。）

第三は、将の八つの欠格条項（八悪）である。

謀、是非を料《はか》るあたわず。（謀《はかりごと》に欠ける、したがって是非の判断を下すことができない。）礼、賢良を任ずるあたわず。（礼に欠ける、したがって有能な人材を登用することができない。）政、刑法を正すあたわず。（政治能力に欠ける。したがって法を適切に執行することができない。）富、窮阨《きゅうやく》を済《すく》うあたわず。（経済力はあっても、貧民を救済しようとしない。）智、未形に備うるあたわず。（智慧に欠ける、したがって未知の事態に備えることができない。）慮、微密を防ぐあたわず。（思慮に欠ける、したがって極秘事項が外に漏れるのを防ぐことができない。）達、知るところを挙ぐるあたわず。（栄達しても、旧知の人々を推薦しようとしない。）敗、怨謗《えんぼう》なきあたわず。（敗戦したとき、国民の批難にさらされる。）

第四は、部下に対する厳しさと思いやりの態度である。

古のよく将たる者は、人を養うこと己《おのれ》の子を養うがごとし。難あれば、身をもってこれに先んじ、功あれば、身をもってこれを後にす。傷《いた》む者は、泣きてこれを撫《なぐさ》め、死する者は、哀《かなし》みてこれを葬《ほうむ》り、餓《う》えたる者は、食を捨ててこれを食らわし、寒《こご》える者は衣を解きてこれを衣《き》せ、智者は、礼してこれを禄し、勇者は、賞してこれを勧む。将よくかくのごとくば、向かうところ必ず捷《か》たん。

第五は、部下のやる気を引き出す心得である。

それ兵を用いるの道は、これを尊《たっと》くするに爵をもってし、これを贍《み》るに財をもってすれば、士至らざるなし。これに接するに礼をもってし、これを厲ますに信をもってすれば、士死せざるなし。恩を蓄えて倦まず（恩をほどこし）、法、一を画くごとくならば（法の適用に公平を期す）、士服さざるなし。これに先んずるに身をもってし、これに後《おく》るるに人をもってすれば、士勇ならざるはなし。小善は必ず録し、小功は必ず賞すれば、士勧《すす》まざるはなし。

なお、人の和の重視については、それ兵を用いるの道は、人の和にあり、人和すれば、勧めずしてみずから戦うとあり、もし将吏あい猜《うら》み（反目し）、士卒服さず、忠謀用いられず、部下謗議《ほうぎ》し、讒慝《ざんとく》（讒言《ざんげん》）こもごも生じなば、湯王、武王の智ありといえども、勝ちを匹夫に取るあたわず（一人の相手にもてこずり）、いわんや衆人をや、と記されている。

世に三国志あるいは孔明に関する書物は無数にある。私にとって無類に面白く記憶に残っているのは花田清輝氏の『随筆三国志』であった。この書には、諸学者とは全く異なる氏の独創的見解が随所に記されている。たとえば、「良禽は木を選んで棲み、賢臣は主を選んで佐《たす》く」という孔子の言葉について、今日の問題は、木ではなく森を、主ではなく組織を選ぶことではないかと論じ、三顧の礼において劉備は、孔明を幕下に加えた点、木が良禽を選んだ逆の例だとする。そして、孔明が劉備の死後、蜀漢の国のために身を呈した経緯は、劉備個人への感激が組織に対するインパーソナルな絶対の忠誠に転化していった経緯であるとしている。組織というものは孔明をも感化する魔力を持っているということである。

であるとすれば、孔明の将帥論は、国という組織への忠誠を全うするための将略だといえるのではあるまいか。そして、さらに、この将帥論を組織一般の問題として考えてみたいのである。

マネジメントとリーダー

その昔、フランクリン・D・ルーズベルトは、意思決定について極めて簡単な一つのルールを持っていたという。それは、重要な事項について全員の意見が一致しているときには決定をしないというルールである。重要な決定については激論があってしかるべきであり、全員が賛成するということは、誰も十分考えていないか考える時間が足りないかのどちらかだ、ということであろう。しからば、決定は次回に送って皆に考える時間を持たせることにしよう、ということのようだ。

これは、経済学者Ｐ・Ｆ・ドラッカーが一つの例として挙げている話であるが、わが国の伝統的意思決定の図式と比較してみるとまことに興味深い。わが国の場合はいうまでもなく全員一致方式だからである。ただし、リーダーと組織との関係は一義的ではなく変幻自在だというべきであろう。上記の例でも一週間決定を延ばしたところで必ずしも反対意見が出てくるとは限らないのである。組織の構成員の質とトップを含めた構成員の相互関係如何にかかわる部分が多いのではなかろうか。

ところで、昨年の秋、〝日本式ブレイン・キャピタルが経済において最強の競争力を持ち世界を制するであろう〟とドラッカーが述べたという記事をみた。以前ドラッカーは、経済においては知識が真の資本として富を生み出す中心的資源となりつつあり、そのような経済は学校に対し教育の成果と責任について新しくかつ厳しい要求をつきつけると記していたことが思い出される。

二十年余以前の著作では、〝断絶の時代〟という巧みな訳書の標題によりこの言葉は当時流行語となっていた。そこでも教育の在り方にかなりの頁がさかれている。その中に一寸目を引いたところがあった。一九六八年、九千人の中学校長がカリキュラムの改善のために会合を持ったとき、中核的演説の主題として選ばれたのは〝経営者のための条件〟であったという。そして、そのことを聞くために、ある企業経営の権威者を招請したということである。当時アメリカの中学校は人種問題で危機的状況を呈していたらしい。アメリカの学校長達は、マネジメントの在り方について、真剣に模索していたのかもしれない。

企業経営のアレゴリーで学校を考えることは、基本的目的の違い等から必ずしも適当ではない。そして、学校経営という言葉も経営という言葉の語感から、若干抵抗を感じる。しかし、組織のマネジメントということでは企業経営も種々参考となる点はあると思われる。この点についてドラッカーは、一昨年、軍隊、学校、教会、病院等非営利組織（NON PROFIT ORGANIZATION）のマネジメントの在り方についての著作を発表した。上田惇生氏等による邦訳も出ている。そこでは、営利企業との差に触れながらこれら組織のアメリカの例を中心としてマネジメントの分析が行われている。リーダーの判断と行動という観点から、わが国の学校関係者にとって参考となると思われるいくつかを以下で取り上げてみたい。

まず、リーダーの要件としても最も重要なのは使命（mission）の自覚である。リーダーがまずなすべき仕事の第一は、熟考の上自らの組織の使命をはっきりさせることである。そして次には具体的な行動目標（Concrete Action Goals）を定める必要がある。リーダーのなすべきことは、組織で使命とされていることをさらに個別具体化していくことである。使命は将来長きにわたる課題ともいうべきものである。しかし、目標は個別具体的であり有限の短い期間内に達成されるべきものである。

この使命達成に必要とされる要件は三つある。

第一は、限られた人材や資金等の諸条件のもとに、他に優って何かをなし遂げるためのニーズと好機（opportunity）というものを探らなければならない。

第二は、その行動のためのニーズや好機に自らの組織が適合しているかどうかを検討しなければならない。

第三は、自らの組織は本当に信念をもってこの仕事に取り組めるか、自らの力を本当に発揮できるかということを検討する必要がある。

要するに、好機の把握、自らの能力の認識、そして使命達成への強い信念ということであり、これらなくしては組織に属する人々の協力を得て最終的な成果を得ることはできない。

そして、次に組織のリーダーにとって最も大切な責務は危機の到来の予測である。危機を回避するためではなく、危機を予測して予め手配をするためである。危機を予測してそれを乗り越える手立てを講じておかなければならない。そのための高い士気といかに対処すべきかの体制を整え、そして信念と相互の信頼をもった組織をつくらなければならない。

リーダーに就任してなすべき判断と決定に当たってはそれほど時間が与えられない場合が多い。リーダーの役割を果たすに当たっての基本的な条件というものがある。

第一は、人の言うことをよく聴く意欲、能力、自己規制である。人の言うことをよく聴けるかどうかは技術ではなく自己規制の問題である。

第二は、自らの考えを理解して貰うために他者とのコミュニケーションに努力しようとする意欲である。このことは限りなき忍耐を要求される。人々は忍耐力については三才児並みでしかない場合が多い。しかしそれでは不適格であり、リーダーは繰り返し繰り返し、語りかけなければならないのである。

第三は、リーダーは逃げないことである。完全にやり遂げない限り何もしたことにはならない。狙いどおりにいっていない、もう一度やり直そう、というべきである。

そして、ドラッカーは、リーダーの基本的責務の一つとしてバランス感覚を挙げる。

問題の第一は、長期的視点と短期的な視点のバランスをどうとるかということである。日常の運営のとりこになることなく、全体が長期的にどうなっているかに気を配ることが大切である。

また、第二に慎重さと性急さとのバランスである。これは結局タイミングの問題ということになる。性急な結果を求める人を制するのはやさしいが、三か月で考えるべきことについて三年も考える人を扱うことはかなり難しいようだ。

第三には、好機とリスクのバランスの問題がある。その決定による結果が元に戻せるものかどうか、可能であれば高いリスクを冒すことも可能である。間違いが命取りになるような決定に当たってはリスクを考慮して慎重になるべきだ。難しいのは冒さざるを得ないリスクであるが、これはリーダーの決断の問題であろうか。

そして、最後にリーダーシップとは、自らが任された仕事の結果に責任を持つことである。仕事に責任を持つということはまず結果を出すということであり、それが立派であったか失敗であったかはリーダーの責任である。それを他に転嫁することは許されない。そして、その前提としてリーダーは何かを為すことを求められているのである。よき意図や知識を成果のあがる行動に転嫁することがリーダーの責務なのである。そして、それは先の話ではなく明日からでも行わねばならない。それは可能な筈でありそれがリーダーの義務なのである。

上記においてドラッカーの説くところは、考えてみれば既に常識となっていることばかりと言えるかもしれない。しかし、ことがらとして自らにあてはめてみれば、若干反省の材料になる諸点もみられるのではなかろうか。

指導と〝機能の権威〟

昨年の暮れ近く、ある新聞で〝通達行政〟の在り方についての特集が行われていた。官庁と企業間の〝指導行政〟の問題である。〝強制力はないが従う企業〟という見出しや行政指導の在り方に問題ありとする識者のコメントも行われていた。指導は当然強制力を伴わない。しかし、指導を受けた方は、従来の関係や今後のことを考えてそれに従うということになる。往々にしてそこに公正さと透明性を欠くと指摘される所以である。

ここでいう〝指導〟とは何であろうか。「行政指導」については行政法学の課題の一つとして諸学者が取り上げ、今や概説書にも項目として上がっている。諸説の代表的なものとして塩野宏氏の説をみれば、行政指導は機能別にみて三つの区分がある。

第一は、規制的指導である。文字どおり相手方の活動を規制する目的で行うものであり、不都合あるいは不適切な考えや行為を是正するための指導である。

第二は、助成的指導である。情報を提供し相手方の活動を助成しようとするものであり、指導により付加価値を相手方の考え方や行為に与えるものである。

第三は、調整的指導である。複数者間の紛争の解決の手段としてのものであり、相対立する考え方や行為の調整のための指導である。

そして以上三者は相互に排斥的ではない。調整的指導と規制的指導が併用される場合もあるし、助成的指導と規制的指導が同時に行われる場合もあり得る。

そして、この指導の特色は第一にその非形式性にあり、口頭でも、文書でも、直接でも、間接でもその形式を問わない。さらに第二に当然ながら指導の受容如何の結果で直接の義務違反あるいは制裁措置の対象とはならないのである。また、第三として上記のような性格から指導は、簡便性、温情性、穏便性、隠密性、便宜性があるといわれているようだ。


ここで私は、〝行政指導〟に深入りするつもりはない。考えてみたいのは組織内部における指導の問題である。第一は、組織内部の管理者等の指導の態様であり、それらについて上記の行政官庁の指導の態様を参考として考えてみてはどうかという点である。

たとえば、学校という組織において、校長は「所属職員を監督する」管理者であるが、のべつまくなしに〝命令〟を出しているわけではない。学校管理においては、多くの場合、所属職員に対して、〝指導助言〟が行われている筈である。その指導は、内容や態様においてさきの規制的指導、助成的指導、調整的指導という趣旨で行われているのが通常であろう。これらは、当然ながら違反に対する制裁を伴う命令というような強制力を伴うものではない。その手段方法も文書や口頭等臨機応変に行われているものと理解したい。

問題は第二の点である。どのような場合、どのような内容条件での校長の指導が部下職員に受け入れられやすいかということである。この点は組織論の問題として諸説があるようだが、ここでは現代組織論の祖といわれるチェスター・バーナードの所説に拠り検討してみたい。

バーナードは、「権限」概念では抱摂しきれない「権威」の機能にまで視野を広げて組織を捉えている。まず、上位の者が下位の者に対して〝権威〟を持ち得るのは、下位者が上位者からの伝達を受容し、その伝達内容を実行する時であるが、このような権威には二種類のものがある。

一つは、指導者がすぐれた経験、知識、能力を持っていると認められ、それ故にその指示は賢明かつ妥当な指示であろうと推定され、服従がなされるときの権威である。これが「指導の権威」であり、「リーダーシップの権威」であり「機能の権威」である。この場合、その指導者の優れた能力と知識や理解力は職位とは無関係に尊敬をかちうるし、その理由において、下位者は組織において指導者の言葉に「権威」を認めることになる。なお、この「指導の権威」は組織上の上司がつねに部下に対して持っているとは限らず、逆に組織上の部下が上司に対して持っている事態もある。

いま一つは、指導が、組織上の上司からの指導であるが故に服従されるときの〝権威〟であり、これは「職位上の権威」ないし「地位の権威」とよばれるものである。この権威は、通常その職位にある人の個人的能力とは別のものである。その個人としては限られた能力しか持たないが、単に職位が高いためにその人の発言が優れているとみなされることがよくあるというケースである。

右のように〝権威〟には二通りの区分が認められるが、組織における上司が、地位の権威とともに機能の権威をも兼ね備えていることが理想の状態である。しかし、組織は常にそのような状態ではない。そして部下は上司を選べないのである。この点、種々問題が起こる所以だといえよう。

バーナードの考え方は、下位者の「受容」ということを大前提としている点で批判もあり、全面的に首肯しがたい点もあるが、上記の〝指導〟がよくその効果を発揮するためには、〝機能の権威〟が必要であるとする点はもって味わうべき分析ではなかろうか。バーナードのいう〝権威〟とは原義では orthority という言葉で表されている。

校長は職務命令を出す権限を有している。そして「職位の権威」を有する立場でもある。しかし、さきに述べたように毎日命令を出して学校運営を行っているわけではない。といって子供に対する父親の教育の如く背中で指導をするわけでもない。強制力のない規制的指導や、調整的指導を心がけておられる筈である。これらの指導が、部下教職員にしみ通るようになるには、まさに「機能的権威」「指導的権威」「リーダーシップの権威」を身に備えておられるからこそ可能になるということになりそうである。管理職ではなく指導職であるとされる学校の「主任」である方々の指導についても同様のことが言えると思われる。

さて、このような組織における「権威」が下位者に受容される条件とは如何なるものであろうか。

第一は、指導伝達が理解できるものであり、また実際に受ける者が理解することである。理解できない指導が〝権威〟を持ち得ないことは明らかであろう。

第二は、当該組織の目的と背馳する内容、即ち学校であればその学校の教育目的・目標と両立しえないような指導内容であれば受容しがたく、指導の成果は期待しえない。

第三は、指導内容が、受ける者の個人的利害全体と両立し得るものであることを要する。個人が組織へ貢献しようとするインセンティブは、人間である個人の満足というものを破壊しないものであることが前提である。

第四は、指導内容について、それを受ける者が精神的にも肉体的にもたえられるものであることが必要である。もし指導に従う能力を持たなければ、明らかに指導の成果は期待できない。

要は、校長や主任等が指導を行う場合、いずれも指導には以上のような条件を満たした指導の権威、機能の権威、リーダーシップの権威が必要だということである。職位の権威等というものは、人間の目でみればたかのしれたものだと理解したい。

〝大洋の提督〟の個性と適性

セビリアは「アンダルシアの華」だという。そこには、かつてアメリカから運ばれた金や銀で栄えた歴史が刻まれ、繁る街路樹にみられる落ち着いた美しい街並みがある。しかも、内外の人々を含めて生き生きとした表情を見せる街全体の輝きともいえる姿があった。

先年、セビリアを訪れたときの印象である。

世界で三番目に大きいという大聖堂《カテドラル》やそこにある風見の塔《ヒラルダ》もたしかに一見の価値があった。しかし、私が鮮烈なインパクトを受けたのは、カテドラルの奥の袖廊に置かれているコロンブスの棺《ひつぎ》であった。リアルな表情をもつ巨大な四体の立像にかつがれている棺の姿に、なまじの銅像等から受ける以上の強い衝撃を受けたのである。

「新世界」を発見したコロンブスは、矛盾に満ち、複雑きわまりない人間像を持っていたらしい。しかし、一面において極めて魅力的人物であったようだ。コロンブスは、大西洋西航の計画と実行の組織者であり偉大なリーダーであった。その多面的な人物像の内実を捉えるためには、一面的な銅像の表情よりも、棺をみながら考える方がよりふさわしいのかもしれない。

まず第一に、コロンブスは、「大洋の提督」としては抜群であったが、「インディアスの提督」としては失格であった。未踏の西への航路を勇気をもって航海し、新世界を発見したコロンブスの航海の統率者としての抜群の能力は誰もが認めるところである。ところが植民地エスパニヤラ島の統治者即ち行政官としてのコロンブスは、度々の部下の反乱を招き、現地人のインディオの統治においても確固たる方針を示せず混乱を招くこととなった。コロンブスについて優れた伝記を著したモリソンも〝コロンブス兄弟は行政官としては失格だったことを認めねばならない。断乎とした態度をとるべきときに気弱となり、見当違いなときに冷酷になった。インディオが搾取されるのを救えなかったし、スペインからの食糧をほうびや罰則に利用して、多くのスペイン人を離反させてしまった。〟と記している。(荒このみ訳)

第二にコロンブスは、不屈な精神力と目的達成への強い意思と忍耐力を持っていた。コロンブスが西方航海への意思を固め、まずポルトガル王に援助を求めたのは一四八四年であった。

〝クリストフ・コロンブスの墳墓〟アルトウロ・メリダ作，セビリア大聖堂蔵

それが受け入れられないこととなって、スペインへ赴き、イサベル女王とフェルナンド王にその計画を示し、種々の折衝を経て、両王とコロンブスの間に航海への合意協約書がとりかわされたのは一四九二年であった。当初の計画から八年の歳月が経過していたのである。多くの反対にも拘わらずコロンブスは、八年の間、計画実現への努力とその結果を勝ち取る強い意思を失うことはなかった。そして西への最初の航海において、求めるものにたどり着くまでは進路を変えないと決意し、視界から陸地が消えたあと放心状態の乗組員達に囲まれながら、断乎船隊を西の方向に向ける強い

精神力と勇気を発揮したのである。

第三にコロンブスは、優れた航海術、即ち熟練した航法の技術を持ち、また地理的な情報収集も怠らなかった。コロンブスは海の男としての熟練さと、科学者や海の男から等しく賞賛されている観察力を駆使して指揮をとった。そして戦略的には乗員に対して断乎西方への航海の立場を貫き、戦術的には乗員に不安を抱かせないよう限られたことしか知らせないような配慮も行っていたのである。

コロンブスはプトレマイオス、トスカネリ等の地図の研究のほか、当時の多くの航海者、船長等から西方への海の情報を可能な限りすべて集めることに没頭した。コロンブスは単なる冒険家ではなく技術と知識において第一級の船乗りだったのである。

第四にコロンブスはドン・キホーテ的誇大妄想的、瞑想的一面とともに、名誉と富を求める確固たる野心、そして事態への予測と用心深さ、自己防衛の策についての配慮も忘れない人物であった。

コロンブスとカトリック両王との間のサンタフェ協定において、両王は、コロンブスを大洋の提督に任命するとともに発見した土地の副王ならびに総督に任命することを約束し、その土地からの金、宝石等の十分の一を提督のものとすること、その地位と利益は相続されるものであることも保証した。これらはすべてコロンブスの要求を容れたものであり、コロンブスの要求の過大なことに驚かされる。

また、コロンブスに終始温かい援助を惜しまなかったイサベル女王との絆はまことに強いものがあった。その絆を維持し、彼を非難する様々な人物から自らを守るために、コロンブスは、航海の結果や新発見の土地の状況、そこから得られる物産の状況等についてこまごまと両王へ書簡の形で報告を行っている。両王の期待を裏切らないように配慮し、自らの行動の正当性を述べるその書簡の内容は詳細である。コロンブスが如何に用心深く、しかも自らの立場を擁護しようとすることに細心であったかは歴然としている。この意味でもコロンブスは単なる夢想的冒険家ではなかった。

第五にコロンブスは「ビロードの手袋」即ち優しさと温和さを有し、人道主義的な性向を有していた。コロンブスの最初の航海において、西へ行っても中々陸地にたどり着かず、乗組員達の不安が高じて謀叛に等しい事態が生じようとしたとき、僚船ピンタ号の船長ピンソンは、六人ほどの者を絞首刑にするか海に投げ込めば、と述べた。コロンブスは、それを押さえ、乗組員と何とかうまくやっていこうという方法を選んだ。この点でピンソンの「鉄の手」とコロンブスの「ビロードの手袋」のコンビが抜群の取り合わせとなったのである。この点敢然として決断の早い軍隊式のピンソンと頑固ではあるが穏やかなやり方を選ぶコロンブスの性格の違いがよく現れているといわれている。

このようなコロンブスの人物像について、『コロンブス正伝』を著したサルバドル・デ・マダリアーガは、〝勇敢さと弱さ、誇り高き心と卑屈さ、頑固さと捉えどころのなさ、鋭い観察眼と止まるところを知らない夢想、純真さと偽善、寛大さと貪欲さ、行動力と優柔不断、そして自我にとらわれながらの予言的な使命感、神の庇護への確信等を持っている〟と分析している（増田義郎等訳）。

しかるが故にコロンブスは複雑極まりない人物だということが定説となっているようだ。しかし、程度の問題はあるが、人間が持つ多面性ということは万人において当然のことであり、あえて異とするに足りない。それがコロンブスの行動の経過において逐一明らかにされ顕《あらわ》にされたに過ぎないと観ることもできる。

コロンブスのように複雑な性格を持つ人間の不可分的全体像が個性であり、その中には長所もあれば短所もある。近年、個性を伸ばす、個性を生かすということが盛んに唱えられ重視されているが、多かれ少なかれ私達は一人の人間として多面的で複雑な性格を持っていると言わざるを得ない。そして、複雑な不可分的全体像がその人の個性なのである。であるとすれば、言葉の正確な意味としては、個性の中の適性こそが重視されなければならない筈である。

コロンブスが、その個性の中で〝大洋の提督〟としての適性により新世界を発見したように、自らの適性を自覚し、それを磨き、生かし、伸ばすことがあらゆるシチュエーションにおいて大切なことなのではなかろうか。

リーダーシップ管見

湾岸戦争は、一面においてテレビ報道による戦争であった。とくに、地上戦に入ってから度々行われたブッシュ大統領の声明は、戦争への対処についての姿勢を的確にしかも強力に打ち出していた。そして、それは、抑制の利いた、しかし断固たる口調と抑揚で、内なるパッションを聞く人に感じさせずにはおかないものであった。そこで注目すべきは、内容もさることながら目であり表情である。この人々に訴えかけるスピーチという点では、内容は同じでもイギリスのメージャー首相のそれは遠く及ばない、といえば言い過ぎであろうか。

このブッシュ大統領についていえば、一九八九年一月二十日の就任演説をテレビで視聴した時の新鮮な味わいが忘れられない。ニューブリーズというキーワードが四回挿入されたこのスピーチは、各界で大きな反響を呼び当時種々のメディアでも詳細に取り上げられていた。私は、このたびの湾岸戦争で一日に何回となく繰り返される大統領のスピーチに接し、そのスピーチのスタイルとともに大統領のリーダーシップというものについて考えさせられたのである。

さきの大統領就任演説においては、〝リーダーシップを派手なドラマ、鳴り響くトランペットの音に見立てる人もいる。時にはそうであろう。しかし、私は、歴史を厚い書物のようなものだと考えている。そして、毎日われわれは、希望と目的をもった行為によって一ページずつを埋めていくのだ〟

というくだりが後半の部分にある。リーダーシップの強弱は時と場合によるという認識と、アメリカが直面する様々な事態に着実に責任をもって対処するという決意を述べたものであろう。しかし、high drama と sound of trumpet calling の事態は直ちに到来した。そしてブッシュ大統領は見事にそのリーダーシップを発揮したのである。

ここで私は〝sometimes it is that〟というフレーズで思い出すことがある。就任十か月後に起きたパナマ反乱事件の際、ブッシュ大統領については〝優柔不断〟のレッテルが専らであった。平成元年十月の朝日新聞の特派員記事では〝判断力と政治姿勢に疑念〟という大きな見出しがついていた。そしてニューヨークタイムズによる〝大統領は臆病すぎるという認識が固まってきた〟という論評も紹介されていた。これは、パナマにおける対ノリエガ反乱にアメリカが呼応しなかったという批判が底流になっている。当時、ベーカー国務長官、チェイニー国防長官、パウエル統合参謀本部議長は、それぞれ対議会の問題や反乱軍の信頼度、現地状況不分明等を理由として軍事行動に否定的であったらしい。これら三者は、湾岸戦争における立役者であり、テレビでおなじみであることは記憶に新しいところである。ブッシュ大統領は、〝侵略は敗退した。戦争は終わった〟という三月七日の勝利演説で、わざわざチェイニーおよびパウエル両氏の名前を挙げ、満場の拍手を促していた。シュワルツコフ現地司令官も、大統領が現地軍の見解を受け入れてくれたことに感謝すると述べた旨が報道されている。これらの点において、大統領のリーダーシップは決断の問題ではあるが、そこに至るプロセスでの補佐者との関係はまことに興味深いのである。

アメリカ政府首脳が下した意思決定に関しては、〝CRUCIAL DECISIONS〟という書物がある（首藤信彦訳）。著者である心理学者ジャニス教授は歴代大統領の決断のスタイルを事例としてあげている。レーガン大統領は〝早射ち〟決断が多く、殆ど何の協議も分析も審議も行わず、政策決定を手早くすませる傾向があったという。いわば受容的な姿であり、最後に要点メモを出した者の意見で左右され、前の決断がくつがえされることも多かったらしい。

フォード大統領は、ニクソンの恩赦決定という決断を行ったが、意思決定方式は相談や審議も殆ど行われず、〝大胆かつ劇的な行動〟として行われた。しかし〝白刃一閃、大上段にふりかぶり、あとは野となれ山となれ〟ということにもなっていたようだ。

アイゼンハワー大統領は、どんな報告も一頁以上は読みたがらないとか、説明も決まり文句を曖昧にくりかえすだけといわれているが、その意思決定のプロセスにおいては極めて的確であったと評価されている。たとえば、課題の基本的条件、言外の意味、コストと利益の測定、政治的分析等においてアイゼンハワーは、表面とは異なり、極めて高い政治的思考力があったということである。

ブッシュ大統領は、その著書、〝Looking Forward〟の中でリーダーシップの在り方について自らの見解を述べている。〝リーダーシップというものは、ただ意思決定を行い命令を下すということだけではなく、意思決定を行う前にあらゆる意見を聴くことだということを私は学んできた。自由社会においては、この方法によってはじめてリーダーシップは機能するものだ。……〟そして、他の人々の意見に対する寛容ということは、アメリカン・ライフにおけるあらゆる分野で大切なことだ、という内容である。

ブッシュ大統領は、ルーズベルト大統領とアイゼンハワー大統領を尊敬しているといわれているが、優秀な補佐官や司令官を配し、彼等を信用し任せるとともに手綱をぐっと引き締めていると評されている。その一例かもしれないが、二月二十八日の産経新聞は、「作戦は司令官まかせ、ブッシュ大統領、作戦遂行にプラス」という見出しの記事を載せている。ジョンソン大統領は、爆撃地点の決定にまで口を挟み、ホワイトハウスの地下指令室にまでよく足を運んだのだそうである。対比してブッシュ大統領は、作戦をそれぞれの担当者に任せていたという趣旨である。しかし、部下に任せたから立派なリーダーだというのは少々短絡的ではある。ベーカー等のおなじみの三人やスコウクロフト、フィッツウォーター等の人物はすべてブッシュ大統領が登用した人物であり、任すに足る人物だったからである。世の中には、補佐者が多くの場合当てがいぶちで、任せたくても任せられない悩み多きリーダーも数多い。大統領職は幸いなるかなである。この点で、ハロルド・クーンツの枠組みによれば、リーダーシップとは、Planning, Organizing, Staffing, Leading, Controlling のプロセスがあるということであるが、ブッシュ大統領は、Staffing においてまずそのリーダーシップを発揮していたといえよう。

クーンツは、リーディングの原則として、組織の個々の人々を組織目的に合一せしめること、動機づけを行うこと、個人目標を満足させる方途を講ずべきこと、コミュニケーションの明確性、首尾一貫性を心がけるべきこと等を大切なものとして掲げている。このたびの湾岸戦争についていえば、〝正義〟のための戦いであることを強調してヴェトナム後遺症を持つアメリカ国民の強力な支持をとりつけたこと、人命尊重を極端に強調して、兵士や家族の不安をできるだけ少なくするように努めたこと、戦争対処の方針についてテレビを最大限利用しその理解の徹底を図ったこと等の点で、まさにクーンツのリーディングの態様の典型であったと言えるのではあるまいか。

そして、湾岸戦争の戦争遂行のディテイルはこれから追々明らかにされることであろう。その経緯において、ブッシュ大統領のリーダーシップがどのようなものであったのか、その詳細が判明することを期待したいのである。

第四章　組織管理と個人

サンヘドリンの規定と集団思考

昨年来毎日の新聞報道で目につくのは、多党連立の政局における政治的意思決定のプロセスである。官邸と与党、与党間、与野党間のそれぞれにおいて、立場の異なる主張がどのように調整され、合意が形成されていくかという報道が多い。もちろん、合意が形成されないプロセスもある。各政党自体においても集団内部での合意形成が大変難しいようだ。これらのプロセスをそのままここで取り上げるのは若干場違いであろう。そこで、一般的に集団の意思決定と個人の問題として少し考えてみたい。

今から二十数年前、『日本人とユダヤ人』なる著作が洛陽の紙価を高めたことがあった。著者イザヤ・ベンダサンとは山本七平氏のことである。私はそこに記されていた「サンヘドリンの規定」の解説を興味深くみた。まずこの点を検討してみよう。

サンヘドリンというのは古代イエス時代のユダヤの国会兼最高裁判所のようなものである。七十人で構成され、モーゼ以来の律法の解釈と適用をその任務としていた。律法の新解釈では「立法」といえる機能を果たし、律法の適用に基づく判決を下すという面では最高裁判所でもあった。

そのサンヘドリンには明確な規定があり、〝全会一致の議決は無効とする〟と定められていたという。全員一致というのは、興奮によるものかまたは偏見に基づくものにほかならないということである。あるいは、全員が妥協しているのか、どうでもいいと無関心であるのか、それともどこからか強力な圧力がかかっているのではないか、等と忖度されることになる。サンヘドリンの場合は一昼夜おいて再審となるか、免訴という扱いになっていたようだ。

わが国でも最高裁の場合等、新聞報道で裁判官全員一致の意見であった等と報じられることがある。〝全員一致〟ということからいえば、人々はいかにも明々白々な当を得た判決であるかのごとく感じられるのではなかろうか。〝かのごとく〟という表現は不適切であるが、日本では、全員一致の議決は、最も正しく、最も妥当なものと考えられがちだということである。当時のユダヤの場合は全く逆で、その決定が正しいのであれば必ず反対者がいる筈だということが前提とされている。念のためいえば、最高裁の判決でも補足意見や少数意見が記されているケースも多いことは周知のとおりである。一般的に言って日本の場合は〝一人の反対もない〟ということに正当性の保証が求められ、多少の異議があっても無理に全員一致の形に持ち込むことに努力する例もままみられるようだ。

集団の合意形成における多数決は、少数の異論を含みながら多数意見を集団の意思とするものである。少数の異論との対比の上で多数意見であるという点で比較的正義に近くなるものとみなされるのである。全員が一致してしまえば比較すべきものもなくその正当性を検証することができない、という考え方がユダヤのサンヘドリンの規定の含意とされているというべきであろう。

関連して、山本七平氏は、日本では〝決議は百パーセント人を拘束せず〟という〝厳然たる法則〟があると述べておられる。政治過程においてはよく党議拘束ということが問題とされるが、その決定に反して一票を投ずる議員行動等が山本説の例になるのであろうか。しかし、私には、このことが山本氏のいわれるようにわが国において、〝厳然たる法則〟になっているとは思われない。組織の構成員の在り方の問題としては、やはり組織内部の決議の規範性はかなり高いというべきではあるまいか。

現今、会社、官庁や学校等においては、意思決定のため特定の集団が形成され、その機能発揮が求められている例が多い。その集団に権限があるかどうかはケース・バイ・ケースであるが、いずれにしてもそこでは、それらの構成メンバーの専門的知識、経験、創造性等の相乗効果により個人の意思決定より優れた結果が期待されているのである。しかし、この集団思考は常に優れたものとなるのであろうか。

かつてアメリカにおいて大きな話題となったリー・アイアコッカは、ヘンリー・フォード二世と対立してフォード社長を辞任し、一週間後クライスラー社の社長となって世の中をアッと言わせた。アイアコッカは、決めるときは果敢に意思決定をしたと述べ、部下からの報告はできるだけ聞き、情報も集めたが、自分の直観を大切にし、委員会の決定といえども取り上げないこともあったようだ。アイアコッカにおいては、〝皆で論議して合意で決めるのではなく、皆の意見を聴いた上でアイアコッカが決める〟ということなのである。この点で経営学者の富岡昭氏は、アービング・ジャニスの指摘する集団思考の落し穴ともいうべき事項を紹介しておられるが、若干アレンジして摘記してみよう。

一、同意への圧力。メンバーは他のメンバーに対して、集団の合意、集団の見解に対して同意するよう圧力をかける。メンバーの異論、考え方の違いは受け入れられない。

二、自己検閲。集団のメンバーは、集団と異なる意見を表明してはならないと信じ、あるいはそのように心理的に強制され、結果として個人的な見解や疑念は自分で検閲し、抑制して集団思考や行動を邪魔してはならないと考える。

三、完全無欠幻想と合理化。集団のメンバーが自信過剰となり、自らの集団思考は誤謬なしとの錯覚に陥る。その結果集団と違う考え方や反対意見を無視しがちである。さらに、集団での決定に固執し、それを独自に合理化しようとする。

四、全員一致の幻想。誰も集団の意見に反対したり、疑ったりしないので、集団の決定は全員一致で行われたと錯覚する。

アービング・ジャニスはケネディ政権の時のキューバ武力侵攻の失敗、ニクソン政権の時のヴェトナム戦拡大の意思決定等の克明な調査、分析を行い、よくまとまっている集団、結束力のある集団では、集団が個々のメンバーの思考に圧力をかけ、情報の検証を後まわしにして、間違った意思決定をしてしまう現象が起こると指摘している。これが集団思考（Group think）の落し穴といわれるものである。

古今、軍事では戦場において指揮官が臨機応変に一人で判断し決定するのが原則である。もちろん事前の作戦会議等もあるが、集団での討議は軍事でも保守的になりがちであり、個人の責任感を減殺させる点もあるからである。この点、さきの集団思考の落し穴に「責任感の喪失」という一項を重要な要素としてつけ加えておきたい。

上記の集団思考が持つ諸問題については、識者において、さもありなんと首肯される部分も多いのではなかろうか。

しかし、これらの〝落し穴〟に留意して問題点を克服すれば、集団思考は優れた意思決定につながる有用なものであることは疑いない。集団思考のメリットを大いに生かすためにもそのことがまさに求められていることなのである。

なお、上記のような集団による合意形成や意思決定の結果を組織としてどのように扱うかという問題が残る。組織における集団の位置づけと機能は千差万別である。具体的には、フォーマルおよびインフォーマルな組織問題として当該集団の性格がまず検討されなければならない。この点、政府の各種審議会等や学校の職員会議や各種委員会のこと等を想起してみたいのである。

〝集団主義〟と個人の輝き

所謂〝集団主義〟については、従来、教育関係においてあまり論議されたこともなく、したがってなじみのある言葉とも思えない。しかし、日本文化論あるいは企業の社会学的分析ではしばしばお目にかかる言葉であり概念である。たとえば、かつてエズラ・ボーゲル氏は、日本人の行動特性として集団主義が支配的であると述べ、個人は集団の利害を自分個人の利害に優先させること、また集団の目標を自己と一体と観るばかりでなく他の成員と喜んで協力すること、集団の一致した見解には心から応ずること、等がその内容だと指摘している。

学校組織も教職員の集団である。学校組織を考える上でこの集団主義ということを少し検討してみたい。

まず、集団主義とは何か。この点について間宏氏は、極めて興味深く野球と綱引を例として説明しておられる。

野球も綱引も集団競技だという点では同様である。仲間が一致協力して力をつくさなければ相手に勝つことはできない。両者が異なるのは集団と個人との関係および仲間同士の関係である。

野球は、チーム・プレーとして全員が協力しないと勝てないが、同時に個人個人が試合に際してどれだけの業績を上げたかがとくに問題となる。ここ一発で逆転勝利という時に四番打者がホームランを打てば、さすがということで称讃されることになる。そして、野球では個人の業績が実質的に評価できる体制にあるといえよう。

ところが綱引の場合は、とにかく全員が一致協力して力を出して勝つことで、その場合の個人の業績は判断しにくい。結果として勝てば全員がよくやったということになるのである。

成果の配分についても、野球では勝敗によって全体としてのチームに成果が与えられると同時に、個人の挙げた業績についても勝率や打率として成果が配分される。そこでは、集団の中で個人が自立しており、仲間同士は協力関係にあると同時に競争関係にある。

しかし、綱引では、チームあるいは全員が評価と配分を受けるだけであって、個人の業績に差を設けることは不可能である。とすれば、成果の配分は一律にならざるを得ないのである。いいかえれば、綱引の場合、個人は集団の中に埋没しており、仲間同士はどこまでも協力関係にある。

組織における職務と職場。そして、業績評価を上記の野球と綱引の例で考えてみるとどうなるであろうか。

欧米的組織では、そして、近年わが国での官庁、企業、学校等の組織では、職場での各職務の範囲は厳密に定められており、他の職務の人が自分の職務に入ることは組織上も職務遂行上もあり得ない建前になっている。個人の組織内での行動の内容と範囲、それに伴う権限と責任は、予め定められた職務と固く結びついている筈である。各職務は分業と協業の原理によって結ばれて、全体として一つのまとまりとなって組織体の活動となっている筈である。

ただ、組織の実態は必ずしもそのようには動いていない。わが国では、伝統的な集団主義という組織的人間関係によって職場と職務の関係は弾力的になっている。その場合、職務は一応の目安となってしまい、実情として個人は、その能力と行動の態様によって様々な姿をとりながら集団の業績達成のため努力することになる。わが国では、建前は野球であるが、実情としては綱引としての集団主義が支配的になっているといえるようだ。

次に、この集団主義における個人という問題で、欧米的個人主義との関係はどうか。欧米的感覚での個人主義は、どこまでも個人の努力と責任によって自己実現を図ることになる。自分自身に対して忠実であることが人間としての責任であり、忠誠は集団ではなく自分自身に向けられる点で集団主義とは異なる。ただ、この点、集団主義においても個の主張が全く無視されるわけではなく、集団を通して自己実現を図る面もあるというべきであろう。

このような所謂日本的特徴としての集団主義は、わが国古来の村長《むらおさ》や家長を中心とした運命共同体としての村や家の特色として伝わるものであり、現代でも大企業等において支配的な構図だといわれている。あるいは官庁においてもその傾向がみられるかもしれない。そして、学校においても、ということになるであろう。

そこで、わが国の大企業における〝集団主義的経営慣行〟というものを観ることにしよう。かつて尾高邦雄氏は、その特徴を次のように分析しておられる。

即ち、全人格的、生涯的な所属。集団全体に対する没我献身の義務。年功による地位の序列と集団における秩序の遵守。人の和と一致協力。権威主義管理（絶対服従）と参画的経営（合議制と稟議制）。そして、集団成員の全生活におよぶ温情主義配慮、がそのアイテムである。

そして、成員個々が集団全体の必要や目的のために努力し、能力を発揮する方法は、個人主義におけるように全く自由放任されることにはならない。集団主義の場合は、個々人の意図や努力は全体の目的達成のため正しく役立ち得るような形に統制され、限定を受けることになる、というのが尾高氏の結論である。そうでなければ、集団としての目的達成において、まとまりある力の発揮はとうてい無理だということであろう。

さて、集団主義と個人との関係についてもう一つの例をご紹介しておきたい。かつて花田清輝氏が論じておられた連歌の集団制作における個人の問題である。

鎌倉時代に始まり、室町時代に最盛期を迎えた連歌は、発句に対して次々に句を加えて発句とは別の境地を開いていく。それは、起承転々の結果、連句としての〝集団の独自性〟を発揮するところに特徴がある。

連歌師達は、集団の中に埋没して個人としての自分を放棄していたわけではなく、さらにまた、個人としての自己を主張し、集団を無視していたわけでもない、ということのようだ。

そして、花田氏は、さらにわが国の中世絵画論の中でも集団と個人の関係について論じている。

〝集団は個人を圧迫するであろう。……いかにも個人は、集団の中にあって単純化されるであろう。だが、その単純化の中に無限の豊かさがあるのは、個人が、個人として切り離されている場合には、殆ど気づかない――気づくことにさえためらっている、自らの正体が、集中的に表現されているからだ。〟というのがその要点である。

花田氏は、個人謳歌の風潮の中で集団の連帯の意義を唱え、集団の中にあってこそ個人の輝きもまたいやますことを訴えたかったのではあるまいか。

この集団主義に関する本稿のきっかけは、さきに公開された国旗・国歌をめぐる職員会議のやりとりをみたことによる。反対のための反対ともいうべき一部教員の単純思考回路の発言に校長や教頭各位の御苦労を垣間見た。そこには、集団主義のよき伝統のかけらさえも見られないのである。集団主義のすべてが是とされるべきものでもない。しかし、日本的集団主義の意義ある部分に着目し、この際、学校組織の在り方を一考してみてはということなのである。尤も、一部教員の自覚と陶冶性こそが先決問題だというべきであろうか。

帰納的新管理職像の素描

従来、管理職の在り方については、組織論や職務分析、あるいはヒューマン・リレイションの心理学的アプローチ等により、いわば理論的演繹的なものとして論じられてきた。それは、人々に、当為としての管理職の在り方について理解と受容を求めるという点で、もちろん意味あることであろう。しかし、実際に生きた世の中では、現実に求められている具体的な管理者像というものがある。その実情から帰納的に管理職の在り方を考えてみることもまた興味あるアプローチではなかろうか。

フランスの社会学者ピエール・ブルデューの著書『ディスタンクシオン』（石井洋一郎訳）では、「ル・モンド」紙に掲載された管理職の求人広告の内容が日付け入りで紹介されている。それは、わが国の求人広告ではまず見られない具体的内容であり、フランス企業が求めている新しい管理職像が端的に示されている。ただし、短期間の広告のため、管理職の資質のすべてを網羅するものではなく、また体系的なものでもない。しかし、求められている管理職像を感得するには大変面白い材料だと思われる。以下でご紹介をしてみたい。

まず第一は、トップレベルの折衝にたけていることである。つまり、あらゆるレベルの折衝に対する鋭い感覚の持主。駆け引きのできる人。高度な折衝・交渉のできる人。トップレベルの官庁や銀行との折衝に慣れているすぐれた交渉者。折衝や交渉活動の好きな人。問題を解決したり他人と接することが好きで弁の立つ人、等である。

第二は、社内交渉にもたけていることである。販売課長の場合であれば、販売部門と管理経営部門とを絶えずうまく折り合わせ、調停できる人。買い付け責任者の場合であれば、マーケティング部門と生産部門との関係を完全にコントロールできる人。要するに、顧客、販売スタッフ、管理部門、アフターサービス担当者、製造部門等相互の調整役となれる人、という例が挙げられている。

第三は、チームワークが好きで、権威の代わりに集団を活性化できる感覚を備えていることである。活動的かつ柔軟な性格の持主で、チームの中に溶け込むことのできる人。二十人のスタッフについて、それぞれをやる気にさせることができる人、等である。

第四は、創造性があり活動的な人である。チームを活性化し、組織することのできる活動的で創造的な人。企業精神および統合能力・団結心を持っている活動的な人。今後新たに輸出に乗り出そうとする企業それ自身と同様に、創造的で活動的である人、等が求められている。

第五は、若いことと転勤しやすいことである。たとえば勤務地の移動で、とくにアメリカ合衆国での勤務ができる人、という条件等がみられる。

第六は、多国籍企業の社員ならではの能力や姿勢を備えていること、あるいは国際取引に対する適性があることである。そのため、英語は絶対不可欠、というものがある。

第七は、次のような新しい学校を出ていること、HEC（国立高等商業学校）、ESC（高等商業学校）ISA（高等実業学校）の卒業生。またアメリカの大学でも学んだことのある人、という求人もある。

上記の管理職求人広告は、一九七三年七月の一週間の「ル・モンド」紙から取材したものであるという。

ブルデューは、一九八二年のさきの著書の中で、右の求人広告による管理職像は、十年を経てかなり変化しているように思われると記している。経済危機がむしろ旧式の指揮形態を復活させているとして、統率力豊かなリーダーであるとか、説明ぬきに物を言うことができる人物が再び浮上しているのではないか、ということがその含意のようだ。

ブルデューは、これらの管理職が有する価値観や趣味の傾向分析を詳細に行っているが、ここでは立ち入らない。私の関心は、新聞の求人広告に現れている管理職像そのものである。ブルデューが、ここで現れている管理職の資質・能力を「新しい管理職像」であると捉え、統率力のような管理職像を「旧い管理職像」だと述べている点は興味深い。ブルデューは、アンケート調査その他のデータを基礎として理論を展開する極めて実証的な社会学者のようだ。いわく言い難い〝統率力〟というような管理者の資質・能力は体質的に受けつけにくいものなのかもしれない。「説明ぬきで物を言うことができる人物」という例示等がその旧い例なのであろう。組織におけるヒューマン・リレイション理論以前の姿なのである。

そこで、上記七つの新管理職の資質・能力の問題をわが国の企業、官庁、学校等の組織に即して考えてみるとどうなるのであろうか。ここでは、学校について考えてみたい。

まず第一の点についていえば、現代社会の管理職はお神輿型では務まらないということであろう。多元社会の現代における組織は、それぞれあらゆるネットワークの網の目の中に織り込まれている。学校も例外ではない。学校管理職は、児童生徒、教職員以外に、父母、地域、行政機関、他の諸施設等との関係なしにその存在と活動はあり得ない。学校管理職にすぐれた交渉能力が求められることは当然であろう。

第二の内部調整能力についていえば、学校においても校務分掌があり、それぞれの役割の調整が管理職の大切な職務である。また本来的な児童生徒の教育についてみても、当該学校の教育目標達成のため教職員の協働を求める等、学校管理職に期待される責務は大きい。そのための調整能力の発揮が求められているのである。

第三のチームワークと集団の活性化という点、学校集団の一体的な職務遂行を担保するものは、まさに学校管理職のこの点に関するリーダーシップだというべきであろう。

第四の創造性と活動力の問題も学校管理者に求められている大きな課題である。現在、子供の創造性を育てる教育が求められているとすれば、まず学校がそのために自ら工夫して新しい教育の在り方を創造しなければならない。それが管理職の大きな役割なのである。

第五の若さと異動の問題については、まず、昨今全国的に校長および教頭の若返りが図られていることを想起すべきであろう。また、適材適所ということは組織において常に求められていることであり、人事行政でいえば、管理職もその勤務場所の配慮の対象となることは当然である。

第六の国際的感覚と能力が現代日本でも必須のものであることはいうをまたない。

第七の学歴という点は、いささか視点を変えてみる必要がある。学校管理職でいえば、求められているのは出身学校ではなく、管理者としての資質と能力ということである。国や各都道府県で行われている各種の研修や学校管理職の資格試験の存在ということがこの点に係わることなのである。

上記の広告による管理職像は、考えてみれば、それぞれ常識的なことかもしれない。しかし、かねて統率力というような実態のわかりにくい管理職論に食傷しておられる方々には、具体的で新鮮ではないかとの気持ちでご紹介をしてみた。指揮・命令だけに頼らない知・情・意に優れた帰納的管理職像としてみれば、かなり正鵠を射ているといえるのではなかろうか。

組織戦略のレーゾンデートル

わが国において、ＣＩ即ちコーポレート・アイデンティティが企業各社に導入されたのは昭和四十年代以降のことであった。とすれば、既に三十年近くを経過していることになる。その間、企業は、事業の多角化や国際化、イメージアップや社内の意識改革等それぞれの目的をもってＣＩの導入に努力してきた。そのコンセプトをＳＩ即ちスクール・アイデンティティとして学校改革に導入できないかということも課題であった。

しかし、現時点では、このＣＩの再考が論議の対象となり、企業活動の範囲や領域の広がり、その発展性の問題が企業の戦略論として討議されるようになった。たとえば、榊原清則氏は、この点で企業ドメインの戦略論を唱え、永井猛氏は、コミュニケーション戦略としてのＣＩではなく、経営戦略の出発点としてのビジネス・ドメインの明確化を主張しておられる。

企業も学校も病院もいずれも人間の集団組織であり、企業について論じられるドメインの問題は、学校についても同様にある。企業についてその発展のためのドメインの戦略論があるとすれば、学校についてもその改革発展のためのドメイン戦略があってしかるべきであろう。上記諸氏の企業ドメインの議論を踏まえて、この点を少し考えてみたい。

まず、ドメイン（domain）とは何か。企業や学校等の組織体は、自ら活動の範囲や領域を特定してその目的達成のために努力している。この活動の範囲や領域がドメインであり、その組織体の存在領域ともいわれている。

企業でいえば、その製品やサービス、対象としている市場や顧客層、地域等である。

学校についていえば、その教育・研究の領域と内容、対象とする学生・生徒の質と量、進学・就職先とそのリレイション等がドメインとして考えられる。

このような企業や学校の活動の範囲や領域をどのように考え、どのように改善していくか、というのがドメイン戦略論ということになる。

一例としてよく取り上げられているキヤノンの歩みをみよう。

キヤノンは、昭和八年に〝打倒ライカ〟を標榜して設立された。第二次大戦後その目標はほぼ達成され、一九六〇年から七〇年代にかけては、「右手にカメラ、左手に事務機」をスローガンに多角化を推進した。そして、一九八〇年代に入って「総合映像情報産業」として事業領域を拡大し、電子カメラ、カラー複写機、レーザープリンター等幅広い事業へとさらに多角化を図り今日に至っている。そして、今や各種の情報機器、通信機器、精密光学機器等で世界をリードする会社に成長することとなった。

このような成長企業の経営者や社長は〝会社はどちらの方向に進むべきか〟、〝どういった分野でどのような存在理由を発揮すべきか〟、〝そのためにはどのような事業分野に進出すべきか〟、〝どの事業は縮小すべきか、撤退すべきか〟、というような企業活動の範囲と領域即ちドメインを決定し、企業活動を展開してきた筈である。これが企業のドメイン戦略ともいうべきものである。他にドメインの例を挙げれば、日本電気はコンピュータ・アンド・コミュニケーションであり、ソニーは〝音と映像を記録する会社〟ということになる。

この所謂ドメイン戦略を学校について考えてみるとどうか。学校としては、〝わが学校はどのような人材養成の方向に進むべきか〟、〝教育のどの分野で存在理由を発揮すべきか〟、〝そのためにはどのような学部・学科・コースを準備すべきか〟、〝新規教育事業のため、既設の学科等の統廃合をどう行うべきか〟、〝新教育課程実施の力点をどこにおくべきか〟、〝教科か、道徳教育か〟というような学校ドメイン戦略をたてなければならないことになる。

以上のような検討は、ドメインという言葉でこと新しく論ずるまでもないことかもしれない。しかし、一寸気になる点もないではない。以前、ある地方の教育行政の責任者の方から聞いた話である。

小学校は義務教育であり、卒業生は自動的に中学校に入る。小学校教育は、安定しているといわれるが、中・高のように進学・就職で父兄や地域の評価にさらされる機会はない。ぬるま湯につかっていても校長や教員がつとまるという風潮は打破しなければならない、という趣旨であった。小学校においても、常に学校ドメインの問題を意識し、教育活動の在り方とその改善に努力しなければならないということである。中・高・大学についてもその必要性は同様であろう。

では、このようなドメイン戦略は、どのような立場で検討すべきであろうか。さきの榊原氏の企業ドメインに関する立論に即して考えてみよう。

まず、学校においても、ドメイン・コンセンサスということに配慮しなければならない。ドメインには他律的な面もある。学校側だけの意図で学校ドメインを決定すべきではなく、外部環境との連携とその中での学校の存在理由という視点でその活動の範囲や領域が検討されるべきである。要は外部環境との良好なコンセンサスが必要であり、学校ドメインは外部環境において受け入れられ、理解され、支持されるものでなければならない。ドメインについての自他のコンセンサスがなければ、当該ドメインは絵に描いたモチに過ぎないというべきであろう。

次に、ドメインは固定的なものでなく、変化を基調とすると理解しなければならない。近年の社会・経済の変化は著しく、将来もまたそうであろう。学校ドメインは、そのような変化の要因との関係で弾力的でなければならない。力点を置くべきドメインも各種の要因変化に応じて変えていくべきものである。

そして、学校ドメインは時間的、空間的に広がりを持たなければならない。社会的要因が変化するとして、学校ドメインはその変化をどのような時間的予測で捉えるかということであり、また、空間的にどのような範囲あるいは領域で考えるかということである。ただ、この点、時間的変化を予測しすぎれば安定性を欠くという問題もあり、また、空間的広がりが大きすぎれば焦点を欠く結果となる点に注意が必要である。

さらに、学校ドメインに関するシンクロニゼーションという課題がある。学校もすぐれて組織体であるとすれば、そのドメインの検討、決定において内的コンセンサスが必要である。そして、多くの構成員がそのドメインに同調し、協働することが必須である。一人一人がドメインについて基本的には個別に行動しながら、全体としては同調し一致した姿で学校活動が行われねばならない。結果としてみれば、それは、シンクロナイズド・スイミングの一糸乱れぬ演技となるということであろう。

以上、企業で検討されているドメイン戦略になぞらえて、学校ドメインの在り方のごく一部をみてきた。これらの内容は、教育課程の改訂、学校五日制の施行、教育世代の減少傾向等々の流れから、既に教育界で検討実施されている筈である。しかし、問題は人々の意識改革である。それぞれの学校のドメインとくにそのレーゾンデートルというものを基本にすえて、前向きに種々の改革、改善に取り組む姿勢というものが現在学校関係者に求められているのではなかろうか。

組織理解と個人の在り方

昨年の夏、新任教員の洋上研修に短期参加する機会があった。清新の気に溢れ、ときにバイタリティを発揮し、ときに節度を垣間見せる約四百人の新任教員の姿に、力強さと頼もしさを見たというのが実感である。

新任教員の人達も、教職に関しては専門的知識人であり、その知識を教育者として生かす場は組織としての学校である。そこでは、組織の一員としてその知識を生かしつつ自らの能力を発揮しなければならない。いうまでもなく現代社会は組織社会だといわれている。この際新任教員の人達も、組織一般あるいは組織としての学校というものの現実について一般的理解と認識をもつ必要があるのではなかろうか。

『断絶の時代』以来、わが国でも広く知られているアメリカの経営学者P・F・ドラッカーは、上記の点について、次のように指摘している。「今日の学校は、知識社会では殆どの人達が一人の構成員として組織において生きるという事実を未だに受け入れていない。教育を受けた者は、組織において成果を挙げることができなければならない。しかし、今日の教育制度は、生徒に対して、やがて彼らが生き、働き、成果を挙げていくことになる現実の世界に対する準備を何らほどこしていない。」（ドラッカー『新しい現実』上田惇生等訳）

現在の中学校および高校の教育においては、「人間の生き方」或いは「人間の在り方生き方」についての指導に重点がおかれることになっている。これらは道徳教育のカテゴリーとして捉えられているが、現実の社会生活においては、モラルに抵触しないでしかも必要な人間の生き方が求められる場合がしばしばなのである。その一つが現実の社会における組織の一員としての身の処し方であるといえるかもしれない。

より具体的にいえば、自らの考えを口頭あるいは書面で、簡潔に、単純に、明確に伝える能力、他人とともに働く能力、自らの仕事や所属する組織への貢献を方向づける能力、そして、何よりも自らの属する組織によって自らの信念や目的を実現し、自らの願望を達成し、自らの価値観を実現するという能力を身につけさせるということが大切なのである。要は、社会に巣立つ若者の多くが組織の一員として人生を送るという現実において、現代社会の組織というものを若者にどのように理解させればよいかということである。

組織問題は大きなテーマであるが、ここでは、学校組織と個人の問題の一端を取り上げてみたい。まず、組織とは目的的な機関である。組織は、その存立の一つの「目的」に集中してはじめて効果的な存在となる。学校も例外ではない。自動車教習所は運転免許の取得を目的としている。進学塾は有名校への合格を目的としている。学校はどうか。現在の学校は、現象的には少し多元的な「目的」を持ち込まれすぎているかもしれない。学校は、学校教育法や学習指導要領の基本線でその「目的」達成に集中すべきであろう。その場合は、地域、家庭、父母との関係で毅然とした姿勢が求められることになる。恣意的な目的の多様化は、組織が果たすべき成果の減殺を意味するからである。

次に、組織においては構成員の共通の目標が必要である。学校の果たすべき目的達成のため、個々の教職員全員が教職専門家として努力しなければならない。この当面果たすべき共通の目標が組織を一体化させることになる。当該学校の当面の共通の目標を個々の教職員が目標として自覚し、その方向で実践することが必要なのである。

また、学校の成果は、学んだことをその人生や仕事で生かす卒業生達の姿に具現化される。組織の成果は、組織の構成員一人一人の活動から常にかなり離れたところにある。数学なり国語なり、社会等の教科を教える個々の教員の活動と、各教科を学んだ児童、生徒の一人の人間としての成果を直接結びつけることは難しい。個々の教職員の学校教育への貢献は、組織としての学校の目的、目標に呑み込まれがちである。しかし、組織としての学校の成果は、個々の教職員の専門的な貢献なくしては生まれない。したがって、組織の一員としての教職員は、献身的にそして勤勉に組織の目標達成に努力しなければならない。

さらに、組織は人々を惹きつけ、人々を認め、報い、動機づけるものでなければならない。学校がそこに働く教職員にとってこのような組織であるとき、はじめて構成員としての教職員の生きがい、やりがいが生まれるということである。個々の教員は、学校の目的、目標に対する貢献如何で評価されるべきであるが、教職員は、学校組織において認められ、報いられ、動機づけられるとき、組織への貢献意欲が生まれるのである。

組織に魅力をもたせ、構成員の貢献意欲をかきたてるものは何か。それはマネジメントである。新任教員はじめ教職員の学校組織の一員としての在り方は、学校管理者の本来的な管理の在り方の裏返しの問題として考えることも可能であろう。そこで、組織管理者が本来的になすべき仕事というものを簡単に観ることとしよう。

第一は、諸目標の設定である。学校についていえば、当該学校の当面の目標とその達成に必要な諸活動を定めることである。学校管理者は、教職員とのコミュニケーションをよくすることによって、目標達成の必要性についての理解に努め、教職員から必要な貢献の努力を期待しなければならない。

第二は、組織することである。学校管理者は学級担任や教科担任を決めることで職責が果たされるわけではない。また特定事項について校務分掌組織を定めることだけが「組織する」ことではない。本来的な教育活動について、個々の教員が、より効果的に学校教育目標が達成できるよう、個別の教育活動に関する計画、決定、実施、評価について、組織的な、ネットワークを構成する必要がある。

第三は、コミュニケーションと動機づけの重要性の認識と配慮である。学校管理者は、教育活動の任に当たる人々を一体としてまとめなければならない。そのため管理者は、部下教職員とのたえざる接触により、よい仕事に対する教職員のインセンティブをつくり出すよう努力しなければならない。

第四は、評価を与えることである。学校管理者は、学校組織全体の成果と、各教職員個人の成果を明確にするよう努めなければならない。また管理者は、自ら業績を分析評価し、構成員に対してもそれを伝えるべきである。

第五は、部下構成員の育成である。学校には新任教員もいれば中堅教員もいる。教頭や主任等の管理、指導の立場の教員もいる。校長は、これらの人々の成長を助けるとともに、部下の隠れた才能の芽を伸ばし、教職員の資質と品性の向上に努めなければならない。

若者が社会人となって種々の組織に入る場合、組織の在り方に注文を出すことはまず難しいことであろう。組織はマネジメントの諸相で構成員の一人一人を組み込んでいく。新任教員は、組織の在り方を管理者と構成員の立場で理解するとき、自らのポジションと努力すべき方向がより鮮明になるのではなかろうか。

教職員の新任研修においては、このような学校の組織論という見地からの研修をより充実することが今後の課題ではないかと思えるのである。

組織管理社会の様式

先年、二つのテレビドラマが評判であった。一つは夜の〝信長〟であり、今一つは朝の〝おんなは度胸〟である。前者については、便乗して信長関係の書物が書店に沢山並んでいるようだ。信長のリーダーシップを論じたものも多い。恐らくそれらの内容としては、決断力や勇気、そして、人材登用や果断な行動力等々が取り上げられているのであろう。決断力は、ある意味では〝肚〟であり度胸の問題である。朝のドラマでいえば、種々の逆境の中で旅館の女将たらんとするヒロインの度胸と行動力に視聴者は拍手を送っていたのかもしれない。

しかし、現代の目でみれば、論者が信長のリーダーシップについて様々に論ずるとしても、それは所詮絵に描いたモチの如き感じがしないでもない。人格特性のエクセレンスについては成程と納得するとしても、それらと組織との関連性が欠けているからである。信長は組織者としてもオールマイティーであるが、現代社会での組織は所与のものである場合が多い。そして、現代社会でのリーダーシップは所与の組織の中でのリーダーシップなのである。したがって、現代社会でのリーダーシップは、組織論との関係抜きでは語り得ないのではなかろうか。

この点で興味深い討議が行われたのは、昭和五十年三月に文部省に置かれた「文明懇談会」の席においてであった。桑原武夫氏を会長とするこの懇談会では、日本の頭脳と目される二十人余の方々をメンバーとして、約一年間様々な討議が行われた。そこでは文明の諸相として十一の主題が取り上げられていた。それぞれ興味深い内容であるが、その一つが「組織・管理社会」であった。その際の報告者であった京極純一氏の所論を中心として、現代組織管理社会の特質とリーダーシップとの関係を取り上げてみたい。

まず現代が管理社会だという場合、誰が管理しているのかという点が問題である。京極氏は、その管理主体は三つあるとする。第一は国家あるいは官庁である。第二は勤め先であり、自分が所属している組織である。第三はメディア、即ち新聞でありテレビであり、さらに雑誌等のマスメディアである。ここでの問題は第二の勤め先としての組織であるが、人々はそこで働いて給料を貰い生活をしていく。その組織は個人の生涯を管理している。とくにわが国の場合の特徴としての終身雇用制のもとでは、人々は与えられた組織の中でいかに仕事をしていくか、さらにはそこでいかにリーダーシップを発揮していくかということにならざるを得ない。リーダーシップはこの現代社会の組織の在り方と密接に関わり、またそこでしかあり得ないというべきであろう。さきに、リーダーシップを様々な人格特性だけで論じても絵に描いたモチの感ありとした意味はこの点にある。

では、現代社会の組織の特徴とは何か。京極氏はそこに一つの〝文明問題〟があるとしておられる。即ち、現代の日本では、沿革的にみられる〝和風の組織〟と〝洋風の組織〟の長所、短所が交錯している現状ではないか、という分析である。

ここでの〝和風の組織様式〟とは、人による人の組織であり、上に立つ人は下に担がれながら〝よきにはからえ〟ということにする。そして、下の人々のコンセンサスにより和の精神により決定ができ上がるという仕組みである。上に立つ人は有徳であることが要件であり、下の人々はコンセンサスのため滅私奉公の姿で仕事に励むことになる。

次に〝洋風の組織様式〟とは法規あるいは権限による組織であり、優秀なリーダーが常に指令を出し、部下は分掌した仕事の範囲で給料分だけ仕事をする仕組みである。

上記での和風の場合は、明治以前、日本古来の社会組織でみられる姿であり、洋風の場合は、明治以降近現代の日本社会に導入されたものといわれる。

そして、現代はどうか。戦後わが国の社会は、この和風と洋風の組織の在り方が交配され雑種の組織になっているのではないかということである。

和風の場合のリーダーップの人格特性としては、大人物としての徳が要求される。温和で寛容であり、物わかりがよくて思いやりがある等、仁の要素がその要件であるが、決断と責任をとる姿勢も必須要素であろう。

ところが、多くの組織で上に立つ人は、いずれも学校秀才であり有能であって、よきにはからえとは言えない人達である。そのような秀才はえてして小人物であって徳には疑問がある。徳のないリーダーが、かつぐ気になれない部下に滅私奉公を要求するという図式になると組織の悲劇である。最近話題となった過労死等が問題となった会社の実態はいかがなものであろうか。

和風の場合、タテマエとホンネという伝統的なコンセンサスがあり、洋風の場合、プライバシーの点からノーコメントという個人の自由がある筈である。現代の組織が雑種として難しい組織になっているのは、上記の和風と洋風の美点がいずれも圧殺されているからではないか、という問題があるようだ。日本で洋式の組織が純粋に成り立ちにくいのは、ヒラのプライバシーに介入して面倒をみるのが人間のできたリーダーだというコンセンサスがあるからである。プライバシーについてノーコメントと言うヒラは可愛気がない奴ということになるのであろうか。

京極氏は、日本の文明の問題として、日本では精神的に自前で暮らす心理的能力がなかなか育ちにくいと述べておられる。お互いもたれ合いで誰かをかつぐのが日本古来の文明のルールであろうということである。そこに何々一家という組織ぐるみの連帯意識が生まれるのかもしれない。

ところで、現代の若者は、大学四年間で自由を謳歌した後、上記の如き牢固とした組織社会に入る。京極氏の表現を借りれば、戦前の軍隊ほどではないとしても〝足を靴に合わせろ〟という組織のしがらみに合わせなければならない。組織の〝靴〟のしがらみは洋風の明示のものもあれば、和風の目に見えないしがらみも厳然としてあるのが日本の組織である。そして和風のものがかなり支配的なのである。若者達は、先輩や上司との人間関係においてこれらのしがらみを自然に体得していくことになるのであろうか。

ここで話をさきの文明問題懇談会に戻せば、組織に関する京極氏の分析報告に対しても様々な意見が示されている。桑原武夫氏は〝靴〟もレディーメードではあるがいろいろサイズがあるのではなかろうかと述べ、井深大氏は、ルールとか秩序は絶対必要であり、洋風も和風も上手に中へ入れてそれを運用していくというところに世の中があると発言しておられる。ソニーは、あるいはそこが大変うまくいって大会社に成長したのかもしれない。

さて、以上のようなわが国の組織・管理社会の特質を踏まえた上で京極氏は、和風の組織様式の長所を再評価してはどうかとしておられる。しかし、この点はいかがであろうか。現代社会は価値観と行動様式において多元化の時代である。そのことはとくに若者の世界において著しい。組織の在り方もこの見地から再考されるべきではあるまいか。私達世代が過してきた組織社会はまさに京極氏が指摘される通りのものであった。しかし、これからの組織では、個人の自由とプライバシーというものの尊重という姿がより求められているのではなかろうか。そして、純粋に機能組織としての組織論においてリーダーシップが考えられるべきではないかとの感が拭えないのである。

組織コミュニケーション成立の要件

「無人の森で木が倒れたとき、音は存在するや」。これは、様々な宗教の神秘論者達が昔から問いとしてきた難問だという。

正解は「否」である。音波は存在するが、音波を知覚する者がいなければ音は存在しない。音は知覚によって作られるからである。

P・F・ドラッカーは、上記の例を引いて、コミュニケーション成立の要件は受け手にあることを強調している。

マネジメントにおけるコミュニケーションの問題は、組織管理学の祖といわれるC・I・バーナード以来、組織論、マネジメント論の中心的課題として種々討議されてきた。組織管理の三要素としての〝組織目的〟、〝協働貢献意欲〟、〝コミュニケーション〟の中で、バーナードがコミュニケーションを中核的要素と位置づけていることは御案内のとおりである。

バーナードは、コミュニケーションの成立条件として下位者の受容ということを重視し、そのためには、まず何よりもコミュニケーションの受け手である個人がコミュニケーションを受容し、実際に内容を理解できることが第一の条件であるとしている。

他者との意思疎通という広い意味でのコミュニケーションの問題は、企業、官庁、学校、病院等あらゆる組織での共通の課題であり、これまでにも広範な研究が行われている。ここでは、そのごく一部分、一断面ということで、バーナード、サイモンの系譜につながるドラッカーの「情報とコミュニケーション」と題する講演（上田惇生等訳）に依拠しコミュニケーションの受け手をめぐる若干の問題を取り上げてみたい。

まず、ドラッカーは、冒頭の森の木の倒れる音の知覚の例により、コミュニケーションとは知覚することだということを第一の要件とする。コミュニケーションの送り手は話をし、物を書く。しかし、送り手としては、受け手である者に知覚されることができるかできないかということが問題である。この場合、受け手側の知覚能力が問題であり、受け手側の知覚能力の範囲をこえるものは全く知覚させることはできない。もしその範囲をこえていれば、物理的には耳に達し、視覚的に目に入るかもしれないが、その意味が理解され知覚されることはない。その場合コミュニケーションは成立していないといわねばならない。

この点についての例として考えられるのは、プラトンの『パイドロス』の中でのソクラテスの言葉である。「誰かが〝鉄〟とか〝銀〟とかいった語を口にするときは、すべての人が同じものを心に思い浮かべるのではないだろうか。しかし、それが〝正しい〟とか〝善い〟とかいった語だとしたらどうだろう。めいめいが人によって考えを異にし、そしてぼく達は、お互いその意味を論じ合い、さらに自分自身でも、なかなか一定の見解をもつことができないのではなかろうか」（藤沢令夫訳）。

要するに、コミュニケーションを行う際は、その手段が何であれ、まず受け手の知覚の範囲内にあるか、受け手が理解してこれを受け取ることができるかが問題なのである。

次は、コミュニケーションは、〝期待することだ〟という第二の要件である。

人間の心は、印象や刺激を受けると、既に持っている期待の枠組みの中にそれをあてはめようとする。期待されていないものは目に入らないか、聞こえないか、無視されるということになる。学識ある諸術の巧みな著名な講師の講演会に集まる人々、大学教授でその講義の内容方法に定評があり、その講義には他大学からも聴講者が無許可で集まる場合の学生達、いずれも期待に胸をふくらませている筈である。この場合、講演会の講師あるいは大学の教授は、話を聴く人々が何を期待しているかを予測しなければならない。この場合、話を聴く受け手の期待と話をする送り手の予測が一致するときコミュニケーションが成立することになる。受け手に期待されていないものはそもそも知覚されないということであり、目に入らず、聞かれないか、無視されるか、誤解されるかということになるであろう。この点では、組織における上司と部下、学校の教師と学生・生徒、政治における政党の政策と国民一般との間のことを考えてみたい。尤も、コミュニケーションは、常に相手の期待に迎合することだけでよいとするわけにはいかない。コミュニケーションは、受け手の期待を予測し、知ることがまず必要だということであり、その上で、受け手の期待に沿う部分、受け手の期待の修正を求める部分、受け手の期待を間違いとして指導する部分、の弁別ができなければならないということである。

コミュニケーションは、関与することだということが第三の要件である。コミュニケーションは、常に何かを求めることであり、受け手が何かを理解し、何かを行い、何かを信ずることを期待し、受け手の考え方、価値観、行動様式、人格について何らかの影響を与え、結果として送り手の期待する方向への変化を求めて行われる。即ち、受け手のこのような変化への関与がコミュニケーションの意味合いであり、コミュニケーションの成立は、送り手と受け手の精神的つながり、価値観の共有、相互の感情移入、共感というような相互関与の問題なのである。組織内コミュニケーションの問題は、単なる雑談、社交的会話は別として、このような人間個人間の相互関与の問題として考えられなければならない。

第四の要件は、コミュニケーションと情報とは全く別のものであること。しかし、情報の前提にはコミュニケーションがあるということである。

コミュニケーションは、知覚に基づく人間と人間との関係であるが、情報は、人間的情報、価値観を含まず、人間関係を含まない。情報は個別的であるが、コミュニケーションは全体像の知覚である。ただ、たとえばコンピュータにおけるデータの記憶処理は、情報の受け手がそのデータ情報の意味を知り理解していることが必要である。そして、そのためには、事前のデータ情報に関するコミュニケーションが必要である。国立教育会館では高校転入学情報をコンピュータによって個別利用者に提供しているが、転入学情報の入力にあたっては、利用者の期待に応えるべく情報のコード化を図ることとした。転入学情報の利用者の期待と理解と利用を想定して利用者と会館側との事前のコミュニケーションを行い転入学情報コードを設定し、利用者に提供しているのである。

組織管理論の問題としては、コミュニケーション成立の本質的要素が受け手の側にあることを大きな問題として考えなければならない。動機づけ、意欲、自発性等のモラールの問題として考えてみれば、有効なコミュニケーションの成立において下から上への方向性が必要となる。その意味では、官庁、企業等の稟議性のシステムも一面においてすぐれたシステムといえるかもしれない。

現代社会の多くの組織では、情報の氾濫とともに人間関係におけるコミュニケーションギャップが随所にみられる筈である。組織構成員のそれぞれにおいて、組織目的の理解、組織からの期待、組織への貢献についての役割、自らの責任等についての知覚を求め、しかるのち組織内コミュニケーションの円滑な成立を図ることが上記ギャップを解消する近道だというべきであろうか。

階層社会における器量とレベル

ピーターの法則というものがあるようだ。階層社会にあっては、その構成員の器量に応じてそれぞれ incompetence のレベルに達する傾向があるということである。南カリフォルニア大学のローレンス・J・ピーター博士の同名の著書（田中融二訳）により組織管理の問題として考えてみたい。

世の中の組織はとみれば、軍隊をはじめ官庁も企業も協会も学校も凡そ組織のあるところすべてが階層社会である。政界も当選回数や役職等でしかりというべきかもしれない。

このような階層社会の構成員は、責任を果たしていく能力のある地位から、それができなくなる地位へと昇任させられていく運命にある。そして、時が経つに従って、階層社会のすべてのポストはその責任を全うし得ない人々によって占められるようになり、仕事はまだ incompetence のレベルに達していない構成員によって遂行されるようになるという。

これがピーターの法則といわれるものである。上記の〝すべてのポストは〟とする点は少し極端だと思われるが、あるポストで極めて有能であったが故に上位のポストに昇任した人が、必ずしも新しい上位ポストで有能に仕事を遂行できるとは限らないということであろう。この incompetence という言葉については〝無能〟という訳語があてられているが、むしろことがらとしては〝不適格〟という語感の方が妥当かもしれない。

また、上記の場合、仕事が下位ポストの有能職員によって遂行されるということは、古来わが国の方式でいえばオミコシに乗るということである。

この点については、リーダーシップにおける御神輿の問題として京極純一氏の興味深い分析がある。途中ではあるが対比の意味でみておきたい。

日本古来の和風の組織においては、上に立つ人の条件の一つとして「不肖、浅学非才、はからずも、何分よろしく頼む」というタイプがあり、これがリーダーの一つの在り方である。

下の人間は「不肖、浅学非才」と自称しているそのひとを〝かつぐ〟ことにするが、具体的な決定に関してはかつぐ方で決めてしまうことになる。実質的権力は下の方に分配され、分配されたところでコンセンサスにより決定ができ上がり、〝和〟が保たれることになる。官庁や大企業では各セクションの合議《あいぎ》により決定案が和によってでき上がる場合が多い。日本の組織でももちろんワンマンが出現する場合はある。リーダーの統率は、御神輿とワンマンという両極の間のどこかに収まるということになりそうだ。

上記についてピーターの法則の場合は、上に立つ本人が自らの incompetence に気づいていないケースのようであるが、日本古来の御神輿スタイルのリーダーは〝自称〟であって、上も下も本人が incompetence だとは思っていない。両者の違いは、無意識的と意識的という点にあるといえるかもしれない。尤も、日本古来方式のリーダーの中にも〝自称〟ではなく文字どおり浅学非才の人物がいることは現実である。しかし、そのような人物は、下がその気になりさえすれば御神輿としてはドスンと落とされることになるだけであろう。

さて問題は、人々が incompetence のレベルに達している例はどのようにして起こるのかということである。一回か二回昇進して、新しい地位でも引き続き有能レベルを維持する人は多い。この場合は更に次のレベルに昇任することになり、この昇任が繰り返される。ピーターの法則は、その繰り返しによって人は遂に incompetence のポストまで押し上げられてしまうということのようだ。

そこで、教育に関してピーターの法則を当てはめるとどうなるか。

まず教員の場合である。ドロシーは、大学時代は有能な学生で優等で卒業した。彼女の場合、教科書と指導要領と時間割が絶対の拠り所であった。ただ問題は、規則や先例がないことにぶつかった場合であった。たとえば、水道管が破裂して教室の床が水びだしになった時でも、校長がかけつけてくるまで彼女は平然と授業を続けていたのである。

化学の教師であるビーカーは、講義と実験指導で大いに生徒を啓発していた。やがてビーカーは理科の教科主任に昇任したが、そうなると主任として種々の実験装置や器具を購入したりそれを記録し整理する仕事が加わることになった。この点でビーカーの incompetence は掩うべくもない事態となった。たとえば、バーナーは買ったがガスの配管には気がつかなかったというようなケースがしばしばだったのである。

ラント氏は、教頭として有能に校務を切り盛りしていたのでやがて校長に任命された。やがて明らかになったことは、地区の教育委員会や地域の関係諸団体とのリレイションという点で、ラント氏は全く手腕を発揮できないということであった。専ら校内のことに忙殺されていて、結果として地域の役職もすべて断り、地元の支持を失うことになったのである。

スペンダー氏は、校長としてまことに有能であった。やがて地域の教育長に抜擢されることになった。ところが、スペンダー氏は教育財政のことには全く資質も関心もなかったことが不幸の始まりであった。教育と財政との関係を教育的に配慮することができなかったために当該地域のコンピュータ教育は他地域に比し著しく後れをとることになってしまったのである。

上記の例は若干カリカチュアのおもむきがあり、ガスの配管を忘れる等必ずしも現実的ではない。人事上昇任を検討する場合は、現状の実績だけで判断されるわけではなく当該人物が新しいポストの職務を遂行できるかどうかについて十分検討される筈である。この点を無視しているピーターの法則は少し割り切りすぎているが、incompetence の問題は学校社会においても例外ではないことをピーター博士は言いたかったのであろう。

ところで、日本の学校における特色の一つは明示の落第という現象がまずないということである。それは大人社会においても不適格や無能による免職または解雇がないことに通じているのであろうか。あるいは逆かもしれない。いずれにしても極めて濃厚な年功序列主義と温情主義が支配しているのが日本の組織社会なのである。厳密な評価が働きピーターの法則が適用されるとすれば、組織社会においても落第や留年があり得る筈であろう。尤もわが国でも、昇進して窓際に行った場合や、所謂祭り上げといわれるような位は上位だが権限はない職務についた場合は、本人自ら落第したと自覚せよということになる。このことは大方のコンセンサスになっているようではあるが……。

しからば、どう対処すべきであろうか。昨今教育界では、児童生徒の自己教育力の育成ということが大きな課題だといわれている。この点私は、前提として議論すべき大きな教育課題があると考えているが、ピーターの法則の適用を免れるためには管理者にとって自己教育こそが必要だということになりそうである。その前提として自らを知ることも当然必要なことであろう。要は新しい仕事の認識と頭の切替えの問題である。考えてみれば、新教育課程の重点とする主体的対応ということをまず自らに当てはめることが必要だということではあるまいか。どうやら私達の年齢世代にとっては少し遅すぎることかもしれない。

組織トップの虚と実

近年、種々の不祥事に起因する企業トップの辞任が大きく取り上げられている。その事由は様々であるが、形としてはトップの自発的引責退任という例が多い。しかし、取締役会で突然解任動議が提出され、本人の意にかかわらず解任される場合もある。近い例では、事前に本人以外の取締役全員による退任勧告が行われ、やむなく本人が辞任の意思を表明するというケースもあった。

現代日本社会の企業組織については、タテ社会であり年功序列型であるとの指摘があり、集団主義、合意尊重主義、官僚主義等、「日本型組織」の特質をもっているともいわれている。その内容と由来は何かということも問題であるが、上記のように社長が退任を迫られるというケースを見るにつけ、近世幕藩体制における大名家の「主君押込《おしこめ》」の慣行が対比として想起されることになる。笠谷和比古氏の『主君「押込」の構造』等の著作によれば、近世大名家における意思決定は必ずしも君主専制ではなく、家老・重臣層の合議制による意思決定が君主を制約していたと指摘されている。また、藩の行政においては階統制と分権分業のシステムがあり、稟議制や諮問・答申の方式による意思決定も行われていたようだ。

この近世藩組織の主君と家臣の組織関係の姿は、現代社会における組織トップのリーダーシップを考える上で少なからず参考となるであろう。笠谷氏の分析に依拠して少し検討してみたい。

まず、「主君押込」とは何か。大名家即ち藩において、藩主に悪行、暴政等の不行跡がある場合や君臣間に政治路線の対立がある場合等、まず主君に諫言を行い、これが聞き入れられないとき、家老・重臣層の手で藩主を監禁し、改心困難であればこれを隠居せしめ新藩主を擁立していくというものである。

一例として岡崎藩水野家の七代藩主水野忠辰《ただとき》の例をみよう。忠辰は、人事の刷新と重臣層に対抗して政治改革を推進するため、中士層以下の家臣を抜擢して側近を固めていった。このことは、当然譜代重臣層との軋轢を深めたが、忠辰はこれら家老職にある者を相次いで罷免し隠居を命じたのである。しかし、家老・重臣達は一斉不出仕で抵抗し、遂に忠辰は折れて側近を解任することになる。宝暦元年（一七五一年）十月、忠辰が居間に出た時、家老、年寄達が忠辰の面前に並び「御身持ちよろしからず、暫くお慎み遊ばざるべし」と宣告し、目付らの手で忠辰の大小の刀を取り上げて座敷牢に「押込」たのである。藩では幕府に忠辰病気と届け出て、分家の第二子忠任を養子として家督相続を行っている。

この例等、なんと現代企業の取締役会における社長解任のケースに似ていることか。ただ、このような「押込」のケースもさることながら、その背景にある大名家即ち藩組織の意思決定権限の所在とそのプロセスの方がむしろ興味深い。

まず、近世大名家においては、大名君主の権力は強大ではあるが必ずしも絶対ではなく、近世における藩政の確立期である寛永頃になると、それまでの主君および側近による家宰的藩政から複数家老の合議体制で運営される例が多くなったという。主君の下での家老合議制という姿は、現代の社長と取締役会という構図を連想させるものがある。当時強力と目された藩主の権力は、藩という政治機構の中に包攝されたときに制約を受け、意思決定に関しては名目的な部分が多く見られる事態であったようだ。このことは大きな組織の宿命というべきことかもしれない。組織としては、近世における身分制社会においてすら成員個々の衆議というものを無視するわけにはいかなかったからである。具体的には、主君が何らか新規の政策や人事を行おうとするときは、家老以下の家臣団と協議して合意を取りつけるという手続きが必要であった。それを行わない場合、家臣団との緊張や軋轢を生じ、「押込」の事態も予想されていたことは上記の例でみたとおりである。

大名家における藩政の意思決定の事態がこのようなものであった場合、その手続き、プロセスはどうなっていたかというのが次の問題である。

現代社会の官庁、企業等の組織における稟議制のシステムは、意思決定の手続きとして不可欠なものとなっている。このシステムは近世の藩組織にも厳として存在していたようだ。

たとえば、租税の赦免問題の場合等、代官―郡奉行―勝手掛り家老という順序で指図を仰ぐことになる。この場合、単に指図を仰いでいるわけではなく、下位役人の側で当該問題の処置についての「判断」を具体的に示してその実施の了承を求めるという形で上級者への伺書が上がっていくということである。

この制度のメリットとしては、下部・末端の意見や提案が尊重されること、成員が意思決定に主体的能動的に参加することが可能であること、現場の意見や改善案が日常的に組織中枢に伝達される仕組みであること等が挙げられている。これらのメリットは、現代社会の組織における稟議制度のそれとして置き換えることも可能かもしれない。この点に関しては近世以来の長い伝統という点に驚かされるのである。

さらにもう一つ意思決定に関しては「諮問・答申型」というものがみられる。藩の財政問題のような実務的知識を必要とするような問題については、家老がこれを財政担当の役人たとえば「御勝手元〆役」等に「諮問」し、その「答申」に基づいて問題が処理される形が多かったという。これまた、現代の官庁、企業における会計課長や財政部長の役割を想起させるシステムなのである。

なお、上記のような藩組織の意思決定においては、そのプロセスとして「話し合い」がよく行われたという。厳しい身分制社会の当時において「話し合い」が行われたこと自体は評価されるべきであろう。しかし、家臣には階層レベルがあり、それぞれ個人の発言の重みは形式的に平等ではない。身分階層の序列に応じての「話し合い」への参加であったようだ。現代社会の組織においても「話し合い」は随所にあるが、その実態は若干胡散臭い点もある。「話し合い」による意思決定は必ずしも和の精神に基づくものではなく手続きに過ぎない場合もまま見られるのである。現代社会に多く見られる「話し合い」についても職務階層のポジションの差に基づく形式的平等ならざる力関係が働いていることを前提として考えるべきであろう。

さて、以上のような近世大名の藩組織における意思決定の姿は、私達に何を示唆するのであろうか。まず、組織におけるリーダーシップは、当然ながら専制やトップダウンが全てだと誤解してはならないということであろう。近世において「押込」られた藩主達は、当初、恣意的に側近を固めて自らの改革路線を強行しようとした例が多いということも示唆的である。そして、稟議制等にみられる組織成員の考え方や判断の尊重ということが当時大切にされていたことも考慮されるべきである。いくら立派な人でも人間一人の考え方には限度があると自覚することが前提かもしれない。そして、紙幅の関係で触れられなかったが、足高制等による当時の人材登用のシステムにみられる組織運営の形式主義と実質主義の見事な調和ということ等も一考に値すると思われる。いずれにしても近世は、日本型組織の点で現代に意外に近いというべきではあるまいか。

伝統的諸価値と個人の生き方

かなり以前のこと、岩波のPR誌〝図書〟に〝一月一話〟と題する飛びきり面白い連載が行われたことがある。古今東西、和漢洋にわたる硬軟の題材と歯切れのよい文章で筆者の学識のほどが推測されるものであった。ところがその筆者は淮陰生となっていて、後に一部が一書になったときも筆者はそのままとなっていた。

この点、恐らく岩波と縁の深い哲学者にして語学の達人であるという河野与一氏ではないかと誰しも考えるところであろう。しかし、ある人が直接河野氏に聞いたところ、河野氏は言下に〝あれは中野好夫君ですよ〟とお答えになったという。〝一月一話〟の内容と小気味よい語り口から中野好夫氏ならではのものと目下納得している次第である。

この〝一月一話〟には、〝小股の切れ上がった女〟とか〝風刺小咄二つ〟、あるいは〝政治家が金を貰うとき〟、〝百年前の北方領土問題〟等興趣つきない話題があるが、その中に一七世紀イギリスの好事史家、ジョン・オーブリーの豆伝記集に触れた一文がある。そして、このオーブリーを日本に詳しく紹介したハーバード・ノーマンのことも記されている。中野好夫氏は、ノーマンがオーブリーを紹介した一文の翻訳者でもあった。

ノーマンは、オーブリーについてまず次のように述べる。

〝中世と近世の中間にあるあの薄明の中に、われわれは一個の人間の像を認めることができる。その像の陸離たる光彩とその輝ける精神は、あくまでも色褪せることを知らないもののようである。その人間こそ、あの奇妙にして愉快なるイギリスの文人ジョン・オーブリー（一六二六〜九七）、その人にほかならないのだ。〃（中野好夫訳）

一七世紀当時、国王の処刑、共和制、王制復古等激動の時代に生きたオーブリーは、同時代に生きた多くの人々の証言により、チョーサー、シェークスピア、ミルトン、ホッブズ、トマス・モア、ウォルター・ローリー、ベイコン等を含む百数十人の名士の小伝を書き残した。ノーマンは〝イギリスの伝記文学におけるオーブリーの地位を脅かす者は今のところ一人もいない。ボズウェルによって地位を奪われたということもできないであろう〃と記してオーブリーを高く評価している。

そして、ノーマンに触発されたとしてこの〝名士小伝〃の一部の訳書を出された橋口稔氏もオーブリーを〝伝記文学の本質を確実に把握したイギリス文学史上最初の文人〃と呼びたいと記しておられる。

少し前置きが長くなったが、上記訳書から二、三の具体例をみたい。

まず小伝として一番長く記されているトマス・ホッブズ（一五八八〜一六七九）についてである。オーブリーはホッブズに敬愛の念を抱き、交遊もかなり密であったようだ。『リヴァイアサン』の著者として今に名高いホッブズが幾何学に目を向けるようになったのは四十才になってからだという。そして、〝ホッブズ氏は、寝床にいてシーツや自分の腿《もも》に線を引いたり掛算や割算をしたものだと自ら語るのを聞いたことがある〃と記している。また、『リヴァイアサン』の書物の執筆法については、〝たくさん散歩をして思索する。その時杖の頭にペンとインク壷を仕込んでおき、ポケットにはノートブックを携えて、ある考えがひらめくと忘れないようにその場でノートに記す。あらかじめ書物の章節の構成は立ててあるからその考察がどこにあてはまるかはすぐわかる。このようにしてあの書リヴァイアサンは出来上がったのである〃と述べている。

さらに、〝ホッブズは、哲学や政治学の問題についてはひねくったり結び合わせたりまるで化学の分析に取りかかるようであった。〟そして彼は、〝午前中に思索し発明案出すると鉛筆で書き留めておいて、午後はそれらを整理編集していた〟という。

なお、〝調和のとれた心の持主なら、女嫌いになるのは辻褄に合わないし良いお酒を忌み嫌う筈もない……。彼は若い頃でさえ酒と女については概ね節度を守った。自分が度を過ごしたのは百回ほどだったと思う、と語るのを聞いたことがある。彼の長寿を考えると一年一回以上にはならない。……〟というものもある。

次は偉大な哲学者にして同時に科学の先覚者であったフランシス・ベイコン（一五六一～一六二六）についての断片である。

〝ホッブズ氏は、卿の死の原因はある実験を試みたためだ、と私に話してくれた。〟ベイコンの頭に、〝動物の肉は塩蔵と同じように雪の中に置いても保存できないだろうかという考えが浮かんだ。〟ある日、ベイコンは馬車を下りて手ずから雌鶏に雪を詰めて実験を行ったが、それがもとで風邪を引いて、二、三日後ついに亡くなった、とオーブリーは記している。ノーマンは、このベイコンの死因についてのオーブリーの文章はつとに有名なものだと述べている。

さらに「失楽園」を書いたジョン・ミルトン（一六〇八～七四）についてである。〝ホッブズ氏はミルトンの知友ではなかった。ミルトンはホッブズ氏を嫌っていた、しかし、才能あり学識ある人とは認めていた〟とオーブリーは記している。そして、ミルトンについて、〝失楽園を書いている間、秋分になると頭が働きはじめ、春分になると頭が働かなくなった。これが四・五年続いた。〟とあるのはどういうことであろうか。

最後にデカルト（一五九六～一六五〇）。これは中野好夫氏も〝一月一話〟で紹介しておられる話である。

デカルトは〝大変賢明な男だったから、妻を娶って煩わされるのを好まなかった。しかし、やはり男性であって男としての欲望はあった。そこで好みに合ったそして、よくしつけられた美しい女性を身近に置いていた。その女性によって二人か三人の子供を儲けた。これだけの頭脳の父親から生まれた子供達が十分な教育を与えられなかったのは残念なことである……。〟

上記はオーブリーの名士小伝のほんの一部である。ノーマンによれば、オーブリーは、イギリス最初の本格的考古学者であり、その故に一六六三年学士院会員にも選出されているという。オーブリーの小伝には、ゴシップのたぐいや日常些事に類するものがかなりみられるが、それによって〝名士〟の個性が生き生きと表されていることも事実であろう。しかし、ノーマンがオーブリーを評価しているのは、このような些事の記録という点からではない。オーブリーの小伝が、〝種々の価値が固定化され、個々の人間が伝統的な諸価値に応じて分類されていた時代から、個人に、個人の特殊性に、教養に、習慣と趣味に、私的生活と隣人との交友関係に、最高の価値が与えられた時代〟の伝記となっている点にあると思われる。オーブリーは、伝統的諸価値で歴史上の人物を一義的に評価することの危険性と、評伝、自伝のたぐいは余程心して読むべきことを教えているのかもしれない。この点は、教育における歴史上の人物の扱いにおいても十分心すべきことではあるまいか。神でない人間の一生で、生まれてから死ぬまで誤りなき人生を送りうる人などいる筈がない。この点たとえば、晩年の東郷元帥の言動をもってその全人格を否定し、特定の価値観により日露戦争における元帥の役割までも不問とするような言説を聞くにつけ、人物評価の難しさを感ずるのである。

会議モダノロジー序

その昔、モンテスキューは、「最も偉大な人の脳みそは、たくさん集まると収縮するらしい。賢人が大ぜい集まるところに限って賢明さはない。」と述べたという。モンテスキュー等を持ち出すのはいささか面映ゆいが、これは、朝日のパリ特派員をしておられた小島亮一氏がその著書で紹介しておられた。出典の記載はなかったが、私の頭のどこかにそのことが残っていた。その後、何かのはずみで、「ペルシャ人の手紙」をみていた時、第一〇九の手紙の中で、はたとこの文言に行きあたったのである。正直、失せ物が見つかったような気分であった。

小島氏は、一九五五年の巨頭会談について、賢者の会議の非生産的結果かくのごとしという文章で引用しておられた。賢者とは、アイゼンハワー、ドゴール、フルシチョフ等のことである。三人寄れば文殊の知恵であるが、だからといって、会議は須らく凡人の集まりが良いという逆説もいただきかねる。しかし、モンテスキューの話は、会議の本質の一部を言い得て妙という面があるのではなかろうか。

会議は相手あっての話である。演説ではない。話のとっかかり、切り口も相手次第である。賢者が考えていることの十分の一も意を伝えられないことがあろう。加えて、彼此相補う効果も期待できないときは、会議の意味奈辺にありやということになる。尤も、政治的会議の場合は、意識的に出し惜しみをし、沈黙は金に徹している場合があるかもしれない。

会議の持ち方、運び方、効果的発言の仕方、成果の収め方等に関しては、既に巷間いろいろな書物がでているようだ。それはそれとして、少し限られた話として、まず公刊された書物から実際の会議の例を観ることとしたい。

一つは、ある大新聞の論説委員会議のことである。大楕円形のテーブルで正午すぎから始まる。S氏はメンバーの一人である。「文化大革命は花盛りだが、新聞は美化していないかなァ」とまず発言。みんな黙っている。ややあってQ氏が、「S君、働かざる者は食うべからずですヨ」との前置きから諄々とS氏をたしなめた。S氏は反論する。ところが、誰もS氏に反論も茶々もいれない。座は白けた。S氏は社交術として馬鹿話に話を転じた——という風景。

次は、テレビ・ラジオの大放送局の解説委員会の様子である。その夜のニュース解説について午前の委員会で討議される。著者Y氏は、専門分野の異なる委員から様々な意見や質問が出ると書いておられる。しかし、具体例として挙げられている例はといえばそうでもない。衆議院議長が、所謂問題発言で辞任された時の解説が議論となり、担当の著者Y氏の説明の後、ややあって、一人の委員が述べる。「選挙の結果、社・共両党が進出したからといって、何も議長の調整役としての役割の重さが増えたというものでもないと思うが。」との論旨。Y氏の論調は当然その反対である。他の委員は何も発言せずシーンとしている。委員長に促されてY氏は自説で良いと思う、と発言すると、委員長はそれで良い、と判定した——という風景である。

恐らく、以上二つの事例はタマタマの例であろう。論説委員会や解説委員会は、喧々囂々もっと活発であるに違いない。ただ、私がこれらを引用したのは、共通して、誰も発言せず、座がシーンとなってしまった、座が白けた、という会議でよくある例がまことに良く現れているからである。おまけにいえば、後者の例で、南極と北極位違う立場の意見が、委員長の一言であっさり決着をみていることに驚いた。

ここで、私は、昭和三十年代半ばに、洛陽の紙価を高めたパーキンソンの法則を思い出すのである。パーキンソンは、「議題の一項目の審議に要する時間は、その項目についての支出の額に反比例する」という法則を掲げている。そして、たとえば、原子炉の一千万ポンドという見積りについて、その工期、工事方法等が議題であった場合、議長を含む十一人の委員のうち、四人はそもそも原子炉の何たるやを知らず、三人は何のためにあるかを知らない。二人だけがどれ程費用のかかるものであるかを知っている。ただ、二人のうちA氏は若干慎重論を述べるが、記録しておいてくれればいいと言い、B氏はダンマリである。委員長は、本当は良くわからないが、反対がないので承認の決定を行う。その間二分半である。

ところが、職員のための自転車置き場を作る三百五十ポンドの見積りが議題になると、俄然議論は白熱し、決着を観るに要した時間は四十五分であった、ということになる。

さきのわが国の例では、メンバーは、政治部、社会部、科学部、家庭部等専門家の集まりであるようだが、二つの事例の議題は、金額は別として、パーキンソンのいう原子炉のたぐいのような難しいケースと観るべきなのだろうか。

パーキンソンは、さらに、三十人のメンバーがいる会議は、その性質を変えることは既に知られたことだと述べている。これは私もたびたび経験したところである。会場の両端で私語が始まり、発言はマイクで演説となるからである。しかし、そうなっても、社会ではこのような会議が必要であることも現実である。その意味をどう理解した上で会議を持つかということであろう。

それでは、会議の構成メンバーの最適値は何人であるかが問題となる。この点パーキンソンは、会議の性質にもよるが、三人と二十一人の間にある筈だという。その理由は、英国の歴史的経緯として、クラウン・カウンシルもキングズ・カウンシルも、そして、枢密院も、いずれも二十人を超えたところで衰退の兆を表しているからである。内閣の人数は世界で言えば、二十人以下が圧倒的に多い。

また、パーキンソンは、会議の非能率係数という数式をあみ出しているが、その変数の要素として、平均年齢、年長者三人の平均血圧、議長の忍耐度、外部の圧力団体から影響を受けている人の数等を挙げている。数式となると眉唾であるが、なるほどと思う人は人生の達人かもしれない。

そして、再びモンテスキューに帰ることとしたい。「ペルシャ人の手紙」第一〇九は、大学について論じた内容である。さきの賢人に係る文言についで、次のように書いている。

「大きな団体というものは、つねにささいなことがらや、くだらぬ慣習に大いに固執するので、肝要な問題はいつもあとまわしになってしまう。アラゴンのさる王様が、アラゴンとカタロニアの州議会を招集したところ、はじめの数回の会議は、討議は何語で行われるかを決定するために費やされたそうだ。論争は活発だった。それで、質問はカタロニア語で行い、返答はアラゴン語で行うという方便を思いつかなかったとしたら、議会は何度となく中断したことであろう。」（井田進也氏訳）

この例によって、モンテスキューは、暗に大学の賢人の方々のことを言いたかったのではあるまいか。州議会がこのようであることは当然のこととしてである。ペルシャ人の手紙が出版されたのは一七二一年のことだそうであるが、今から二百六十年余の昔である。にもかかわらず妙に生々しい感じがするのはなぜだろうか。巷間、某大学の人事の会議の模様等がドキュメンタリータッチで当事者から発表されているせいだけではなく、凡そ会議というものの性格の一端を示しているとも思われるのである。

しかし、会議は大切である。意思を伝達してコンセンサスを得、文殊の知恵を出し、モラールを高める等様々な性格を持ち、それなりの役割と機能を果たしている。現代社会でこの会議から逃れるわけにはいかない。その場合当事者としては、会議が、人間の手から離れて、デュカスの〝魔法使の弟子〟の箒にならないように、事にあたって細心の心遣いが必要なのではあるまいか。この点、しかし、細心の注意を払って会議をコントロールしようとすること自体が、不可思議な会議に魅せられた悪しき魂の所産であって、所詮会議を論ずる資格のない人物にほかならない——と言う声も逆にどこからかきこえてくるのである。

一九世紀人間模様と現代

一九世紀前半を生きたフランスの小説家バルザック再評価の声が高いという。昨年の秋、新聞紙上で飯島耕一氏は、「ところで何故、今、バルザックなのだろうか?」と問う一文を書いておられた。論旨は必ずしも明快に理解できるものではなかったが、「バルザックは塩だ」と述べているプルーストのこと等が紹介され、また、バルザックの没年が馬琴や北斎とほぼ同年であるところから、「〝北斎漫画〟や数々の浮世絵の江戸の男女をみていると、〝人間喜劇〟の男も女も生々躍動する人間絵模様を連想せずにはおられない」と記されていた。

私はバルザックの熱心な読者ではないが、バルザックは比類ない観察眼で一九世紀社会の様々な人間模様を書き出しているようだ。その中には、「役人」という小説や、「役人の生理学」という作品がある(いずれも鹿島茂訳)。

一九世紀半ばのフランスの官僚制は、当時、王制等の体制の変革にかかわらず微動だにしない確固たる地位を保っていたという。

「役人」という小説では、局長の椅子をめぐり、上下の当事者達とそれぞれの夫人をもまきこんでの虚々実々の人間模様が描かれている。そこでは主人公であるラブルダン課長の「行財政改革案」が詳細に述べられており、その改革案と具体的な人物批判の内容が小説展開の重要な要素となっている。

また、「役人の生理学」では、当時の官僚制の階層の中での試補、書記、秘書官、課長、局長等を個別に取り上げ、それぞれの役職での人間としての相貌と行動パターンが分析されている。

では、具体的にはどうかという例を取り上げてみたい。

役職に関してバルザックは、まず「課長」について述べる。官僚機構においては、一般に、四十ないし五十を過ぎなければ課長のポストには到達しえない。そして、殆どすべての課長が役人の階梯を一段ずつ登ってきたのである。課長になる者は必然的に勤勉でなければならない。

しかし、いずれにしても課長は、理論の中に可能性を、実践の中に不可能性を見てきたし、約束とは正反対の結果をしばしば目撃してきた。彼らは何ものも信ぜず、また一方ではどんなこともありうるとたかをくくり、そして、何ごとも半ば諦めきった心境で課せられた任務を実行するのである。

役人というものは、下っ端から課長まで、それぞれひとかどの意見を持っており、一つの脳の命令で動く手足ではない。即ち、全員が政府の考え通りに働くとは限らないのである。彼らが政府に反対する意見を述べ、反対の投票を行い、反対の判定を下す可能性もないわけではない。

そして、バルザックは、官僚機構の世界では、何か改革案があっても、絶対に見つからないように水面下の根回しをさんざん行ってからでないと実行には移さないものである、と記している。

このバルザックの考えは、小説「役人」の中でより詳細に敷衍されている。ある省の四十歳になるラブルダン課長は、自分が内々に立案した大胆な行財政改革案を実行に移そうとしており、ラブルダン夫人は夫を局長にしたいという願いから社交的術策を講じようとしているところから話は始まる。話の筋は別として、ここでは、バルザックの考えの反映でもあるラブルダン課長の改革案なるものを観ることとしたい。

当時のフランスの官僚機構は、非能率を恒常化し、小人物だけで組織を固めるという悪習を固定化していた。しかし、大胆な人間が官僚機構をさしおいて事を運ぼうとしたり、その愚劣さを告発しようとしたりすると、たちまちよってたかってその手腕家を押し潰してしまう状況にあった。当時、各省は、役人一人当たりの俸給を減らして定員を増やすことにしていた。状況として、エネルギーというものは活動要因の数が少ないときにのみ得られるという法則が忘れられていたのである。

そこで、ラブルダン課長は、雇用する人数を絞って俸給を二倍あるいは三倍にし、恩給を廃止するという人員削減の行政改革案を立案した。そして、若手官僚を登用して高い地位と大きな名誉を与え、長期間在任させることも改革案の柱とした。この計画は予算全体にかかわり、行政組織の末端にまで関係して組織の統廃合を伴うこととなる。

まず七省庁は、三省に統合することとする。海軍省を陸軍省に、商務省、警察庁、大蔵省は内務省に統合し、法務省、宮内庁、内務省の芸術、文学、助成各部局は外務省に所属させる。かくすれば、大臣も七人から三人になる。当然、定員も減少し、機構維持の予算も減額されることになる筈である。

次に、財政改革については、所有財産に課税するかわりに大衆消費財に課税することとし、すべての徴税を一本化することとする。ラブルダンによれば、消費財こそ平時における唯一の課税対象であり、土地課税は戦時にそなえてとっておかなければならない。戦争は土地を守るために行うものだからである。

さらに、ラブルダンは、酒税、耕作税、営業税という三種の租税で莫大な収入をあげうるとした。耕作税とは葡萄園の耕作についての税であり、営業税とは小売業の営業免許に課税するものである。ラブルダンは、これらは貧者を苦しめるかわりに金持ちを襲う税であるとしている。

そして、タバコと火薬は国家の監視のもとに公社に請け負わせることとし、さらに国家は、今後森林も鉱山も開拓地も一切自己の所有としないこととする。ラブルダンによれば、国家は国有地を有効に活用する術を知らないし、また国有であればそこから租税を徴収することもできないからである。

さて、以上のような行財政改革についてラブルダンは、その実施のため、役人版サン・バルテルミーの虐殺にならないようにと二十年の準備期間を置くこととしていた。聖バルテルミーの虐殺とは、一五七二年八月二十四日、カトリーヌ・ド・メディシスの命令により、旧教徒が三千人余の新教徒を多数虐殺した事件である。

ラブルダン課長は、上記の改革案を密かに立案してその実現が可能となるチャンスを待っていた。ところがこの改革案が部下デュトックの手によって盗み出されたことから騒ぎが始まり、局長のポストを狙うもう一人の課長ボードワイェとその夫人、ラブルダン夫人もからんで小説は複雑に展開する。結局ラブルダンは局長になることなく辞表を提出して小説は終わるが、理由は改革案の故ではなく、ボードワイェ夫人を中心とする人間関係の陰謀からであった。

この作品について訳者の鹿島茂氏は、近代社会を成立させている最も重要な要因である官僚組織をその発生の時点で捉えたものと評価し、バルザックが行った分析が百五十年の射程をもって今日の社会にまで届いていることに注目すべきだと述べておられる。

また、バルザックの「社会生活の病理学」を訳しておられる山田登世子氏は、「バルザックの新しさ」について、その認識のダイナミズム、バルザックの現代性、資本主義社会の富と毒を描ききったリアリスト、等の諸点を挙げて高く評価し、バルザックのテクストは常に新しい、と記しておられる。

本稿で御紹介した内容でどこが現代的であるかはこの際曰く言い難い。その後のフランス官僚制の推移と現状にも関心があるが、一面で幻視者といわれるバルザックのリアリストである所以を上記の中で考えてみたいのである。

弁論と話術の教程

証券会社の損失補塡に関する不祥事は、国内のみならず海外にまで様々な問題を提起している。ここでその内容についてコメントする立場にはないが、ある新聞で〝商人道の修辞学〟〝保身の修辞学〟という見出しや記事が目についた。〝商人の心というものがある、商人の心は重く、揺れた〟という証券会社トップの発言や、〝認識がない〟とシラを切る、あるいは渋々認める、狼狽するという企業側の発言を指してのことである。

ここでいう〝修辞学〟とは何であろうか。恐らく、言いつくろい、巧妙な言い逃れ、厚顔なごまかしというニュアンスを含み、真実や真心がないまやかしの表現だと揶揄する気持ちがこめられているのであろう。

しかし、ギリシャ、ローマ以来の伝統的修辞学というものは、表現と説得の技術であった筈である。決して言い逃れやごまかしの技術ではない。片や一般投資家を無視し、片や〝商人《あきんど》の道〟等とあげつらうことは、本来の修辞学とは何ら関係のない話なのである。

どうやらレトリックあるいは修辞学というものは世の中でもいろいろな慣用があるようだ。言葉巧みに丸め込まれたとき、あれはレトリックに過ぎないという言い方もある。新聞もそのような使い方に便乗したものであろうか。しかし、これでは〝ギョエテ〟と言われたように、修辞学が気の毒なような気もするのである。

レトリックの歴史は、弁論術としてギリシャにはじまるという。それは、法廷における口頭弁論の技術であり、政治における市民への説得のための雄弁の技術であった。ここでのレトリックは、表現と説得の技術であり、その内容を〝弁論術教程〟として教科書にまとめたのがローマの弁護士であり修辞学教師であったクインティリアヌスだという。樺山紘一氏の紹介によってその内容をみよう。

第一は　創案　論述の目的と素材を明確にすること
第二は　配列　目的に従って素材を順序正しく並べること
第三は　表現　現実の言葉で個々の論点をあらわすこと
第四は　発声　実際に声を出して効果的に発言すること
第五は　想起　聴衆の心の底にその論述が受け入れられること

このローマで集大成されたレトリックの理論システムについては、佐藤信夫氏がキケロの説明を紹介しておられる。〝弁論家の手だてや能力いっさいは五つにまとめられる。即ち、まず、しかるべき論題を見つけ出す。次には、それを順に並べるのではなく、それぞれの議論の重要度に応じて配分し、識別眼をもって配列する。それから、それに弁論として衣裳を着せ、飾る。そのあとで、それを記憶の中に保存する。最後は気品高く魅力的に実演することだ〟

佐藤氏は、ここでの〝飾る〟ということは、相手の心に訴えるように印象的に表現するという意味に理解すべきだと述べておられる。なお、クインティリアヌスの教程における第三の〝表現〟ということが、狭義の修辞ということになるようだ。

いずれにしても、キケロ以来の伝統的修辞学は、創案され、配列され、表現され、論述される口頭の技術であったということである。〝表現〟がその核心部分ではあるが、興味深いのは〝想起〟という階梯である。発声により表現された論述が聴く者の心理と理解にどのような効果をおよぼすかということであろう。表現上の工夫も聴く者に受容されなければ意味がないということである。

たとえば、〝青年の主張〟や学生の弁論大会、あるいは選挙における演説が多くの場合パターン化して、聴く者の心に訴えるところがないのはなぜが。〝想起〟の点で欠陥があるからではなかろうか。ある小学生が〝今日の校長先生のお話は良かった〟というのでよく聞いてみると、〝話が短くて良かった〟ということであったとの話がある。常々の校長講話は小学生の心に訴えるものではなかったのである。

とすれば、話にいかに〝説得力〟と〝魅力〟を与えるかという古来の伝統的な修辞学の技法は、現代的にも検討に値することではないかとも思えるのである。

さて、それでは、話の〝説得力〟と〝魅力〟とはどういうことであろうか。冒頭で触れた金融・証券業界の不祥事に関連していえば、〝ヴェニスの商人〟のシャイロックの言説等がその一例となり得る。

シャイロックは金貸業である。シェイクスピア当時の英国においては、金利というものに対しては道徳的嫌悪感があったという。だから劇中のキリスト教徒アントーニオーは金利をとらないで金を貸していたことになっている。〝ヴェニスの商人〟も、金利で儲けるユダヤ人の金貸業者を蔑み憎むキリスト教社会の風潮が前提とされていたらしい。したがってシャイロックは敵役であり悪役なのである。にもかかわらず、シェイクスピアの筆によるシャイロックはまことに生き生きとしている。具体的にはその科白に当たっていただくとして、このシャイロックの言説は、シェイクスピアがユダヤ人を擁護しているのではないか、と思わせるほどの強い語調、巧みな修辞であると中村保男氏は指摘しておられる。ことのよしあしは別として、それほどに〝魅力〟と〝説得力〟があるということではあるまいか。

ところで、私は、必要もあって昨今できるだけ講演会やシンポジウムに出かけることにしている。長時間の講演会は疲れるし、忍耐を要する。しかし、それは当方ばかりの責任ではない場合もある。要は如何にして魅力的に聴く者にきかせるか、内容において満足感を与えるかということであり、講演や講話の魅力と説得力の問題だと思う。自らを省みて言あげすることに忸怩たる思いがあるが、クインティリアヌスの五教程の問題なのではなかろうか。

この点、現代においても、口頭による弁論や論述や話術の重要性が認識されてしかるべき所以であるが、残念ながらわが国の学校教育の教育課程ではレトリックの教育は無きに等しい。一九世紀までのヨーロッパでは、たとえばフランスの中等教育ではレトリックが必須科目であったという。アメリカでは今でもSpeech for Effective Communicationというようなスピーチその他に関する教科書があるようだ。問題は、言葉の効果的な使い方を学んでいない〇×の人々が俄に先生になって児童生徒を教えるということである。

外山滋比古氏は、かつてすぐれた話し方をするような教師を訓練することの必要性を説き、生徒には大切なことをしっかり耳で聴きとる訓練が大切だと説いておられた。話し方が拙劣で聴き方がなっていなければ、教育の在り方を百万遍となえても絵に描いたモチなのである。外山氏は、文章はいわば絵画的空間であるが、耳できく言葉はいわば音楽的空間であり多元的空間を持つと捉え、それをまとまりのあるものと感じるのがレトリック感覚だとされる。少々難しいが、いずれにしても表現と説得の技術としてのレトリックあるいは修辞学というものに若干の関心を向ける必要があると思えるのであるがいかがであろうか。

社会組織と長幼の序

昨今、政治の世界でも世代交代の動きが加速しているようだ。党・内閣の主要ポストをめぐり、派閥内部のヴェテランと若手政治家間の確執も報じられていた。ものごとには、順序というものがある、ということである。

かつて三島由紀夫は、〝長幼の序について〟ということで、フランス一九世紀の批評家サント・ブーヴの一文をまず取り上げていた。

「齢不惑を越えた高名な多くの人々の間に、失敗や脱線や狂気のさたや卑劣な行為を見るにつけ、ぼくは思う。向こうみずや気の早さはあるが、青春というものはやはりまじめで聡明なものだ。方向を失って軽薄なものになってしまうのは、かえって人生の後半においてだ」

三島由紀夫は、齢不惑四十歳をこえて、この一文の持っている深刻な意地悪さに気づいたと記している。そして、人は、成熟ないし発展ということが何ら約束されていないところに恐ろしさがあり、われわれは、いかに教養を積み、知識を積んでも、それによって人生に安定や安心が得られるとは限らない、と述べている。

はじめの政界の話は、齢不惑をこえた〝若手〟の方々と、さらにそれを上廻る年輩の方々とのお話であり、上記サント・ブーヴの言説と直接の関係はない。

ところで、今、何故に三島由紀夫かということである。私の手もとには、昭和十九年十月の処女出版『花ざかりの森』がある。この一書は、戦後まもなくの頃、倉敷市の古書店で偶然入手したものである。そして、文壇登場の『煙草』以後、『金閣寺』の頃までの三島由紀夫の華麗な活躍に注目していた。社会に出てから十数年はその作品から遠ざかっていたが、昭和四十五年の衝撃的な自裁に瞠目することとなった。晩年の三島由紀夫の思想と行動については未だに理解に苦しむ点が多い。

しかし、三島由紀夫が戦後のわが国を代表する文学者であることは疑いない。近代能楽集等を評価し、むしろ劇作家としての才能を推す方々も多い。そして、三島由紀夫が極めて明晰な批評眼をもつ人物であったことも事実である。

長く三島文学を拒絶してきた中国では、平成七年九月、三島由紀夫国際シンポジウムが開催されることとなっていた。国際評価を背景に、「反動」扱いを一転させて〝感動の質〟を議論しようということなのである、ただし、このシンポジウムは、開催当日に突然「中止」になったようだ。そこには、政治的、行政的判断があったものと推測される。しかし、中国では、『憂国』等を含む中国語訳選集『三島由紀夫文学系列』全十巻、別巻一が完結したということも報じられている。

なお、オペラ金閣寺がアメリカで初演され、近代能楽集の一幕ものがイギリス人の手によりわが国で上演されるという報道を目にする昨今、三島由紀夫の正当な評価が、わが国でも、より活発に行われるべきではないかとの感がぬぐえないのである。

そこで、三島由紀夫の長幼の序の問題にかえりたい、長幼の序とは、昔から第一義的には年齢であった。家父長専制的家社会においては、長男が尊重され、弟妹は、長幼序ありということで兄や姉の言いつけを守ることが義務づけられていた。

ところが、社会組織においては年齢によらざる長幼の序というものがある、学校の運動部においては学年の差による先輩後輩があり、官庁、会社では入省あるいは入社による年次がある。政界においては当選回数というものがある。そこでは必ずしも年齢は長幼の序の絶対要件ではない。

本来、長幼の序には、敬老思想という年齢による年長者への敬愛の念がその基礎にあった。

この点について三島由紀夫は、次のように述べる。

「そもそも敬老思想とは農業社会の特質である。農業技術は経験のみが重みを持ち、いかにも不規則な現象と思われるものが、長い年月の累積のうちには、自ずと法則を持っていることがわかってくる。即ち自然の法則は、目の前の短い期間では、単なる自然のわがままとしかみえないのである。そして、それを法則に転化し、経験に累積し、実際に技術上の成果を挙げるには長い年月がいることになって、即ち、人は年をとらなければならない。若者は、このような年寄りの言うことを聞き、長幼の序を守って老人を尊敬するようになったものである」

ここで注意すべきは、敬老思想の中には老人が若者に優る知恵を経験によって具有しているということである。

現代社会では、サント・ブーヴの一九世紀に増して、人生の後半にある人の知恵が若者に優っているという保証はない。例としては如何がかとも思われるが、ある長期割引債券を発行している金融機関では、元頭取が会長として二十数年の長きにわたり人事権を行使してきたという。結果として刑事事件ともなった多額の不良債権を抱えこむこととなった。

三島由紀夫は次のように記している。

「今では、老人はただ尊敬されることではなしに、若い相手をおだて上げて、うまく押さえこみ、うまく支配する方法をおぼえてしまった。その技術を察知した後輩、即ち青年達も、長幼の序の立て方を単に世間的な利害や、自分の功利的な出世主義的な考えの一つの人生技術としてしか学ばないようになった」

会長の手により頭取にして貰った人達は、唯々諾々その意向に従うほかないのである。

この場合の長幼の序とは、もはや敬愛の念抜きの先輩へのおぞましき義理立て以外の何物でもないというべきであろう。

この点では、サント・ブーヴの時代と現代社会との差はないのかもしれない。では今後はどうか。どうやら悲観的な見通しのようだ。三島由紀夫は述べる。

「どんな自由な世界がきても、たちまち人はそれに飽きて、階段をこしらえ、自分が先に登り、人をあとから登らせ、自分の目に映る景色が、下から登ってくる人の見る景色よりも、幾らかでも広いことを証明したくなるに違いない。

要はその階段が広いか狭いか、横になって一列に登れるか、あるいは縦に一列でしか登れないかの問題である。

長幼の序とはその狭い階段のモラルであるが、われわれがその階段をいかに広くしても、階段をほしいという人々の欲求をなくすまでには至らぬであろう。

長幼の序が重んじられなくなると、逆転して、人々は、『若さ』をもっとも尊敬しなければならなくなるにちがいない」

政界の内情については全く不案内であるが、さきに触れたように、役職ポストの要素に当選回数があることは周知のとおりである。当選五回で大臣に就任された方の話の中で、政界は効率がいいネ、十五年で大臣になれるからネとの言があった。役所では、入省して十五年では課長補佐どまりである、四十歳で本省の課長になるとしても十七、八年を要する。局長が五十だとすれば三十年近くかかることになる。それとの比較での話であった。

大臣ポストはしかし二十しかない。階段は極めて狭いのである。しかも同じ当選回数の方々が一斉に大臣になれるわけではない。その場合には、当選回数以外の諸要素が考慮されることになるのであろう。その場合「若さ」がもっとも尊敬されることになるのであろうか。

考えてみれば、現代社会における敬愛の念を基礎とする長幼の序は、既にフィクションと化してしまっているのかもしれない。敬老の思想も、今や弱者へのいたわりとみられるとすれば、それはいかにも淋しいことだといわねばならない。スポーツや運動部に多くみられる理想としてのさわやかな先輩後輩の関係が長幼の序であるとすれば、各種の社会組織においても、狭い階段でのせめぎ合いを離れたこのような好ましき長幼の序というものを期待したいのである。しかし、それは、専ら年長者の責任であると考えるべきであろうか。大正十四年生まれの三島由紀夫は、老醜を見据えて、七十歳の文学者としての自らを考えたくなかったのかもしれない。それにしても文学者としての三島由紀夫の四十五歳での死は、わが国の文学界の現状を観るにつけまことに惜しまれてならないのである。

効果的言語表現の技術

先年の秋、歴代アメリカ大統領のスピーチライター五人の秘話が紙上で報道されていた。ブッシュ氏は、就任直後に三つの要望をライター達に伝えたという。まずできる限り「私」という主語を避けること、次に、必ず演説の四十八時間前に原稿を届けること、さらに、演説には必ず挿話を取り入れること、という三点である。

グレートコミュニケーター即ち巧みな語り手であったレーガン氏は、事前に読むこともなく、演説会場で渡された原稿にサッと手を入れ、名演説をこなしてしまったという。

ケネディ大統領の演説は、さすがに独特のリズムと新鮮な言葉に彩られていたようだ。原稿を持ったライターのソレンセン氏が別の車で会場に向かったとき、道を間違えて時間に遅れてしまった、ラジオはケネディ大統領のノー原稿の演説を流しはじめたが、「それはまことにすばらしいものだった」とソレンセン氏は絶賛している。

アイゼンハワー大統領は、一九三〇年代にマッカーサー司令官のスピーチライターだったこともあって名うての演説家であったようだ。大統領は、ライターと一対一で好みの言葉を挿入して楽しんでいたという、後に回想録も殆ど自ら書く等文章家でもあった。

アメリカ歴代大統領の演説は、それぞれ個性の違いはあるが、いずれもその格調と内容において人々の共感を呼び訴えかけるものをもっていたといえよう。

これらの演説は、大統領の資質によると同時にそのライター達の知られざる努力が裏にあったであろうことは想像に難くない。

およそスピーチで人々に感動を与えることほど難しいことはない。社会学者の清水幾太郎氏は、百二十五万部のベストセラーとなっている『論文の書き方』の著者であり文章家であったが、スピーチの名手でもあったという。教え子である横山滋氏は、清水氏のスピーチメモについて一文を草しておられるが、清水氏にはそれなりの努力があったようだ。

清水氏のスピーチは、判り易く、ストーリーの起伏と洒落っ気があり、それらの総合的結果として常に聞く人を楽しませるものであったと氏は述べておられる。

清水氏のスピーチメモには、随所に後から追加挿入したことを示す「風船」をふくらませたものがあり、人々を笑わせる冗談もメモの段階できちんとそのとおり書いてあった。清水氏は、まず完全な原稿を作り、そして、それを読むのではなく、それをもとに話すということを実行しておられたらしい。スピーチの名手にしてそれだけの努力があったということである。

スピーチについては、その長短いずれをとってみてもなかなか自ら満足できる結果とはならない。この点、効果的な言語表現の技術というものは、古くギリシャ、ローマ以来弁論術としての長い歴史がある。レトリックとしての口頭弁論の技術は、プラトンおよびアリストテレスからローマのクインティリアヌスにつながり、『弁論術教程』として集大成されたとされる。クインティリアヌスについては、昔、本欄で取り上げたことがあるが、現代の碩学ロラン・バルトも、「クインティリアヌスを読むのは楽しい。彼はよい教師で、饒舌ではないし、あまり説教臭くもない。分類癖と共に感受性を備えた精神の持ち主である」と賛辞を呈している。またわが国でのレトリック研究の大家であられる佐藤信夫氏も、クインティリアヌスの『弁論術教程』は、たぶん古今でもっとも入念で本格的な、こんにちではめったに見られぬほど魅力的な「ハウ・トゥ」本の一つであると述べておられる。佐藤信夫氏に依拠して内容を少し検討してみたい。

クインティリアヌスの弁論術には、そのプロセスとして五つの部門が考えられている。

第一は、「発想」（インウェンティオー）である。

構想、立案、発見、というべきものであり。ある問題が与えられたならば、その問題をめぐって、人の心を動かすのに効果のあがるような材料や論証の方向を探し出す技術である。この「発想」は、アイデアを発見するという問題であり、発見された主題について説得力のある理由づけを探求する技術である。このことはある意味では人間の思考そのものの在り方の問題と係わることがらであり、単なる言語表現の技術と言いきれぬ一面もある。しかし、弁論の出発点であることは間違いない。

第二は、「配置」（ディスポシティオー）である。

整理、配列であり、発想によって見いだされた内容をしかるべき順序に配列する技術である。即ち弁論の展開の順序であり、起承転結の問題である。

第三は、「修辞」（エーロクティオー）である。

表現術、表現法、文体であり、前の二段階で処理された思想内容に効果的な言語表現を与える技術である。言述の形態そのものはこの段階で完成されることになる。この「修辞」はまさに狭い意味でのレトリックと呼ばれる技術であり、思想に衣装を着せ飾る技術である。実際の言語表現がこの段階ではじめて問題となる。言葉は目に見えない思想に外形を与える衣服だということから、魅力的な衣服を、ということである。そして、いい意味での「飾る」というニュアンスもある。説得的効果、芸術的効果、感動的効果、挑発的効果等々が弁論に期待されているとすれば、この「修辞」という表現の技法が大きくクローズアップされることになる。

第四は、「記憶」（メモリア）である、

口頭弁論のために、仕上げられた内容を正確に記憶しておく技術である。

第五は、「発表」（アクティオー）である。

発音、発声、話術、演述、所作、であり、口頭弁論の場合の発表の様々な技術である。

クインティリアヌスは、上記五つの技術について、「記憶」と「発表」は技術というよりも天分の問題があると述べ、「発想」と「配置」との間には「判断」を加える意見もあると記しているという。冒頭で触れたアメリカ歴代大統領やそのライター達は、上記の意味でその弁論に工夫を加え、如何に国民にアピールするかに心血を注いだに違いない、また清水氏も、スピーチの完全原稿を作り、それに推敲を加え、全体を記憶して現場では柱のメモだけで名スピーチを行ったものと推測される。

クインティリアヌスにより集大成された弁論術は、長くヨーロッパの中等教育において若干姿を変えながらも大切な教育課程の一つとして教えられてきた。しかし、言語表現の形式的精製は、近代の合理主義的、実証主義的な風潮や、実質的な思想内容に比し重要ではないという言語観により、一九世紀末にはヨーロッパの教育制度から正式に除外されることとなった。ギリシャ、ローマ以来の伝統的弁論術、レトリックはそこで消滅してしまったのである。わが国では明治期において西欧のレトリック理論が紹介され、尾崎行雄、菊池大麓、坪内逍遥等が著作を発表したが、次第にこの面での研究は下火になっていった。現代はとみれば、話し方の技術に関する書物はかなり世に出まわっており、レトリックに関する学問的著作もかなり発表されている。しかし、学校教育における口頭弁論に関する教育は無きに等しいといわざるを得ない。自らを含めて、世に出た人々が日常スピーチ等で反省し、苦労していることを考え合わせれば、この面での教育訓練の機会を何とかしなければとの思いを強く抱く昨今なのである。

第五章　人材養成と人間像

人材養成の四綱と三弊

「昭和」の時代は幕を閉じ、新しく「平成」の時代を迎えることになった。人様々な感慨がある中で、国も社会も個人も粛々とその歩みを進める、顧みるとき、人生の多くを昭和とともに歩んできた世代としては、時代というものの流れと重みを心の奥底に深く感じるのである。ともあれ、時代は変わった。私達は、これから「平成」の時代を創出していくスタートの地点にある。どのような時代であるべきか。それを担う若者への期待は大きい。

そこで、その若者の考え方や行動のインセンティブとなる「志」の問題はどうか、ということである。いつごろであったかテレビの番組で、百人の母親の方々のうち六十八人が子供を将来医者にしたいと答えたという。識者はオヤオヤとおっしゃるであろう。仁術ではなく算術の問題かもしれない。しかし、現代社会の現実をみている母親の方々の、志とはいえないが本音の気持ちの現れである。尤も、その期待は、将来に向かって、果たして保証されるであろうか……。

それはさておき、志の問題として、立派な学識ある蘭方医であるのに、医師であるよりは政事への奔走に生き甲斐を求め、そこに自らの運命をかけた幕末の橋本左内のことに触れてみたい。

左内には、「学制に関する意見箚子《さっし》」という意見書がある。〝学制〟といえば、現今六・三制のことを意味することが多いが、左内の場合は学校のあるべき姿の問題である。当時左内は、福井の藩校明道館の学監として、藩校の教育改革のため一年余尽瘁した。この意見書には、改革の実質的責任者であった左内の教育への考え方が率直に表明されている。

『橋本景岳全集』の記載によれば、「安政四年閏五月十五日先生学監の職に在りて、文武学制上の事に関し、時弊を矯め、政教一致・文武不岐の実行を期する所見を詳述したもの」とある。その内容の一、二を伴五十嗣郎氏による読み下し文でみることとする。

「大抵人材を得るには四箇条の要件が御座候ものにて、これを尽くさずして材を得んとするは、夜行して日を見んと思う者と同様の愚と申すべく存じ奉り候。四箇条の要件と申し候は、

第一、材を知るの道。即ち、その人の長ずる所を知りて、また、その短なるところをも看破いたしをり候事。

第二、材を養うの道。既にその材を知り候はば、また、これを生育・長養して、その害を避けしめ、難を去らしめ、かつその支捂・杵格の患ひを除くの術を尽くして、その志を遂ぐることを得せしめ候事。

第三、材を成すの道。養ふの方、既に具はらば、これに芸を教え学を殖え、それを正道に誘《みちび》き、事実に試み、つひにその材を練熟して、有用の者とならしむること。

第四、材を取るの道。材既に用に堪ふるの地に到り候はば、久しく下に淹滞廃棄いたさせ申さず、それを朝に薦めて、その堪ふべきところの任に当らしむべきこと。」

どうやら、能力、適性、進路に応ずる教育と、その中で人材の志を遂げさせることに左内の教育観の基本があると思われる。志については、左内十四歳の手記『啓発録』に「立志」との標題で一項があるが、その中で、「我知識聊ニテモ開候ハハ篤ト我心ニ計リ、吾ガ向フ所為ス所ヲサタメ、其上ニ

テ師ニ就キ謀リ、吾及ハズ足ラワヌ處ヲ補ヒ、其極メタル處ニ心ヲ定メテ、必多端ニ流レテ多岐亡洋ノ失ナカランコト願ワシク候」という一文がある。十四歳といえば、今の中学二年生である。

なお、第三の〝芸を教え学を殖え〟の〝芸〟とは何か。左内の研究者でもあられる山口宗之氏によれば、左内は、当時、空理空論を否定する実学精神の持主であった由である、兵法、器械術、物産、水利等の技術を外国の長ずるところに従って学びとる考えを持っていた模様であり、当時〝芸術〟という言葉は〝技術〟の意味であったとされる。同氏によれば、左内は、器技の工、芸術の精という言葉も使っているようである。しかりとすれば、この第三の〝芸〟は技術か技能の意と理解すべきものであろう。また、第四の取材の道は、今様に理解すれば当然、就職指導、進学指導を含む問題になる。

左内は、この四箇条のうち、第一と第三がとくに大切だとし、この四つを四綱と称しているが、さらに筆を進めて三弊について論ずる。

「方今の学校にては、急度《きっと》その材を成させ候見込み御座なく候。その訳は、教官に靈活眼・大規模これなき故、大才を看破すること能わざる弊あり。また人を取るに、細行・小事を苛督して、その大処を忽略する弊あり。また己に同じ者を好み、異論異見あるものを嫌ふ弊あり。

この三弊の除かざる内は、とても傑出の人材を心服せしめ、我より治鎔いたし候ことは出来申さず」として、藩校明道館の教官に痛烈な苦言を呈している。さらに教官の在り方について所論を展開しているが、要は、人材養成は一にかかって教官にあるとし、そして、結びに近く「四綱の立たざるは全く三弊の除かざるにより、三弊の脱せざるは志の遠大ならず、学術の純正ならざるに因り候義に御座候」と記している。

左内の意見書は、人材養成の要諦とその障害の指摘においてまことに興味深い。左内の文章は歯に衣着せず直截であり、随所に用いられた比喩は巧みながらかなり刺激的である。たとえば、次のとおり。
○齷齪浅鹵の教官に託して有用の才俊を世に出そうとするのは、重い美玉を手足のしびれた病夫に持たせて遠く千里の先へ運ばせるようなものだ。
○人材養成の大筋を確定しないまま教育指導に力をつくすのは、足の形状をしらぬまま靴を作るのと同じ。
○識見なく古聖賢の言葉を暗記して口真似をしている儒学者は鸚鵡芸とも称すべきものだ。
ところで学監という職のことであるが、左内本人は「糾弾視察の官」であると書いている。しかし、七人の学監の末席であり、主君松平春嶽の全幅の信頼のもとにその任に当ったにしても、白崎昭一郎氏によれば、役職自体は教育委員会の指導課長といったところではないか、ということのようである。

そのような立場で左内は、教育改革の一環として洋書習学所を設立しているが、これは左内の大きな業績であるとされている。また、講武館（武芸稽古所）を作り、さらに算科局により数学の実用性を強調して子弟を修学させたという。


このように藩校の改革に情熱を傾けた左内の教育観の根底には、政教一致、文武不岐ということがあり、この点において、現下の学校の在り方とは考え方が基本的に異なる。しかし、すべて〝学校の盛衰汚隆は教官の上に存すること当然の理〟とし、有用の大材を造成するにはやはり学校をもって上田であるとしているところ、そして、そこでの人材養成について熱っぽく説いているところは、以て大いに参考とすべき点ではなかろうか。

この意見書の安政四年は左内二十四歳、二十六歳で安政の大獄により刑死するが、明道館の教育改革は、その後左内の唱導したように進められ、改革の成果は結実したのであろうか。左内が教育改革に関与したのは僅かに一年余である。白崎氏は、左内の教育改革なるものは、実際のところどれだけ進められたのかよくわからない面があり、頭でっかちの組織の点からみても実効があがったかどうか疑わしい、と述べておられる。

改革について卓抜な意見書を草することは英才のよくするところであろう。そして、その改革への志は今の世に伝えられ、人々の範とされている。しかし、教育改革の実施は何時の世にもなかなか難しいものだとの感が深い。ともあれ、私達は、左内が随所に述べている深慮、遠志という言葉を大切にし、志は常に高くあるべしとの気持ちを常に持つべきであろう。ただ、冒頭の母親の方々の御意見との関係でいえば、この〝高く〟ということの意味とその含蓄を十分併せ考える必要があると思われるのである。

〝教え方〟の奥義

世に〝教え方〟ほど千差万別なものはない。しかし、教育においてこれ程大切なものはない、と私は思う。教えられる方が〝わかる〟のも〝わからない〟のも、教え方一つにかかっている場合が多いからである。

ロンドン大学のA・D・ブライという人のレクチュアの仕方に関する書物をみると、運転技能の例を使って講義にどれだけ熟達しているかが三つの水準で示されている。

第一は仮免許保持者の水準、第二は一般ドライバーの水準、第三は競技ドライバーの水準である。仮免許保持者の水準とは、規則を学習している段階である。一般のドライバーの水準とは、日常の運転技能とともに、悪い習慣を身につけている段階である。競技ドライバーの水準とは、基本的な規則の多くを破ることができる段階である。つまり、危険なスタイルであるが、玄人の賞賛をうけられる段階である。

この三つの分類は極めて興味深い。とくに小・中・高について考えてみるとどうか。まず、競技ドライバーの水準での教え方は危険であり、願い下げである。あるいは取締りが必要で、違反には罰則が必要かもしれない。やはり、小・中・高では一般ドライバーの遵法運転を期待したいところである。ここでブライが触れている「悪い習慣を身につけている段階」というコメントが心憎い。一般ドライバーは、運転になれており、白バイにみつからないとなれば、往々にして、あるいは常にスピード違反をおかす悪習に染まっているからである。忙しい現代の仕事社会においては、制限速度の運転ではとても仕事にならないとの運転者の釈明もある。しかし、この釈明は、受験競争に教え子を勝抜かせるためには、指導要領や教科書どおりの教え方ではとても間に合わないという教師の弁明に通ずるといえるかもしれない。いずれも前提に誤りがあるというべきであろう。

ここで、遠い過去ではあるが、多くの先生方の教え方のことが思い出される。

私の体験でいえば、旧制の中学四年のときの西洋史のD先生は、まさに競技ドライバーの先生であった。授業では、先生は皮表紙の厚い西洋史の原書を小脇に抱えて現れ、黙って黒板一杯に英文を板書する。そして、生徒にまず訳させる。七面倒な構文の文学作品ではないから英文はやさしい。そして、そこから先生の講義が始まる。多くの場合そうであった。教科書はあるにはあったがどのように使ったか覚えがない。但し、私にはこの先生の印象が強烈であり、西洋史への興味と関心をうえつけられた。競技ドライバーの先生は不可である筈なのにであり、甚だ具合が悪いのである。

同じ中学の数学のU先生は、教え方において神技の域に達していた方であった。当時、解析Ⅱという生徒にとっては少々高度な教科書について黒板を一杯に使い、小柄な体を躍動させながらの授業である。まことにダイナミックでしかも緻密であり、数学の授業であるのにユーモアも忘れない先生であった。私達が旧制高校の受験数学で全く苦労しなかったのはこの先生のおかげといってよい。遵法運転の授業ではあったが実力は競技ドライバーの技術の持主であった、このU先生が教え方のＦ１レースに出場されれば優勝間違いなしであったと思われる。

教え方の問題は、教える人の人格、学識、教授方法、動作、声音等々が複合的にかかわっている。先生の目のやり場自体も生徒の掌握に大きく影響するに違いない。声音、語り口の例を一つ挙げよう。私は勤勉な学生ではなかったが、大学で憲法特殊講義としてM教授から選挙法の講義をきいたことがある。テキストはなく、ノートを学生にとらせる部分と、話での解説の部分とに分かれる。ここからノート、とはおっしゃらない。フッと声の抑揚が変わる。すると学生は、ここからノートだなと分かる。ノートの場合も読み上げる口調ではなく、あくまで語りである。私はこの講義でゲリマンダリングの由来等を学んだが、M教授の講義に感歎した。

なおブライは、学生のノートの取り方について次のような笑い話を記している。

大学一年生と大学院生との違いについて一つの言い伝えがある。それは、一年生に〝お早よう〟と言うと〝お早ようございます〟と返ってくるが、大学院生に〝お早よう〟と言うと、院生はそれをノートする、というのである。

さきのU先生の例のように、小・中・高においては〝教え方〟如何が教育の成果におよぼす影響はまことに大きい。しかし、〝教え方〟を〝技術〟ばかりで捉えることには異論がある。教え方は先生方の全人格的なものである筈である。この点では、ルドルフ・シュタイナーの次のような話を参考としたい。

第一に、教師は、広い意味でも狭い意味でも、教師として自己の知性をかけて生徒に影響をおよぼし、働きかけているのだということを知っていなければなりません。また、どうやって一つ一つの言葉を発したらよいか、一つ一つ概念とか感性をどうやって発達させたらいいのかを考えながら、子供に働きかけているのだということも知っていなければなりません。

第二に、私達は教師として、世界中の出来事と人間に関するあらゆることがらに興味を持たなければなりません。……私達は人間世界の出来事に対して、それがどんな大きなことであれ、どんなささいなことであれ、興味を持つべきであります。同様に、一人一人の子供のすべてのことに興味をいだくことができる筈です。

第三に、教師は、自らの内面において真実でないものに対しては、けっして妥協しない人でなければなりません。……なぜなら、もしそんなことをすれば、どんなに多くの経路、とくに指導法を通して授業のなかへ真実でないものがはいりこむか知れません。

第四に、教師は、決して干涸らびたり、新鮮さを失ってはいけません。新鮮で健全な魂の雰囲気をはぐくんで下さい。

シュタイナーは、一九一九年四月六日、二週間余の連続講演の締めくくりに当り、前記四つの原理をしっかり覚えて貰いたいと述べたという。教師は、自らのすべてをかけて生徒に相対するものであり、いかなる言葉、いかなる考え方を示すときにも、生徒達の心に深い影響を与えるものだということがシュタイナーの言いたかったことであろう。〝技術〟以前の教師の人間性と学識と自覚の問題なのである。

〝教え方がうまい〟という世上一般の言い方がある。この評価は、先生の評価として総合的なものであって、教える〝技術〟だけの話ではない。単なる技術に還元できない全人格的なものであると思われる。技術には巧みでも、親しめない、虫が好かない先生という場合もあり得るからである。単なる教育技術ではない〝教え方〟の問題として、教育方法の問題が関係者の間で十分研究され、それぞれの先生方が、すべて、教え方の奥義を会得した先生になっていただければ、児童・生徒はまことにしあわせなのである。

なお、本稿において、ブライについては山口栄一氏訳、シュタイナーについては坂野雄二氏・落合恵子氏共訳をそれぞれ使わせていただいた。

学習形態と〝能力に応ずる教育〟

岡山からの国道を東へたどる。備前焼の町から細い山あいの道を北へ四キロ余入ると、急に視界が開けて周囲の低い山々を背にした閑谷学校が目にとびこんできた。

その日は、肌を突きさすような珍しい寒気があたりをおおっていた。訪れたのが夕暮れ近くであり、また小雪が舞う寒さのためかその日訪れている人影はなかった。閑寂な閑谷学校を訪れるには丁度よい日であったのかもしれない。

私が、この閑谷学校へ行くことにしたのは一寸した関心からであった。大分以前のこと、ある著名な評論家の方が寺子屋のことを書いておられた。そこでは、教育方法とくに学習形態を〝寺子屋型〟と〝現代型〟に分けて寺子屋型は四書五経を一字一句反復して読ませる方法であり、現代型は子供を円卓型に座らせて教師は教えずに専ら子供達に討論をさせる方法だ、という説明があった。論者はこれを〝学ぶということ〟の訓練の問題として論旨展開の前提としておられた。

前者は近世の教育で広く行われたいわば一斉授業の〝素読〟のことであろう。しかし、近世においても藩校や郷学においては生徒間の討議形式の授業も行われていた筈である。論者のこれを〝現代型〟とする分類に若干引っかかった。そこで、郷学の雄である閑谷学校の学習形態はどうだったのか、ということを西行の機会に確かめてみたかったのである。

閑谷学校の教育内容として生徒に課せられたのは素読と習字であり、素読は〝孝経〟、〝小学〟や四書五経であったという。「閑谷学校史」によれば、読書と習字は毎日午前十時から午後一時まで読書師、習字師の指導の下に行われ、一の日と六の日には教授役による四書等の講義が講堂で行われていたようだった。そして、三の日と八の日には読書師により五経および諸賢伝の講釈が行われていたらしい。

注目すべきは、講義が終わった後で、生徒をグループに分けての研究討議が行われ、また生徒一人ずつの試読が行われていたことである。これらは生徒全員の必修の日課であった。

そして、庶民の中でも俊秀の才能を有する者や藩士の子弟の入学者等にはより高度の教育も与えられていた。閑谷学校は庶民のための教育機関として創設されたが、後年藩士の子弟の入学も認められていたのである。

この能力ある勉学熱心な生徒の向上心を満たすためには、課外に教授役や読書師の宅で会読が行われ、月に一・二回教授役等が分担して各々一度に四人ずつ受け持って会読研究を行うという方法もとられていた。会読とはまさに討議形式の授業方法である。

また、月に一回一の日には、午後六時から二時間教官宅に生徒が集まり、四書、五経等を読み合って互いにその誤りを指摘し合う〝読書会〟も開かれていたという。

さらに月に三度三の日には〝詩会〟、毎月十五日には〝文会〟が催されて、詩文の才のある者がその才を伸ばし、それを発表する会合も定期的に持たれていたようだ。

私にとって興味深く思われるのは、閑谷学校に限らず近世の教育が、様々な教育方法とくに学習形態や学習方法を重視し、教育内容と同様あるいはそれ以上にその在り方を工夫して実践していたことである。

閑谷学校から一寸離れて、近世藩校の課業の形態を石川松太郎氏等諸学者の研究から一瞥してみよう。

藩校教育も時代の流れにより内容と方法に変化と工夫がみられるが、素読、講義、会読、輪読、質問という形のものが一般的であったらしい。

〝素読〟は漢字の最初の学習段階であるが、意味内容にかまわずただ棒読み棒暗記の作業だけではなく、漢字の読みで意味が異なる点等も視野に入っていたようだ。素読にも段階があって、進んだ段階では〝復読〟のように意味をとり集団学習の輪読ともいうべきものが含まれていたという。

〝講義〟は、たとえば素読のテキストである経書等を教師の指導のもとに理解して身につけさせるための学習であった。

そして〝会読〟あるいは〝輪読〟とは、所定の章句を中心として互いに問題を持ち出したり討議をしあったりして、解決しきれないところは教師の意見をきき指導を仰ぐ共同学習ともいうべきものである。

さらに〝質問〟とは、一人で考え、課題とすべきものを自分で選べるようになった生徒が自らの問題を提示して教授に質問を行うという段階である。

当時は、どの教科書で学ぶかということよりも、どういう形態で学ぶかという点に重きを置いて、素読と質問というような二つの学習形態で生徒を等級に分けていた藩校があった。さらに素読生、講義生、会読生または質問生というように多段階に生徒を等級に分けていた藩校もあったようだ。

この場合、たとえば経書等の同一の教科書が〝素読〟の生徒にも〝質問〟の生徒にも用いられていたということであり、二つの等級は学習形態の裏にある学力に応ずるものであったと考えられる。

この点、江戸時代の教育について鋭い分析を加えておられるロナルド・P・ドーア氏は、グループ方式の教授法は能力の差を無視することを許さないものであった筈だと指摘しておられる。さきの学習形態の差による等級分類は、まさに学力という能力差による分け方であったというべきであろう。ただし、近世の藩校においても、学習形態にこだわらず、教育内容の点から学習段階を分けていたものもあった。入学の段階では千字文や孝経を教え、初等では論語となって、十段階目では諸子百家を学ぶ、という例等である。

しかし、この場合も、素読の会読や質問というような学習形態と無関係であったわけではなく、学習内容の難易と学習形態は常に連携がはかられていたようだ。いずれにしても近世の教育においては、教育方法とくに学習形態が教育内容に劣らず重視されていたと思われるのである。

近年、学校教育における一斉授業のマンネリズムが指摘されて久しい。現今のわが国の教育界では、学習内容の在り方や扱いの研究はまことに活発であるが、学習方法や学習形態の在り方についての研究や実践が乏しいことは不思議な位である。それに比べて、閑谷学校や多くの藩校の教育方法とくに学習形態の何と多様なことか。もとより閑谷学校の場合、教官組織が充実していたことにもよるが、教官と生徒が一体となった教育への熱意と努力が大きかったものとも思えるのである。

冒頭で触れた討議形式を〝現代型〟とする論者の見解は、前記でみたように認識において若干問題があると思われるが、一論者の見解の当否等は小さい問題である。

江戸時代において〝能力に応ずる教育〟を等級制によって実施することについては、厳しい身分制社会の束縛の中で様々な障害があったにも拘わらず種々の工夫で実施されていた。戦後わが国では、平等に対する裏返しの呪縛の言葉の中で〝能力に応ずる教育〟は圧殺されてきたのである。

現下の教育界の課題としては、個性を生かすことも大切であるが、教育において人間の能力というものを直視し、そのこととの関連で学習方法や学習形態を含む教育方法の問題をもっと研究し実践することが必要だと思われるのであるがいかがであろうか。

競争主義の光と影

シャドウ・ボクシングという言葉がある。たとえば、世界タイトルマッチの練習風景で、仮想敵を念頭におき、フットワーク、攻撃・防御等の練習をする姿をテレビで視ることがある。演者は真剣そのものであり、充実感が漲っている。しかし相手はいないし、ノックアウトのシーンは期待できない。若干空しい感じがしないでもない。

この点で、現代社会の一断面である塾問題を考えてみるとどうか。塾の弊害を説く論者もおられる。しかし、塾について公設の〝リング〟はない。塾は強大な存在になっているが、論者のパンチの相手としては姿を見せない。そして、どこ吹く風である。文字どおり、シャドウ・ボクシングというほかはない。シャドウでなくするにはどうするか、というのが問題なのである。

ところが、このシャドウを別の意味で実像とし、塾に個性尊重のイディアルティプスを認め、乱塾の〝乱〟は、むしろ学校にあるとする論者もおられる。この立場では、幕末の蘭学塾である「適塾」こそ教育の原型であるとして、適塾教育の競争主義が賞揚される。ある国立大学の論者によれば、「適塾に学校教育の神髄をみる」ということになる。では、なぜ適塾は学校教育の神髄とされるのであろうか。

「適塾の教育方針は、この競争が中核であった。その競争も熾烈な競争であった。この意味では、現代日本の小・中・高校生用の予備校と同じであり、日本では予備校だけが健全な学校教育の精神をようやく維持しているという実情は、日本の教育界全体としてもお寒い限りである」というのがその論旨のようだ。この論者によれば、あるべき学校教育の姿＝適塾＝競争主義＝予備校という図式になる。言説は自由であるからどうでもいいようなものの、果たしてそうであろうか。

緒方洪庵の適塾が、幾多の人材を輩出したことはまぎれもない事実である。そして、適塾の競争主義についての紹介は、長与専斎の自伝『松香私志』と福沢諭吉の『福翁自伝』による場合が多い。それらによれば、適塾では実力のレベルで八つの等級に塾生が分けられる。それぞれの等級ごとに月六回の輪読会が開かれる。そこでは原書の解読を各人が行い、会頭が会ごとに評価点をつけ、一か月ごとに集計して順位をきめる。三か月間成績首位を占めてはじめて次の上位の等級に進むことができるというものである。たしかに熾烈な競争主義というべきであろう。しかし、論者のように、このことだけで適塾を考えることが適切かどうか、この点について少し考えてみたい。

長与専斎は、安政元年、十七歳にして適塾に入り、安政五年塾長となる。二十四歳の時長崎に赴き蘭人ポムペの教えを受ける。「元来適塾は医家の塾とはいえ、その実蘭書解讀の研究所にて、……余が如きは讀書解文のことを修めたれ、医療のことはなお全く素人におなじく、医師たるの業務は何とて心得たることなければ」と記されているように、専斎は治療の修業のため江戸へ行く希望を持っていた。師洪庵は「足下は長崎に下り蘭医に就きて直伝の教授をうけ大成を期せらるべし」と言って江戸での修学より長崎を勧めた。この点は、非凡な教育者としての洪庵の一面があらわれていると見るべきであろう。長崎では、ポムペが、松本良順を中心とする三十人余の伝習生を教えていた。私が注目したのは、この長崎での医学伝習のシステムについての次のような専斎の感想であり、適塾との対比の話である。

「つらつら学問の仕方を観察するに、従前（適塾）とは大なる相違にて、極めて平易なる言語即文章を以て直ちに事実の正味を説明し、……かつて瞑捜暗索の中に幾多の日月を費やしたる疑義難題も、物に就き図に示し一目瞭然掌に指すが如くなれば、字書の如きは殆ど机上のかざり物に過ぎず、日々の講義をよく記憶すれば、日々に新たなる事を知り新たなる理を解し、また一字一章を阻礙することなく坦々として大道を履むが如くなりき。」

適塾においては、蘭和辞書ヅーフハルマが一冊だけで、文章読解のためにはこれに頼るほかなく、適塾の塾生は「三人も四人もヅーフの周囲に寄り合って見ていた」（福翁自伝）。専斎もそうした勉学を長年続けてきた経緯からの実感であったのであろう。

そして、この長崎医学伝習所の歴史的役割について次のように記している。

「……この伝習の事より蘭学の大勢一変して、摘句尋章の旧習を脱し、直ちに文章の大要を領して専ら事物の実理を研究するの目的に進み、日就月将の勢を以てついに今日文明の世運を開くの端とはなれり。」

適塾は、医家になる者だけが入塾していたわけではない。蘭学教授、語学教育、要するにオランダ語の学習に徹していたとみるべきであろう。学んだ者の中からは医学にたずさわる者が多かったが、軍事、政治、その他各方面での逸材がでていることは周知のとおりである。塾生達は苦労して蘭書を読みながら、「西洋日進の書を読むことは日本国中の人に出来ないことだ……智力思想の活潑高尚なることは王侯貴人も眼下に見下すという気位で」あったようだ。

そして、適塾において「当時緒方の書生は、十中の七、八、目的なしに苦学した者であるが、その目的のなかったのが却って仕合せで……それから考えてみると、今日の書生にしても……学問を勉強すると同時に終始我身の行く先ばかり考えているようでは、修業は出来なかろうと思う。」と福沢諭吉は述べている。

現今の塾と適塾の決定的な違いはどうやらこの点にありそうな気がする。進学塾も予備校も、時代の要請?に応えて、福沢諭吉が述べる「どうしたら立身ができるか、どうしたら金が入るか、立派な宅に住めるか、どうすれば旨い物を食い好い着物を着られるだろうか」という行く末のみを考えて、では〝いい〟大学に入ることだ……という目的達成のため競争主義をあおり、運営されている。進学塾や予備校の競争主義と適塾の競争主義とでは天地の差があるというべきであろう。

適塾は、その教育方法、教育内容、入塾者において極めて特異な例である。競争主義は大きな要素ではあったが、それだけではなく、教育の目的とするところが現今の塾や予備校とは基本的に異なるものがあった。そのことは、洪庵が、常に、人のため道のためということを教育の基本としていたということからもうかがえるところである。

尤も、専斎にしても、適塾でのオランダ語の血のにじむような学習があったればこそ、長崎での学習が「坦々と大道をいく」ようであったにちがいない。学校なり勉学に競争があり評価があることは当然である。むしろ私はそのことを等閑に付してはならないと思う。しかし、競争主義も教育の一面にすぎないことを専斎や諭吉の言葉から読みとるべきだと思うのである。

このようにみてくると、適塾や予備校の競争主義だけが学校教育の神髄であるとする論旨は、〝お寒い〟考えということになりそうである。ただ、小・中・高の学校教育についても、塾との対比において〝影がうすく〟ならないよう、関係者の発奮・努力が望まれていることはいうまでもない。

〝背中〟による教育の成否

昨年の夏、ふとしたきっかけで柴又帝釈天を訪れた。シリーズの映画でおなじみの参道商店街がある。寛永年間の開創といえば三百年の昔となるが、四季を通じていつも参拝者で賑わっているようだ。その境内の一角に大きな石碑がある。「人生劇場・青春立志の碑」と題し、「遺す言葉」として次の文章が刻まれていた。

〝死生、命ありだ。くよくよすることは一つもない。お前も父の血を受けついでいるのだから、心は弱く、涙にもろいかも知れぬが、人生に対する抵抗力だけは持っているだろう。あとは千変万化だ。運命の神様はときどき妙ないたずらをする。しかし、そこでくじけるな。くじけたら最後だ。堂々とゆけ。よしんば中途にして倒れたところで、いいではないか。永生は人間にゆるされてはいない。父は地獄へゆくか極楽へゆくか知らぬが、見ろよ、高い山から谷底みれば瓜やなすびの花ざかりだ。父は爛々たる眼を輝かして、大地の底から、お前の前途を見守っていてやるぞ！〟

〝人生劇場〟はいうまでもなく尾崎士郎の代表作である。小説の方をみてみよう。父瓢太郎が遺したうすい封書には、表にぞんざいな字で〝瓢吉殿〟と書いてある。この遺書は〝遺しおくこと〟という書き出しで始まる。〝父はお前が一人前の男となる日まで生きんと思いしが、その喜びを見ることも叶わずしてこの世を去る。お前は父の心を無駄にしてはならんぞ、……辰巳屋の家名をあげんことを思うまじきこと、どこへ出ても恥ずかしからぬ男となれば家名を再興したも同じことなり、……〟

となっていて、省略した部分は家財整理、債務対処のこと等が記してある。

小説の方の遺言は、それはそれとして名作の重要な一情景ではある。しかし、さきの碑文ほど私にとって心に訴えるものではなかった。

碑文の方の言葉の出典は何かと気になっていた頃、やはり昨年の秋のある日曜日の新聞で〝人生劇場〟が取り上げられていた。「名作再訪」ということである。小説の舞台であり尾崎士郎の出身地である三州横須賀村、現在の愛知県吉良町を記者が訪ねるところから記事は始まる。そして、記事の末尾では、「尾崎の母校、横須賀小学校の門をくぐると自然石の大きな文学碑がある。〝しかし、そこでくじけるな／くじけたら最後だ／堂々とゆけ〟この碑文は、尾崎が長男俵士氏あてに書いていた遺書の一部で、児童達は毎朝、これを大きな声で読み上げてから教室に入るのだ。」と記してあった。

読者は、小説における父親瓢太郎の瓢吉に対する父子の情に大きな共感を覚えるであろう。しかし、尾崎士郎の熱心な読者ではなかった私には、小説よりむしろ碑文の方にこそより深い感動があるような気がしてならない。とくに後段以下の文言は、世の父親のわが子への切なる祈りであり、切れない絆をあの世まで持ちたいという父親の願いの端的な表出ではないかと思われるのである。そして〝見ろよ、高い山から谷底みれば瓜やなすびの花ざかりだ〟という見事な転調は、この一文に陸離たる光彩を与えているといえるのではあるまいか。

ただし、この高い山からの一文は、尾崎氏の創作なのであろうか。たまたまこの三月に公刊された東大寺の清水公照氏の書物の中で、尾崎氏とは全く関係なくこの一文が紹介されているのをみた。氏は姫路の御出身のようであるが、小学校二・三年の頃、村の寄り合いが生家であったとき、氏の御祖母がうたった歌、それは〝高い山から、谷そこ見れば、瓜や茄子の花が咲く、花が咲く〟というものであったと記しておられる。世の中いろいろあらぁな、大きな目で見よということであるらしい。それにしても、尾崎氏の遺言の中でのはまり具合はまことにピッタリなのである。

関連してのこと、最近「父が息子に残せる言葉」と題する書物が出ている。わが国を代表する二十二人の方々について、それぞれの御子息が〝仕事の父〟や〝父の背中〟を語っている内容である。感銘深いお話が多いが、多くの方々がお元気であり、活字になることが予定されているとすれば、若干ふっきれない感じが残るのもやむを得ない。そこで、公開を予定していない子供への手紙を見ることとしたい。尾崎氏は早稲田であり、早慶戦というわけではないが、慶応の福沢諭吉の例である。

福沢諭吉は、四十八歳から五十三歳までの五年間、米国留学中の二児に多くの手紙を出している。アメリカ留学中の長男一太郎は二十歳から二十五歳、次男捨太郎は二歳年下であった。

〝拙者は貴様達へ教育を怠らず、随分心身を労したる事なれども、老後に至り其の報酬として貴様達の孝養を受けんとて之を期するものにあらず。故に貴様達も教育を受け了りたらば、其上は父母に向かって多を求める道理も有る間敷、唯生涯の孝行は父母をして余計の心配を為さしめざる様いたされたく……〟と書き、〝拙者が貴様に対し愛の一字は徹頭徹尾拙者の目を瞑するまで変化せざるものと知るべし。愛極まりて時として理に入ることあり〟と述べる。これは諭吉の親としての基本的姿勢であり、偉人諭吉も父親として世の常の親と変わるところはない。小泉信三氏は、諭吉がその子に対して慈愛深く、時としてそれに溺れる嫌いを免れなかったと記しておられる。この公にされている百十四通の手紙をみて感ぜられることは、息子の独立の人格を極力尊重しようする姿勢、留学中金銭上の懸念を一切持たせないようにという配慮、英語習得への努力の強い慫慂、ディプロマの有用性等社会人として生きていく上で智恵の教示、アメリカ人との結婚問題の可否、宗教問題等まことに懇切を極めたものだということである。

とくに長男は、内気で物事を考えこむ性格であり、人との交際が不得手であったようだ。諭吉はその点をかなり気にして、手紙ではないが人との交わりの心得を巻物に記して与えている。その中で、諭吉自身、顔色を変じて人と争論したることなしと記しているが、自分でそう言いきれる人生を歩んだことに驚嘆の念を禁じ得ない。背中もまことに立派だったのである。

とにかく、諭吉の筆まめなことに驚かされるが、その父親としての教育指導の成果はどうだったのであろうか。長男は帰国後、短い期間慶応義塾の教壇に立ったあと同塾塾頭となった。その間、二・三度儀式に出席する以外は家で過ごし、表の交際は殆どなかったと小泉氏は書いておられる。懇切を極めた諭吉の指導助言は、子息の人間形成上如何に寄与したとみるべきであろうか。

諭吉の努力は、親の情愛として考えればまことに心に響くものがある。しかし、凡そ教育の問題として考えれば若干空しい感じがしないでもない。いうまでもなく教育は、与える者と与えられる者との熱い相互交流の上に成立する。諭吉の場合、受け手との間の相関温度がどうだったのかという問題なのではなかろうか。

はじめに触れた帝釈天の碑文が尾崎氏の本当の遺書の一部であったとすれば、遺書において尾崎氏はまさに父たるべき父でありかつ文学者であったということであろう。しかし、日常尾崎氏は父としてどのように子息に接しておられたのであろうか。

逆に、日常手紙等により二子への情愛を吐露し、助言を惜しまなかった諭吉は、最期に書き遺す内容として何を考えていたのであろうか。

期待される人間像の在り方

現今、ファーストフードの店が激増している。一歩店に入ると、帽子をかぶった若い女子のバイトさんがにこやかな笑顔で応対してくれる。これが、〝繁華街にあるもう一つの教育現場〟ということであるらしい。高校生のバイトさんは、徹底してお客様への敬語による応接と笑顔を教育されるようだ。以前ある週刊誌でその躾塾ぶりが紹介されていた。いらっしゃいませ、ありがとうございました、かしこまりました、少々お待ちください、お待たせいたしました、恐れいります、申し訳ございません、以上七つの言いまわしが必須マニュアルとなっているという。恐らくこの中では、かしこまりました、という表現が一番難しいのではなかろうか。それでも約三か月の特訓でほぼスムーズに言葉になるのだそうである。高校生のバイトさんは、帽子をかぶることによってお祭り感覚になるらしい。変身によって抵抗感がなくなるのであろう。

だが、このことについて学校側はどうみているのだろうか、この種のバイトを禁止している学校もあるようだ。三か月の特訓でいくら教えこまれても礼儀や言葉の使い方が本当に身につくものではないという考え方が関係者には強い。変身した結果の言葉づかいであるとすれば、生身に戻ればもとのモクアミだということもうなずけるのである。しかし、父母の側では、うちの娘は言葉づかいがきれいになったといって喜んでいる例もあるという。〝現代の躾塾〟といわれる所以であろう。

さて、このような一種の社会現象に対して、本来躾教育というものは家庭の役割でありファーストフード如きに感謝する等もってのほかという声も当然あり得る。しかし、このそもそも論の話は少しおくことにして、子供の日常生活に関することがらの中で何が問題なのかをみることにしたい。

この点については昭和五十九年の文部省の調査がある。親や目上の人に対するていねいな言葉、食事の後かたづけ、掃除の手伝い、悪いときはあやまる、近所の人とのつき合い、等まず三割から五割の子供が落第だということのようだ。わが身やわが家をかえりみてこれらの事項が十分であったかどうか、甚だ心もとない次第であるが、子供に期待されるこれら基本的生活習慣の形成が、一般論として家庭で難しくなっているという事実はおおうべくもない。しかし、だからといってそれらをすべて学校におしつけられても学校は迷惑至極なのである。

それでは、その責任の一端を担うべき親は、子供達に何を期待しているのであろうか。これも少々古いが昭和五十九年の総理府の調査がある。基本的生活習慣六一%、責任感五一%、根強さ三一%、自主性二七%、公共心や正義感二八%、勤労意欲一一%、情緒の安定一〇%となっており、複数回答である。

前記二つの調査は符合しているというべきかもしれない。しかし、何か大事なものが抜けているのではなかろうか。基本的生活習慣ばかりが突出していて、人間が人間であるが故に大切なこと、たとえば正直であること、誠実であること、勇気を持つこと、人々への思いやりの心をもつこと、人々へ尊敬と感謝の気持ちを持つこと、等等は、なぜ親の期待するところとならないのであろうか。食事の後かたづけや掃除の手伝いもできるにこしたことはない。しかし、食事の後かたづけは放っておいて、少年野球にフッ飛んでいく少年であっても少々大目にみてやってはどうか。それより、たとえば、私達世代が厳しくオオカミ少年の話で教えられたウソをつくなという人間の心性と行動の基本等の方がもっと大切なのではなかろうか。

そして、もう一つ、このわが国の親が子供に期待する徳目を総合しても血が通った〝人間像〟は浮かび上がってこない。どうやら総合すれば〝お行儀よく、何事にも耐えて、与えられた仕事に熱心に真面目に取り組む〟という姿の人間である。骨格は整っていても血が通っていなければロボットと同じである。昨今、産業社会では人間よりロボットの方が作業効率は高いのである。

ところで、はじめに触れたファーストフードのチェーンはアメリカのフード産業であるが、アメリカの親達は子供達に何を期待しているのであろうか。以前、板坂元氏がこの点についてアメリカの世論調査を紹介しておられるのを興味深くみた。高校生を持つ親達への調査である。子供に徳目的に何を期待するかという点での第一は、〝子供は正直であるべきだ〟という項目で二八％、第二は、〝子供はすぐれた感性と正しい判断力を持つべきだ〟という項目で一九％、第三は、〝子供は親の命令によく従うべきだ〟という項目で一七％、第四は、〝子供は他人に対する思いやりを身につけるべきだ〟という項目、第五は〝子供は責任感を身につけるべきだ〟という項目で、この第四と第五は同率八％となっている。

現今のアメリカの親達は、〝正直ですぐれた感性と判断力を持ち、家庭においては親に親和し、社会人としては思いやりと責任感を持つ人間〟であることを期待しているといえそうである。これは、まさに血が通った〝期待される人間像〟の一つのタイプといえるのではあるまいか。もちろん、アメリカの青少年の多くがこのようであるかどうかは別である。

子供達への期待という意味での日本とアメリカの人間像の違いは、一口でその理由を論ずることは困難である。ただアメリカの場合、〝子供は成功するために頑張るべきだ〟という項目は四％と低率なのだそうである、この項目がわが国で調査に入っていれば、本音の場合相当高率を占めるかもしれない。彼我の違いは、残念ながら人間としての在り方生き方を見据えた健全な人間観の問題だということになるのであろうか。

私は、ここで〝期待される人間像〟という言葉を用いたが、この言葉は昭和四十一年の中教審答申で使われている。多くの方が御記憶のように、この答申では、人間形成の目標とすべき期待される人間像はいかにあるべきかが論じられている。簡単に振り返ってみたい。

第一に「個人として」。自由であること、個性を伸ばすこと、自己を大切にすること、強い意志を持つこと、畏敬の念を持つこと。

第二に「家庭人として」。家庭を愛の場とすること、家庭をいこいの場とすること、家庭を教育の場とすること、開かれた家庭とすること。

第三に「社会人として」。仕事に打ち込むこと、社会福祉に寄与すること、創造的であること、社会規範を重んずること。

第四に「国民として」。正しい愛国心を持つこと、象徴に敬愛の念を持つこと、すぐれた国民性を伸ばすこと、……以上である。それぞれ詳細な説明がある。

一つだけ具体的にいえば、第一の〝強い意志を持つこと〟というところの内容としては、勇気、不撓不屈の意志、他人の喜びを自己の喜びとし他人の悲しみを自己の悲しみとする愛情の豊かさ、他人に対する思いやり、人間相互の信頼、人間として自己および他人への誠実、等のことが記されている。

いずれにしてもしつけや道徳教育は本来的に家庭や地域社会でのものである。学校にすべてを期待することなく前記のような人間像を頭において親が努力していただく必要があろう。さすれば、冒頭で紹介したようなファーストフードの店が現代のしつけ塾ではないかと揶揄されるようなこともなくなる筈なのである。

ホット・ストーブの原理と校則

今年は春の訪れが早い。春は若者の卒業と入学の季節である。その卒業についての新聞紙面では校則の話題が多く取り上げられていた。卒業式や卒業アルバムに関してのものである。そして、長髪問題もかなり大きく扱われていたようだ。

校則問題については、一昨年から各学校で見直しが行われており、見直しの成果が上がっているものもあると聞く。しかし、見直しのプロセスにある学校も多いかもしれない。そこでこの際、若干の視点でこの問題を考えてみたい。

学校の校則を検討する際には二つの課題がある。一つは制度としての校則の内容であり、もう一つは制度の運用としての違反への対応措置の問題である。

まず、校則の内容の問題を取り上げてみよう。

はじめに、なぜ校則が必要なのかが問われるべきである。学校は児童生徒の人格形成と教育水準の向上という教育目標を達成しなければならない。その学校教育目標達成のために校則が必要だとすれば、その内容も自ずから教育目標達成のため必要なものにしぼられるべきだということである。具体的には、教育目標達成において役立つか、有効であるかという観点で検討されるべきであり、児童生徒の行動の規制が教育目標達成に積極的に貢献するものでなければならない。そして、当然ながら規制のための規制であってはならない。校則に盛り込むべき内容と日頃の指導にゆだねる事項との区分についてもこの観点が必要だと思われる。

次に、校則の内容は、違反への対応措置即ち罰則との関係で、児童生徒が絶対守るべき事項に限られるべきである。〝則〟である以上〝則〟違反への対応措置が伴うことは当然であり、それがなければ〝則〟ではなく〝指導〟にすぎない。この場合、則の内容は、規制される行動の種類と程度が明確になっていなければならない。そうでなければ児童生徒の行動の限界は不分明となり、罰則の適用においても恣意と混乱を招くことになるであろう。

それから、校則の内容を検討する際には、当該学校の基本的な児童生徒観、あるいは、人間観の哲学を持つべきだということである。たとえばという例を挙げてみよう。

一つは、たいていの人間は、組織において、強制されたり統制されたり処罰するぞと脅かされたりしなければ努力しないし、命令される方が好きで何よりもまず冒険ではなく安全を望んでいるという考え方である。

もう一つは、人は自分が進んで身をゆだねた目標のためには自ら大いに努力するものであり、責任回避、安全第一というのは人間本来の性質とみるべきではなく、外から統制したり脅かしたりすることだけが組織目標達成に努力させる手段ではないという考え方である。

組織においては、支配対自由、統制対自主性、依存対独立の問題が常にある。学校においても、学校当局と児童生徒との関係において例外ではない。校則の内容を制度化するに当たっては、よって立つべき人間観と組織規律の在り方の問題をしっかりと認識しておくことが必要だということである。なお、上記二つの仮説はいずれも一面の真理ではあろうが、要は組織の在り方と自由というものをどう考えるかということではあるまいか。

次に、もう一つの課題である制度の運用即ち校則違反に対する罰則適用の問題がある。ここでも教育的観点をどのように考慮すべきかということが重要であるが、それ以前に、〝則〟であることに伴う当然の原理としての〝ホット・ストーブの原理〟に触れておきたい。組織規範と罰則の在り方の問題である。

まず、部屋の中で元気よく燃えている昔なつかしいダルマストーブを思い浮かべてみよう。側面は石炭の火力で赤く染まっている。そばに寄っただけで熱気が感じられる。人々は、触れれば当然やけどをすることを察知している、ストーブは、やけどの〝事前警告〟をしているというべきであろう。

そして、さわれば間髪を入れず即時にやけどをすることは明らかである。即ちやけどの〝即時性〟である。

また、素手である限り、誰がさわってもやけどをすることに変わりはない。やけどの〝無差別性〟である。

さらに、ストーブへの触れ方によってやけどの軽重は変わるが、やけどの程度はさわり方次第である。即ち〝対応性〟である。

ホット・ストーブとやけどとの関係における事前警告、即時性、無差別性、対応性という原理は、そのまま組織規範の違反への罰則の在り方としてあてはまるということである。

そこで、これを校則について考えてみるとどうか。従来の校則は、校則違反に対する措置の在り方を十分検討することなく既存のものが踏襲されてきたきらいがある。そして、措置を考えるのも前例やその都度ということがなきにしもあらずであったと思われる。そこで個別に検討してみたい。

まず、校則に係わる〝事前警告〟とは、罰則を受ける校則違反の態様と罰則の程度について児童生徒に明確な認識を与えておくということである。意識なく罰せられた児童生徒は、釈然としないどころか学校への信頼感を一挙に喪失することになるであろう。教育的でないことはいうまでもない。校則の場合、〝法の不知は許されず〟という原理は原則通用しないと考えるべきであろう。

次に、〝即時性〟についてである。校則違反に対する罰が早ければ早い程、学校側の対応の的確性、信頼性が確保されると同時に、人に対してではなく違反に対しての罰であることがハッキリするということになる。本人の反省の糧としても早い程効果が大きいというべきであろう。但し、拙速での間違った判断による罰は論外であり、事実関係の調査と罰則適用の判断は慎重でなければならない。

さらに、〝無差別性〟である。同一の行為、同一の違反である場合、成績や日常の性向によって罰に軽重の差があってはならない。当初の罰の適用は誰彼の別なく公正でなければならないということである。強いて考えるとすれば、爾後その解除について悔悟の状況等を勘案することがありうるかもしれない。

そして、最後に〝対応性〟である。校則違反の程度と罰の程度はパラレルでなければならない。当初予測もしなかった罰を蒙ったり、予測以上の罰が加えられたりすれば不当な罰として児重生徒の不信感は倍加するであろう。児童生徒が、人間として罰せられたのではなくて、自分が為した特定の行為による罰であることを悟ることが大切なのである。

以上、校則検討について若干の視点を述べてきたが、これは原理原則ともいうべきものである。ただ多くの関係者の方々が御苦労いただいているのは具体的校則の内容如何であり、罰則適用の可否の具体例であろう。しかし、校則の在り方の具体は一義的ではない。マスコミに取り上げられたからといって恐れ引っ込む必要はさらさらないが、当該事案が果たして適切であるかどうかの基本的検討は必要なことだと思われる。その際、前記の諸点の一部でもなにがしかのご参考になればということなのである。

ＳＩ戦略とリノベーション

桜花の春四月は新しい学年の始まる季節である。新しく発足する学校もあるかもしれない。いずれにしてもそれぞれの学校においては、自らにふさわしい教育方針なり年間教育計画が策定される筈である。そして、それらは、当該学校の教育理念あるいは教育への理想に基づくものであるに違いない。このことは、国公私を問わず、また各学校段階を通じて普遍のものでなければならない。しかし、その自覚と一貫性の程度は果たしていかがなものであろうか。

この点に関連して、昨年の暮れに発表された私立大学等の学部学科の新増設計画が思い出される。時代を反映してか、国際教養学科とか国際文化学科とか、少し欲ばって国際政治経済学科等というものもある。生産デザイン学科あるいは環境デザイン学科という新学科も目を引いた。世の中が、物の価値から付加価値あるいは情報価値の時代へ移行しつつあることを端的に示すものといえよう。今や素材の価値ではなく、型や色等感性訴求の価値の時代であることは共通の認識だからである。

ただ一寸気になる点は、このような新増設計画が、当該学校の教育理念や在り方と存在理由との関係で、十分慎重な検討を経たものであろうかという問題である。従来から私学の広報は多彩である、その一面をみれば、〝明治・大正・昭和・平成の百年、風雪に磨きぬかれてきました〟、あるいは〝明治の創立以来、学識を高め知性豊かな気品のある女性の養成を建学の理念としています〟という例等が多い。

学校にはそれぞれ個性がある。しかし、新増設学科の顔ぶれとこの建学の精神の広報とのギャップはどうみるべきであろうか。このことは、私学の話ばかりではない。当該学校の存在理由というものが社会の中で問われているのは国公立についても同様だからである。公立学校についていえば、年間の教育方針が三つか四つ学校要覧に掲げられ、教職員はその点の意識がない場合もあると聞く。校長が変われば字句の入替えで少し手が加えられるということではなく、もっと根本的な問題として考えるべきではないかということである。

そこでこの際、スクール・アイデンティティ即ちSI戦略ということについて、近年企業で盛んに用いられているCI戦略になぞらえて考えてみたい。

現在、企業でのその導入と実践がブームとなっているCIとは、コーポレート・アイデンティティの略である。私は一昨年と昨年の秋、わが国におけるCI戦略のパイオニアといわれる中西元男氏にお目にかかる機会があった。氏によれば、CIは〝起業と蘇業の哲学〟であるということになる。私は、SI即ちスクール・アイデンティティということによって〝学校の起校と蘇校〟が必要ではないかと感じたのである。

CIは、デザインの問題から出発するが、広く深く企業の経営理念、経営体質の変革を求め、企業の蘇生を図ろうとする戦略だといわれる。一般論としては、在って貰いたい会社、無くなって貰いたい会社、在っても無くてもどちらでもよい会社というものがある。在って貰いたい会社にどのようにしていくかというのがCI戦略だといえよう。CIは、一九五六年、IBMがCI的発想を取り入れたところから始まると言われている。その詳細については紹介の紙数がないが、中西氏によるCI戦略のサクセス・ストーリーとして、ケンウッドの例をみたい。

ケンウッドというオーディオメーカーについては、私もうかつな話それが元のトリオであることに長く気がつかなかった。山水、パイオニア、トリオという御三家のうち、トリオは他二者に比べて立ち遅れていた。そこで一九八〇年ＣＩを導入し、ケンウッドという美しいロゴマークを制定してブランド名とした。やがて社名もこれに改めるとともに、高品質、先進性、鋭さをキーワードとして、トリオは全く変わったという状況を作ることに成功した。経営もレコード部門を切り捨て、海外不良在庫を処分する等改善を図った結果、圧倒的に若者に好評を以て迎え入れられ、製品と会社への期待とともに購買欲求につながっていった。結果として、五百八十億円の売上げが五年後には千百億円となりＣＩ戦略の結果売上げは倍増することになったのである。これに類するＣＩ成功例としては初期の自動車のマツダ、ダイエー、三井のリハウス、ＮＴＴ、等々の例がある。

ＣＩ戦略の基本は、「新たな時代の価値体系のなかで、自ら固有の哲学を明らかにするとともに、情報化社会の中でそれを個性的に明示し、自らや外部の意識や体質の改善を通じて、よりよい市場環境や活動環境を作り上げていこうとする文化革命的戦略」だということになる。ＣＩ戦略はロゴマークやデザインの問題だけではなく経営方針、企業体質の見直し、企業理念の見直し、経営方針の変更刷新ということを基本的に含む戦略なのである。

さて、このＣＩ戦略をおきかえてスクール・アイデンティティ即ちＳＩ戦略を考えてみるとどうなるか。ＣＩのアレゴリーで二、三考えてみたい。

まず第一にトップの判断とリーダーシップである。企業にＣＩを導入するかどうかは社長の決断にかかっており、常務会等の慎重論を排して踏み切って成功した事例が多いといわれる。学校でいえば校長であり学長であり理事長であるが、これら学校のトップの判断と決断の問題である。なお、教育理念なり哲学はそれなりに裏づけが必要であり思いつきでは困る。

第二は、その裏付けとしての時代を洞察する情報収集力と時代を作る情報の良質転換力である。時代は若者に何を求めているかということであろう。それには時代の見通しの判断が前提となる。

第三は、個性と能力を持った若者を育てる学校としての教育力と、卒業した若者についてそれぞれそのところを得しめる社会とのリンケージの確保の問題である。上智大学の評価が高いのは、永年のこのリンケージの確保に努力された成果も大きいと仄聞している。

第四は、当該学校の魅力の問題である。企業で製品は立派だがさっぱり売れないという例は多々あるようだ。会社に魅力がないからである。学校も優秀な学生、生徒あっての話であるが、それに加えて学校自体に魅力がなければならない。その魅力ある学校としての体質作りと若者へのアピールが大切であろう。

第五は、その魅力ある体質を作るための努力としての課題である。個々の教師の教え方と成果はどうなのか。生徒の水準はどう上がっているか、卒業させるまでの教育のプロセスはどうなっているのか、教職員の管理は目的的に行われているか、全体として、教育理念や教育方針どおりにいっているだろうか——ということである。

以上のような考え方に一理あるとすれば、公立の小中高等学校においても、与えられた国家的使命や地域の要請を踏まえつつ、当該学校にＳＩを導入して、父兄の信頼に応える努力がなされるべきではなかろうか。

明治百年の歴史や伝統もそれなりに尊い。しかし、学校もリノベーションが必要なのである。パリやウィーンの古い建物の中が、いかに現代的な設備とディスプレイと品質で人々を魅了しているかということも一つの参考となるのではあるまいか。

個性化とアイデンティティ

いささか旧聞に属することになるが、昨年のオリンピックも終わりの頃、柔道の斉藤仁選手の談話が目にとまった。新聞報道は若干興奮気味の文章であるが、本人の話として、「おれはおれでしかない、そう思うことにした。」というくだりである。別の新聞では、「おれはおれなんだ」と迷いを捨て去り云々とあるから、この趣旨で斉藤選手が語ったのはほぼ事実であろう。

また、その少しあとの新聞で、中国の崑崙山脈に挑む佐々木和夫登山隊長のことが紹介されていた。そして、氏の話として、「私にとっての山登りは人生の句読点。格好よく言えば存在を証明するということですかね。」という記事もでていた。

それぞれの記事を見て、私は、どうやらお二人とも、期せずして所謂アイデンティティについて語っておられるようだと感じたのである。

斉藤選手の場合は、自らが置かれている環境の中で、自分は如何なる存在であるのか、何を達成すべきか、達成できるか——について考え、そしてふっきれた心境となっての言葉であったと思われる。また佐々木氏の場合は、本業以外に、高校生時代以来自らをかけてきたもの、即ち山登りが、自らの存在の証であるとの自覚に立っての話であり、山登りに本当の自分があるという意味と理解すべきであろう。

アイデンティティという言葉は、既にわが国でも日常しばしば使われている。そして、かなりなじみ深い言葉となっている。日本人としてのアイデンティティ、精神的なアイデンティティ、性別のアイデンティティ等々である。

ベストセラー作家ロバート・ラドラムの小説に The Bourne Identity という題名の小説がある。邦訳では〝暗殺者〟等となっているが、記憶喪失となった主人公が、自分は一体誰であるかを求めつつ波瀾万丈のストーリーで活躍するお話である。ラドラムの多くの作品の中でも上出来のものとの評価があるが、要するに自分は一体何者であるか、ということが主人公の日常の思いから離れないことになっている。Identity の一つの例であろう。

通常この言葉は自己同一性、自己の存在証明、真の自分、自分が何者であるかの確証等と訳されているようだ。今や元祖のエリクソンの意味するところよりかなり広い意味で使われている現状にある。この際、この言葉に少しこだわって考えてみたい。

かつてフランスの現地学校において、自らの御子息の学校教育を体験された根本長兵衛氏は、その著書で一節を設け、フランスの個性教育について述べておられる。氏の御子息の通ったフランスの学校の先生方は、生徒に「自分の意見を持つ」ように叩きこむことを授業の主眼としている。だから、作文に生徒自身の考えが入っていないと、零点の厳しい採点となる。そして、リセのある先生からは、「自分の考えている哲学は、能率の世界で直接役立つものではない。しかし、少年の一人一人に明確な自分の考えを持つことを訓練する。これはどこの世界でも人間として生きていくうえで最も大切なことではないか、個性を育てない日本の教育は教育とはいえない。」と手厳しい意見をきかされたそうである。

また、イギリスのハイスクールにおいて、御息女の教育体験記を公刊された清水正昭氏は次のように述べておられる。

日本の高校英語教師をして帰国した人の話で言えば、イギリスと日本との教育の違いは〝暗記もの〟と〝エッセイ〟の差である。イギリスでは何でもエッセイを書かせる。そして、先生は、各教科すべてについて生徒のノートをていねいに見てくれる。先生は、生徒一人一人について、その子の弱いところを見抜いて、もっとここをこうすれば伸びる、というようなアドバイスを与え、このように表現を変えればもっと楽しいわかりやすいエッセイになると指導していた。……

根本氏、清水氏いずれもかなり以前の体験のお話である。しかし、事態が変わっているとは思われない。わが国でも、近年、教育の個性化ということが共通の認識として大切な課題となってきた。日本的風土や社会的諸事情から、直ちにフランス等のようにはいかないであろう。しかし、努力すべき大きな目標であることに誰も異存はない筈だ。ただ、ちょっと気にかかる点もある。

初等中等教育においては、自ら学ぶ目標をもつことが極めて大切である。そして、何をどのように学ぶかという主体的な学習の仕方を身につけさせるように配慮しなければならない。この場合、自ら学ぶ意欲を育てること、適切な動機を与えること、成就感を体得させることも大切なことである。そこで、個性を生かす、個に応じた指導を工夫する、等の配慮が必要となる。課題として当然必要なことであろう。

しかし、児童生徒の側の問題としては、主体的学習のもう一つ前の課題があるのではなかろうか。私はエリクソンのよくある例としての次の言葉が気になったのである。

「先生、わたし達は、今日もしたいことをしなければなりませんか。このような質問ほど次のごとき事実をより端的に示しているものはない。この年齢の子供は、自分は、何かを達成することができるのだということに、優しく、しかもハッキリと、強制的に気づかせて貰うことが好きなのだという事実である。」(岩瀬庸理訳)

ここで、〝気づかせて〟というところに注目したい。生徒の個性を学校側が勝手に判断して、それを伸ばす、生かすということではない。自分が何であって、何ができるか、何を目標とすべきかに気づかせることが前提なのである。

人は、自分自身についての意味づけや位置づけを明確にするための材料を求め、それらの明らかになる方向へ向かって行動しようとするものだという。このようなエリクソンの考え方からいえば、さきの例のように、生徒が自分自身で考えて自分なりの意見を持ち、その意見が他の意見と異なることを知るとき、はじめて自らを認識することとなるに違いない。

自らのアイデンティティの問題は、偏差値等による自らの位置づけの自覚ということではなく、広く全人格的なものである。そこでより大切なことは、個性化の手段、方法の枡目に生徒をハメこむことではなく、まず生徒一人一人に自らのアイデンティティを自覚させることが前提なのではなかろうか。

斉藤選手は、ロサンゼルスのオリンピック以後、ケガや競技上の様々の問題を克服し、自らのアイデンティティの確立ともいうべきところに到達したとみるべきであろう。しかし、若年の多くの生徒達が、自らアイデンティティの追求と確立ができるとは思われない。学校教育の役割は、まずそこに手をさしのべることにあるのではなかろうか。自分がわからないで主体的な学習をしても無駄であり、先生から、やみくもに、君の個性はこうだ、と言われても、生徒は、何となく釈然としない面持ちにならざるを得ないのである。

事実偽造の風潮と子供達

真赤な嘘とでもいうのでなければ、優雅に生きるためには多少の嘘も必要だ、という説がある。ギリシャ人でタキという人の「嘘の必要」というコラムの一篇であるが、どうやら男性と女性との関係がタキの念頭にはあるらしい。この点で真赤とピンクの違いを述べよといわれても難しいが、男女のことであればさして厳密に論ずることもないのであろう。ついでにいえば優雅とは何かということだって問題なのである。文章のあやで嘘も必要だということはわかるとしても一般論にはならない。これに類するものとしては〝嘘も方便〟という言葉がある。嘘もよい結果を生むための役に立つ方法としてなら許されるということであろう。しかし方便という言葉は何となくウサンくさい感じがつきまとう。大人社会のこの言葉を教育上で解説するのは大変難しいのではあるまいか。まして、「嘘は素敵な調味料」だ、等ということも子供達にはわかりかねる話なのである。

この点、大人社会ですぐ頭に浮かぶことがらがある。国会（衆議院）の解散時期、公定歩合操作のタイミング、ガン患者への不告知等々である。これらは皆〝よい結果を生むための役に立つ方法〟として真実を述べないことが許される場合なのであろうか。

大分昔のことになるが、末弘厳太郎博士の著作で「嘘の効用」と題する文章がある。このエッセイについての解説で、民法学者の川島武宜氏は嘘というのは二義ありと述べておられる。まず、英語でlieという嘘であり「事実に反することを知っている者が、そのことを知らない相手にそれを事実として述べてだます行為」がその一つである。英米でlieという言葉および行為が大変重いことはイギリスのプロヒューモ事件等で想起されるところであろう。もう一つは末弘博士の「嘘の効用」で使われている〝嘘〟であり、「社会の現実の必要にかんがみると、法律上の定めを厳格に文字どおり守るわけにはいかないので、法律の言葉の意味を操作してあたかも法律を条文の言葉どおりに守ったかのごとき外形をつくる行為をいう」と説明されている。この後者の嘘は法律上の擬制ということになる。

末弘博士は大岡越前守の裁判をこの擬制の例として挙げておられる。博士によれば、大岡政談の名裁判は、この擬制の意味での嘘を上手についたことにより名裁判になったとされる。ということは、当時享保の吉宗時代の法が杓子定規のものであったことによるらしい。法は動かし得なかったので事実の方を動かし、あった事実をなかったといい、なかった事実をあったということによって人情の機微にマッチした裁判を行ったということである。伝えられる大岡政談もフィクションが多いようであるが、石の地蔵さんを犯人だとしてこれをしばって白州に運びこませた例等がこれにあてはまるのであろうか。

ただ、昨今の紙上に現れる種々の事例では、あったらしいのになかったと言い、なかったらしいのにあったと云う例もままみられるのである。これらは〝事実の偽造〟であって、その効用を論ずべき代物ではない。

ところで、ガン告知の問題はまだ社会的に意見が分かれるところであり、患者と医師の人生観もからんで難しい問題がある。しかし、まさにlieの問題ではある。この点については、一八世紀のイギリスの碩学サミュエル・ジョンソン博士の興味ある意見をみたい。

ジョンソン博士は、まず、一般原則として、人間相互がお互いの誠実さに満腔の信頼を持ち、相互の信義を守るべきであるとする。そして、「僕は病人を驚かすことを恐れて嘘を云うことの適法性を否認する」と述べ、「君はそれがおよぼす結果に委細かまわず真実を告げるべきだ。それに君は、生命が危ういと告げられることが、病人にどんな結果を引き起こすかをはっきり見通せない筈だ。それが彼の病気を顕在化させて、逆に彼の病気が治る機縁とならないとも限らない。僕はあらゆる嘘の中でこれを最も憎悪する。」（中野好之訳）と続けている。

イギリスの良心ともいわれる博士は、さらに、真理は〝高次な優先的義務〟を口実に破られるべきではないとしている。この嘘をつく〝優先的義務〟というのが曲者であって、それを各人が自分なりに判断する事だとすれば、われわれは自分勝手な動機に基づいて余りにも度々〝その必要がある〟と一人決めする結果になるからである。そして、博士は、総じて人間の幸福は、〝真理が普遍的に守られる場合の方が一層完全になると知られる筈だ〟と結論づけている。ところで、国会解散の時期や公定歩合の引上げ引下げは〝高次な優先的義務〟があるといえるのであろうか。

いずれにせよ、やはり大人社会においても、方便としての嘘が安易に許されてはならない。そして、このことを前提として子供達の教育においても、〝正直〟ということが道徳教育の大切な徳目として教えられなければならないのである。この点、戦前の修身の教科書においては〝狼少年〟の話が登載されていた。イソップを原型とするこの教材は子供の心にまことに印象深く写ったのではなかろうか。

さて、大人社会の嘘の問題は、ひるがえって子供の教育に陰に陽に大きな影響を与えていると思われる。現代の子供は〝社会化〟しているからである。〝嘘は泥棒の始まり〟と親からしつけられ、〝嘘ついたら針千本飲ます〟と指切りをしたことは誰にでもある経験であろう。大人社会で針千本を飲まなければならない人が多いということは子供達にとってもまことに不幸なことである。事例としては反面教師としての教材にもならないものが多い。
　この点で気になることは、昭和五十九年の日米教育調査において「ウソをついてもいい」と考えている日本の子供が四〇％もいるということである。アメリカの小学生は一九％だということであるが、このような状況をどうみるべきであろうか。

　はじめに触れたタキは、他人を死ぬ程うんざりさせるように作られた誠実という名の血清をアメリカ中の人間が打たれているような気がすると述べている。アメリカでは、ワシントンの桜の木の話のように人間は正直であるべきだということが大変大切な徳目の一つなのであろう。タキが言わんとしていることは、おそらくその血清の中に〝おざなり〟というビールスがまじっているということではあるまいか。では、なぜおざなりになりがちなのであろうか。問題は、既に〝社会化〟し、日々大人社会の現状を見聞きしているに違いない子供達に、どのようにして〝正直〟なり〝誠実〟という人間道徳の徳目を教えるかということである。嘘も方便であるとする大人社会のことを知っている子供達は、教え方如何によってはおざなりと感じ、そこに偽善の臭いをかぎとるであろう。まずは適切な教材として何を使うかということも課題である。しかし、それよりも、大人社会の一員である教える者が、大人社会における様々な風潮への確たる姿勢を持つことを求められているというべきではなかろうか。そして、自らの師表としての在り方をも問われているというべきであろう。さなくば、この点についての教育は、必要についての〝声〟のみ高くして、〝実〟は一向に現れないという狼少年の前段の話になる恐れがあるのではあるまいか。

碩学の学習法と教育法

いつの頃であったか、ある新聞の読書欄で、ブルタルコスの『食卓歓談集』（柳沼重剛訳）はめっぽう面白いという記事をみた。この書物はブルタルコスの「倫理論集《モラリア》」と呼ばれているエッセイ集の中から、柳沼氏が現代人にも興味深いと思われるものを選択したものである。このブルタルコスのエッセイについては、別に河野与一氏の選訳になる『ブルタークの倫理論集の話』という一書があり、老人は政治から手を引く方がいいか、自慢をしても嫌われない法、頭を使う人の健康法、交合の時機、酒の席で相談事をしてもいいか、……等のエッセイが内容となっている。

河野氏は「ブルタルコスは哲学史にも文学史にも三流に値する文人である」と記し、柳沼氏は、「三流はひどい、私はせいぜい二流だと思っている」としておられるが、御両所いずれもブルタルコスが大好きであることは間違いない。

これらのエッセイの表題だけを例示して内容を御紹介しないのも気がひけるが、本稿の紙数では不可能である。実をいえば、かねて私は、この書の訳者である河野与一氏について、その学者としての、そして、人間としての在り方生き方に大きな関心をもっていた。河野氏は、先輩からも敬愛され、多くの弟子筋の諸学者からも鑽仰の念をもって慕われてきた方だからである。河野氏が昭和五十九年七月に八十七才で逝去されてのち、『回想河野与一多摩』と題する御夫妻の追悼文集が出たことは承知していた。古書店に依頼し、一年余りを経て最近非売品のこの書を手にすることができた。そして、教え子であった桑原武夫氏が記しておられる「この気品のある稀有の存在」としての河野与一氏の魅力について改めて考えさせられることになったのである。

河野氏については、まず何よりもその語学力の話が第一に取り上げられねばならない。フランス語、ドイツ語、ロシア語、ギリシャ語、ラテン語のほか、ポーランド語、ルーマニア語、ノルウェー語、チェコ語、ブルガリア語等、十数か国語に通じておられたという。三高での教え子であった河盛好蔵氏は、河野先生のところは、語学上の難問をたちどころに解明して貰える語学診療所であったと記しておられる。

また、加藤周一氏が紹介しておられる挿話がある。昭和三十八年、河野氏御夫妻が欧米諸国の外遊でカナダのヴァンクーバーに立ち寄られた際、家族連れの六・七人の人々が河野氏と話をしていた。一家の家長とおぼしき人は非常に興奮していて、ギリシャから移住してきて二十年、ギリシャ語で話をしたことはなかったのに、今日ただ今驚くべきことが起こった、こんな愉しいことはないと言っていたという。河野氏は、古典ギリシャ語のみならず、現代ギリシャ語も話せる人だったのである。

このような語学はどのようにして修得されたのであろうか。河野氏には「怠け者の語学勉強法」という文章がある。(『学問の曲り角』所収)これは、フランス語の個人教授を受けていたある御婦人が、「怠け者はいったいどうすればいいのでしょう」とつぶやいたことに端を発して書かれたものである。その中で河野氏は「空ッポの時間」が大切だとしておられる。これは「閑《ヒマ》」というものではない、閑というものは、とかく勝手に何にでも使えるからいけない。大切なのは何にも使えない時間、使えないことに決めた時間、自分の体や心の動きを閉め出した時間、というものが「空ッポの時間」ということである。義務だの義理だの覚悟だの予定だので取押さえ追いつこうとしても無駄だと河野氏は述べる。語学修得には目的を持て、という世に多い教説とは異なる見解であるが、とにかく河野氏は、語学修得にはまず「空ッポの時間」を持て、と強調しておられる。

この文章だけでは河野氏の語学学習法の詳細はよくわからない、そこでさきの回想録から多くの人々の語る河野氏の勉強法を垣間見ることとする。

河野氏が、転換の早さ、頭脳の強靱さ、集中力と持久力、語学についての抜群の才能を持っておられたことは確かである。しかし、氏はやはり加えて努力の人であった。

夫人の語るところでは、枕元には常に辞書が置かれていたようだ。ラテン語の個人教授を四・五年にわたって受けていた方の話では、変った難解なテキストについて「ウーン、難しいね。わからない」、「勉強していてぶっ倒れて寝ちゃうんだ」と告白されたことがあるという。そして、先生は「まれにみる努力家の学習者であられました」との一文もある。やはりこのことが河野氏の語学修得についてのコトの真相というべきであろう。そして、河野氏が、語学は「毎日の努力だよ、毎日少しずつやれば必ず出来るようになるよ」と語ったことも紹介されている。毎日、欠かさず「空ッポの時間」を語学勉強にあてよということなのであろう。

さきの「怠け者の……」文章の中で河野氏は、いっそ怠け者の語学はラテン語にしては、と記し、「通された客間の額や床の掛物が主人の出を待つ間楽しめる」としておられる。しかし、これだけでは何のことやらわからない。そのこころとして「自分の標札」という別の文章に絵ときがある。

河野氏と親しかった上原専禄氏の家の入口に木の板が貼ってあった。そこにはLUDUS・LITTERARUM・ET・ARTIUMというラテン語が書いてある。訪ねる人はこれをみることになる。LITTERARUMとは「文字、書き物、手紙、文学の」ということであり、ARTIUMは「技術、芸術の」ということだそうだ。LUDUSとは「遊戯、遊び」ということであり、子供のやることと競技闘争という二つの意味を持つ。『語学者の散歩道』というとびきり面白いエッセイ集の中で柳沼重剛氏は、この点に触れて、上原邸の看板は強いて訳せば「学芸闘技場」ということになろうかと解しておられる。そして、上原邸の客間には、「蒙以養正」という偏額がかかっている。河野氏は、「バカな方が本当だよ」と解し、柳沼氏は「人間ほどほどに馬鹿な方が本当だよ」としておられる。そして、これを音で読めば、「モウイイヨセ」になるとか……。碩学の学芸闘技場に勢いこんで乗り込んだ少壮学者諸氏に対して、議論はそこまで、「モウイイヨ」との意であろうか。厳しい学問の世界でのシャレた遊び心の余裕というべきであろう。

桑原武夫氏は、恩師河野先生への弔辞の中で、「先生は、学問的質問には常に親切に応対され、相手の地位、思想、学識、素質の大小等に全く拘わらず貴重な時間を犠牲にされた」と述べ、そのお人柄をたたえている。河野氏は、勉強をしようとする者に対しては常に温かい援助を惜しまない方であった。

人を教えるときの先生には、我慢とか辛抱とかの素振りは少しも見られなかった。それどころか、心からそれを楽しんでおられた風で、その弾むような気分が相手にまで伝わってくるのであった、と記している方もある。この点はあらゆる教職者が心がけるべき態度ではなかろうか。

東北大学での古代哲学史普通講義では、ノート大の黄色い無罫の紙二、三枚にびっしりと細かな横書きの文字の書かれた講義メモをいつも用意されていた。また、キケロに関する講義案を作られた時、罫のない白紙がきれいな横書きで大体埋まったと思うと、嘆息をつきながら定規で丁寧に紙一杯に×印をつけられるのが屢《しばしば》だったという。講義案は何回も作り直されていたということであろう。いかに講義のための準備に意を用いておられたかがうかがわれる話である。

そして、河野氏の読書法は、「大きな本を端から端まで読むのが好きだ」として、たとえば、プラトンの『ポリティア』のような大冊にとりかかる前には、まず読了の日を予定し、次に日数で割った一日分の驚異的な読書量を決めていた。そして、期限より早く読み上げていた由である。また、正・続『学問の曲り角』のエッセイは、読んでまことに楽しくそして教えられる逸品であるが、丁寧に保存されていた遺稿によれば、二稿、三稿と書き直されているものが尠くないという。河野氏の流麗な文章もそのような細かい神経で書かれていたということである。

家庭人としての河野氏は、国文学者であった夫人の研究を援助し、家事も自らこなす等、理想的家庭を築いておられたようだ。そして、夫妻は旅行をともにされることも多かった。

河野氏は、繊細で典雅、温厚にして豪気であると目されているが、日常でも旅行でも生涯、和服に下駄、または草履で過ごすスタイルをくずさないという一徹な面もお持ちであった。好みの問題とともに一種のダンディズムの問題でもあったのであろうか。外遊の際、パリでの御夫妻の和服姿はフランス人にはとても不思議に見えたようだ。しかし、和服の河野氏がひとたび口を開けば、見事なフランス語がすらすらと出てくるので、美術館の中では皆がビックリしつつ感心し、御夫妻の方が美術品のようになって鑑賞されてしまったという。

ただ、このような完璧な河野氏も、フランス旅行で汽車に乗り損ね、夫人お一人で汽車出発という事態もあったという。一度乗り込んだ汽車から先生が買い物に出て、ホームで駅員と話し込むうちに音もなく汽車が発車してしまったのである。

優れた学者、教育者として、そして、よき家庭人、社会人としての河野与一氏の生き方について、学ぶべき点の多いことを感じ上記の御紹介をしてきた。凡人にはとても真似はできないと思いつつ、しかも時既に遅しと自らの反省をこめて考えさせられることとなった昨今である。

ブリューゲルの〝遊び〟と学校五日制

以前、〝ブリューゲルとネーデルラント風景画〟と題する美術展が上野の国立西洋美術館において開催されたことがある。ピーテル・ブリューゲルの作品としては〝干草の収獲〟が出品されていた。識者によれば、ブリューゲルの作品が来日したのは初めてのことなのだそうである。三十三万人という参観者の数からみても、わが国でのブリューゲル愛好者はかなり多いといえるようだ。

このブリューゲルには〝子供の遊戯〟という作品がある。たまたま学校五日制の実施に関連して、子供の〝遊び〟が大きく取り上げられている現状から、ブリューゲル研究の第一人者である明治大学教授森洋子氏のこの作品に関する優れた研究に拠り〝遊び〟の問題を少し考えてみたい。

まずこのブリューゲルの〝子供の遊戯〟においては、九十一種類の様々な遊びと二百五十人余の子供達が描かれており、子供達は活き活きと体を動かしそれぞれの遊びに熱中している、森洋子氏が指摘しておられるように、画面は子供達が真剣に遊びに没頭しているインテンシティの世界なのである。そして、この絵に描かれた各種の遊びは、一六世紀フランドルの遊びの集大成といったおもむきがあるという。中には、私達が少年期に行っていた遊びと同様なものが数多くあることにも驚かされる。たとえば、目隠し鬼ごっこ、輪廻し、竹馬、鞭ごま、ボール遊び、昆虫採り、取っ組み合い、等々であるが、少女達の人形遊びやお手玉等も画面左下に描かれているのが認められよう。

当時ブリューゲルが住んでいたアントウェルペンは、貿易港としての繁栄から人口が急増し十万人以上が居住していたという。しかも住宅が密集した過密都市であったらしい。そうした状況下で大人達は、これまで遊び場であった空き地等を子供達からどんどん奪っていった。そこには商店や住宅が建てられたのである。結果として子供達は、遊んでいた広場や空き地から追放されることになったのであろうことは想像に難くない。

そのような状況下でブリューゲルは、一枚の画面に、子供達が遊ぶ場としての広場、野原、川、大通り、建物等を組み合わせ、あらゆる遊びを収集してそれぞれの遊びに夢中になっている子供達を描き出した。ブリューゲルは、子供にとって遊びがどんなに大切なものであるかについて深い理解を持っていたのであろう。ブリューゲルは、同時代の人々に、改めて遊びの本質を問おうとしていたのではないかと森洋子氏は述べておられる。そして、この絵では、〝学び〟の世界はその片鱗さえもうかがえないのである。

それにしてもこのブリューゲルの絵が逆説的に表現している当時のアントウェルペンの街の実情は、何とわが国の子供達の外的な状況と似ていることか。

以前、主たる子供の遊び場であった空き地や道路は、今や都市過密化の波で見られなくなり、都市の子供達は家の中へ逼塞《ひっそく》させられることとなった。このような子供の遊びの環境上の変化とともに、テレビや受験勉強等子供の行動のパターンの変化から、子供の本来的な遊びは現在危機的状況にある。しかし、子供にとって遊びが如何に重要であるかはここで述べるまでもない。ところが〝遊ばない子供〟に加えて、〝遊べない子供〟まで出現しているという現状なのである。

このような現状において、二月末、子供の〝遊び〟について触れた学校五日制の在り方についての文部省協力者会議の審議のまとめが発表された。その中では、近年、子供達の遊び、自然体験、社会体験、生活体験等が著しく減少しているという現状認識が述べられており、そして、家庭や地域社会において、遊び、自然体験、社会体験等の機会と場を増やす必要があると提言されている。具体的には、地域において、とくに校庭や特別教室、また体育館や図書館等を積極的に活用し、遊び、スポーツ、文化活動を活発に行うべきだ、ということが内容となっている。

私は、ここで〝遊び〟というものが積極的に取り上げられていることに注目したい。しかし、そもそも〝遊び〟とは何であろうか。

〝子供の遊戯〟ブリューゲル作，1560，ウィーン美術史美術館蔵

〝遊び〟については、ホイジンガやカイヨワの分析があるが、私は前者の方により多くの共感を持つ。ホイジンガは、『ホモ・ルーデンス』（里見元一郎訳）において遊びの形式的特徴について詳しく述べている。

まず第一にホイジンガは、遊びは自由な行為であり自由そのものだとする。命令された遊びは最早遊びではあり得ない。遊びは仕事ではない。子供はそれが楽しいから遊ぶのであってそこに自由がある。

第二に遊びは、独自の性格を持った活動の仮構の世界であり、利益を度外視した性格のものである。そして、遊びは、生活過程の圏外において行為すること自体の充足感の故に行われるものである。

第三に遊びは、日常の生活から場所と期間によって、即ち空間的、時間的に区別され限定されたものである。遊びはそれ自体の中にそれなりの道筋とそれなりの意味を持っている。そして、遊び場の中ではある秩序が支配し、また遊びは秩序を創造する。

第四に遊びは規則を内包しており、遊びの仮の世界で通用する規則は、その内部では絶対のものである。ということから、規則が犯される遊びの世界は崩壊することになる。そして、規則と秩序という点で、遊びの世界にはフェアーという概念が密接に結びついている。

第五に遊びは秘密を持ち、そのことが遊びの魅力を高めている。日常の世界から脱却した遊びの世界は、たとえば別人化と秘密主義を内包しているといえよう。

さて、子供をめぐる外的状況や内的状況から、上記のような本来的遊びが逼塞させられているわが国の現状において、学校五日制等で慫慂《しょうよう》されている遊びはどうあるべきであろうか。

一般論として、藤田英典氏は、遊びの復権を主張するとしても遊びが教育の手段とされることへの懸念を表明しておられる。

遊びの重要性に関する心理学的教育学的知見が深められるにつれて、子供の遊びを積極的に指導し統制しようとする傾向があるとすれば、それは果たしてホイジンガのいうような本来的遊びといえるのであろうか。諸々の遊びは遊びそれ自体であって、どの遊びがどの程度教育的であるかを評価しつつこれを奨励するとすれば、それは最早〝遊び〟ではないといわざるを得ないのではあるまいか。

このような点からみれば、学校五日制で推進されるべき〝遊び〟も遊びそれ自体であるべきだということになるであろう。したがって関係者は、指導ではなく、専ら子供達の外的および内的状況の整備に努力すべきではないかと思われるのである。

それにしても昔、一六世紀のフランドルにおいてブリューゲルが描き、そして、わが国でも昔から親しまれてきた各種各様の遊びは、最早遠く消え去る運命にあるのであろうか。どうやら、子供達がそれらの遊びを活き活きと楽しむような情景は、所詮儚《はかな》い夢だとみるべきかもしれない。時代は動くということではあっても、それはいかにも残念なことだと言いたい。

なお、森洋子著『ブリューゲルの子供の遊戯』―遊びの図像学―未来社刊（サントリー学芸賞、日本児童文学学会特別賞、日本保育学会日私幼賞受賞）の御一読をお薦めしたい。

訓戒の基礎と言行一致

昨今、子供をめぐる環境の変化ということが論じられている。子供から遠去かりつつあるものとしては〝父親の働く姿〟等があげられているようだ。現代社会は極めて忙しい。父親は〝背中〟すら子供に見せることが難しくなっているのかもしれない。

かつてキングスレイ・ウォードの『息子への手紙』の訳書がベストセラーになったことがある。父親が子供から遠去かりつつあるという状況分析を機会に、この際、フィリップ・チェスタフィールドの「息子への手紙」を取り上げてみたい。

チェスタフィールド（一六九四～一七七三）は、ウォルポール時代の一八世紀のイギリスにおいて、アイルランド総督や大臣を務めた貴族政治家の領袖であった。

フランス女性との間に生まれた庶子の息子フィリップ・スタノップに対して、チェスタフィールドは勉強や処世の心得をこまごまと沢山の手紙にして書き送った。それが一七七四年に一書となって出版され、イギリスの心ある人々の多くがこの本を読んだという。わが国でも、現在、竹内均氏の邦訳によりその内容に接することができる。その微に入り、細にわたる数々の訓戒の内容と熱意には驚くほかはない。庶子であった息子とは日常接することなく遠去かっていた父親であったが故でもあろう。しかし、普通の父親には中々できない努力だといわねばならない。

ところで、世の常にあるごとく、チェスタフィールドの息子は、父親の指導にもかかわらず大成することなく若死にした。チェスタフィールドの場合も、父親の空しさを感じさせる一例というべきであろうか。

ただ、このチェスタフィールドの場合は、書かれた手紙の内容と、書いた本人との関係が若干問題になるケースなのである。人間として父親としてその言やよし、されればその行いは、ということが問われているようだ。

このチェスタフィールドについては、伝記文学の傑作といわれるボズウェルの『サミュエル・ジョンソン伝』(中野好之訳)の中に次のような記述がある。

〝チェスタフィールド卿の庶子スタノップ氏と一緒に旅行をしたことのあるエリオット卿は、自分の息子に彼があのように心のこもった長い手紙を数多くしかも大部分を国務大臣在任中に書いたことを考えると、これは疑いもなくチェスタフィールド卿の非常に優しい気性を証拠立てるものだが、実際に息子にこれほど親身の情愛を寄せた人物が当の息子をわざわざ手塩にかけて悪党に育てようとする情熱は全く理解に苦しむ、と正当な感想を述べた。〟

上記で〝正当な感想〟というのは、ボズウェルの意見である。ここでは、ボズウェルもエリオット卿も、共にチェスタフィールドの息子への手紙やチェスタフィールド自身を痛烈に揶揄しているとみるべきであろう。

ジョンソン博士自身もチェスタフィールドに対して抜きがたい人間的不信感と嫌悪感を抱いていたようだ。その感情は、英語辞典出版に際し、チェスタフィールドにあてたジョンソンの書簡からもうかがうことができる。

ジョンソンは、自分の『辞典』の「計画書」をチェスタフィールドに献呈して深甚なる敬意を払い、世間が相争って求めているあの眷顧《けんこ》に自分もあずかれるのではないかと考えていた。そして、できればパトロンになって貰えればと期待していたようである。しかし、ある時、チェスタフィールド邸で玄関払いを受けてから、これ以上この人物と関係を持つまいと決心した。

ところが、計画書から七年後『辞典』が完成したとき、チェスタフィールドは、この博学なジョンソンを冷淡に閑却してきたことが気になった。そこで、江湖に推奨する二つの文章を雑誌に寄せて最大級の賛辞を呈したのである。

ジョンソンはこれを見て直ちにチェスタフィールドに書簡を出した。

〝閣下、後援者とは、人が水中で懸命にもがいているのを知らん顔で傍観しながら、彼が岸にやっと辿りついた途端お節介にも援助の手を差し延べる人間のことではないでしょうか。貴卿が折角私の作品を推薦してくださった文章も、もう少し以前であれば好意になったでしょうが、今日まで延引されたために私は無関心になってそれを享受できず、孤独となったためにそれを分ち持てず、世に知られた故にそれを欲しないまでになりました。……天意が私に独力でその完成を可能にした事業を、公衆から後援者のおかげだとは考えて貰いたくないと私が望んでも、それは必ずしも甚だしく犬儒的な僻みではなかろうと存ぜられます。〟

ジョンソンは、チェスタフィールドの追従を断固はねつけたのである。

この点について夏目漱石は、〝私は別にジョンソンが好きな訳でもない。文にも論にも、そう敬服するものでもないが、独り此チェスタフィールドに与えた書翰文は昔読んだ時から此講義をやる今迄感心してゐる。感心は兎も角も、此書翰は文界にあって個人保護の時代が永久に過ぎ去ったと云ふ記憶に値する事実を尤も露骨に天下に発表したものであるから、此點から見ても文学史上重要の意味を有している。〟と記している。(「文学評論」)

漱石の指摘する学者がパトロンから独立したという文学史上の問題もさることながら、この書簡にはチェスタフィールドの人間性とその処世に対するジョンソンの忌憚のない批判と嫌悪感が現れているというべきであろう。

そして、ジョンソンは、チェスタフィールドについて、彼は「才人の中の貴人（首領）」だと思っていたが、実際には「貴人中の一才人」にすぎないことが分かったと述べる。そして、息子への書簡が公刊された時ジョンソンは、「この本は売女の道徳と踊りの教師の行儀作法を教えるものだ。」と述べた。

「息子への手紙」の中の数々の訓戒の中で一つ例をあげれば、人を馬鹿にしてはいけない、君がたった一度でもその人を馬鹿にしたことがあると、相手は君の力にはなってくれないだろう、悪事は許されることがあっても、侮辱は許されることがない。どんな人でも侮辱を感じればそれに憤るだけのプライドは持っている筈だ、という一節がある。

チェスタフィールドは、息子には上記訓戒を与えながら、ジョンソンの自尊心を大きく傷つける決定的な行動をとってしまったようだ。

臼田昭氏によれば、チェスタフィールドの手紙が公刊されるや世評では、〝狡猾な宮廷人〟の典型と目されることになってしまったという。それは、彼が息子に対し、人に気に入られるよう世渡りはうわべを飾り、人に取り入ることが最上、と説いていること等からである。

手紙の全体を読めば上記の評価は少し厳しすぎる感じもあるが、凡そ人に訓戒を与える場合、その人の人間としての在り方生き方が厳しく問われるということの一つの現れである。

チェスタフィールドのケースは、手紙の内容如何もさることながら、教育というものの難しさ、教育者たるものの難しさということを考えさせられる一例といえるのではなかろうか。しかし、だからといって、訓戒の〝手紙〟等を出すのは剣呑だ、という、考え方もいただきかねるのである。

〝成功報酬〟と〝自由競争〟の示唆

サッカー日本代表チームのオフト監督は、昨年十一月、任期を半年残して自ら辞任した。〝自分の仕事は日本をW杯へ出場させること〟と語っていたオフト監督は、それが実現できなかったという事態から契約期間中での辞任を決意したということなのである。

契約は任期制であり、報酬もそれによるものであった筈だ。しかし、オフト監督の気持の中には、W杯出場の成功ということが自らの仕事の必須条件としてあったということであろう。報酬も〝成功報酬〟であるとの意識が強かったのではなかろうか。

自らの仕事への厳しさということを改めて教えられるケースだというべきかもしれない。

現今、労働に対する対価が成功報酬であるという事例は極めて少ない。弁護士の場合には着手金のほかに報酬というものがあり、これは勝訴の場合の成功報酬とされていること等はその例である。

サラリーマンは月給であり、プロ野球選手は年俸である。これらはいうなれば〝時間報酬〟であり、労働の内容に係わる〝ことの成否〟は必ずしも条件ではない。勤務上の問題として事後の評価があるだけである。

現代社会における報酬の殆どが時間報酬であるということは、一面からみれば、サラリーマンは気楽な稼業だ、といわれるゆえんでもある。

教師の場合はどうか。その報酬は国公私の学校を通じて〝時間報酬〟である。しかし教師について、その報酬が〝成功報酬〟とされていた時代が過去にあった。それは、一四・五世紀の都市国家ヴェネツィアの例である。まず、児玉善仁氏の研究（『ヴェネツィアの放浪教師』）によりその内容をみたい。

一千年の歴史を持つヴェネツィアは、その繁栄を迎えた一四・五世紀の頃、人口十万人から十二万というヨーロッパの随一の大都会であった。経済的に豊かで自由な都市国家ヴェネツィアにおいては、教育は全く自由放任で需要と供給の競争原理に委ねられていたという。そこでは、読み書き計算や簿記の初歩、ラテン語文法等を教える教師が集まり、顧客としてのよき生徒を集めて私塾を開いていた。ここでの〝よき生徒〟とは、なるべく高額な授業料を払える親をもつ生徒ということである。そのような生徒を多数集めて教えることによって教師の生活が成立していたのである。

この私塾の教師は、生徒の親と厳密な契約を結んでいた。契約書には、教師が受け取るべき授業料も明記され、何をどれだけの期間教えるかについても明確に定められていた。

それは、たとえば、生徒が〝書簡の文体で書かれた手紙を十分に読み理解し、その手紙に十分に応えられかつ返事をしたためることができるように、さらに適切に書けるようにすること〟というように極めて具体的であった。教師は、上記のように生徒が〝できるようになること〟の報酬として約束の授業料を親から受け取るということなのである。それは、まさに成功報酬であった。

しかし、当時授業料が支払われない例もかなりあったようだ。そのようなケースは、子供が契約どおり何かができるようにならなかったという理由によるのかもしれない。

このように、契約では子供の〝成功〟が条件とされていたが、その際生徒の能力は余り前提にならなかったという。しかし、できの悪い生徒に当たった教師は、大変である。教師がいくら努力しても〝成功〟しないし、成功しなければ報酬は貰えないからである。

ヴェネツィアの教師の教授契約にはなお興味深い側面がある。それは〝教えられた内容が真実にして十分であるかがチェックされる〟と明記されている点である。教えられた内容が不正確であったり、不十分であった場合には、教師は契約違反を犯したことになる旨が書面上に明記されていたようだ。ヴェネツィアにおける教授契約の本質は何かをできるようにすること、あるいは何かの知識を確実に与えることがその核心であったといえよう。

現代社会の学校教師については、時間を単位として、勤務時間が定められている。報酬は、そのような勤務に対して支払われ、児童生徒の学力の成果如何で給与の基本が影響を受けることはない。形式的に割り切っていえば、現代の学校教師の給与は〝成功報酬〟とは無縁のところにあるというべきであろう。

では、塾の教師の場合はどうか。予備校や進学塾は多様であり、その教師の待遇も一様ではない。大手の進学塾では三十歳代で年収一千万円をこえる講師もいると聞く。これらの講師は、受験情報と入試傾向に精通し、有名校進学のための受験知識とテクニックを効率的に教え込むプロとしての〝受験請負人〟なのである。その報酬が〝時間報酬〟であるとしても、実態は、テレビのモニターやアンケート等により経営者と受講者から厳しくチェックされ、身分保障はないという点で成功報酬に近いものといえるのではあるまいか。

この点でいえば、大手進学塾の有名講師は現代版ヴェネツィア教師ということになるかもしれない。

上記でみたヴェネツィア教師の例は、昔々の極めて特殊なケースである。社会構造と教育制度の仕組みが異なる現代社会の現状からみれば、学校教師の報酬が成功報酬であるべきだということにはならない。教師だけの問題ではないが、ここでは、オフト監督にみられるような自らの仕事への厳しさと責任というものをヴェネツィアの例等から考えてみてはということなのである。

とくに、公立学校については、親方日の丸の〝時間報酬〟の姿であるが故に、それだからこそ厳しく教師たる責任の自覚と努力、そして、それぞれの中身如何が問われているというべきであろう。ヴェネツィアの例を、一部にあるかもしれない〝ぬるま湯〟への警鐘として考えてみてはいかがであろうか。そして、なお、上記ヴェネツィアの例では、もう少し考えさせられる点がある。

当時、ヴェネツィアでは、教師が多く集まり、教師数が飽和状態に達して教師間での厳しい競争が生まれた。一五世紀前半までのヴェネツィアでは、多くの教師達が生徒を他の教師から横取りしたり、病気の教師から生徒を引き抜いたりの生徒獲得競争が熾烈であった。自由競争の原理は、実力に見合った平等を保障すると同時に、このような冷厳な現実を生ぜしめることにもなっていたのである。当時、教師間の過当競争による無秩序な教育の実態は社会問題となった。そこで共和国政府は、一五世紀半ばから自由放任の教育政策を転換して公立学校を順次設置することとし、人材育成のためのパドヴァ大学を頂点とする公的な教育の構造化を実施することとした。私塾教師は、自らの意思に反しながらも漸次官吏としての公立学校教師に組み込まれることとなったのである。

わが国では、今後児童生徒の大幅な減少傾向がみられる。私学が生き残りのため種々のスクール・アイデンティティを打ち出すことは結構なことであろう。しかし、そのスクール・カラーは、受験教育一本槍ということではなく、ユニークな人間教育を目指し、子供達の可能性を伸ばすものであってほしいものである。

私学の生徒獲得競争の今後が、ヴェネツィアの例のごとく自らの墓穴にならないためにも、私学の適切な御尽力を期待したいのである。

現在への〝精神の考古学〟

夏も盛りの頃、高速道路の延長で至便となった信州を訪れた。人と車は想像以上に多い。しかし、一歩林に入れば、そこには嘘のような静寂が支配していた。軽井沢では、このような林の中に三本の道が交叉する六本辻という交叉路がある。当然ながら十字路の行き先は三方向であり、六本辻では五方向となる。林の中のそれぞれの行き先は直ちにはわかりにくい。初めてであればなおさらのことであろう。

ところで、昔、林達夫氏に、「十字路に立つ大学——困った教授、困った学生」という一文があった。関連していえば、混迷という点で現在の大学は、十字路ではなく上記の六本辻に立たされているのではないか、という連想もふと浮かんでくるのである。

かつて林達夫氏は、ルネッサンスの巨人レオナルド・ダヴィンチとミケランジェロを対比しながらその精神の根元を論じ、〝精神の考古学《アルケオロジー》〟という言葉を使っておられた。その深い意味は別として、ここでは、林氏の上記論考による大学問題への分析と、その〝精神〟を掘り起こしてみたい。いうなれば、大学についての十字路と六本辻に違いがありや否やということである。専ら林氏に語っていただくこととしよう。まず、教室における授業の在り方の問題からである。

大学の教室とは、複雑にして怪奇な所業の行われる場所で、教師側からいっても学生側からいっても「良心」の見地から見れば、はなはだいかがわしい多元的な心理劇の行われる場所なのである。ある教師は、前の晩あわてて読んだ先進国の学者の労作を誤訳まじりで自説として披露し、他の教師は警世の熱弁を振るって〝政治ボス〟に当たり散らしている。学生は、種本の受け売りを克明に筆記しているかと思えば、昨夜の乱行の疲れから船を漕ぎ、そして、傍若無人に隣の学生との談笑に余念がない。……このように林氏は、大学の教室風景を叙述しながらも、しかし、問題の核心は、教室で講義を聴き演習をやるという本義を怠る学生が必ずしもすべて無為無能な学生ではないという点にある、と述べる。この点忖度すれば、有為有能な学生を遠ざけ、本義に悖る行動に走らせる教師の講義や演習にこそ問題がある、と林氏は言いたかったのではあるまいか。

次に、今日の大学教育の喉輪を締めているものはほかならぬ「アカデミック・マインド」である。その自動性《オートマティズム》に抵抗することが教育を生かす上においてこの上もなく大切なことなのだ。教師は、そのアカデミック・マインドにより、いかに学生の心の型等に頓着することなく画一的に知的授業を自動的に裁いていることか。この点大学というところは、大仕掛けな恐ろしい「プロクルステスの床《とこ》」なのであって、制度が人を逆に支配し、不具にし、圧殺している一つの生きた実例である。……なお、ここで林氏が述べるプロクルステスとは、ギリシャ神話にある追いはぎのことである。旅人をベッドに寝かせ、体が長すぎると切り取り、小さすぎるとたたいて伸ばして殺したという。

林氏の意見に戻りたい。教育者の職能についてである。

教師の役割は、学生の主要能力を発掘しあるいは発揮させること、隠れた他の能力の萌芽を摘むことなくそれらをできるだけ伸ばしてやること、その能力の個性的な顕れ方に適切な方途を見つけてやること、等々だと考えられる。しかし、そのような中々困難な教育原理の生みの親になった当の最高学府が、教育の刷新という点では全く保守的で時代遅れであることは何といっても天下の奇観といわれなければならない。

さらに林氏は続ける。大学におけるほど事あるごとに遠大な教育理念が高らかに掲げられ唱えられるところもないのだ。それがまた、うんざりする程欲張った虫のよい教育論であり、大学論なのだから笑わせる。……そして、「大学に要求される気高い注文」として次のような例が提示されている。

まず、担当する学生達の個性や素質を見抜いて、その能力の開拓に努めなければならない。――知的大量生産の形をとった近代的機構の中で校中校とでもいった私塾でも開かない限り、こんなことはできない相談だ。

次に彼らが将来目指す仕事なり職業なりに必要な専門的知識を具備させてやらなければならぬ――現在関心がなくて将来必ず入用になってくることがらに対して興味を持たせるということがいかに難しい仕事であることか。

また、それぞれの専門分科は、もっと一般的な体系の一環であるから、それを総合的な見地から把握することを習得させなければならぬ。――大学ほど教師と教師との緊密な横のチーム・ワーク、上と下との縦のそれの欠如しているところはないのに。

さらに、学科を教えるだけでは十分でなく、学問の仕方そのものを教えなければならぬ。――たしかにそうだ、学問の種目の研修ばかりをして、学問の道具の扱い方がおろそかになっている。しかし、今の仕組みでどうしろというのだ。

そして、人間の形成、性格の陶冶、市民としての完成を十分心がけなくては、大学の教育は不十分だといわれる。そこで、教養と称する曖昧な護符をつきつけられてこれでいけといいつけられる。――真の教養を与える仕事は専門離れすることを必要とする。シェーラーは〝教養アカデミーの教師はその時代の大いなる総合家であり賢人で、時代の知識を種々の世界観に照らして授けることになるだろう。〟といっているのだ。賭をしてもいい、みんな落第だ。世界中只一人もそんな大学教師は見当たらない。……

そして、林氏は、シュプランガーの「最後の言葉」を紹介している。曰く――現代の大学教師が社会の要求に盲目でないのはよいが、この考えを余り押し広げて、あらゆる休暇と余暇をことごとく通俗の講演に向けることは、厳密な学問の府としての大学の将来に対して危険がある。……この点少し短絡的にいえば、入試問題は専ら入試センターにおまかせで、テレビに生きがいの先生方のなんと多いことか。

さて、上記のような内容を含む林氏の「十字路に立つ大学」は昭和二十四年十一月の「日本評論」に掲載されたものだという。そして、四十年余を経過した今日、大学における自己点検、自己評価が少しずつ進み、カリキュラムの見直し、授業方法の改善等への取り組みが真剣に議論されているのである。

しかし、たとえば、教養学部の扱い一つをとってみても、六本辻での行き先は様々である。開き直って居座りのところもあるようだ。それぞれが大学の個性であってエゴでなければ幸いである。

林氏は〝知の水先案内人〟といわれているが、それは、スターリンの死の二年前、フルシチョフのスターリン弾劾演説よりも五年早くスターリンを痛烈に批判していることにも現れている。しかし、林氏は、四十年余あとの大学の状況を予測して一文を草したわけではない。にもかかわらず、林氏の所論は、なお現在を照射しているというべきであろうか。もちろん、林氏の所論への賛否は様々であろう。この際、林氏の所論の一つ一つについて、現在の六本辻での大学の課題と対比しコメントをつけてみれば、その行き先が少しは見えてくるのではなかろうか。

なお、初等中等教育についていえば、〝困った教師、困った児童生徒〟なる所論が大学ほど必要ではないというべきであろうか。しかし、上記は、もって他山の石としてはという意味での紹介なのである。

知の技法と教える側の知の在り方

今年の春四月、東大教養学部の新入生のために作成されたサブ・テキスト『知の技法』が市販された。教養学部の教官十八人による共著である。論文の作法、口頭発表の作法等の後半の部分は、手取り足取りでそれなりに親切な知の技法のガイドとなっているというべきであろう。

しかし、この書物自体の問題もさることながら、なぜこの書物が作成されたのかというプロセスの方が私には興味深い。その経緯を若干検討してみれば、図らずも大学の現在における学生と教師の関係が浮き彫りとなり、あわせて閉鎖的な大学社会の中の教師の実像らしきものも垣間見ることができるかもしれないのである。

この書物については、編者である教養学部教授二人と、東大文学部助教授の社会学者上野千鶴子氏との座談会記録〝「知の技法」をめぐって〟がある、そこでは、学生の現状、教師の在り方、大学までの十八年間の教育の問題等が取り上げられていた。

編者の一人は述べる。「一般教育の試験の答案はもう本当に悲惨で、昔の活動家のアジ演説みたいなもので、始まったら終わらないんですよ、丸がこないような文章、思わず朗読すると周りにいる人全員が笑ってしまうような文章、それがあの秀才といわれる理Ⅲの子の答案だったりする。その子が丸で終わる文章が書けない。」

こうした事情から、学生に対して、一人前のきちんとした主体として、自分の認識と表現とをコントロールする作法を学んでほしい、ということでこの書物が作られることになったようだ、しかし、問題はそう単純ではないと思われる。若干の問題意識で興味ある論点を拾い出してみたい。

まず、「知の技法は、はっきり言って、まず教師が習得してもらいたいですね。」という上野氏の発言についてである。この発言は一般論であろう。しかし、『知の技法』の冒頭にある「学問の行為論」という総論をみれば、説明抜きで、ハイゼンベルグの「不確定性原理」、あるいはガーデルの「不完全性定理」、というような言葉が並んでいる。この総論の筆者によれば、大学は特別な知の行為の主体になる仕方を訓練する場だそうであるが、その主体とは、形式的にあるいは技術的に仮設され、措定された主体であり、それ故に学習されうるような主体である。そして、誰でもありえて、誰でもない——そのような主体だ、ということになる。

この筆者は、六月の新聞紙上で、「大学の言語は、まだまだ特権的な知識の上に閉ざされています。その言語の閉鎖性を打ち破って、多様なコミュニケーションに対して開かれた簡明な言語行為の創造性を取り戻すこと」を期待すると述べている。

しかし、その期待と、同じ筆者の上記の文章とはどうつながるのであろうか。私にはよくわからないが、この点、改めて上野氏の「まず教師が……」というさきの指摘の重みを感じさせられることとなった。

第二に、大学教師と学生との係わりがどうあるべきかという問題である。はじめに『知の技法』の編者の発言をみよう。「教師は、あるところにおいて、学生よりは開放されている姿をみせなくちゃならないんですよ。つまり技術を単にテクニカルに教えるだけじゃなくて、同時にいかに開かれているか、開かれて係わるというのはどういうことかを教えるのではなく、見せる。」

これに対して、上野氏は「私はそのように思わないですね。教師が人格的にどうであれ、少なくとも高校のように目標がはっきりした教育と違って、人文科学的な知だったら、解答や着地点のないところに乗り出すわけでしょ。そこには目的地のない発見の喜びがその都度発生する。そのことに教師が学生の前で嬉々としている。それを見せることが教育だと思います。」と述べている。

『知の技法』の編者は、上野氏の発言について、「まさにそのことを言っているんですよ」と続けているが、もしそうであるとすれば、この書物の「口頭発表の作法と技法」で述べられている「限られた時間の中で、自分が所有する情報や主張を話し言葉を用いてできるだけ正確にわかりやすく聞き手に伝えること」との関係はどうなるのであろうか。

第三に、高校教育との関係である。別の編者の一人は述べる。「上野さんは駒場（東大教養学部）の不良品で困っていると言うけど、僕らは高校の不良品で困っています。でも教養はないかもしれないけどある種のトレーニングはできていて、戦後教育は最近結実したなと思うところもある。」

上野氏は、戦後教育の結実の恐るべき負の効果として、「彼らは、与えられた与件を的確に反復・処理するという技術にはたしかにたけています。抜群な能力があります」という点を強調している。

この点について上野氏は、同意の技術とくに教師の意見へのそれ等殆ど完璧に身についているとして、「不同意の連中が出てくる蓋然性は、私のバラエティのある教壇経験からいうと東大は率直に言って低いです」と判定している。この点、東大は、偏差値の上澄みをすくってきたといわれるが、その上澄みは最初から大きな問題を抱えていて、実は適切な集団ではないかもしれないという認識からのようだ。

こうなると、第四の問題として東大生の質の問題が検討されなければならない。

上野氏は「東大生は、ただ率直なだけの世間並みに無知な学生だ」として、「学力はあっても知識はない」とする。そして、教養学部の二教官に対して、「今の選抜方式で東京大学が入学を許可している層が本当に教育に適した層なのかどうかという、選抜方法そのものに対する自己批判はないんですか、今の方式は要するに偏差値序列ですネ」と問いかける。教養学部二教官のそれに対する答は全くない。この点、入試の在り方を考えないで、学生の質を嘆き、しかも「知の技法」を語る姿勢はいかがなものであろうか。

第五として、次に大学教官の質の問題が話題となるのは当然であろう。この点でも上野氏は述べる。「日本の大学はアメリカの大学と違って、大学のランキングとスタッフのランキングに何の相関関係もありません。これは業界の常識です。ですから日本のトップユニバーシティと思われるところにいることは、スタッフの優秀性に何のギャランティも与えません。たった一つ、日本の大学のランキングが一致しているのは学生の偏差値です。」

編者の一人は「東大の教師はそう悪いとは思わない。業界内では、ほかよりわりといいと固く信じていますけどね」と言っているのに対して上野氏は、「バラツキが大きいですからどこでも同じことです。」と一言で切り捨てている。

上記のほかに、上野氏が提起している問題としては、研究者としてのアイデンティティと教師としてのアイデンティティ、東京大学のカリキュラムの国際競争力の欠如、語学教育の本質は技術教育に徹するべきこと、等興味深い話題があった。

教養学部二教官の発言のお粗末さは論外として、座談会での上野氏の発言は、修辞的にかなり割り切った裁断とみられるものもある。しかし、その内容は、賛否いずれにしても、教師と教育の在り方を考える恰好の糸口となるのではないかと思い御紹介をしてみた。詳しくは、東京大学出版会のＰＲ

誌「ＵＰ」平成六年四月号の座談会をご覧いただきたい。

三つの分身の〝在り方生き方〟

昨年の七月、信州軽井沢に詩人立原道造の詩碑が建立された。場所は塩沢の軽井沢高原文庫の域内の一角である。鳩山邦夫氏や中村真一郎氏等を発起人として九百六十七人の浄財が集まり、除幕式には関係者、有志二百四十六人の参加をみた。詩碑は詩人の後輩である建築家磯崎新氏の設計である。碑文としては、鳩山氏の選辞により「のちのおもひ」の一節が刻まれていた。当日の磯崎氏の話によれば、詩人の想いがあったイタリア・ルネッサンス建築をしのばせるイタリアの石をとりよせて台座としたということであった。

当日、ふと家人と言葉を交わした大阪在住のご婦人から、後日、家人あてにいただいた書簡の一部につぎの一節があった。

〝……前々から除幕式の際は是非立原道造に会いたいと思っておりました。……私はもちろん立原の生きた時代を知りません。私が生まれた時、立原は既にあの世に逝ってしまった後ですし、全くの接点は唯一東京生まれというところだけなのですが、どの詩を詠んでもちっとも色あせず、私の心の中に生き続けているのです。高校生の頃、はじめて立原の詩を詠んだ時の感動を忘れることができません。……〟

このご婦人は大阪からわざわざ駆け付けて出席しておられたのである。

ドイツ文学の高橋順一氏は、立原の文学には「青春の文学」という意味があるのではないか、日本の近代文学の歴史の中で青春のセンティメントの典型として立原の詩を見ることができるのではないか、と語っておられる。さきの大阪在住のご婦人が高校生時代に立原の詩に触れた時の感動を記しておられるのも故なしとしない。そして、二十数年を経た今日までその気持ちを持ち続けておられることに私は大きな感銘を受けたのである。

立原道造は、昭和九年十二月、二十歳で詩誌『四季』第二号に二篇の詩を発表して颯爽と詩壇に登場し、昭和十五年三月、二十五歳で病を得て夭折した。その間の活躍は五年間に過ぎない。いかにも早すぎる死であった。しかし、その五年間は、詩人としてもそして生活者としても普通人とは異なる豊饒な生の持続であった。詩人に親炙《しんしゃ》していた中村真一郎氏は、「彼ほど伝説中の詩人を絵に描いたような人物に会ったことはない、詩人ランボーのようなつば広の黒い帽子をかぶり、いつも舞台の上の人物のような演技をし、途方もない夢を口にし、……常に地上数メートルのところに浮上して生きていた。」と述べておられる。

この中村氏の描写はいささか文学的表現だと思われるが、その実生活における行動の軌跡はまことに充実していて豊かなものがあった。詩人は、昭和九年、旧制一高から東京帝大工学部建築学科に入学し、その年、詩誌『四季』の同人となる。東大においては三年連続して辰野金吾賞を受賞した。その受賞作のひとつである卒業制作は、「浅間山麓に位する芸術家コロニーの建築群」であった。昭和十二年三月、大学を卒業し、石本建築事務所に入所する。同年七月には、処女詩集『萱草に寄す』が刊行された。

詩人は、昭和十一年四月二十二日付の書簡でつぎのように述べる。「建築家は、文学家のように恵まれた条件ではない条件の下で、仕事をしなくてはならないが決して良心を失ってはならないと信じます。これは僕の半身です。僕の分身は、こうして日夜、ひとりの僕が文学の道に生きてゐるとき、同じ熱情で、建築の道に生きてゐます。……

そのふたつの分身のすべてをあはせても、もうひとつの大きな分身に及ばない、それは青年である分身です。この分身だけがほんとうで、あとはディレッタントだと考へるのかもしれません。……」

詩人は、建築家としても傑出した才能を持っていたようだ。そして、大学での三年間建築家としての修業を積みながら、一方では詩人として独自な世界を拓くことにも成功していた。この点、秀才独特の時間の処理の巧みさと、その素早い頭脳の切り換えと、短い時間での精神の集中のすさまじさがあったのではないか、と中村真一郎氏は見ておられる。

ところで、詩人の五か年の業績等には、作品としての詩や物語のほか、評論、翻訳、散文、ノート、書簡等があり、これらを収録して膨大な六巻本の全集が刊行されている。それによって私達は、詩人の様々な足跡を克明にたどることが可能となっている。

従来私は、この立原道造の多彩な生き方という点で、むしろ五百九十六通に及ぶ書簡と折々の詩人の感想が記されたノートの内容に関心を持っていた。

そこでは、大学在学中から社会へ出て亡くなるまでのわずか五か年の短い期間に、青年として、建築家として、そして、詩人として、それぞれ三つの分身を豊かに生きた軌跡が生の声で語られている。

詩人としての分身について一つだけ注目しておきたいのは、詩誌で同人仲間であった猪野謙二氏のご指摘である。猪野氏は当初の明るい高原の世界とはまるで異なる第二詩集『暁と夕の詩』の「朝やけ」に触れて、「そこに詩人の精神の転機の告白があった」と語っておられる。

一時、詩人は、日本浪漫派の思想に共感を示していた。しかし、晩年の「長崎ノート」では、つぎのように記して日本浪漫派との訣別を表明している。

「宇宙的なさすらひや大なる遠征よりも、宇宙を自分のうちにきづくこと。せまい周囲に光を集中すること、それが僕の本道だとおもふ。きづつき破れ去る浪漫家の血統にはつひに自分は属さないとおもう。平和に戦ひつつ而も實りを目ざし、つひに小宇宙的に完成するものをおもう。……」

また、あるノートでは「私はひょっとしたら私の死を私の生きてゐるうちに見てしまひはしないか。私は生きてゐる、同時に死んでいる。そうではない。私の生きてゐるといふ幻影は死と重なりあってゐる。さうではない。もうすこし簡単なことだ。そのくせその簡単な言葉で捕らえられないのだ」と記されている。

青春の詩の詩人として愛好されている立原道造の若い晩年においては、一種のアイデンティティ・クライシスが深まっていたのではないかともいわれている。その背景には、昭和六年に満州事変、昭和十二年に支那事変が始まる等当時の時代状況の変化があったようだ。それは、絶唱「わがひとに与ふる哀歌」を発表し、詩誌「コギト」との関係で日本浪漫派とつながりのあった伊東静雄が、後年、戦争詩を発表して戦争への協力、共感を示したという状況と無関係ではない。

この伊東静雄について桑原武夫氏は、かつてつぎのように述べておられる。

「彼の初期作品、日記、書簡等は、……一般に、詩人はいかにして形成されるか、詩は詩人のうちにいかにして成熟してゆくかについて、さらに昭和初期の敏感な青年はいかに悩みつつ生きたかについて、多くの示唆を与えるに相違ない。……」

この点は、立原道造についても同様のことがいえるのではあるまいか。

立原道造は、たった五か年という短い期間の中で、真摯に勉学に励み、建築と詩作を両立させながら、少女達や恋人を含めて多数の友人との交遊を深め、青春を精一杯生きた。そして、すぐれた業績を残し、三つの分身をそれぞれ人並み以上に活躍させた。この点、作品としての詩や物語もさることながら、若い人々において、立原道造の〝人間としての在り方生き方〟、とくにその〝生きざま〟に注目して貰えれば、という思いが深いのである。

甦るべきや〝建築神話〟

フランク・ロイド・ライトの設計による自由学園明日館の保存運動が高まっている、本年五月、日米の関係者によるシンポジウムも開かれたようだ。新聞では、〝両腕を広げたような温かい構造と人間的スケールの学舎は学校建築の原点である。ぜひ保存すべきだ。〟とする建築家内井昭蔵氏の提案が報じられている。

帝国ホテル建築のため来日していたライトは、大正十一年、羽仁氏夫妻の求めに応じ自由学園校舎建築の設計に当たった。そして、大正十一年六月にライトと共同設計者遠藤新連名で「自由学園の建築」と題する次のような文章が発表されている。

〝その名の自由学園にふさわしく自由なる心こそ此の小さき校舎の意匠の基調であります。……倣《さと》き乙女達は、此の建築により、将来の生活の思料の基礎を固めるに役立つような美と友愛との何物かを見出し、何物かを学び得るに相違ありません。……建物が真と美を具備することは、教化の上に重要なるものの一つと言うべきでありましょう。……生徒はいかにも校舎に咲いた花にも見えます。木も花も本来一つ。そのように、校舎も生徒もまた一つに。〟

この日英両文での文章の中程の部分は、A harmonious building that embodies truth and beauty may be one of the greatest of all good influences. となっている。

この自由学園校舎についての建築専門家の評価としては、端正なデザインが支配的なものとしてまとめられていること、緩勾配の屋根や室内空間のドラマチックな構成を持っていること、当時の自然や土壌と一体化して静かな佇まいをみせていること、等の点で高い点数が与えられているようだ。

私は、この明日館の建築学的な意義について云々する資格もないし、〝温かい構造と人間的スケール〟や〝原点〟とは何を意味するかについても十分理解できるわけではない。にもかかわらず私がこの明日館に興味を持つ理由は、この校舎が一つの明確なコンセプトを持っているからである。具体的にいえば、この校舎が玄関も車寄せもない点であり、さらに講堂が校舎の中心をなしている点である。この点について少し考えてみたい。

まず、共同設計者である遠藤新氏は、昭和二十四年の文章で次のように述べる。

〝私は自由学園を建て横浜女子商業を建てたが、二つとも玄関もなければ車寄せも馬車廻しもない。而もそこには渾然として調和の姿に建つ教育の環境がある。〟

そして、遠藤氏は、東京駅の在り方として、皇室専用を中心に置き、停車場の機能を完全に両断していることは何としても納得できないし世界の珍型であると記し、玄関中央型の学校建築についても次のように批判を加えている。

〝凡そ日本のあらゆる学校は何れも千編一律の御粗末な建物、而もその御粗末な学校が例外なしに中央に玄関と車寄せがある。そして、この正面に厳しく構えた玄関は、東京駅の皇室専用と同じく只ひとつまみの先生達の専用で生徒は決して出入りを許されないのです。何百人という生徒は、何処かの隅の昇降口という汚い小便臭い所から出入りしなければいけない。これは決してよい教育をする環境ではない。〟

さらに遠藤新氏は、戦後の新制中学校発足の当時、校舎建築の在り方について具体的に様々な提言を行っている。その一つがこの玄関、車寄せの問題であるが、これらを切捨てた姿でまさに自由学園の校舎が見事に建てられているといえるようだ。

次に校舎建築における講堂の扱いの問題がある。自由学園は、講堂を中心として両翼に教室を配する姿で構成し、その講堂の入口も正面ではなく両翼から入る仕組みとなっている。この点についても遠藤氏の解説によれば、従来から講堂には固定した通念があるという。それは講堂建物の正面に必ず出入口があること、真中がガランとした会衆席で、高い平らな天井、前に講壇という型であり、要するに不細工な四角な建物にすぎない、ということである。

そして、学校全体の中心であるべき講堂が単なる思いつきのように、漫然と物置きのあるべき位置に倉庫然たる尨大なブザマな姿で建っている。そして、この漫然たる講堂がいかに能率の悪い建物であることか。……

遠藤氏の提言は、講堂について正面には決して出入口をつけない、出入口は左右につけていつでも他の建物と連絡できるようにする、そして、講堂が孤立しないようにする。さらに講堂の前に広場を作り屋外講堂を解決する、というものである、

自由学園講堂は上記のコンセプト通りのものであり、高い地盤に建ちながら構造処置の工夫により高さが低く、低い地盤の一階建ての教室と調和した姿となっているようだ。

さて、以上のような特色を持つ自由学園校舎は、遠藤新氏の考えによるものなのであろうか。同校舎はライトと遠藤氏の共同設計となっているが、ライトがスケッチを描いて基本設計を行い、実施設計は殆ど弟子の遠藤氏に任せたのではないかといわれている。ということであれば、上記のような玄関も車寄せもなく、講堂中心という特色を持つ自由学園校舎のコンセプトはライト自身のものだったということなのであろうか。

そこでF・L・ライトのことである。昨年十一月、東京のセゾン美術館で「フランク・ロイド・ラ

イト回顧展」が開かれ、その前年の十一月には東京芸術劇場の開館記念として「フランク・ロイド・ライトの世界」の展覧会が開催された。毎日通勤の途上、ただ背が高いだけで美のかけらもない都庁舎を見ている目には、ライトの世界こそまことに目をぬぐわれるものがあった。二十年近く前陋屋を建てようとしていた時、写真集を示してライト風にならないかと若い設計者を困惑させた私としては、若干の思い入れで展覧会を見たことであった。

ライトが自由学園の設計を引き受けた理由について谷川正己氏は、〝建学の精神や創立者の教育観がライトの共感を呼ばなければライトはその依頼を断っていたかもしれない〟と述べておられる。ライトは、処女作的作品として、一八八七年に彼の叔母達が創設した私塾の設計をしている由であり、自由学園の建学の精神がこの叔母達の学校に相似たものだったからではないかという見方もあるようだ。

ライトの学校建築についての考え方が遠藤氏の主張しておられるようなものであったかどうかは必ずしも分明でない。しかし、ライトの建築であるが故に自由学園の文化遺産としての重要性が論ぜられている現状において、この際、学校校舎の本来的在り方の問題を少し考えてみてはということなのである。

内井昭蔵氏は、〝ライトは創造的であり革新的であるが故に同時代の建築家の中で孤立する運命にあった〟と述べておられる。しかし、建築は芸術であり偉大な精神であるとしたライトは、今「甦る近代建築の神話」として再び脚光を浴びてきているようだ。上記の二つの展覧会もその線上にあるのかもしれない。であるとすれば、自由学園校舎についてユニークなコンセプトを打ち出したライトの考え方についても、それが甦らせるべき神話であるかどうか、この際今一度検討してみるべきではなかろうか。保存運動もさることながら、自由学園明日館についていえばこの点の検討こそが余程意義あることではないかと私には思えるのである。

人は〝希望ある限り若く失望とともに老い朽ちる〟

〝青春とは人生のある期間を言うのではなく心の様相を言うのだ……〟という詩がある。ある時期、多くの方々がこの詩を取り上げておられた。恐らく、御案内の向きも多いことであろう。これは、アメリカのサミュエル・ウルマンという人の「青春」と題する詩の邦訳である。昨年の暮れ近く、この詩の訳者岡田義夫氏の詩碑が埼玉県蕨市に建立されるとの報道を目にした。そこで、この詩をめぐる内外の人模様を関係者のご紹介により点描してみたい。

この詩は、フィリピンにおけるマッカーサー元帥の居室に額として掲げられていたという。戦後、英文の『リーダーズダイジェスト』誌で紹介され、それを見た岡田氏が和訳し、その後財界等の多くの人々がこれにいたく共感し、愛好することとなった。

それがブームとなったのは、昭和六十年頃からであろうか。当時、週刊読売誌で大きく取り上げられ、その後産経新聞でも〝企業トップに爆発的ブーム〟、〝心の若さを呼び起こすもの〟として紹介されていた。

そして、熱心な愛好者による訳者の確定や、ウルマンのルーツをたどる等の努力があり、それらを内容とする書物も出版されている。さらには、この「青春」の詩のファンの会等が政財界の知名の士によって結成されているようだ。

このブームから数年を経た現在、この詩がわが国でどのように浸透しているかは必ずしも詳らかでない。しかし、作者ウルマンは、事業家であるとともに教育委員として教育に多大の貢献をした人であることや、その内容は私達ロートル組だけでなく若者達にも味わって貰いたいという意味でもう一度考えてみたい。

まず、岡田氏の邦訳の全文を次に掲げてみよう。


青春とは人生の或る期間を言うのではなく心の様相を言うのだ。

優れた創造力、逞しき意志、炎ゆる情熱、怯懦を却ける勇猛心、安易を振り捨てる冒険心、こう言う様相を青春と言うのだ。

年を重ねただけでは人は老いない。理想を失う時に初めて老いがくる。

歳月は皮膚のしわを増すが、情熱を失う時に精神はしぼむ。

苦悶や、狐疑や、不安、恐怖、失望、こう言うものこそ恰も長年月の如く人を老いさせ、精気ある魂をも芥に帰せしめてしまう。

年は七十であろうと、十六であろうと、その胸中に抱き得るものは何か。

曰く「驚異への愛慕心」空にひらめく星晨、その輝きにも似たる事物や思想に対する欽仰、事に処する剛毅な挑戦、小児の如く求めて止まぬ探求心、人生への歓喜と興味。

人は信念と共に若く、疑惑と共に老ゆる。

人は自信と共に若く、恐怖と共に老ゆる。

希望ある限り若く、失望と共に老い朽ちる。

大地より、神より、人より、美と喜悦、勇気と壮大、偉力との霊感を受ける限り人の若さは失われない。
これらの霊感が絶え、悲歎の白雪が人の心の奥までも蔽いつくし、皮肉の厚氷がこれを固くとざすに至ればこの時にこそ人は全くに老いて神の憐みを乞う他はなくなる。

この詩の作者サミュエル・ウルマンはどのような人生を送った人であろうか。宇野収氏と作山宗久氏の研究調査によると、ウルマンは、一八四〇年、ドイツのシュトットガルト南方五十キロにあるヘシンゲンに生まれた。十一才のとき両親のアメリカ移住に伴いニューオーリンズ北北西二百三十キロのポートギブソンに住み、南北戦争では南軍に加わり、リー将軍のもとで戦った。

一八八四年以降バーミンガムに居を定めるが、事業と慈善運動できわだった存在であり、ユダヤ教の熱心な信者であった。また、教育委員としても教育の充実に大きく貢献したという。

バーミンガム市教育委員会の監督官からウルマン八十才の誕生日に送った手紙には次のような一節がある。

「あなたがバーミンガムの公立学校の擁護者となられたのは、実質的に公立学校の歴史の始まりに遡ります。市の教育委員会のメンバーとして、またその後何年にもわたって会長として、学校制度の成功に数えきれない程の貢献をなさいました。学校の歴史を回想し、また人間の魂に試練を与えた非常時に学校の保護を保証した卓越した人格を思い起こすとき、サミュエル・ウルマンの名前と人格は常にまっ先に上がってこなくてはなりません……。」

一九二〇年、ウルマン八十才のこの誕生日に彼の詩が集められ出版されたが、「青春」の詩はその中に含まれていたという。冒頭で触れたように、戦後この詩が昭和二十年十二月号の英文『リーダーズダイジェスト』誌に掲載され、前記岡田義夫氏がこれを邦訳した。そして、氏の親友元山形大学学長森平三郎氏がそれを読んで感動し、新聞紙上に紹介したのが世に広まるきっかけになったようだ。そして、徐々に朝野にその感動の輪が広がることとなったのである。

訳者岡田義夫氏は、明治二十四年埼玉県蕨市に生まれ、東京高等工業学校紡織科を卒業の後東京毛織KKに入社した。そして、英国リーズ大学に留学しておられる。戦中は日本フェルト工業統制組合専務理事をつとめ、戦後は山形大学、群馬大学の講師もしておられた。昭和四十三年に亡くなられている。わが国の羊毛工業界の長老で、晩年は業界発展のためとくに後進の育成に熱意を抱き実践をしておられたようだ。

さて、この詩はなぜ多くの人々に感動を与え共感を呼ぶのであろうか。まずは訳文の日本語としての格調の高さという点が第一であろう。

次にはその内容において、あるべき心の様相の諸々が力強く語られてゆく点にある。後段の対句になっている三行は、要約として心の様相の在り方を述べて間然するところがない。朗唱にたえる美しい日本語だといわれる所以である。

いずれにしてもこの詩を読んでの感動と共感は、今や老壮年の人々ばかりではなく若い人々にも広がっているようだ。青春のただ中にいる若い人々に対しても、優れた創造力や逞しき意志、そして、信念と自信と希望をもって人生を切り拓いていくべきことを求めている詩だといえるのではあるまいか。その意味でこの詩は、若者に対するこよなき贈り物となりうるものだと思われる。ただ、若者側でそれを共感をもって受け入れるかどうかが問題かもしれない。しかし、だからといって詩自体についての余計な説明は不必要であろう。初発の感動と共感は、知識と理屈をこえたところにあるのではなかろうか。

梟雄にして名君の家訓

先年、ある新聞で、北条早雲についての小和田哲男氏執筆の記事を見た。そこでは、八十八歳で大往生を遂げた早雲について、死の直前まで耳がよく聞こえ、目もよく見え、歯も丈夫だったという健康長寿の秘訣が紹介されていた。その内容で一寸触れてある「早雲殿二十一箇条」という有名な家訓については、故中野好夫氏も、無類に異色で興味深く、世界でも珍しい傑作であろうと述べておられた。この家訓は、規律正しい日常生活の勧めということだけではなく、友を選ぶ際の心がけ、不作法な仕草の戒め、書物による勉学の勧め、上司への身の処し方、家政の配慮事項等、人生万般にわたる細ごまとした教訓を内容としたものである。

尤も、早雲は、「上下万民に対し、一言半句にても虚言を申すべからず」と記しながら、自らは、湯治と霊所巡礼のためと称して伊豆に入り、堀越御所を急襲して伊豆を占領している。戦いにおいては権謀術数の限りを尽くしていたようだ。

上記二十一箇条は、早雲が小田原城に入って落ち着いた後、長子氏綱をはじめとする一族と家臣を対象に作られたものといわれている。そして、民政において早雲は、新しい占領地では必ず年貢を軽減し、悪疫流行に際しては兵を督励して看護に当たらせていた。軍の規律も極めて厳正であった。したがって、領民には強く支持されていたらしい。早雲は、将士と領民に対しては名君だったのである。二十一箇条にはこのような早雲の一面が現れているのかもしれない。

従来、この家訓の幾つかを取り上げて紹介する例は多いが、若干わずらわしくてもその全体をみなければ雰囲気はつかめない。その中で現在に相通ずるものがあるかどうか、まずは二十一箇条すべてを掲記してみたい。ただし、条項により紙数の関係で若干省略したものがある。

一、第一仏神を信じ申すべきこと。

二、朝はいかにも早く起くべし。遅く起きぬれば、召使ふ者まで油断してつかわれず。公私の用をかくなり。

三、ゆふべは五つ以前（午後八時前）に寝しづまるべし。寅の刻（午前四時）に起き、行水、拝みし、身の形儀をととのへ、其の日の用所、妻子・家来の者共に申し付け、さて六つ以前（午前六時前）に出仕申すべし。

四、手水をはやくつかうべし。家のうちなればとて、たかく声ばらひする事、人にはばからぬ体にて、聞きにくし。ひそかにつかうべし。

五、拝みすること、身のおこなひ也。只こころを直にやはらかに持ち、正直憲法にして、上たるをば敬ひ、下たるをばあはれみ、あるをばあるとし、なきをばなきとし、ありのままなる心持、仏意冥慮にもかなふと見えたり、たとひ祈らずとも此の心持あらば、神明の加護有るべし。

六、刀・衣装、人のごとく結構に有るべしと思ふべからず。

七、出仕の時は申すに及ばず、今日は宿所にあるべしとおもふとも、ほうけたる体にて人々にみゆる事、慮外又つたなき心なり。

八、出仕の時、御前へ参るべからず。御次に伺候して、諸傍輩の体見つくろひ、さて御とほりへ罷り出づべし。

九、仰せ出さるる事あらば、いかにも謹みて承るべし。御返事は有りのままに申し上ぐべし。私の広才を申すべからず。事により此の御返事は何と申し候はんと、口味ある人の内儀を請けて申し上ぐべし。

十、我が身雑談、虚笑等しては、上々の事は申すに及ばず、傍輩にも心ある人には、みかぎられべく候也。

十一、「数多くまじはりて、事なかれ」といふことあり。何事も人にまかすべき事也。

十二、少しの隙あらば、物の本をば文字のある物を懐に入れ、常に人目を忍び見るべし。寝てもさめても手馴れざれば、文字忘るるなり。書くことも又同じ事。

十三、宿老の方々御縁に伺候の時、はばからぬ体にて、あたりをふみならし通る事、以ての外の慮外なり。諸侍いづれも、慇懃にいたすべきなり。

十四、上下万民に対し、一言半句にても虚言を申すべからず。かりそめにも有りのままたるべし。そらごと言ひつくれば、くせになりてせらるる也。人にやがて、みかぎらるべし。人に糺され申しては、一期の恥と心得べきなり。

十五、歌道なき人は、無手に賤しき事なり。学ぶべし。常の出言に慎み有るべし。一言にても人の胸中しらるるもの也。

十六、奉公のすきには、馬を乗りならふべし。

十七、よき友を求むべきは、手習・学問の友也。悪友をのぞくべきは、碁・将棋・笛・尺八の友也。これは、しらずとも恥にはならず。習ひてもあしき事にはならず。但し、いたづらに光陰を送らむよりはと也。人の善悪、みな友によるといふこと也。「三人行く時、かならずわが師あり」。其の善者を選びて是にしたがふ。

十八、すきありて宿に帰らば、厩面よりうらへ廻り、四壁、垣根、犬のくぐり所をふさぎ拵へさすべし。

十九、ゆふべは六つ時（午後六時）に門をはたとたて、人の出入りよりあけさすべし。

二十、ゆふべには、台所、中居の火の回り我とみまはり、かたく申し付け、其の外類火の用心をくせになして、毎夜申し付くべし。

二十一、文・武・弓・馬の道は常なり。記すにおよばず。文を左にし武士を右にするは古への法、兼ねて備へずんば有るべからず。

（上記の原文は吉田豊「北条早雲二十一箇条」第一法規刊　古典大系日本の指導理念2所収）

戦国時代とは、延徳三年（一四九一年）十月の北条早雲による伊豆討ち入りから、天正十八年（一五九〇年）の秀吉による小田原征伐までの百年とする考え方がある。早雲が開いた後北条家は、早雲から五代目の氏直までの間、その治政にはみるべきものがあったようだ。「徳川家康、北条氏亡びて後、人々に申されしは、……小田原は百日計の囲城に松田尾張が外は、反逆の者一人もなし。氏直が高野に赴きし時も、命を捨てても従はんと願ふ者多かりき。是れ早雲以来胎謀《いぼう》の正しくして、諸氏皆節義を守りしが故なりと言われしとぞ」（岡谷繁實『名将言行録』）という話もある。なお、ここでの「胎謀」とは、子孫のために残したはかりごと、という意味である。

この早雲二十一箇条が独特である所以は、明治期の住友家や片倉家の家訓と比較してみるとよくわかる。住友家等の家訓では、神仏の崇敬・祖宗の祭祀等のほか、忠孝の道、勤倹、摂生、品行、徳義、教育等抽象的な徳目ともいうべきものが掲げられている。たしかに大切なことばかりではあるが訴えるものも面白味もない。対比して早雲の二十一箇条では、日常生活の心得や態度について詳細に記されており、しかも社会生活上の機微に通ずる心がけについても数多く取り上げられている。そのこと故に何となく生き生きとしていて、肌に感じ得る内容となっているというべきであろう。

たとえば、「十七」等現代サラリーマン老若にとっていかがであろうか。カラオケ等がつけ加えられるのかもしれない。家訓等凡そ野暮なものとの一説もあるが、もって一読の価値ありというべきではなかろうか。

あとがき

来し方を振り返る齢《よわい》もかなりとなれば、過去、折にふれて書きとめた文章のあれこれが、時として俄かに想い出されることになる。その中の一つとして、文部省所管の国立教育会館に勤務していた頃、毎月発行される広報誌に、見開き二頁、三千二百字の一文を連載していたものがあった。その職にあること八年。終わってみれば百編弱の文章が残ることとなる。これらの文章は、連載の途中で、出版社のご好意により書物となった経緯もあるが、私としては愛着もあり、全体として一書としておきたいとの気持ちも働き、このたびの出版となったものである。尤も、ありていに申せば、昔のものについては標題から内容が咄嗟に想い出せないものもあり、それぞれが遥かに幻となってしまうのも口惜しく、この際、よく視さだめて執筆当時を偲ぶよすがとしたいとの思いもあったのである。

このたびは、幸せなことに、かつて第一法規出版で私の一書を担当して下さった佐藤裕介氏が独立し、現在、出版社悠光堂を主宰しておられることから、本書の出版について意欲的に仕事を進めてくださることとなった。心から感謝申し上げる次第である。

各編ごとの主題及び内容については、執筆当時の時代と社会状況をご忖度いただかねばならないものがあり、巻末に各編の執筆年月を記すこととした。ご参照いただければ幸いである。

幻視逍遥の軌跡　初出一覧（「国立教育会館通信」他所載年月）

第一章　人々の心性と行動規範

ソクラテス的笑いと　モリエール的笑い	平成三年七月
ホブソンズ・チョイスと　マグネット・スクール	平成三年十一月
美徳の在り方その装い	平成六年二月
高貴なる精神その諸相	昭和六十三年十一月
岩と渦巻と流砂への処方箋	平成元年七月
〝健全なる精神〟は祈りか努力か	平成二年七月
ダンディズムの衿持	平成八年四月
〝ノブレス・オブリージュ〟の精神	平成三年十二月
「紳士」の理念と現実	平成七年十月
旧套と改革	平成元年二月
〝礼〟と〝和〟の粉雪	平成五年二月
〝徳行〟評価の今昔	平成二年一月
ロビンソン型人間類型と現代	平成五年七月
日本的ニュアンスの適不適	平成四年十二月
正統と異端の角逐	平成四年七月
社会秩序正当化の根拠について	平成四年九月
〝ヨーロッパ人〟と〝学校人〟	平成二年二月
神秘主義志向と世俗行動	平成七年八月
歴史認識と征韓論	平成八年五月
「淮陰生《わいいんせい》」と匿名の精神	平成八年一月
人間としての才幹と節義	平成七年十二月
現代への「ペルシャ人の手紙」	平成七年十一月

第二章　美の表象と精神の輝き

ホガースの諷刺と現代　平成四年八月
ピュグマリオン
　効果とホーソン実験　平成六年十月
「バベルの塔」と
　コミュニケーション　平成五年八月
ロウソクの科学と炎の象徴性　平成六年九月
理性の眠りと批判精神　平成八年二月
裁量による差異の創造　平成八年八月
表現の美質　平成元年三月
日蘭交流と複眼的思考　平成四年二月
煙の幻影と美味な食物　昭和六十三年十月
プラハの
　モニュメントが語るもの　平成二年二月
ガーシュインと〝創造性〟　平成五年四月
名と実の変容　平成元年十一月
東西往還の華　平成二年三月
余暇と閑暇とゆとり　平成元年九月
正邪の判断と道徳的勇気　平成二年十一月
〝悪魔との契約〟への評価　平成二年五月
〝白馬〟は〝馬〟に非ざるや　平成三年二月
美意識と文化と伝統の尊重　平成三年十月
趣味の選好と文化的行動　平成七年三月

第三章　リーダーとリーダーシップ

指揮者と統率　平成八年六月
リーダーと電光の閃き　平成二年十月
意思決定へのマヌーヴァー―　平成三年五月
判断と行動と資質　昭和六十三年九月
危機管理とリーダー　平成三年八月

意思決定へのアプローチ　平成元年十二月
「政談」とリーダーシップ　平成元年四月
「権謀術数」の深奥　平成元年五月
コミュニケーションの要諦　平成二年八月
〝応変〟の計における智と勇　平成三年一月
絵で読む
　ナポレオンのリーダーシップ　平成五年十月
大久保利通と〝御評議〟　平成四年十月
名将のリーダーシップ　平成六年五月
危機管理と〝決断〟　平成七年四月
意思決定と会議と祝宴　平成七年一月
カリスマとリーダーシップ　平成六年八月
将帥の五彊《きょう》・八悪　平成六年十二月
マネジメントとリーダー　平成四年四月
指導と〝機能の権威〟　平成四年六月
〝大洋の提督〟の個性と適性　平成七年六月
リーダーシップ管見　平成三年六月

第四章　組織管理と個人

サンヘドリンの規定と集団思考　平成六年六月
〝集団主義〟と個人の輝き　平成五年五月
帰納的新管理職像の素描　平成六年七月
組織戦略のレーゾンデートル　平成五年六月
組織理解と個人の在り方　平成六年四月
組織管理社会の様式　平成五年一月
組織
　コミュニケーション成立の要件　平成七年五月
階層社会における器量とレベル　平成四年五月
組織トップの虚と実　平成五年十一月
伝統的諸価値と個人の生き方　平成五年九月

会議モダノロジー序　昭和六十三年十二月
一九世紀人間模様と現代　平成七年九月
弁論と話術の教程　平成三年九月
社会組織と長幼の序　平成八年三月
効果的言語表現の技術　平成八年七月

第五章　人材養成と人間像

人材養成の四綱と三弊　平成元年一月
〝教え方〟の奥義　平成元年八月
学習形態と〝能力に応ずる教育〟　平成四年一月
競争主義の光と影　平成元年十月
〝背中〟による教育の成否　平成二年六月
期待される人間像の在り方　平成二年九月
ホット・ストーブの原理と校則　平成二年四月
ＳＩ戦略とリノベーション　平成三年四月
個性化とアイデンティティ　平成元年六月
事実偽造の風潮と子供達　平成三年三月
碩学の学習法と教育法　平成七年七月
ブリューゲルの〝遊び〟と学校五日制　平成四年三月
訓戒の基礎と言行一致　平成六年十一月
〝成功報酬〟と〝自由競争〟の示唆　平成七年二月
現在への〝精神の考古学〟　平成五年十二月
知の技法と教える側の知の在り方　平成六年九月
三つの分身の〝在り方生き方〟　平成六年一月
甦るべきや〝建築神話〟　平成四年十一月
人は〝希望ある限り若く失望とともに老い朽ちる〟　平成五年三月
梟雄にして名君の家訓　平成六年三月

装幀　岡孝治

西﨑　清久（にしざき　きよひさ）

昭和７年生まれ。岡山県出身。昭和30年東京大学法学部卒。同年文部省入省。体育局長、官房長、初等中等教育局長、国立教育会館館長、東京国立近代美術館館長。（財）林原美術館館長、（学）福山大学学長、（財）日本オペラ振興会理事長を経て、現在、（学）共立女子学園理事、（公財）発達科学教育研究センター理事等。著書に、『遠望近視の夢幻』（ぎょうせい）、『組織と人の回廊』（第一法規出版）、『人間と教育への処方箋』（角川書店）、『遥かなる幻影の軌跡』（学事出版）等がある。

幻視逍遥《げんししょうよう》の軌跡《きせき》

2013年10月7日　　初版発行

著　者　西﨑清久

発行者　佐藤裕介

発行所　株式会社　悠光堂

〒104-0045

東京都中央区築地6-4-5　シティスクエア築地1103

Tel:03-6264-0523 Fax:03-6264-0524

編集アシスタント　遠藤由子　村田圭　西川和那

印刷製本　明和印刷株式会社

©Kiyohisa Nishizaki 2013, Printed in Japan

無断複製複写を禁じます。定価はカバーに表示してあります。乱丁本・落丁本はお取替えいたします。

ISBN 978-4-906873-17-3　C1010